전통문화의 이해와 계승

잊혀져 가는
한국인의 관습어

전통문화의 이해와 계승

잊혀져 가는
한국인의 관습어

한상수 지음

개미

현재 포용 사회에 대한 우리나라의 국민 인식은 심각한 위기에 직면해 있습니다. 이는 각기 나라별 성장배경이나 문화적 차이에 대한 포용 정도에 따라 다른 지수를 나타내고는 합니다. 경제적 번영과 사회통합이 통섭을 이루며 구현되면서도 지속가능성이 작동하는 사회를 대안적 사회라고 합니다. 한 가지 분명한 것은 기존의 사회 질서가 가진 구조적 모순이 개선된 사회를 희망한다는 것입니다.

시대적으로 불안한 상황에서도 대전광역시·대전문화재단의 '장애인창작활동지원사업'을 위한 촘촘한 후원은 쉽게 해갈되지는 않겠지만 전문예술단체 〈장애인인식개선오늘〉의 노력과 장애 예술인에 대한 지역 문화창달은 물론 포용적 사회로 가는 과정의 큰 의미가 있는 지원이며 다른 지역에는 없는 모범적 사례입니다.

이번 발간되는 『잊혀져 가는 한국인의 관습어』(한상수 저, 대전대학교 명예교수)는 전문예술단체 〈장애인인식개선오늘〉에서 출발하는 인문 총서 시리즈가 되었습니다. 문학(시, 소설, 수필, 평론, 희곡)에서 확장된 인문으로 나아가 2025년에는 철학까지 영역을 확대할 계획을 세웠습니다. 이는 장애인 문학의 협소성을 탈피이고 전문성과 대중성 그리고 역사성과 독자성을 확보하여 학술에 이르는 확장된 영역을 구축한다는 점에서 놀라운 성과입니다.

지역의 원로, 중견, 청년 등 다양한 계층의 작가들과 교수, 문인, 문청들의 활동은 장애·비장애 문인들의 작품을 콘텐츠로 생산하는데 주역이 되었습니다. 이제는 문학을 비롯해 철학, 문학, 역사 등의 인문 총서 시리즈 발간을 통해 지역문화 창달에 이바지할 거버넌스가 구축되었습니다. 앞으로도 대전광역시가 장애·비장애 문인의 허브 공간이 되도록 더욱 매진하겠습니다. 용기를 다해 정진할 수 있도록 응원 부탁드립니다.

2024년 12월
전문예술단체 〈장애인인식개선오늘〉
대표 **박재홍**

전통문화 이해를 위하여

젊은 날 고전을 읽다가 책을 덮은 일이 많다. 족보를 보다가 포기한 일도 있다. 그런가 하면 집안에 조상들 대대로 내려오는 호적단자라든가 교지 같은 문서가 있어도 무슨 말인지 몰라서 본체만체한 일도 있다.

대학에서 학생들을 가르치려고 강의 준비를 하다가 부딪히는 고전 용어들은 피할 수가 없었다. 그때마다 끙끙대며 사전을 뒤지고 사전에도 나오지 않는 단어는 전문가들을 찾아다녀야 했다. 지금 돌아보니 책을 하나 내도 될 만큼 모아졌다. 이 많은 단어들은 순전히 학생들 때문에 모아진 것들이다. 말하자면 내 강의 노트의 일부인 것이다.

단어의 출처는 관용문서 왕지, 읍지, 검안, 향안, 교지, 족보 기타 문서 등에서 내가 필요한 단어들을 취사선택한 것이다. 처음부터 책을 내려고 체계적으로 모은 것이 아니고, 그때그때 필요에 따라 모은 것이라 보기에 따라서는 이런 단어들도 있었으면 좋지 않을까 하고 생각할 수 있다.

조상들이 남긴 문화유산을 이해하려고 하는 사람들에게 조금이라도 도움이 되었으면 좋겠다. 끝으로 이 책을 발간하는데 도움을 준 〈장애인인식개선오늘〉 박재홍 대표와 박지영 시인에게 감사드린다. 그리고 내 앞을 지나간 지난날의 학생들에게도 고맙다는 말을 남기고 싶다.

2024년 12월 1일
육헌 한상수

일러두기

1. 이 책은 관청 문서에 나타난 관습어를 중심으로 민간의 각종 문서에 나타난 기록물에서 발췌하였음을 밝혀둔다.
2. 부분적으로는 민간에 전승하여온 언어 가운데서도 사멸 위기에 처했거나 기억할 필요성이 있는 단어는 여기에 포함시켰다.
3. 시대의 하한선은 원칙적으로 구한말까지로 하였으나 부분적으로는 일제강점기 언어 가운데서도 첨가하였다.
4. 단어의 배열순서는 국어사전의 예를 따랐으나 참고사항이 있는 경우에는 단어 말미에 *, **표로 표시하였다.
5. 단어 풀이는 국립국어원 표준국어대사전을 참고하였으나 개인적인 증언을 첨기한 경우도 많았음을 밝혀둔다.
6. 단어의 이해를 돕기 위하여 한자를 병기하였으며 유사어는 단어 설명 끝에 괄호 처리하였다.

차례

가

가가례(家家禮) : 각 집안에 따라 다른 예법(禮法)과 풍속(風俗)을 이르는 말.

가객(歌客) : 예전에, 시조(時調)를 잘 읊거나 창(唱)을 잘하는 사람.

가낭청(假郎廳) : 정원 외 임시 채용하는 낭관(郎官).

가라치 : 조선시대 벼슬아치들의 긴요한 문서를 가지고 앞서 다니던 하인.

가라사대 : 말씀하시되. 가로되보다 높임말.

가례(嘉禮) : 오례(五禮) 중 하나. 왕가(王家)에서는 왕의 성혼(成婚)이나 즉위(卽位) 또는 왕족(王族)의 성혼이나 책봉 따위의 예식을 이르고, 사가(私家)에서는 관례(冠禮)나 혼례(婚禮)를 말한다.

가례(家禮) : 주자가례(朱子家禮)의 준말. 중국 명(明)나라 때 유학자 구준(丘濬, 1420~1495)이 주자(朱子)의 가례(家禮)에 관한 학설을 수집하여 만든 책. 주로 관혼상제(冠婚喪祭)의 사례(四禮)에 관한 책이다.

가례집람(家禮輯覽) : 조선시대 선조(宣祖) 32년(1559)에 김장생(金長生 1548~1631)이 주자가례(朱子家禮)에 관한 선비들의 주장을 수집하여 엮은 책. 숙종(肅宗) 11년(1685) 간행. 10권 6책.

가로되 : 말씀하시되. 가라사대보다 낮음말.

가로등(街路燈) : 도로를 밝히는 등. 1900년에 서울 도로변에 3개의 전기 등을 단 것이 우리나라에서 최초이다.

가리(假吏) : 다른 고을에서 온 아전.

가리(加里) : 갈비.

가리구이 : 갈비구이.

가리증(加里蒸) : 갈비찜.

가마 : 예전에, 집 모양으로 되어 네 명이 메고 다니던 탈 것. 주로 벼슬아치들이 타고 다니며 민가(民家)에서는 혼례 시 신부(新婦)가 타고 간다.

가마의 종류

*연(輦) : 임금이 타고 다니던 가마. 옥개(屋蓋:지붕)부분에 붉은 칠을 하고 황금으로 장식하였다. 네 개의 둥근기둥에 작은 집을 지어 올려놓고 붉은 난간을 달았다.

*옥교(玉轎) : 임금이 타는 가마. 가마 위를 꾸미지 않았다.

*덩 : 왕비나 또는 공주, 옹주가 타던 가마. 금색 지붕에 화려한 조각창이 달렸다.

*초헌(軺軒) : 종2품 이상의 벼슬아치가 타던 수레. 긴 줏대에 외바퀴가 달렸고, 앉는 데는 의자 비슷하게 만들었으며, 두 개의 긴 채가 달려 있다.

*남여(藍輿) : 승지(承旨)나 참의(參議) 이상의 벼슬아치가 타는 뚜껑 없는 작은 가마.

*사인교(四人轎) : 네 사람이 메는 가마.

가매(假寐) : 낮잠(궁중용어).

가면극(假面劇) : 탈을 쓰고 하는 연극(가면무(假面舞), 가면희(假面戲), 탈놀이).

가면희(假面戲) : 가면극(假面劇).

가묘(家廟) : 한 집안의 조상(祖上)을 모신 사당.

가무(歌舞) : 춤과 노래.

가부좌(跏趺坐) : 두 발등을 포개어 앉는 앉음새. 승려들이 수도(修道)나 참선할 때 앉는 자세.

가비(家婢) : 예전에, 양반들의 집에서 사사롭게 부리던 여종.

가비(歌婢) : 조선시대에 사대부(士大夫) 집에서 노래를 부르며 손님을 대접하던 관기(官妓)출신의 여종.

가사(家士) : 높은 벼슬아치의 집에서 받들고 일하는 사람(가신(家臣), 음신(陰臣)).

가사(歌辭) : 고려 말에 발생하여 조선 초기 사대부(士大夫) 계층에 의하여 문학으로서 확고한 자리를 잡고 발전해 온 고전문학(古典文學)의 한 장르.

가선대부(嘉善大夫) : 조선시대 문무관(文武官)의 종2품 품계. 가의대부(嘉義大夫)의 아래 급으로, 태조 1년(1392)에 만들었으며 고종 2년(1865)부터 종친(宗親), 문무관(文武官), 의빈(儀賓)의 품계로도 사용했다.

가수(枷囚) : 칼을 씌우는 형.

가슴걸이 : 말의 가슴에 걸어 안장(鞍裝)에 매는 끈.

가양주(家釀酒) : 집에서 빚은 술.

가의대부(嘉義大夫) : 조선시대 문관의 종2품 품계. 종친(宗親), 문무관(文武官), 의빈(儀賓)의 품계로 같이 사용했다.

가자(茄子) : 가지.

가정대부(嘉靖大夫) : 조선시대 문무관(文武官)의 종2품 품계.

가지기 : 과부가 다른 남자와 동거하는 것.

가체(加髢) : 예전에, 부인들이 머리를 꾸미기 위하여 자신의 머리 위에 다른 머리를 얹거나 덧붙이던 일을 말한다. 중국(中國)에서 전하여 유행하였는데 정조 12년(1788)에 금지령(禁止令)을 내렸지만 잘 실행되지 않았다.

가체장(加髢匠) : 가체를 전문적으로 만들거나 꾸며주는 사람.

가쾌(家儈) : 집 흥정을 붙이는 일을 직업으로 하는 사람(집주름, 복덕방).

까치두루마기 : 까치설빔으로 남자아이들이 주로 입는 오색 두루마기. 본래는 길, 섶, 동의 색깔도 다르며 고름이 없고 띠를 둘렀다.

각력(角力) : 씨름(단오(端午), 백중(百中)에 남자들이 하던 놀이).

각띠(角帶) : 조선시대 예복(禮服) 위에 두르던 허리띠.

각루(角樓) : 적의 동태를 살피기 위하여 성벽 위 모서리에 지은 누각(樓閣).

삼국시대(三國時代)부터 조선시대(朝鮮時代)까지 사용했다.

각사노비(各司奴婢) : 조선시대 한양(漢陽)의 여러 관아에 소속되어 있던 노비.

각색단자(各色單子) : 가지각색의 단자(單子).

각색편 : 가지각색의 떡.

각수(刻手) : 나무나 돌 따위에 조각을 하는 사람.

각수장이 : 조각하는 일을 직업으로 하는 사람.

각시(閣氏) : 아내 또는 갓 결혼한 여자.

각심이 : 조선시대 상궁(尚宮)이나 나인(內人)의 방(房)에 속하여 잡역(雜役)에 종사하던 여종(방자(房子), 방아이).

각지기(閣지기) : 조선시대 규장각에 속하여 심부름을 하던 사람.

깍쟁이 : 흔히 인색한 사람을 깍쟁이라고 하지만, 본래는 서울에서 거지 대장을 이르는 말이었다(조풍연).

깍짓동 : 마른 콩깍지나 팥깍지가 붙은 줄기를 모아 묶은 단, 사람을 이를 때는 뚱뚱한 사람을 속 되게 이르는 말.

간관(諫官) : 조선시대 사간원(司諫院)과 사헌부(司憲府)에 속하여 임금에게 잘못을 간(諫)하고 관리의 비행을 규탄하던 벼슬아치.

간련(干連) : 남의 범죄에 관련됨.

간범(干犯) : 남의 죄에 관련된 범죄(犯罪), 공범.

간부(姦夫) : 간통한 남자.

간시인(看屍人) : 시신을 살피는 사람.

간언(諫言) : 임금에게 옳지 못하거나 잘못된 일을 고치도록 건의(建議)하는 말.

간인(看人) : 남의 범죄에 관련된 증인(證人).

간증(干證) : 남의 범죄에 관련된 증인(證人).

간지(干支) : 천간(天干)과 지지(地支). 십간(十干)과 십이지(十二支) 또는 간(干)과 지(支)를 조합한 것을 이르는 말.

간지(間紙) : 한지(韓紙)를 접어서 맨 책의 각 장의 속에 넣어 받치는 다른 종이.

간지(簡紙) : 편지지.

간찰(簡札) : 간지(簡紙)에 쓴 편지.

간택(揀擇) : 조선시대 임금, 왕자(王子)나 왕녀(王女)등의 배우자(配偶者)를 선택하는 행사. 후보자들을 대궐(大闕) 안에 모아 놓고, 임금 이하 왕족(王族)들과 궁인(宮人)들이 직접 보고 적격자를 선발했다. 선발과정은 초간택(初揀擇)에서 삼간택(三揀擇)까지 과정을 거쳐 최종 결정하였음.

간택령(揀擇令) : 조선시대 임금(王), 왕자(王子), 왕녀(王女)의 배우자를 뽑기 위한 명령. 삼간택(三揀擇)이 끝날 때까지 누구도 결혼(結婚)할 수 없음.

갈개꾼 : 닥나무의 껍질을 벗기는 사람.

갈개발 : 권세(權勢) 있는 사람에게 빌붙어서 세도(勢道)를 부리는 사람.

갈이장이 : 갈이틀로 여러 가지 나무 기구를 만드는 일을 하는 사람.

감(監) : 조선시대 종친부(宗親府)에 속한 정6품 벼슬.

감고(監考) : ①조선시대 궁가(宮家)나 관아(官衙)에서 금은(金銀)이나 곡물(穀物) 등의 출납과 관리를 맡아보던 일. ②조선 후기에, 봉수(烽燧)의 각 노선(路線)을 순회하면서 감시하고 감독하던 벼슬아치.

감고관(監考官) : ①조선시대 궁가(宮家)나 관아(官衙)에서 금은(金銀)이나 곡물(穀物) 등의 출납(出納)과 간수(看守)를 맡아보던 관리. ②조선시대에, 봉화간(烽火干)을 감독하던 관원(官員).

감리(監理) : 조선시대 감리서(監理署)의 으뜸 벼슬. 조선 말기 개항장(開港場)이나 개시장(開市場)의 통상 업무를 관장하던 관청.

감리사(監理使) : 대한제국(大韓帝國) 때 통상(通商) 사무를 담당한 감리서(監理署) 으뜸 벼슬.

감리서(監理署) : 대한제국(大韓帝國) 시대에 개항장(開港場)과 개시장(開市場)의 행정과 통상(通商) 업무를 맡아보던 관아(官衙). 고종(高宗) 20년(1883)에 부산(釜山), 원산(元山), 인천(仁川) 등 세 곳에 설치한 이후, 다른 개항장과 개시장에도 확대하여 운영하다가 폐지하였다.

감목(監牧) : 조선시대 목장(牧場)에 관한 일을 맡아보던 종6품의 무관벼슬(감목관(監牧官), 목양관(牧養官).

감방(監房) : 죄수를 가두는 방.

감사(監司) : 관찰사(觀察使)의 다른 명칭.

감선(減膳) : ①수라상(水刺床)의 음식과 기구 따위를 미리 검사하던 일. ②나라에 변이가 생겼을 때 임금이 몸소 수라상(水刺床)의 음식 가짓수를 줄이던 일.

감수인(監囚人) : 옥(獄)에 갇힌 사람을 지키는 사람.

감영(監營) : 조선시대 각 도(道)의 감사(監司)가 직무를 보던 관아(官衙). 또는 영문(營門).

감옥형(監獄刑) : 죄인을 감옥(監獄)에 가두는 형벌.

감찰(監察) : 조선시대 사헌부(司憲府)의 정6품 관직.

감하다(鑑하다) : 보다(궁중용어).

갑과(甲科) : 조선시대 과거 합격자를 성적에 따라 갑(甲), 을(乙), 병(丙), 세 등급으로 나누고, 1등인 장원랑(壯元郞)은 종6품, 2등인 방안(榜眼), 3등인 탐화랑(探花郞)은 각각 정7품의 품계를 주었다.

갑년(甲年) : 예순한 살이 되는 해. 즉, 회갑(回甲)이 되는 해.(환갑(還甲))

갑신정변(甲申政變) : 조선, 고종 21년(1884)에 김옥균(金玉均), 박영효(朴泳孝) 등의 개화당(開化黨)이 민씨(閔氏) 일파를 몰아내고 혁신적(革新的)인 정부를 세우기 위하여 일으킨 정변(政變). 거사 2일 후 민씨 등의 수구당(守舊黨)과 청(淸)나라 군사의 반격으로 실패하였다.

갑오개혁(甲午改革) : 조선시대 고종(高宗) 31년(1894) 7월부터 고종(高宗) 33년(1896) 2월 사이에 단행한 개혁운동(改革運動). 개화당(開化黨)이 3차에 걸친 개혁을 통하여 정치(政治) · 경제(經濟) · 사회(社會) 전반에 걸쳐 개혁을 단행하였다. 주요 내용으로는 신분제(奴婢制)폐지, 은본위제화폐(銀本位制貨幣), 조세(租稅)의 금납(金納)통일, 인신매매(人身買賣) 금지, 조혼(早婚) 금지, 과부 재가(再嫁) 허용, 고문(拷問)과 연좌법(連坐法) 폐지 등이다.

갑오경장(甲午更張) : 갑오개혁과 같은 말.

갑일(甲日) : 환갑이 되는 해의 생일.

갑자사화(甲子士禍) : 조선, 연산군(燕山君) 10년(1504)에 폐비(廢妃) 윤(尹)씨와 관련하여 많은 선비들이 죽임을 당한 사건. 연산군의 생모 윤씨가 폐위(廢位)되어 사약(賜藥)을 받은 일에 연루된 신하들과 윤씨의 복위를 반대한 사람들이 연산군(燕山君)의 노여움을 사게 되어 화를 당한 일.

갑주(甲胄) : 갑옷과 투구.

갓 : 예전에, 어른이 된 남자가 머리에 쓰던 모자.

강감찬(姜邯贊) : 고려 초기의 명장(948~1031). 현종(顯宗) 9년(1018)에 거란군(契丹軍)이 쳐들어왔을 때, 강감찬 장군은 서북면 행영도통사(行營都統使), 상원수(上元帥)로서 흥화진(興化鎭)에서 적군을 섬멸했다. 그리고 이듬해에는 회군(回軍)하는 적을 귀주(龜州)에서 크게 격파하여 추충협모안국공신(推忠協謀安國功臣)의 호(號)를 받았다.

강도끼장이 : 예전에, 서울 주변 강촌에서 때림도끼로 뗏목이나 장작을 패는 일을 하며 먹고 살던 사람.

강무(講武) : 무예를 강습함.

강미돈 : 서당 월사금.

강사포(絳紗袍) : 임금이 신하들로부터 하례(賀禮)를 받을 때 입던 예복(禮服).

강상(綱常) : 삼강(三綱)과 오상(五常)을 아울러 이르는 말. 곧 사람이 지켜야 할 도리를 이른다.

강상범(綱常犯) : 삼강오상(三綱五常)을 범한 죄인.

강회(강膾) : 미나리나 쪽파를 데쳐서 손가락 크기로 돌돌 말아서 숙회(熟膾)로 만든 음식. 미나리나 쪽파를 감을 때에 민간(民間)에서는 상투 모양으로 감았고, 궁중(宮中)에서는 족두리 모양으로 감았다. 술안주로 제격이다.

갖바치 : 예전에, 가죽신을 만드는 일을 직업으로 하던 사람.

개국공신(開國功臣) : 나라를 세우는 데 공(功)이 많았던 사람에게 내린 칭호(稱號) 또는 그 칭호를 받은 사람.

개량파 : 대파.

개성부(開城府) : 조선시대 고려(高麗)의 도읍이었던 개성(開城)을 관리하던 관아(官衙).

개시장(開市場) : 고려, 조선시대 다른 나라와의 통상(通商)을 허가하였던 시장. 왜관(倭館), 중강진, 평양(平壤) 등지에 있었다.

개자즙(介子汁) : 겨자를 말함.

개평 : 노름이나 내기 따위에서 돈을 딴 사람에게서 조금 얻어 가지는 것.

개항장(開港場) : 외국과 무역을 하도록 개방한 항구(港口). 1424년 부산포(釜山浦), 내이포(乃而浦), 1427년 염포(鹽浦) 등을 개항(開港)하게 되었다.

개화기 담배(외국제품)

*궐연(卷煙) : 종이말이 담배.

*시거(여송연(呂宋煙) : 잎말이 담배.

****여송연은 필리핀 루손 섬 생산품을 말함.

*각연(刻煙) : 썬 담배.

개화당(開化黨) : 구한말에, 김옥균(金玉均), 박영효(朴泳孝), 홍영식(洪英植) 등이 정치 제도를 개혁(改革)하고 사상(思想)과 풍속(風俗)을 혁신하여 자주독립국(自主獨立國)을 세우려고 하였던 당파(黨派). 김옥균 일파는 갑신정변(甲申政變)을 일으켜 민씨(閔氏)일파의 수구당(守舊黨)을 물리치고 새 정부를 조직하였으나 삼일천하로 끝났다.

객공잡이(客工잡이) : 제품 하나에 일정액의 삯을 받고 일하는 사람 또는 시간, 능력에 따라 임금을 받고 일하는 사람.

객사(客舍) : 객사는 지방 군현(郡縣)에 전패(殿牌)를 안치하고 초하루와 보름에 향망궐배(向望闕拜)를 하는 한편, 공무로 파견된 관리가 숙박하는 숙소(宿所)로도 사용하였다.

객주(客主) : 조선시대 다른 지역에서 온 상인(商人)들의 거처(居處)를 제공하는 한편 물건을 맡아서 팔아주거나 흥정을 해주는 일을 하던 상인(商人)이나 그런 집.

*물상객주(物像客主) : 상인들을 집에 머무르게 하거나 그들의 물품을 소개하거나 흥정을 해주는 일을 하는 사람.

*보행객주(步行客主) : 나그네만을 맞이하던 객줏집.

갱(羹) : 탕국을 말함, 국.

갱초(更招) : 다시 문초(問招)함.

깽매기 : 꽹과리.

갸자(架子) : 음식을 나르는 데 쓰는 들 것. 두 사람이 가마를 메듯이 메고 나른다.

거간꾼(居間꾼) : 물건을 사고파는 일을 중간에서 도와주는 사람.

거벽(巨擘) : 조선시대 과거시험의 답안지 내용을 전문적으로 대신 지어 주던 사람.

거사(居士) : 학문과 도덕(道德)이 뛰어나면서도 숨어 살면서 벼슬을 않는 선비.

거열(車裂) : 사람의 팔과 다리를 각각 다른 수레에 묶고, 그 수레를 반대 방향으로 끌어서 사지를 찢어 죽임.

거위영장 : 몸은 가냘프고 키가 큰 사람.

거자(擧子) : 과거 응시생.

거통 : 별 능력도 발휘하지 못하면서 큰소리치는 사람.

건개 : 반찬(궁중용어).

건공장군(建功將軍) : 조선시대 무관(武官)으로 종3품의 벼슬.

건물(建物)과 현판(懸板) : 대궐(大闕)이나 사찰(寺刹)에 가면 많은 건물이 있다. 건물마다 현판이 달려있다. 현판은 사람으로 말하면 이름표와 같다. 현판의 끝 글자를 보면 그 건물의 주인공이나 그 건물의 사용처를 짐작할 수 있다.

*전(殿) : 왕(王)이나 신불(神佛)을 모신 집을 이른다(근정전, 대성전, 대웅전).

*당(堂) : 전의 주인공이 사용하거나 그 아래 급 인물의 공간(함화당, 독서당, 서낭당, 국사당).

*각(閣) : 당의 주인공보다 더 낮은 인물이 사용하는 집(규장각, 무량수각, 칠성각).

*루(樓) : 이층 다락으로 여러 사람이 모일 수 있는 휴식 오락 공간(경회루, 촉석루, 사비루).

*정(亭) : 단층 작은 집으로 소규모 사람이 모일 수 있는 휴식 공간(향원정,

백화정, 육모정).

건정과(乾正果) : 정과(正果)를 말린 것.

건청궁(乾淸宮) : 경복궁(景福宮)의 향원정(香遠亭) 뒤편에 있던 건물. 1873년(고종10)에 창건되었으며, 주로 국왕(國王)과 왕비(王妃)의 거처나 외교적(外交的)인 접대 장소로도 사용하였다.

걸립(乞粒) : 동네에서 경비를 쓸 일이 있을 때, 농악대(農樂隊)를 앞세우고 여러 사람들이 모여 다니면서 돈이나 곡식을 구하는 일.

걸립패(乞粒牌) : 자기들의 경비를 마련하기 위하여 집집마다 다니면서 놀아주고 돈이나 곡식을 얻어가는 무리(농악단).

걸방석 : 무덤의 상석(床石) 뒤를 괴는 긴 돌.

껄렁패 : 말이나 행동이 미덥지 않고 껄렁거리는 사람들을 이르는 말.

검관(檢官) : 조선시대 시체(屍體)를 검사(檢査)하던 관리(官吏).

검률(檢律) : 조선시대 형조(刑曹)와 지방 관아(官衙)에서 사법(司法) 행정(行政)의 실무와 교육을 담당한 종9품 벼슬.

검상(檢詳) : 조선시대 의정부(議政府)에서 죄인(罪人)을 심리하며 범죄 사실을 조사하고 검사하는 일을 담당하던 정5품 벼슬.

검안(檢案) : 뒤에 남은 흔적이나 상황을 조사하고 따짐.

검안서(檢案書) : 의사가 사람의 사망 사실을 의학적으로 확인한 후 그 결과를 기록한 문서.

검열(檢閱) : 조선시대 예문관(藝文館)에 속하여 사초(史草)를 작성하고 담당하던 정9품 벼슬.

검정새치 : 같은 편인 체하면서 남의 염탐꾼 노릇을 하는 사람.

검토관(檢討官) : 조선시대 경연청(經筵廳)에서 강독(講讀)과 논사(論思)에 관한 일을 담당한 정6품 벼슬.

검험(檢驗) : 조선시대 살인(殺人) 사건이 일어났을 때, 형조(刑曹)의 검관(檢官)이 현장에서 피해자의 시체(屍體)를 검사하고 사망 원인을 밝혀 검안서(檢案書)를 작성하던 일.

경거니 : 반찬(飯饌).

격군(格軍) : 조선시대 사공(沙工)을 돕던 수부(水夫).

격몽요결(擊蒙要訣) : 조선시대 율곡 이이(李珥)가 한문(漢文)으로 지은 아동용 학습서. 입지(立志), 혁구습(革舊習), 지신(持身), 독서(讀書), 사친(事親), 상제(喪制), 제례(祭禮), 거가(居家), 접인(接人), 처세(處世) 등 10장으로 되어 있다. 선조(宣祖) 10년(1577) 간행.

격문(檄文) : ①어떤 일을 여러 사람에게 알려 선동하는 글. ②급히 사람들에게 알리려고 각처로 보내는 글. ③군병(軍兵)을 모집하거나 적군(敵軍)을 선동 하거나 꾸짖는 글.

격물치지(格物致知) : 실제 사물의 이치(理致)를 연구하여 지식(知識)을 완전하 게 함. 『대학(大學)』에 나오는 말이다.

견파(譴罷) : 관원의 실수(失手)를 탓하여 파면(罷免)하던 일.

결(結) : 논밭 넓이의 단위. 논 1결(結)은 대체로 두 마지기에 해당된다. 세금 (稅金)을 계산할 때 이를 사용했다.

결작(結作) : 조선 후기 균역법(均役法)의 실시에 따른 나라 재정(財政)의 부 족을 메우기 위하여 전답(田畓) 소유자에게 부과하던 부가세(附加稅).

결자해지(結者解之) : 자기가 저지른 일은 자기가 해결하여야 한다는 말.

겸인(傔人) : 양반집에서 잡일을 맡아보거나 시중을 들던 사람.

겸인의(兼引儀) : 조선시대 통례원(通禮院)에 속하여 조회(朝會)나 제사(祭祀) 등의 의식(儀式)을 행할 때 식순(式順)을 낭독하는 사람. 종9품 벼슬. 일정 한 기간이 지나면 인의(引儀)로 승진하였다.

겸종(傔從) : 양반집에서 잡일을 하면서 시중을 들던 사람.

경(卿) : 임금이 2품 이상의 신하들에게 이르던 2인칭 대명사.

경(經) : 무당이나 박수가 굿을 할 때 재액(災厄)을 쫓아내고 병을 낫게 할 목 적으로 외는 기도문(祈禱文) 또는 주문(呪文).

경관직(京官職) : 의정부(議政府), 승정원(承政院), 의금부(義禁府,), 사헌부(司 憲府), 홍문관(弘文館), 사간원(司諫院), 한성부(漢城府), 춘추관(春秋館),

성균관(成均館), 육조(六曹)를 아울러 이르는 말.

경기민요(京畿民謠) : 서울, 경기, 충청지방을 중심으로 불린 민요(民謠). 사설(辭說)이 정돈되고 기교적이며, 맑고 경쾌한 장단을 가지고 있다. 노랫가락으로, 도라지타령, 개성 난봉가, 늴리리야, 매화타령, 방아타령, 사발가, 아리랑, 양산도, 오독도기, 태평가 등이 있다.

경력(經歷) : 조선시대 각 부(府)에서 실무를 맡아보던 종4품 벼슬.

경복궁(景福宮) : 조선시대의 궁궐. 1395년(태조 4)에 건립, 임진왜란 때 화재로 소실되고 고종(高宗) 때 흥선(興宣) 대원군이 중건하였다. 일제강점기 조선총독부가 대부분 철거되고 근정전(勤政殿), 경회루(慶會樓), 향원정(香遠亭), 집옥재(集玉齋) 등만 남겨 두었다. 광복 후 다시 복원하고 있다.

경사대부(卿士大夫) : 조선시대 영의정(領議政), 좌의정(左議政), 우의정(右議政) 이외의 모든 사대부(士大夫)를 이르던 말.

경연(慶筵) : 고려, 조선시대 임금이 학문이나 기술을 강론(講論), 연마(鍊磨)하고 신하들과 국정(國政)을 논의하던 일. 또는 그런 자리. 공양왕 2년(1390)에 서연(書筵)을 고친 것으로 왕권(王權)의 행사를 규제하는 등 중요한 일을 수행하였다.

경재소(京在所) : 조선 초기에, 정부(政府)와 지방의 유향소(留鄕所) 사이 연락기능을 원활하게 하기 위하여 서울에 둔 기구. 유향소를 통하여 지방 자치를 허용하면서도, 중앙에서 유향소(留鄕所)를 직접 통제(統制)할 수 있도록 한 기구로 중앙집권(中央集權)을 강화한 제도였다.

경저(京邸) : 조선시대 각 지방(地方) 관아(官衙)에서 서울에 둔 출장소. 서울에 출장 온 지방 벼슬아치들의 편의를 돕고 업무를 대행하여 주고 연락 사무를 담당하였다.

경저리(京邸吏) : 고려, 조선시대 중앙(中央)과 지방(地方) 관아의 연락사무를 원활하게 하기 위하여 지방 수령(守令)이 서울에 파견하던 아전(衙前)이나 향리(鄕吏)를 말함.

경주인(京主人) : 일종의 중개업자로 지방관(地方官)이나 이속(吏屬)이 서울 출장 올 때 금전(金錢) 대체, 숙박(宿泊) 알선 등을 해주고 그 비용을 지방 관아(官衙)에 이자(利資) 포함하여 청구하던 사람.

경회루(慶會樓) : 경복궁(景福宮) 서북쪽 연못 안에 있는 누각(樓閣). 나라에 경사(慶事)가 있거나 외국에서 사신(使臣)이 왔을 때 연회(宴會)를 베풀던 곳으로, 조선 태종(太宗) 12년(1412)에 연못을 넓히면서 크게 다시 확장하였으나 임진왜란(壬辰倭亂) 때에 화재(火災)로 소실되었다. 조선 고종(高宗) 4년(1867)에 재건(再建). 정식 명칭은 경복궁(景福宮) 경회루(慶會樓).

경희궁(慶熙宮) : 조선, 광해군(光海君) 8년(1616)에 건립하여 경덕궁(慶德宮)이라 하던 것을 조선 영조(英祖) 36년(1760)에 경희궁으로 고쳤다. 그 뒤 건물은 없어지고 1910년 경성중학교가 세워졌다가 경희궁 복원 사업의 일환으로 숭정전(崇政殿)을 비롯하여 일부가 복원되었다.

곁꾼 : 옆에서 일을 도와주는 사람.

곁상(俠卓) : 큰 상(床)이나 원상(圓床) 곁에 붙여 차려 놓은 작은 상(床).

계(啓) : 관청이나 벼슬아치가 임금에게 올리는 글.

계(契) : 주로 경제적인 도움을 나누거나 친목을 도모하기 위하여 만든 전래의 협동 조직으로 상여계, 상포계, 그릇계, 동계(洞契), 친목계 등이 있다.

계공랑(啓功郎) : 조선시대 종7품 문관(文官)의 품계. 각 관아(官衙)의 직장(直長), 육조(六曹)의 명률(明律), 산사(算士), 춘추관의 기사관(記事官), 내수사의 전회(典會), 내시부의 상설(尙設) 등이 있다.

계단(鷄蛋) : 달걀(궁중용어).

계목(啓目) : 조선시대 중앙의 관부(官府)에서 임금에게 올리던 문서 양식의 하나. 작은 일을 계(啓)할 때 썼다.

계반(啓飯) : 제사(祭祀) 때 메, 탕, 반찬 그릇의 뚜껑을 열어 놓는 것.

계반개(啓飯蓋) : 밥그릇 뚜껑을 여는 것.

계방(契房) : ①조선 후기에, 백성들이 균역(均役), 잡역(雜役) 등을 덜거나 불법 행위를 묵인해주는 대가로 구실아치에게 뇌물을 주던 일. ②나루터 부근의 주민이 사공에게 뱃삯으로 곡식을 주던 일(여름에는 보리를, 가을에는 벼를 주었다).

계방촌(契房村) : 조선시대 지방 토호(土豪)들이 관리를 매수하여 국가가 지운 부담을 면한 마을.

계백(階伯) : 백제(百濟) 말기 장군(?~660). 의자왕(義慈王) 20년(660)에 나당연합군(羅唐聯合軍)이 백제(百濟)로 쳐들어오자, 결사대(決死隊) 5000명을 이끌고 황산벌(黃山伐)에서 신라(新羅) 장수(將帥) 김유신(金庾信)과 네 차례 싸워서 모두 승리하였으나 다섯 번째 전투에서 전사하여 패배하였다.

계본(啓本) : 조선시대 임금에게 큰일을 보고할 때 제출하던 문서 양식.

계사(計士) : 조선시대 호조(戶曹)에 속하여 회계(會計) 실무를 맡아보던 종8품 벼슬.

계석(界石) : ①경계(境界)를 표시하기 위하여 세운 돌. ②반가(班家)의 무덤 앞에 적자(嫡子)와 서자(庶子)가 구별하여 설 수 있도록 일자로 박아놓은 돌.

계수재배(稽首再拜) : 머리가 땅에 닿도록 몸을 굽혀 두 번 절하는 것을 말함. 흔히 한문투(漢文套)의 편지글에도 상대편에 대한 경의(敬意)를 표하기 위하여 첫머리에 쓴다.

계유정난(癸酉靖難) : 조선, 단종(端宗) 원년(1453)에 수양대군(首陽大君)이 정권 탈취를 목적으로 반대파를 숙청(肅淸)한 사건. 그 해 10월 10일에 김종서(金宗瑞), 황보인(皇甫仁) 등을 살해하고 안평대군(安平大君)은 사사(賜死)하였다.

계치적(鷄雉炙) : 닭과 꿩고기 적(炙)을 말한다.

고깔 : 승려(僧侶)나 무당(巫堂) 또는 농악대(農樂隊)들이 머리에 쓰는 모자, 모자 위 끝이 뾰족하게 생겼다.

고공(雇工) : 머슴, 고용살이하는 사람.

고금유현(古今儒賢) : 예전부터 지금까지 이름난 모든 선비.

고두배(叩頭拜) : 옛날 임금에게 하던 절. 고두배는 큰절을 할 때 공수한 손을 풀어서 두 손을 벌려 바닥을 짚으며 하는 절.

고려가사(高麗歌詞) : 고려시대의 민요(民謠) 가운데 노래로 궁중(宮中)의 연향

(宴享)에 사용할 목적으로 윤색하고 개작한 시가(詩歌). 세종(世宗, 1397~1450) 때 『악학궤범(樂學軌範)』, 『악장가사(樂章歌詞)』, 『시용향악보(時用鄕樂譜)』 등 악서(樂書)로 정착되었다.

고려가요(高麗歌謠) : 고려시대 시가를 통틀어 이르는 말.

고려개국공신(高麗開國功臣) : 태봉왕(泰封王) 궁예(弓裔)를 쳐부수고 왕건(王建)을 고려(高麗) 왕(王)으로 추대한 사람들을 개국공신으로 책록하였다.

*일등공신 : 홍유(洪儒), 배현경(裵玄慶), 신숭겸(申崇謙), 복지겸(卜智謙).

*이등공신 : 권능식(權能寔), 권신(權愼), 염상(廉相), 김낙(金樂), 마난(麻煖).

*삼등공신 : 2,000명.

고려속요(高麗俗謠) : 고려시대 민간(民間)에서 부르던 노래. 대표적으로 〈가시리〉, 〈청산에 살어리랏다〉 등이 있다.

고려시대(高麗時代)의 술 : 문학 작품에 등장한 술 이름. 황금주(黃金酒), 백자주(柏子酒), 송주(松酒), 예주(醴酒), 죽엽주(竹葉酒), 이화주(梨花酒), 오가피주(五加皮酒), 자주(煮酒), 화주(花酒), 초화주(椒花酒), 파파주(波把酒), 백주(白酒), 방문주(方文酒), 춘주(春酒), 천일주(千日酒), 천금주(千金酒), 녹파주(綠波酒), 동동주, 녹주(綠酒), 청주(淸酒), 국화주(菊花酒), 부의주(浮蟻酒), 창포주(菖蒲酒), 유하주(流霞酒), 구하주(九霞酒), 탁주(濁酒).

고립(雇立) : 남을 대신 보내어 공역(公役)을 치르게 하는 일.

고문(拷問) : 죄인이 숨기고 있는 사실을 강제로 알아내기 위하여 육체적, 정신적 고통을 주며 신문하는 것.

고문(拷問)의 종류

*낙형(烙刑) : 불에 달군 쇠로 죄인의 몸을 지지는 일.

*주리 : 죄인의 두 다리를 한데 묶고 다리 사이에 두 개의 주릿대를 끼워 비트는 형벌.

*학춤 : 죄수의 옷을 벗기고 두 팔을 등 뒤로 젖혀 묶은 다음 공중에 매달아 놓고 몽둥이로 때리는 형벌. 공중에 매달려 형벌을 받는 죄인의 모습이 마치 학이 춤추는 모습과 비슷하다고 하여 이르는 명칭이다.

고배상(高排床) : 고임상(궁중용어).

고사(告祀) : 액운(厄運)을 피하고 풍요와 행운이 오도록 집안이나 자연에 있는 신(神)에게 음식을 차려 놓고 비는 행위.

고사례(告辭禮) : 고사례는 집안에 무슨 일이 생기면 사당(祠堂)에 고유하는 것을 말한다. 즉, 돌아가신 조상에게 추증(追贈)이 내려졌을 때, 신주(神主)의 분면(粉面)을 고칠 때, 적자(嫡子)가 태어났을 때, 벼슬길에 나갈 때, 돌아가신 부모의 생일이나 늙어서 아들에게 가사를 위탁할 때, 사당을 수리할 때, 이사(移徙)를 갈 때 고사례를 지낸다. 고사례의 절차는 참례(參禮)와 같으나 주인이 헌작(獻酌)한 다음에 축관(祝官)이 고사(告辭)를 읽는 절차가 있다.

고수(鼓手) : 걸립패나 소리판, 농악대(農樂隊) 등에서 북 치는 사람(북수).

고수레 : 산이나 들이나 논밭에서 음식을 먹을 때 근처에 있는 신(神)에게 먼저 바친다는 뜻으로 음식을 조금 떼어 던지는 풍습. 산신제(山神祭) 지낸 후 음복(飮福)할 때도 고수레를 한다(고시례, 고시내, 고시래).

고신(告身) : 조정에서 내리는 벼슬아치의 임명장.

고신(拷訊) : 죄인이 숨긴 사실을 강제로 알아내기 위하여 육체적 고통을 주며 신문하는 일.

고심참담(故心慘憺) : 마음을 조이고 애를 쓰며 걱정함.

고애자(孤哀子) : 부모를 모두 여읜 사람이 상중(喪中)에 자기를 이르는 대명사.

고용(雇傭) : 보수를 받고 남의 일을 하여 주는 것.

고유문(告由文) : 큰일을 치른 뒤에 그 내용을 글로 적어서 사당(祠堂)이나 신명(神冥)에게 알리는 글.

고유제(告由祭) : 어떤 사유(事由)를 신에게 고하는 제사(祭祀).

고임 : 상(床)에 올리기 위하여 떡, 적, 전, 과일, 과자 등을 높이 쌓아올리는 것. 환갑잔치나 시제 때는 1자(30.3cm)까지 쌓아올린다. 왕실은 경사에서만 고임을 하는데 1자 3치부터 1자 8치(약 55cm)까지 쌓아올렸다.

고임상(고임床) : 잔치에 쓰는 음식을 높이 쌓아올린 상.

고지기 : 관아(향교)를 보살피고 관리하는 사람.

고풍채(古風債) : 새로 부임한 벼슬아치가 그 관아의 서리(書吏)나 하례(下隷)들에게 내려 주던 돈.

곡령(曲領) : 깃이 둥글게 생긴 옷.

곡마(曲馬) : 말을 타고 여러 가지 묘기를 보여주는 재주(마희(馬戱), 말놀음, 서커스).

곡마단(曲馬團) : 곡마와 기술(奇術), 요술 따위를 보이는 흥행 단체. 곡마(曲馬)는 원래 말놀음(馬戱)의 시작이 되었다. 우리나라의 곡마는 조선 초엽 중국의 마희에서 유래되었다. 이 곡마의 종목에는 달리는 말 위에서 서기, 말 옆에 매달려서 달리기, 말 위에 누워서 달리기, 말 위에 거꾸로 서서 달리기, 말 위에 자빠져서 달리기, 말 위에 가로 누워서 달리기, 말 옆에 거꾸로 매어서 달리기, 쌍마 타고 서서 활쏘기 등 여러 가지가 있다(곡예단(曲藝團), 말광대(馬廣大), 서커스(circus)).

곡배(曲拜) : 임금을 뵙고 절을 하는 것. 이때 임금은 남쪽을 향하여 앉고, 절하는 사람은 임금을 마주 보지 않고 동쪽이나 서쪽을 향하여 절을 한다.

곡비(哭婢) : 장례(葬禮) 때에 곡성(哭聲)이 끊어지지 않도록 하기 위하여 상주 대신 곡(哭)하는 비자(婢子).

꼭두각씨 놀음 : 우리나라의 민속 인형극(人形劇). 홍동지, 박첨지 등의 여러 가지 인형을 무대(舞臺) 위에 번갈아 연출(演出)시키며 무대 뒤에서 조종(操縱)하고 그 인형의 동작에 따라 조종자가 성우처럼 말한다.

곤룡포(袞龍袍) : 왕(王)이 입는 정복(正服). 누런빛이나 붉은빛으로 된 비단으로 지었으며, 가슴과 등과 어깨에 용문(龍紋)을 수놓은 용보(龍補)가 있다.

곤지 : 전통 혼례에서 신부(新婦)가 이마 가운데(연지) 찍는 붉은 점.

골동면(骨董麵) : 비빔국수.

골패(骨牌) : 납작하고 네모진 작은 나뭇조각에 상아(象牙)나 짐승 뼈를 붙이고 여러 가지 수효를 나타내는 구멍을 새긴 32개의 놀음 도구.

곱돌솥 : 곱돌로 만든 솥.

공(公) : 어떤 사람을 높여 부르거나 이르는 존칭.

공계(貢契) : 조선 후기, 나라에 공물(貢物)을 먼저 바치고 돈을 나중에 내던 계(契).

공고상(公故床) : 번상(番床)에 대하여 격식을 차려 하는 말.

**번상 : 예전에, 번을 들 때에 자기 집에서 차려 내는 밥상.

***번 : 차례로 숙직이나 당직을 차례로 하는 일.

공녀(貢女) : 옛날에 여자(女子)를 나라에 바치던 일. 또는 그런 여자(女子).

공노비(公奴婢) : 관가(官家)에 속하여 있는 노비(奴婢).

공덕비(功德碑) : 공덕(功德)을 기리기 위하여 그 행적(行蹟)을 새겨서 세운 비석(碑石).

공로비(功勞碑) : 공로(功勞)를 기리기 위하여 세운 비석.

공명첩(空名帖) : 성명(姓名)을 적지 않은 백지 임명장. 국가의 재정이 궁핍할 때 국고(國庫)를 채우는 수단으로 사용된 것, 중앙의 관원이 이것을 가지고 전국을 돌아다니면서 돈이나 곡식을 바치는 사람에게 즉석에서 그 사람의 이름을 적어 명목상 관직(官職)을 주었다.

공방(工房) : 조선시대 승정원(承政院)의 공전(工典) 담당부서. 육방(房)의 하나로, 주로 토목, 영선(營繕), 공장(工匠) 등에 관계된 왕명의 출납을 맡았다.

공복(公服) : 관원이 조정에 나갈 때 입는 제복(制服). 신라 진덕여왕(眞德女王) 2년(648)부터 관원(官員)이 평상시 조정(朝廷)에 나갈 때 착용하기 시작하였는데, 머리에는 복두를 쓰고, 곡령(曲領)에 소매가 넓은 옷을 입었으며, 손에는 홀(笏)을 들었다.

공생(貢生) : 향교(鄕校)의 심부름꾼.

공심돈(空心墩) : 성(城)에 있는 돈대(墩臺)의 하나. 내벽과 외벽을 원형(圓形) 또는 방형(方形)으로 2~3층 쌓아 올리고 위에는 누정(樓亭)을 세웠으며, 벽에 총구를 내어 내, 외벽을 돌면서 적을 사격할 수 있게 하였다.

공수전(公須田) : 관아(官衙)의 접대비(接待費)나 역(驛)의 경비를 충당하게 하기 위하여 지급하던 토지.

공신(功臣) : 나라를 위하여 특별한 공을 세운 신하. 공신은 크게 배향공신(配享功臣)과 훈봉공신(勳封功臣) 훈호공신(勳號功臣)으로 구분되어 있다.

공신전(功臣田) : 고려, 조선시대 국가에 훈공(勳功)이 있는 사람에게 내리던 토지(土地).

공역(公役) : 국가나 공공 단체가 부과하는 일.

공원(公員) : 공무원을 줄인 말. 예전 마을의 말단 직원.

공인(貢人) : 조선 후기, 성행하던 공계(貢契)의 계원(契員).

공적비(功績碑) : 어떤 인물의 공적(功績)을 기리고 기념하기 위하여 세우는 비석.

공전(公錢) : 국가의 공금(公金) 또는 세금(稅金).

공조(工曹) : 조선시대 육조(六曹) 가운데 산택(山澤), 공장(工匠), 영선(營繕), 도야(陶冶)를 맡아보던 정2품 아문. 태조 1년(1392)에 설치하여 고종 31년(1894)에 공무아문(工務衙門)으로 이름을 고쳤다.

공조좌랑(工曹佐郎) : 조선시대 공조(工曹)에 속한 정6품 벼슬. 정원이 3명인데 그 가운데 1명은 무관(武官)으로 임명했다.

공주(公主) : 정실 왕비(王妃)가 낳은 딸.

공징이 : 죽은 아이 귀신이 내려 특이한 휘파람 소리를 내면서 점을 치는 여자 점쟁이.

공천(公賤) : 죄를 지어 종이 되거나 속공(屬公)되어 관아(官衙)에 속하게 된 종.

공친(功親) : 기년복(期年服), 공복(功服)을 입을 정도의 가까운 친척.

*대공친(大功親) : 종형제, 출가한 종자매, 중자부, 중손, 중손녀, 질부, 남편의 조부모, 남편의 백숙부모, 남편의 질부 등을 통틀어 이른다.

*소공친(小功親) : 종조부모(從祖父母), 재종(再從) 형제(兄弟), 종질(從姪), 종손(從孫) 등을 통틀어 이른다.

공포(功布) : 글씨를 쓰지 않는 삼베를 명정(銘旌)처럼 만들어 상여가 나갈 때 명정과 함께 앞에 서서 간다. 묘지에 가서 관을 묻기 전 깨끗이 닦는 데 쓰는 헝겊으로 사용한다.

공해(公廨) : 관가(官家)의 건물.

꼭짓집 : 예전에 빨래터에서 빨래를 삶아주고 빨래 꼭지의 수대로 삯을 받던 집.

꽃나부춤 : 웃다리 농악에서 연기하는 무동춤. 춤사위에는 좌우로 흔들기, 겨드랑사위, 앉은춤, 어깨 좌우로 틀기, 발림 등이 있다.

과(寡) : 과부.

과객(過客) : 지나가는 나그네.

 *역려과객(逆旅過客) : 길 가는 나그네와 같이 아무 관계가 없는 사람.

 *백대지과객(百代之過客) : 영원히 지나가기만 할 뿐 다시 돌아오지 않는 나그네라는 뜻. 세월.

과거(科擧) : 우리나라와 중국에서 관리를 뽑을 때 실시하던 시험(試驗). 중국에서는 수(隋)나라 때에 시작하였고, 우리나라에서는 고려 광종 9년(958)에 처음 실시하여 조선시대까지 전통이 이어져 왔다. 문과(文科), 무과(武科), 잡과(雜科) 등이 있다.

과거 대과 3단계 시험

 *초시(初試) : 과거에서 첫 번째 보는 시험. 서울과 지방에서 식년(式年)의 전해 가을에 보았다.

 *복시(覆試) : 초시에 합격한 사람들이 2차로 보는 시험.

 *전시(殿試) : 복시(覆試)에서 선발된 사람에게 임금이 친히 참석하여 치르게 하던 시험. 문과 33명, 무과 28명의 합격자를 재시험하여 등급을 결정하였다.

과거시험의 종류

 *식년시(式年試) : 조선시대 과거(科擧)는 3년마다 정기적으로 시행되었다. 합격자 정원은 문과(文科) 33명, 무과(武科) 28명, 생원(生員) 100명, 진사(進士) 100명, 잡과(雜科) 46명으로 정해져 있었다.

 *증광시(增廣試) : 조선시대 나라에 큰 경사(慶事)가 있을 때 실시하던 임시 시험. 태종 1년(1401)에 처음 실시하였으며 생진과(生進科)의 초시(初始)와 복시(覆試), 문과(文科)의 초시(初試), 복시(覆試), 전시(殿試) 5단계로 나누었다.

*별시(別試) : 조선시대 천간(天干)으로 병(丙) 자가 든 해 또는 나라에 경사(慶事)가 있을 때에 보던 임시 과거시험.

*알성시(謁聖試) : 조선시대 임금이 문묘(文廟)에 참배한 뒤 실시하던 비정규적인 과거시험.

*정시(庭試) : 조선시대 나라에 경사(慶事)가 있을 때 대궐(大闕) 안에서 보던 과거시험.

*춘당대시(春塘臺試) : 조선시대 임금이 몸소 나와 창경궁(昌慶宮) 춘당대(春塘臺)에서 보던 문무과(文武科)의 시험. 왕실에 경사(慶事)가 있을 때 임시로 행한 시험으로, 선조(宣祖) 5년(1572)에 시작하였다. 이 시험만으로 대과(大科) 3단계 시험의 마지막 단계인 전시(殿試)를 보는 것과 같은 혜택을 주었다.

과거 합격자 귀향(歸鄕) 행사

*도문(到門) : 과거 합격자 집에 돌아오는 것.

*소분(掃墳) : 귀향 다음날 선조(先朝) 묘소에 가서 음식을 차려놓고 제사를 지내는 것.

*유가(游街) : 솔창(率倡)이 인도하여 창우(倡優)들이 풍악을 울리며 친구를 방문하는 행사.

**솔창(率倡) : 행렬을 인도하는 사람(행사 진행자).

*과부(科扶) : 합격자가 가난하면 친구들이 도와주는 것.

*효죽(孝竹) : 자기 집 문(門)과 묘소(墓所)에 대나무로 화표(華表)를 장식한다.

**화표(華表) : 주인공의 위업을 드러내기 위하여 무덤이나 건물을 꾸미는 장식품.

과줄 : 꿀과 기름을 섞은 밀가루 반죽을 판에 박아서 어떤 모양을 낸 후 기름에 지진 과자(菓子). 강정, 다식(茶食), 약과(藥果), 정과(正果) 등을 통틀어 이르는 말.

곽탕(藿湯) : 미역국(궁중용어).

관(館) : ①조선시대 삼사(三司) 가운데 궁중(宮中)의 경서(經書), 문서(文書)

등을 관리하고 임금의 자문(諮問)에 응하는 일을 맡아보던 관아(官衙). ②입국한 왜인(倭人)들의 외교적(外交的)인 업무나 무역을 행하던 관사(館舍).

관곡(官穀) : 국가나 관청(官廳)에서 가지고 있는 곡식(穀食).

관곽(棺槨) : 시체를 넣는 관(棺)을 이르는 말이다.

관교(官敎) : 조선시대 임금이 4품 이상의 벼슬아치에게 주던 사령(辭令). 세종(世宗) 7년(1425)에 왕지(王旨)를 고친 것이다.

관군(官軍) : 조선시대 나라에 소속된 정규 군대.

관군(館軍) : 고려, 조선시대 각 관(館)과 역참(驛站)에 속하여 신역(身役)을 부담하던 군졸(軍卒).

관기(官妓) : 궁중(宮中) 또는 관청(官廳)에 속하여 가무(歌舞), 기악(技樂) 등을 맡아하던 기생(妓生). 궁중에 속한 기생은 약방기생(藥方妓生)과 상방기생(尙方妓生)이 있었다.

관노(官奴) : 예전에 관가(官家)에 속하여 있던 남종.

관노가면희(官奴假面戲) : 강원도 강릉(江陵)에서 전하여 오는 탈놀이. 강릉 단오제(端午祭) 때 관노(官奴)들이 공연하던 것으로, 대사(臺詞) 없이 춤과 동작만으로 이루어진 국내 유일한 무언(無言) 가면극이다. 관노가면희는 양반, 장자마리, 시시딱딱이 등장하는 가면극으로 모두 여섯 과장으로 되어 있다.

관노비(官奴婢) : 관가에 속하여 있던 남종 여종.

관동팔경(關東八景) : 관동팔경은 통천의 총석정(叢石亭), 고성의 삼일포(三日浦), 간성의 청간정(淸澗亭), 양양의 낙산사(洛山寺), 강릉의 경포대(鏡浦臺), 삼척의 죽서루(竹西樓), 울진의 망양정(望洋亭), 평해의 월송정(越松亭) 등이다.

*월송정 대신 평해 흡곡의 시중대(侍中臺)를 포함시키기도 한다.

*고려 말 문인 안축(安軸)이 『관동별곡』에서 총석정, 삼일포, 낙산사 등의 경치를 노래했고, 조선 선조(宣祖) 때 문인 정철(鄭澈)은 『관동별곡(關東別曲)』이란 가사에서 관동팔경(關東八景)을 노래하였다.

관둔전(官屯田) : 지방 관청 유지비(維持費)를 충당하기 위해서 준 전답(田畓).

관령(官令) : 관청의 명령(命令).

관령(管領) : 조선시대 한성부(漢城府), 개성부(開城府), 평양부(平壤府)의 각 부(部)에 소속된 각 방(坊)의 책임자.

관례(冠禮) : 예전에 남자가 성년에 이르면 어른이 된다는 의미로 상투를 틀고 갓을 쓰게 하던 의례(儀禮). 유교에서는 원래 스무 살에 관례를 하고 그다음에 혼례(婚禮)를 하였으나 차츰 조혼(早婚)이 성행하면서 관례와 혼례를 같이 겸하여 하였다.

관리 제복 색상

*녹포(綠袍) : 7품 이하 관리의 제복.

*청포(淸泡) : 종3품~6품까지의 관리 제복.

*홍포(紅袍) : 정3품 이상 관리의 제복.

관모(冠帽) : 관모(官帽)는 관리들이 머리에 쓰던 모자. 신분(身分)과 격식(格式)에 따라 여러 가지가 있다. 관(冠)이라고도 한다. 대표적인 관모에는 정자관(程子冠), 익선관(翼善冠), 사모(紗帽), 패랭이, 흑립(黑笠), 갓모, 삿갓 등이 있다.

관문(關文) : 조선시대 상급 관청에서 하급 관청으로 내려 보내던 공문(公文).

관백(管白) : 조선 인조(仁祖) 때 두었던 관향사(管餉使)를 달리 이르는 말.

관백(官伯) : 수령(守令)의 형(兄)을 이노(吏奴)들이 비꼬아 이르는 말.

관백(觀白) : 옛날 일본(日本)에서 천황(天皇)을 보좌(補佐)하여 나라를 다스리던 중직(重職). 우리나라에 보내오는 공문서는 명치(明治) 전까지 관백의 이름으로 보내왔다.

관복(官服) : 벼슬아치들이 입던 정복(正服).

관부연락선(關釜連絡船) : 부산과 일본 시모노세키(下關) 사이를 오가던 기선(汽船), 일본 철도성 소속 연락선이다. 1905년에 개업하여 제2차 세계대전이 끝남과 동시에 중단되었다.

관비(官婢) : 예전에 관가(官家)에 속하여 있던 여종.

관상감(觀象監) : 조선시대 예조(禮曹)에 속하여 천문(天文), 지리(地理), 역수

(曆數), 기후(氣候) 관측, 각루(刻漏) 등을 맡아보던 관아(官衙). 세종 7년(1425)에 서운관(書雲觀)을 고친 것으로 고종 32년(1895)에 다시 관상소(觀象所)로 고쳤다.

관쇠(館쇠) : 예전에, 푸줏간에서 쇠고기 파는 사람을 이르던 말. 여기서 관(館)은 쇠고기를 파는 푸줏간을 뜻하고 쇠는 사람 이름 대신 쓰는 말이다.

관수세전(灌水貰錢) : 물길을 이용하는 대가로 내는 세금.

관아(官衙) : 관원들이 정무(政務)를 보던 건물. 관서(官署), 공해(公廨)라고도 한다.

관안(官案) : 각 관아의 이름과 그곳에 속한 벼슬 이름을 적은 책.

관왕묘(關王廟) : 관우운장(關羽雲長)의 신을 모신 집.

관우운장(關羽雲長) : 삼국지에 나오는 관우(關羽)를 신으로 모시며 호(號) 운장(雲長)을 이름(關羽) 끝에 더한 것이다.

과의교위(果毅校尉) : 조선시대 정5품 무과(武科)의 품계.

관자(貫子) : 망건에 달아 당줄을 걸어 넘기는 구실을 하는 작은 고리.

관절(關節) : 나라의 중요한 관직(官職)에 있는 사람에게 뇌물을 주고 청탁하는 것.

관직(官職) : 벼슬과 직무(職務)를 아울러 이르는 말.

관직(館職) : 조선시대 홍문관(弘文館) 부제학(副提學) 이하의 벼슬아치와 성균관(成均館) 대사성(大司成) 이하의 벼슬아치를 통틀어 이르던 말.

관찰사(觀察使) : 조선시대 각 도(道)에 파견된 지방 행정의 최고 책임자. 그 지방의 경찰권(警察權), 사법권(司法權), 징세권(徵稅權) 등 행정상 절대적인 권한을 가진 종2품 벼슬.

관찰사(觀察使) 임기 : 품계(品階)가 당상(堂上)이거나, 가족을 데려가면 1800일(5년), 그렇지 않으면 900일이다.

관찰사(觀察使) 호칭 : 감사(監司), 도백(道伯), 방백(方伯), 외헌(外憲), 도선생(道先生), 영문선생(營門先生) 등으로도 하였다.

관청(官廳) : 국가의 사무(事務)를 집행하는 기관.

관청빗(官廳빗) : 조선시대 수령(守令)의 음식물을 맡아보던 구실아치.

관향사(管餉使) : 조선, 인조(仁祖, 1595~1649) 때 지방의 군량(軍糧)을 관리하던 벼슬. 1623년에 설치하여 전국에 파견하였으나, 그 뒤 평안도(平安道) 지역에만 파견하고 평안감사(平安監司)가 겸임하였다.

관현맹(管絃盲) : 조선 전기, 관습도감(慣習都監)에 속하여 궁중 잔치에서 향악(鄕樂)과 당악(唐樂)을 연주하던 맹인(盲人) 악사(樂士).

관후서(觀候署) : 고려시대, 천문(天文), 역수(曆數) 등의 일을 맡아보던 관서. 처음에는 태복감(太卜監), 후에 사천대(司天臺), 사천감(司天監), 관후서로 변경. 그 후 태사국(太史局)과 통합하여 서운관(書雲觀)이 됨.

광군사(光軍司) : 고려 초기, 거란(契丹)의 침입을 막기 위하여 임시로 만든 군대.

광다회(廣多繪) : 군사의 융복(戎服)을 입고 띠던 넓은 띠.

광대(廣大) : 가면극(假面劇), 인형극(人形劇), 줄타기, 땅재주, 판소리 따위를 하던 직업적 예능인(禮能人)을 통틀어 이르던 말.

광대소리 : 판소리를 속되게 이르는 말.

광무(光武) : 조선, 고종(高宗, 1852~1919) 때 사용한 연호(年號, 1897~1906). 대한제국(大韓帝國)의 첫 번째 연호(年號). 광무 1년이 1897년이다.

광월단(光月團) : 1920년대 창극단으로 임명옥(林明玉)의 자매가 중심이었으나 나중에는 김봉이(金鳳伊), 김봉학(金鳳鶴), 박명옥(朴明玉) 등이 광월단의 중심인물이 되었다.

광혜원(廣惠院) : 조선 고종 22년(1885)에 일반 백성을 위하여 설립한 한국 최초의 근대식 병원. 고종의 시의(侍醫)였던 미국인 선교사 알렌(Allen, H. N.)의 주관 아래 세웠으며, 그 해에 제중원(濟衆院)으로 이름을 고쳤다.

꽹과리 : 민속 악기의 하나. 놋쇠로 만들어 채로 쳐서 소리를 내는 악기로, 주로 농악놀이에서 상쇠가 치고 북과 함께 굿에도 쓴다.

교감(校勘) : 고려, 조선시대 경서(經書) 및 외교(外交) 문서를 조사하고 교정하는 일을 담당하였던 벼슬. 고려시대에는 보문각(寶文閣) 전교시(典校寺)에 속한 종9품 벼슬, 조선시대에는 승문원(承文院)에 속한 종4품 벼슬이다.

교군꾼(轎軍꾼) : 가마를 메는 사람(교군, 교꾼, 가마꾼).

교노(校奴) : 향교(鄕校)에 속한 남종.

교룡(蛟龍) : 뿔이 없고 비늘이 있는 용(龍). 뜻을 이루지 못한 영웅호걸(英雄豪傑)을 의미한다.

교리(校理) : 조선시대 집현전(集賢殿), 홍문관(弘文館), 교서관(校書館), 승문원(承文院) 등에 속하여 문한(文翰)을 맡아보던 문관(文官) 벼슬. 정5품 또는 종5품이었다.

교방(教坊) : 조선시대 장악원(掌樂院)의 좌방(左坊)과 우방(右坊)을 아울러 이르던 말. 좌방(左房)은 아악(雅樂)을, 우방(右房)은 속악(俗樂)을 맡았다.

교살형(絞殺刑) : 목을 졸라 죽이는 형벌(교수형(絞首刑), 교형(絞刑)).

교생(校生) : 향교에서 사무(事務)를 보는 하급 관리. 군, 현에 1명 정원.

교서(教書) : 왕이 신하(臣下), 백성(百姓), 관청(官廳) 등에 내리던 문서.

교서관(校書館) : 조선시대 경서(經書)를 인쇄하고 교정하고 향축(香祝)을 함. 인전(印篆) 등을 맡아보던 관아. 태조 원년(1392)에 교서감(校書監)을 창설하고 태종(太宗) 원년(1401)에 고친 것으로 정조 6년(1782)에 규장각(奎章閣)에 편입되었다.

교수(教授) : 조선시대 지방 유생(儒生) 교육을 맡아보던 종6품 벼슬. 향교(鄕校)에서 유생(儒生)을 지도하기 위하여 부(府)와 목(牧)에 두었다.

교수형(絞首刑) : 목을 졸라 죽이는 형벌(刑罰).

교자(轎子) : 조선시대 종1품 이상이나 기로소(耆老所) 당상관(堂上官)이 타던 가마.

교자상(交子床) : 음식을 차려 놓는 사각형의 큰 상.

교전비(轎前婢) : 혼사 때 새색시를 따라가는 여종.

교지(教旨) : 조선시대 ①승정원(承政院)의 담당 승지(承旨)를 통하여 전달되는 왕명서(王命書). ②4품 이상의 벼슬아치에게 주던 사령(辭令). ③세종 7년(1425)에 왕지(王旨)를 교지(教旨)로 고친 것이다.

교첩(教牒) : 조선시대 판임관(判任官)에게 내리던 임명서. 5품 이하의 관원에 주었다.

교태전(交泰殿) : 왕비의 침실.

교형(絞刑) : 목을 졸라 죽이는 형벌.

구결(口訣) : 한문(漢文)의 글 뜻을 명백(明白)히 하거나 읽기 쉽게 하기 위하여 한문(漢文) 문장 중간(中間)에 끼워 넣는 우리말 기호문자.

구경(九卿) : 조선시대 삼정승(三政丞) 다음 가는 아홉 고관직. 의정부(議政府)의 좌우참찬(左右參贊), 육조판서(六曹判書), 한성부 판윤(漢城府判尹)을 이른다.

구군복(具軍服) : 조선시대 무관(武官)이 입던 군복(軍服). 머리에 벙거지를 쓰고 동달이를 입은 장표(章標) 위에 전대를 띠고 목화(木靴)를 신고 동개를 메고 환도(環刀)를 차고 등채를 손에 들었다.

구들더께 : 늙고 병들어 늘 방 안에만 있는 사람을 폄하해서 이르는 말.

구배(九拜) : 중국의 주례(周禮)에 나오는 절의 아홉 가지 형식. 계수(稽首), 공수(空手), 돈수(頓首), 길배(吉拜), 진동(振動), 기배(奇拜), 숙배(肅拜), 포배(褒拜), 흉배(凶拜) 등을 말함.

구사(九思) : 군자가 항상 명심하여야 할 아홉 가지 일. ①명백히 볼 것 ②총명하게 들을 것 ③부드러운 안색을 가질 것 ④공손한 몸가짐을 할 것 ⑤믿음이 있는 말만 할 것 ⑥일을 공경하고 삼갈 것 ⑦의심이 나는 것을 물을 것 ⑧분한 일을 당했을 때 사리를 따져 생각할 것 ⑨이득을 보았을 때 의를 생각할 것.

구사(丘史) : 종친이나 공신에게 하사하는 노비(奴婢). 주인이 범죄(犯罪) 구사가 대신 받는다(구종(驅從)).

구순(口脣) : 입술(궁중용어).

구실아치 : 조선시대 각 관아(官衙)의 벼슬아치 밑에서 일을 보던 사람.(이서(吏胥), 이속(吏屬), 아전(衙前)).

구임관(久任官) : 조선시대 임기가 없는 관리를 말함. 즉 호조(戶曹)정랑, 병조(兵曹)정랑 각 2명과 선혜청(宣惠廳), 낭청(郞廳), 사복시(司僕寺)의 판관(判官).

구장(九章) : 조선시대 임금의 면복(冕服)에다 놓은 아홉 가지의 수(繡). 의(衣)는 산(山), 용(龍), 화(火), 화충(華蟲), 종이(宗彝)를 수놓고 상(裳)에는 마름(藻), 분미(粉米), 보(黼), 불(黻)을 수(繡) 놓았다.

구장복(九章服) : 조선시대 구장(九章)을 수놓은 임금의 대례복(大禮服). 왕위에 오를 때, 종묘제례(宗廟祭禮)에 갈 때, 정초 하례식(賀禮式) 때, 그리고 왕비(王妃)를 맞이할 때에 입었다.

구절판(九折坂) : 아홉 가지 음식을 담을 수 있도록 칸을 나누어 만든 나무 그릇.

구종(驅從) : 말을 타고 갈 때 말고삐를 잡고 앞에서 끌거나 뒤에서 따르는 하인(下人).

구중(口中) : 입, 입속(궁중용어).

구황(救荒) : 흉년이 들어 굶주림에 빠진 빈민(貧民)을 구제하는 일.

구휼(救恤) : 조선시대 재난을 당한 사람이나 빈민에게 국가적 차원에서 곡식이나 금품을 주어 구제(救濟)하는 일.

국고(國庫) : 국가의 곡식이나 돈 등을 보관하던 창고.

국궁(鞠躬) : 윗사람이나 혹은 위패(位牌) 앞에서 존경하는 뜻으로 몸을 굽힘.

국궁재배(鞠躬再拜) : 위패(位牌) 앞에서 몸을 굽혀 두 번 절하는 것.

국극(國劇) : 창극을 1945년 해방 후부터 달리 이르는 말. 우리나라 고유의 연극이라는 뜻이다.

국문(鞠問) : 국청(鞠廳)에서 형장(刑杖)으로 때려서 중죄인(重罪人)을 신문(訊問)하던 일. 이런 경우는 임금의 승인이 필요하였다.

**국청(鞠廳) : 조선시대 역적(逆賊) 등 중죄인(重罪人)을 신문(訊問)하기 위하여 설치하던 임시 관아.

국사당(國師堂) : 서울을 도읍지(都邑地)로 정한 무학대사(無學大師)를 모신 사당(祠堂). 지금 팔각정(八角亭)이 있는 자리가 그 터다. 일제(日帝)가 국사당을 헐고 신궁(神宮)을 지었는데 해방 후 신궁을 헐고 팔각정(八角亭)을 지어 오늘에 이르고 있다.

국사당(國祀堂) : ①서낭신을 모신 집. ②큰 굿을 하는 집.

국사범(國事犯) : 국가나 국가 권력을 침해한 불법 행위자(정치범).

국새(國璽) : 나라를 대표하는 도장. 국새에는 옥새(玉璽)와 보(寶)가 있다. 옥새(玉璽)는 옥(玉)으로 만든 것이고, 보(寶)는 금(金)으로 만든 것이다. 보(寶)를 예로 들자면, 대보(大寶), 시명지보(施命之寶), 이덕보(以德寶), 유서지보(諭書之寶), 과거지보(科擧之寶), 선사지보(宣賜之寶), 규장지보(奎章之寶) 등이 있다. 이렇게 도장이 많은 것은 용도에 따라 사용처가 달랐기 때문이다.

국서(國書) : 국가 원수(元首)의 이름으로 보내는 외교 문서.

군(君) : 후궁(後宮)에게서 난 아들 또는 대군(大君)의 아들.

군관(軍官) : 조선시대 중앙과 지방의 군사기관에 소속되어 군사관계의 일을 맡아보는 무관(武官).

군교(軍校) : 조선시대 각 군영(軍營)과 지방 관아(官衙)에서 군무(軍務)에 종사하던 하급 벼슬아치.

군기감(軍器監) : 고려, 조선시대 병조(兵曹)에 속하여 병기(兵器), 기치(旗幟), 융장(戎裝), 집물(什物)의 제조를 맡아보던 관아(官衙). 때에 따라 군기시(軍器寺)로 이름을 고쳤다가 고종 21년(1884)에 기기국(機器局)으로 변경되었다.

군기고(軍器庫) : 무기를 보관하는 창고.

군도(軍刀)의 종류

***협도(挾刀)** : 끝이 조금 뒤로 젖혀져서 장검처럼 눈썹 모양을 하고 칼등에 상모가 달려 있는 무기. 전체 길이 일곱 자, 무게는 네 근, 칼날 길이 석 자로 둥근 코등이가 있다.

***월도(月刀)** : 보병이나 기병(騎兵)이 쓰던 긴 칼을 이르던 말. 날은 반달 모양이고, 칼등의 중간에 딴 갈래가 있어서 이중(二重)의 상모를 달도록 구멍이 있으며, 밑은 용의 아가리를 물렸다.

***언월도(偃月刀)** : 옛날 무기의 하나로 초승달 모양으로 생긴 큰 칼. 길이는 6자 7치(203cm) 정도이며, 칼날은 끝이 넓고 뒤로 젖혀져 있고, 칼등은 두

갈래로 되어 아래 갈래에 구멍을 뚫어서 상모를 달았다.

*쌍수도(雙手刀) : 두 손으로 쥐고 검술을 익히는 데 사용하던 군도(軍刀). 자루 길이는 30cm, 날 길이는 99cm.

*환도(環刀) : 예전에, 군복에 갖추어 차던 군도(軍刀).

*예도(銳刀) : 예전에 쓰던 끝이 뾰족한 군도(軍刀)의 하나. 전체 길이는 약 130cm.

*사인검(四寅劍) : 왕명에 의하여 인년(寅年), 인월(寅月), 인일(寅日), 인시(寅時) 등 인(寅)자가 네 번 겹쳐지는 시간에 맞추어 쇳물을 부어 만든 칼. 왕권을 상징하는 보검이다.

군뢰(軍牢) : 조선시대 군대에서 죄인(罪人)을 다루는 일을 맡아보던 병졸(兵卒).

군부인(郡夫人) : 왕자군(王子君)의 부인.

군수(郡守) : 조선시대 지방 행정 단위인 군(郡)의 으뜸 벼슬. 종4품으로 군(郡)의 행정을 맡아보았다.

군신유의(君臣有義) : 오륜(五倫)의 하나. 임금과 신하 사이의 도리는 의리(義理)에 있음을 이른다.

군위신강(君爲臣綱) : 삼강(三綱)의 하나. 신하는 임금을 섬기는 것이 근본(根本)임을 이른다.

군자(君子) : ①행실이 점잖고 어질며 덕과 학식이 있는 사람. 조선시대 추구하는 이상적인 인간상이다. ②예전에 높은 벼슬에 있던 사람을 이르는 말. ③예전에 아내가 자기 남편을 높여 이르는 말.

군주(郡主) : 왕세자의 적녀(嫡女, 정2품).

군포(軍布) : 조선시대 병역을 면제하여 주는 대신 받아들이던 베.

굴건제복(屈巾祭服) : 상주의 복장(服裝). 상주들은 집안에 있을 때 굴건(屈巾)을 쓰고 제복(祭服)을 입어야 한다.

굿 : 무속(巫俗) 종교 제의(祭儀). 무당이 음식을 차려 놓고 노래하고 춤을 추며 귀신에게 인간의 길흉화복(吉凶禍福)을 위하여 비는 의식이다.

궁가(宮家) : 조선시대 궁실(宮室)과 왕실(王室)에서 분가하여 독립한 대원군

(大院君), 왕자군(王子君), 공주(公主), 옹주(翁主)가 살던 집을 통틀어 이르던 말.

궁내부(宮內府) : 구한말 왕실(王室)에 관한 모든 일을 맡아보던 관아(官衙). 고종(高宗) 31년(1894)에 설치하여 융희(隆熙) 4년(1910)까지 두었다.

궁방(宮房) : 궁가(宮家)와 같은 말.

궁상(宮相) : 궁내부(宮內府)의 으뜸 벼슬. 궁내(宮內)의 각 사(司)를 통솔하였다.

궁인(宮人) : 고려, 조선시대 궁궐 안에서 왕(王)과 왕비(王妃)를 가까이 모시는 내명부(內命婦)를 통틀어 이르던 말. 환관(宦官) 이외의 남자와 접촉을 금하고 평생을 수절(守節)하여야 했다.

궁중 육처소(六處所) : 조선시대 궁중(宮中)의 안살림을 맡은 여섯 부서를 말한다. 즉, 침방(針房), 수방(繡房), 세수간(洗水間), 생과방(生果房), 소주방(燒廚房), 세답방(洗踏房) 등이다.

*침방(針房) : 침모(針母)들이 바느질하는 곳이다.

*수방(繡房) : 수놓는 일을 하는 곳이다.

*세수간(洗水間) : 액정서에 속하여 왕과 왕비의 세수, 목욕을 담당했던 곳이다.

*생과방(生果房) : 생과(生果), 전과(煎果), 다식(茶食), 죽(粥) 등 별식(別食)을 담당했던 곳이다.

*소주방(燒廚房) : 대궐 안의 음식을 만들던 곳이다.

*세답방(洗踏房) : 빨래, 다듬이질, 다림질 따위를 맡아 하던 곳이다.

*주식류(主食類) : 메, 죽, 응이, 면, 만두.

*반찬류(飯饌類) : 탕, 조치, 찜, 선, 전골, 볶음, 구이, 적, 전유화, 편육, 숙채.

*생채류(生菜類) : 겨자채, 구절판, 전복초, 홍합초, 장라조리개, 육포, 족편, 육회, 어회, 숙회, 쌈, 어채.

*김치류 : 백김치.

*장류(醬類) : 청장.

*병과류(餅果類) : 각색편, 각색단자, 두텁떡, 화전, 인절미, 약식, 주악, 각색정과, 다식, 과편(약과, 강정), 숙실과(밤, 대추, 율란, 조란, 강란).

*화채류(飯饌類) : 청면, 화면, 오미자화채, 식혜, 수정과, 배숙.

궁중잔치 : 진연(進宴), 진찬(進饌), 진작(進爵), 세 가지가 있다.

궁중채화(宮中彩花) : 궁중에서 생화(生花) 대신 비단과 모시 등으로 만드는 조화(造花)를 말한다. 궁중의 가례(嘉禮)나 연향(宴享) 등 궁중행사(宮中行事) 때 행사장의 공간을 아름답게 꾸미고, 웃전에 대한 공경(恭敬), 평화(平和), 장수(長壽), 건강(健康) 등을 기원하는 것이다.

궁차(宮差) : 조선시대 궁가(宮家)에서 파견하여 소작료(小作料)를 징수하던 사람.

권문(權門) : 벼슬이 높고 권세(權勢)가 있는 집안.

권문세도(權門勢道) : 벼슬이 높고 권세(權勢)가 있는 집안에서 그 권세를 휘두르는 일.

권문세족(權門世族) : 벼슬이 높고 권세(權勢)가 있는 씨족.

권문자제(權門子弟) : 권세(權勢) 있는 집안의 자식.

권병(權柄) : 권력(權力)으로 사람을 마음대로 좌우(左右)할 수 있는 힘.

권분(勸分) : 조선시대 고을 수령(守令)이 관내의 부자(富者)들에게 권하여 극빈자를 구제(救濟)하던 일.

권삼득(權三得) : 조선 후기의 판소리 명창(1771~1841). 전북 완주 출신. 본명은 정(征)이며 자는 사인(士仁). 호는 삼득(三得). 하한담(河漢潭)의 문하생으로 타고난 성대는 청중을 황홀하게 했다고 한다. 판제는 설렁제. 〈흥부가〉 가운데 특히 제비가를 잘 불렀다.

권속(眷屬) : 식구.

권신(權臣) : 권세를 잡은 신하.

권점(圈點) : 조선시대 벼슬아치를 뽑을 때 심사관이 후보자의 이름 아래에 둥근 점을 찍는 것을 말한다. 이때 방점(傍點) 수가 많은 사람이 뽑히는데, 홍문관(弘文館) 등 주요 관아의 벼슬아치들이 이 일을 맡는다.

권토중래(捲土重來) : 어떤 일을 실패한 뒤에 마음을 가다듬어 다시 그 일에 도전함을 이르는 말.

*중국 당(唐)나라 시인 두목(杜牧 803~852)의 오강정시(烏江亭詩)에 나
오는 말로, 항우(項羽)가 유방(劉邦)과의 결전에서 패하여 오강(烏江) 근
처에서 자결한 것을 탄식한 말에서 유래한다.

궐내각사(闕內各司) : 조선왕조(朝鮮王朝)의 관청들, 즉 궁궐 밖에 자리 잡고 있
던 육조(六曹) 외에 왕을 근저에서 보필할 필요가 있던 관원들의 관사(館
舍)인 빈청(賓廳), 승정원(承政院), 대청(臺廳) 등 궁궐 내부에 자리하고 있
던 관청들을 말함.

궐내차비(闕內差備) : 대궐에서 잡무(雜務)에 종사하는 것.

궐패(闕牌) : 조선시대 중국 황제를 상징한 闕 자를 새긴 위패 모양의 목패(木牌).

궤배(跪拜) : 무릎을 꿇고 절함.

궤배례(跪拜禮) : 무릎을 꿇고 절하는 예식.

궤지기(櫃지기) : 조정에서 70세 이상의 높은 벼슬아치에게 딸려주었던 궤(櫃)
를 간수하던 사람.

귀공(貴公) : 상대를 높여 부르는 이인칭 대명사.

귀면걸쇠(鬼面걸쇠) : 무장(武將)의 전대(纏帶) 걸쇠가 귀면(鬼面)으로 새겨진
것을 말함.

귀밑머리 : 여인들의 이마 한가운데를 중심으로 머리를 좌우로 갈라 귀 뒤로
넘겨 땋은 머리.

귀비(貴妃) : 조선시대 후궁에게 내리던 정1품 내명부(內命婦)의 품계. 후궁
(後宮) 중에 제일 높은 지위.

귀신날 : 음력 1월 16일을 이르는 말. 귀신이 따르는 날이라 하여 먼 나들이
를 삼가고 집에서 쉬면서 밤에 콩을 볶으며, 대문 앞에서 목화씨나 고추씨
같은 것을 태우기도 한다.

귀양살이 : 귀양의 형벌을 받고 정해진 장소에서 사는 것.

귀양살이의 종류

*부처(付處)** : 죄인에게 어느 한 곳을 지정하여 머물러 있게 하던 형벌.

*안치(安置)** : 먼 곳에 보내 다른 곳으로 옮기지 못하게 하던 형벌.

*천사(遷徙) : 죄인을 고향에서 천 리 이상 떨어진 지역으로 강제 이주시키고, 다시는 고향으로 돌아오지 못하게 하던 형벌.

귀인(貴人) : 조선시대 후궁(後宮)에게 내리던 종1품 내명부(內命婦)의 품계.

귀후서(歸厚署) : 조선시대 예조(禮曹)에 속하여 관곽(棺槨)을 만들고 장례에 필요한 물품을 공급하는 일을 맡아보던 관아(官衙). 종6품 아문(衙門).

규수(閨秀) : 남의 집 처녀를 정중하게 이르는 말.

균역법(均役法) : 조선, 영조 26년(1750)에 백성의 세금 부담을 줄이기 위하여 만든 납세 제도. 종래의 군포(軍布)를 두 필에서 한 필로 줄이고, 부족한 액수는 어업세(漁業稅), 염세(鹽稅), 선박세(船舶稅), 결작(結作) 따위를 징수하여 보충하였다.

균역(均役) : 백성에게 부과하던 세금이나 노역(勞役)을 고르게 함.

균역절목청(均役節目廳) : 조선, 영조 26년(1750) 균역법의 시행으로 감필에 따른 재정 부족을 해결하기 위해 설치한 임시 관청.

균역청(均役廳) : 조선 후기에 균역법(均役法) 시행에 따라 모든 사무를 맡아보던 관아. 영조 26년(1750)에 균역절목청(均役節目廳)을 설치하고 이듬해 9월 균역법을 실시하면서 정식 관아가 되었으며, 29년(1753)에 선혜청(宣惠廳)에 흡수하여 통합하였다.

그네 : 큰 나뭇가지에 두 줄을 매고 아래에 발판을 만들어 거기에 올라앉거나 서서 몸을 앞뒤로 움직여 날게 하는 놀이 기구. 다른 말로 추천(秋韆)이라고 한다. 그네뛰기는 한 사람이 타는 외그네와 두 사람이 타는 쌍그네가 있다.

근봉(謹封) : 삼가 봉(封)한다는 뜻. 편지나 물품을 보낼 때 성명(姓名), 연령(年齡), 본관(本貫), 거주지(居住地)를 쓰고 겉봉 봉합한 곳에 씀.

근절랑(謹節郎) : 조선시대 종5품 문관의 품계. 봉직랑(奉直郎), 봉훈랑(奉訓郎)과 같은 품계이다.

근조(芹藻) : 미나리.

글월비자 : 궁궐의 색장나인(色掌內人) 밑에서 심부름하며 궁 밖에 문안 편지를 배달하던 나인(內人).

금관조복(金冠朝服) : 조선시대 문무백관(文武百官)들이 조하(朝賀)나 경사(慶事) 등에 입던 금관(金冠)과 조복(朝服)을 아울러 이르는 말.

금광세감(金鑛稅監) : 광산개발과 채굴을 허가하여 세금을 거둬들이는 일.

금군시재(禁軍試才) : 조선시대에 금군에게 해마다 봄과 가을에 보던 궁술 시험.

금난전권(禁亂廛權) : 조선 후기에 난전(亂廛)을 규제할 수 있도록 나라로부터 부여받은 시전(市廛)의 특권.

금령(禁令) : 나라에서 어떤 행위를 하지 못하게 금한 법령.

금산칠백의총(錦山七百義塚) : 충남 금산에 있는 임진왜란(壬辰倭亂) 때 왜군(倭軍)과 싸우다 순절한 칠백의사(七百義士)의 유골을 안치한 묘소(墓所). 1592년 8월 18일 조헌(趙憲)이 이끄는 의병과 영규대사(靈圭大師)가 거느린 승병(僧兵)이 연합하여 금산성(錦山城)에서 왜군(倭軍)과 싸우다가 전사한 700의사(義士)를 기리기 위한 사당이다. 박정희 대통령이 성역화하고 제향 때는 박 대통령이 매년 참배하였다.

금속활자본(金屬活字本) : 금속 활자로 찍어서 만든 책.

금위영(禁衛營) : 조선 후기 국왕(國王) 호위와 수도(首都) 방어를 위해 중앙에 설치되었던 군영(軍營).

금주령(禁酒令) : 조선시대 천재지변(天災地變)으로 큰 가뭄이 들거나 흉작(凶作) 또는 기근(饑饉)이 들을 경우 국가에서 술 마시는 것을 금하는 법령.

금혼령(禁婚令) : 혼인을 하지 못하게 금지하는 명령. 조선시대에 왕비(王妃)를 간택할 때에는 금혼령(禁婚令)을 발표하여 모든 처녀들의 결혼을 일시적으로 금지하였다.

금화(禁火) : 조선시대 방화(放火)에 대하여 규정한 병전(兵典)의 조목(條目). 오부(五部)를 비롯한 병조(兵曹), 형조(刑曹) 따위 당직 관원의 복무 수칙 및 백성들의 방화(放火)에 대한 지침을 규정하고 있다.

금화꾼 : 소방수.

급보(給保) : 조선시대 군사에게 급료(給料)로 보포(保布)를 주던 일.

급수비(汲水婢) : 물을 긷고 잡역(雜役)을 하던 관비(官婢). 기생보다 신분이 낮았으나 가무장(歌舞場)에 나아가서는 기생과 동등하게 행세하였다.

급수조혼(給需助婚) : 가뭄이 심할 때에 나라에서 혼기를 놓친 처녀들에게 혼수(婚需)를 마련해주고 결혼을 시키던 것을 말함.

*영조(英祖) 6년 11월, 장안 외곽 과혼녀 2,30명에게 혼수감을 마련해주고 배우자를 정해 줌.

*정종(定宗) 15년 2월, 한성부 안에서 남녀 280명 결혼시킴.

*세종(世宗) 26년 7월, 궁녀 45명을 출궁(出宮)시켜 결혼하도록 하였음.

급주(急走) : 조선시대 각 역(驛)에 속하여 걸어서 심부름을 하던 역노(驛奴). 공무로 여행하는 벼슬아치의 역마(驛馬)를 끌거나 긴급한 공무(公務)의 전령을 맡기도 함.

급주노(急走奴) : 급주를 맡은 종.

급창(及唱) : 조선시대 군아(郡衙)에서 부리던 남종. 주로, 원(院)의 명령을 간접으로 받아 큰 소리로 전달하는 일을 맡아보았음.

기객(棋客) : 바둑꾼.

기년복(朞年服) : 일 년 동안 입는 상복.

기념비(紀念碑) : 어떤 뜻 깊은 일이나 훌륭한 인물(人物) 등을 오래도록 잊지 아니하고 마음에 간직하기 위하여 세운 비(碑).

기념탑(紀念塔) : 어떤 뜻 깊은 일을 오래도록 잊지 않고 마음에 간직하고 후세에 전하기 위하여 세운 탑(塔).

기로(耆老) : 예순 살이 넘는 노인.

기로소(耆老所) : 조선시대 70세 넘는 정2품 이상의 문관들을 예우하기 위하여 만든 기구.

기망(幾望) : 음력 매달 열나흗날 밤. 또는 그날 밤의 달.

기망죄(欺罔罪) : 속이거나 기만한 죄.

기묘사화(己卯士禍) : 조선, 중종 14년(1519)에 일어난 사화(士禍). 남곤(南袞), 심정(沈貞), 홍경주(洪景舟) 등의 훈구파(勳舊派)가 성리학(性理學)에 바탕을 두고 이상(理想) 정치를 주장하던 조광조(趙光祖), 김정(金淨) 등의 신진파(新進派)를 죽이거나 귀양 보냈다.

기미상궁(氣味尙宮) : 왕이 수라(水刺)를 들기 전에 시좌(侍坐)하고 임금보다 먼저 음식 맛을 보는 상궁(독의 유무를 감식).

기발(騎撥) : 조선시대 변방의 긴급한 군사 정보를 전송하던 파발(擺撥) 제도. 주로 북쪽과의 긴밀한 통신을 위하여 모화관(慕華館)의 참(站)에서 의주(義州) 소관 참까지 41참을 두었다.

기방(妓房) : 조선시대 궁중 기녀(妓女)는 약방(藥房)에 속하여 의녀(醫女)로서 행세하거나 상방(尙房)에 속하여 침선(針線)을 담당하였으므로 그들 방의 이름이 붙게 되었다.

기병(騎兵) : 말을 타고 싸우는 군사(기졸(騎卒), 마병(馬兵)).

기사관(記事官) : 조선시대 춘추관(春秋館)에 속한 벼슬. 품계(品階)는 정6품에서 정9품까지 있었으며, 왕조실록(王朝實錄)을 편찬할 때 기초 자료로 삼았던 시정기(時政記)를 기록하는 일을 담당하였다.

기생(妓生) : 잔치나 술자리에서 노래나 춤 또는 풍류로 흥을 돋우는 것을 직업으로 하는 여자(기녀(妓女), 유녀(游女)).

기생의 등급

*일패기생(一牌妓生) : 대궐에 소속되어 임금 앞에서 춤추고 노래하는 기생.

*이패기생(二牌妓生) : 관아나 재상집에서 춤추고 노래하는 기생.

*삼패기생(三牌妓生) : 술집 같은 데서 춤추고 노래하는 기생.

기수 : 이불(궁중용어).

기수배설(排設)하다 : 이부자리를 깐다(궁중용어).

기자조선(箕子朝鮮) : 은(殷)나라가 망한 후 기자(箕子)가 고조선(古朝鮮)에 망명하여 세웠다고 하는 나라.

기적(妓籍) : 예전에 기생으로 기적부(妓籍簿)에 등록되어 있던 기생이나 등록 대장.

기주관(記注官) : 조선시대 춘추관(春秋館)에 속하여 사료(史料)가 될 시정(時政)을 기록하는 일을 맡아보던 벼슬. 정5품, 종5품으로 의정부(議政府), 육조

(六曹), 홍문관(弘文館) 등에서 같은 품계를 가진 벼슬아치가 겸직하였다.

기찰(譏察) : 기찰포교(譏察捕校)의 준말. 넌지시 조사하는 것.

기찰포교(譏察捕校) : 조선시대 포도청(捕盜廳)에 속하여 죄인의 탐정(探偵) 수사를 맡아보던 벼슬.

기체후(氣體候) : 몸과 마음, 편지글에서 웃어른께 문안할 때 쓰는 말.

기호지방(畿湖地方) : 기호지방(畿湖地方)은 경기지방과 호서지방(湖西地方)을 이르는 말. 조선시대 경기도, 충청도, 강원도를 포괄하며 또는 황해도 일부를 포함하기도 한다.

기호학파(畿湖學派) : 조선 중기의 학자 이이(李珥)를 조종(祖宗)으로 하는 학문상의 한 유파(流派). 기호학파의 중심인물은 이이(李珥), 성혼(成渾), 송익필(宋翼弼)이다. 그 뒤를 이은 대표적 학자는 김장생(金長生), 정엽(鄭曄), 한교(韓嶠), 이귀(李貴), 조헌(趙憲), 안방준(安邦俊), 송시열(宋時烈), 권상하(權尙夏) 등이다. 이들은 기호의 서인(西人)으로서 동서분당(東西分黨)의 당쟁(黨爭)에 관련되어 해석되기도 한다. 그것은 송시열(宋時烈) 이후에 더욱 심했다. 특히, 이이(李珥)의 문인 김장생(金長生)으로부터 송시열(宋時烈), 권상하(權尙夏), 한원진(韓元震), 이간(李柬), 김창협(金昌協), 김창흡(金昌翕), 김원행(金元行) 등이 학파 흐름의 중심이 되었다. 조선시대에 기호학파(畿湖學派)가 형성되면서 정치적, 학문적으로 공적도 매우 컸다.

길청(秩廳) : 군아(郡衙)에서 구실아치들이 일을 보던 곳(질청).

김구(金九) : 독립운동가 · 정치가(1876~1949). 자는 연상(蓮上). 호는 백범(白凡), 연하(蓮下). 본명은 창수(昌洙). 동학농민운동을 지휘하다가 일본군(日本軍)에 쫓겨 만주(滿洲)로 피신하여 의병단(義兵團)에 가입하였고, 3.1운동 후 중국 상하이(上海)의 임시정부(臨時政府)에 참여하였다. 1928년 이시영(李始榮) 등과 함께 한국독립당(韓國獨立黨)을 조직하여 이봉창(李奉昌), 윤봉길(尹鳳吉) 등의 의거를 지휘하였다. 1944년 임시정부(臨時政府) 주석(主席)으로 선임되었고, 8.15 광복 후에는 신탁통치(信託統治)와 남한 단독 총선을 반대하며 남북협상(南北協商)을 주장하였으나 뜻을 이루지 못하고, 1949년 안두희(安斗熙)에게 암살당하였다. 저서에 『백범일지』가 있다.

김대건(金大建) : 우리나라 최초의 가톨릭교회 신부(1822~1846). 세례명은 안드레아. 헌종(憲宗) 2년(1836)에 프랑스 신부 모방(Maubant, P.)에게 영세를 받고, 중국에 가서 신학(神學)과 서양학문(西洋學問)을 배우고 입국하였다. 헌종(憲宗) 12년(1846) 체포되어 순교(殉敎)하였다. 1925년 복자(福者)의 칭호를 받고, 1984년 시성(諡聖)이 되었다.

김유신(金庾信) : 신라의 명장(名將, 595~673). 가야국(伽倻國)의 시조 수로왕(首露王, ?~199)의 12대손으로, 태종(太宗) 무열왕(武烈王) 7년(660)에 당(唐)나라의 소정방(蘇定方)과 함께 백제(百濟)를 멸망시키고, 문무왕(文武王) 8년(668)에 고구려(高句麗)를 정벌한 후 당(唐)나라 군사를 축출하는 데 힘써 삼국통일(三國統一)의 기반을 다졌다.

김정호(金正浩) : 조선 후기 지리학자(?~1866). 자는 백원(伯元), 백온(伯溫), 백지(伯之). 호는 고산자(古山子). 전국 각지를 30여 년 간 답사하며 실측(實測)하여 조선의 지도 『동여도(東輿圖)』, 『청구선표도(靑邱線表圖)』, 『대동여지도(大東輿地圖)』를 제작하고 『대동지지(大東地志)』를 집필하였다.

김정희(金正喜) : 조선 후기의 문신이며 서화가(書畵家, 1786~1856). 자는 원춘(元春). 호는 완당(阮堂), 추사(秋史), 시암(詩庵), 예당(禮堂), 노과(老果), 농장인(農丈人), 천축고선생(天竺古先生). 순조(純祖) 19년(1819) 문과에 급제하여, 이조(吏曹) 참판(參判)을 지내고. 학문으로는 실사구시(實事求是)를 주장하였으며, 서예에서는 추사체(秋史體)를 완성하였다. 그 외로 고증학(考證學), 금석학(金石學)에 해박하였다. 작품에 『묵죽도(墨竹圖)』, 『묵란도(墨蘭圖)』, 『세한도(歲寒圖)』가 있으며, 저서로 『완당집』, 『금석과안록』 등이 있다.

김홍도(金弘度) : 조선, 영조(英祖,(1694~1776) 때의 화가(1745~?). 자는 사능(士能). 호는 단원(檀園), 단구(丹邱), 서호(西湖), 고면거사(高眠居士), 취화사(醉畵士), 첩취옹(輒醉翁). 산수화(山水畵)와 풍속화(風俗畵) 등

새로운 경지를 개척하였다. 특히 풍속화에서는 해학(諧謔)과 풍자(諷刺)가
어린 서민 생활을 묘사하였다. 작품에 〈소림명월도(疏林明月圖)〉등 많은
작품이 전하여 온다.

나례(儺禮) : 고려시대부터 궁중(宮中)과 관아(官衙), 민간(民間)에서 음력 선
달 그믐날 그 해의 마귀(魔鬼)와 사신(邪神)을 축출하려고 행하던 풍속(風
俗). 본래 중국의 습속으로 새해의 악귀(惡鬼)를 쫓아낼 목적으로 행하다가
차츰 중국 칙사(勅使)를 맞이할 때나 왕(王)이 행차(行次)할 때와 인산(因
山) 때도 행하였다(구나(驅儺), 대나(大儺), 나희(儺戱)).

나루장이 : 중요한 나루터의 관리를 맡았던 사람.

나발(喇叭) : 옛 관악기의 하나. 군중(軍中)에서 호령하거나 신호하는 데 불었
다. 요즘에는 농악대의 선두에 서서 시작과 끝을 알린다.

나성(羅城) : 성곽(城廓) 안팎을 2중으로 만든 성벽(城壁).

나싱개 : 냉이.

나의(儺儀) : 나례(儺禮)와 같은 말.

나인(內人) : 고려, 조선시대 궁궐(宮闕) 안에서 왕(王)과 왕비(王妃)를 가까이
모시는 내명부(內命婦)를 통틀어 이르던 말.

나자(儺者) : 나례(儺禮)를 거행하는 사람. 초라니, 방상시(方相氏), 아이 초라
니, 지군(持軍) 등이 있다.

나장(羅將) : 조선시대 의금부(義禁府)에 속하여 죄인을 문초(問招)할 때에 매

질하는 일과 귀양 가는 죄인을 압송하는 일을 맡아보던 하급 관리.

나졸(羅卒) : 조선시대 포도청(捕盜廳)에 속하여 관할 구역의 순찰과 죄인을 잡아들이는 일을 맡아 하던 하급 병졸.

낙선재(樂善齋) : 서울 종로구에 있음. 조선 후기 창덕궁(昌德宮)과 창경궁(昌慶宮) 경계에 위치한 궁궐(宮闕) 건물로 건축 연도는 알 수 없으나 영조(英祖) 때까지도 있었던 것으로 확인. 1847년(헌종 13)에 중건. 사대부(士大夫) 주택형식의 건축물임. 1884년(고종 21) 갑신정변(甲申政變) 이후 고종(高宗)은 낙선재에 머무르며 대신들과 외국 공사들을 접견하였다. 그 후 영친왕(英親王) 이은(李垠)이 1963년부터 1970년까지 살았으며, 1966년부터 1989년까지는 이방자(李方子)여사도 거주하였다.

낙형(烙刑) : 죄인의 몸을 불에 달군 쇠로 지지는 일(단근질, 포락(砲烙)).

난전(亂廛) : 관청 허가 없이 길에 함부로 벌여 놓은 가게.

난중일기(亂中日記) : 이순신(李舜臣, 1545~1598) 장군이 임진왜란(壬辰倭亂)을 겪으면서 거의 매일 쓴 진중일기(陣中日記). 1592년(선조 25) 5월 1일부터 노량해전(露梁海戰)에서 전사하기 전 날인 1598년(선조 31) 9월 17일까지 기록하였다. 필사본(筆寫本) 7책. 현충사 보관. 국보 제76호, 2013년 유네스코 세계기록유산으로 등재되었다.

날떡국 : 떡쌀을 반죽하여 손으로 공처럼 만들어 끓인 떡국.

남도민요(南道民謠) : 전라도, 경상도 지방의 민요(民謠)를 통틀어 이르는 말. 전라도 민요로 농부가(農夫歌)와 육자배기, 진도아리랑, 강강술래 등이 있으며, 경상도 민요로 쾌지나 칭칭나네, 성주풀이, 밀양아리랑 등이 있다.

남바위 : 추위를 막기 위하여 여자들이 겨울철 머리에 쓰는 쓰개. 겉의 아래 가장 자리에 털가죽을 붙였고 앞은 이마를 덮고 뒤는 목과 등을 덮는다.

남사당패 : 조선 후기부터 떠돌아다니며 춤과 노래, 농악, 땅재주 등 갖가지 재능을 직업적으로 보여주는 무리였다. 본래는 독신 남성으로 구성되었으나 1900년 이후부터 여자도 합류하였다.

남사당패의 언어

*모갑이 : 우두머리.

*꼭두쇠 : 우두머리.

*사당 : 여자 예능인.

*거사(居士) : 남자 예능인.

*남사당패 : 남자만으로 구성되었을 때 부르는 말.

*여사당패 : 여자들로만 구성되었을 때 부르는 말.

*얼음 : 줄타기.

*살판 : 땅재주.

*버나 : 대접돌리기.

*덧보기 : 가면극.

*덜미 : 인형극.

남산골샌님 : 남산골에 사는 선비. 가난하여도 벼슬을 하지 않는 선비를 말함. 또는 그런 사람을 놀리는 말.

*속담, 남산골 샌님, 벼슬은 붙이지 못해도 뗄 수는 있다.

남산 봉화둑 : 전국 5개선에서 오는 봉화를 받는 곳이다(현재 케이블카 있는 곳에 위치하였음).

*함경도 경흥선 : 함경, 강원도에서 양주 아차산을 거쳐 목멱산에서 받음.

*경상도 동래선 : 경상도에서 광주 천림산을 거쳐 목멱산에서 받음.

*평안도 강계선 : 평안, 황해도에서 무악산 동봉을 거쳐 목멱산에서 받음.

*평안도 의주선 : 평안, 황해도에서 무악산 서봉을 거쳐 목멱산에서 받음.

*전라도 순천선 : 전라, 충청도에서 양천 개화산을 거쳐 목멱산에서 받음.

남원만인의총(南原萬人義塚) : 정유재란(丁酉再亂) 때 전북 남원성(南原城)을 지키다가 순절한 의사(義士)들의 시신을 묻은 무덤.

남인(南人) : 조선시대 사색당파(四色黨派)의 하나. 선조(宣祖, 1552~1608) 때에 동인(東人)에서 갈라진 당파로, 이산해(李山海)를 중심으로 한 북인(北人)에 대하여 유성룡(柳成龍), 우성전(禹性傳)을 중심으로 한 무리들을 말한다. 경종(景宗, 1688~1724) 이후 이들은 정계에서 멀어져 고향에서 학문과 교육에 전념하였다.

남자의 덧옷(저고리 위에 덧입는 웃옷)

*마고자 : 저고리와 비슷하게 생겼으나 깃과 고름이 없고 단추를 달았다(조선시대 주로 어린이 복장으로 색동마고자를 입었음).

*마쾌자(馬褂子) : 마고자와 비슷. 중국에서 말을 탈 때 입는 덧옷. 성인들이 더러 입었음(중국에서 들어온 덧옷).

*배자(褙子) : 주머니나 소매가 없는 덧옷. 겉은 흔히 양단을 쓰고 안에는 주로 토끼 털을 넣는다.

*조끼 : 배자와 같이 생겼으나 한복에는 저고리나 적삼 위에 입고 양복에는 셔츠 위에 덧입는다. 소매가 없고 호주머니가 달려 있다(포르투칼어 jaquirk가 일본을 거치면서 chokki로 변하여 한국에 조끼로 보급됨).

*반배(半褙) : 한복 입을 때 조끼 위에 입는 마고자를 달리 이르는 말.

*두루마기 : 우리나라 고유(固有)의 웃옷. 주로 외출할 때 입는 옷(정장).

남자의 절

*큰절

1. 왼손을 오른손 위에 올리고 선다.

2. 공수한 채 어른을 향해 선다.

3. 공수한 손을 눈높이까지 올렸다가 내리면서 허리를 굽히고 공수한 손은 바닥을 짚는다.

4. 왼쪽 무릎을 먼저 꿇고 이어서 오른쪽 무릎을 꿇고 내려앉는다.

5. 팔꿈치를 바닥에 붙이며 이마를 손등에 가까이 댄다. 궁둥이가 들리면 안 된다.

6. 잠시 머물러 있다가 머리를 들며 팔꿈치를 펴고, 오른쪽 무릎을 세워 공수한 손을 바닥에서 떼어서 오른쪽 무릎을 짚고 일어난다.

7. 공수한 손을 눈높이까지 올렸다가 내린 후 목례한다.

*평절 : 큰절과 같은 동작이나 손을 눈높이로 올리지 않으며, 이마가 손 등에 닿으면 바로 일어나는 차이가 있다.

*반절 : 공수한 손을 바닥에 짚고 무릎 꿇은 자세에서 머리와 엉덩이까지 등

이 수평이 되게 엎드렸다가 일어난다.

남초(南草) : 담배.

남한산성(南漢山城) : 경기도 광주시 남한산성면(옛 중부면) 산성리 남한산에 있는 산성(山城). 병자호란(丙子胡亂) 당시 청나라에 항전 45일 만에 항복한 전쟁터. 성내에는 숭렬전(崇烈殿), 연무관(演武館), 침과정(枕戈亭)이 있다. 경기도 도립공원. 우리나라 사적이다. 2014년 유네스코 세계문화유산으로 등재되었다.

납공노비(納貢奴婢) : 조선시대 독립된 가정(家庭)을 이루고 신역(身役) 대신 일정한 대가인 공물(貢物)로 대신하던 노비(奴婢).

납속(納粟) : 조선시대 나라의 재정난 타개와 구호사업(救護事業) 등을 위하여 곡물을 나라에 바치게 하고, 그 대가(代價)로 벼슬을 주거나 면역(免役) 또는 면천(免賤)을 해 주던 일.

납월(臘月) : 음력 12월을 달리 부르는 말.

납일(臘日) : 동지(冬至) 후 셋째 미일(未日).

납촉(蠟燭) : 밀납으로 만든 초.

납향(臘享) : 납일(臘日)에 한 해 동안 이룬 농사(農事)와 그 밖의 일들을 여러 신(神)에게 고하는 제사로 납평제(臘平祭), 팔사(八蜡), 사(蜡)라고도 한다. 납일은 납향(臘享)을 지내는 날로 정하여 종묘(宗廟)와 사직(社稷)에서 대제(大祭)를 지낸다.

낭관(郎官) : 낭청에 속한 관리.

낭관(郎官)납시다 : 나오신다(궁중용어).

낭속(廊屬) : 예전에 남종과 여종을 아울러 이르던 말.

낭자머리 : 여인들의 쪽진 머리.

낭청(郎廳) : ①조선시대 정5품 통덕랑(通德郎) 이하의 당하관(堂下官)을 통틀어 이르던 말. ②낭관(郎官)이 집무하는 관아(官衙).

낮것상 : 점심상(궁중용어).

내금위(内禁衛) : 조선시대 임금을 호위하던 군대.

내금위취재(內禁衛取材) : 조선시대 내금위(內禁衛)의 군관(軍官)을 선발하기 위하여 실시하던 시험. 병조(兵曹)가 내금위(內禁衛)에 결원(缺員)이 있을 때마다 수시로 시행하였다.

내금위절제사(內禁衛節制使) : 태종 7년(1407)에 설치된 정2품 무관 벼슬. 왕의 친위군(親衛軍) 혹은 금군(禁軍)인 내금위(內禁衛)를 통솔하였다.

내내 : 처음부터 끝까지. 영원히. 편지글에서 많이 쓰는 말.

내란죄(內亂罪) : 나라 안에서 정권을 차지할 목적으로 내란을 일으킨 죄.

내명부(內命婦) : 내명부(內命婦)는 조선시대 궁중에 있는 왕비(王妃)와 후궁(後宮), 그리고 이들을 모시는 여자 관리(궁녀)를 통틀어 일컫는 말이다.

내방가사(內房歌辭) : 조선시대 부녀자(婦女子)가 짓거나 읊은 가사(歌辭) 작품을 통틀어 이르는 말. 영남지방에서 널리 유행하였으며, 주로 시가(媤家)에서 지켜야 할 몸가짐과 예절 따위를 내용으로 한 것으로『계녀가』,『춘유가』등이 있다. 작자와 연대는 알 수 없다(규방가사(閨房歌詞)).

내삼문(內三門) : 객사(客舍), 향교(鄕校), 서원(書院), 사당(祠堂)으로 들어가는 문으로 정면 3칸에 측면 1칸으로 구성되었고, 가운데 칸이 솟을대문으로 3량가 맞배 기와지붕이다. 출입은 동문으로 들어가고 서문으로 나온다(東入西出).

내선일체(內鮮一體) : 일본과 조선은 하나라는 뜻으로, 일제강점(日帝强占)기 때 일본이 조선인(朝鮮人)의 정신(精神)을 말살(抹殺)하고 착취(搾取)하는 수단으로 만들어 낸 구호(口號).

내섬시(內贍寺) : 조선시대 각 궁(宮)에 올리던 토산물, 2품 이상 벼슬아치에게 주던 술, 일본인(日本人), 여진인(女眞人)에게 주던 음식과 필목(疋木)따위를 맡아보던 관아.

내수사(內需司) : 조선시대 왕실 재정의 관리를 맡아보던 관아(官衙). 궁중에서 쓰는 쌀, 베, 잡물(雜物), 노비(奴婢) 등에 관한 일을 맡아본다.

내시(內侍) : 조선시대 내시부(內侍府)에 속하여 임금의 시중(侍中)을 들거나 숙직 등의 일을 맡아보던 남자. 모두 거세(去勢)된 사람이었다(내관(內官),

내수(內竪), 환관(宦官), 환시(宦侍)).

내시부(內侍府) : 조선시대 내시(內侍)를 관할하던 관아(官衙).

내시의 정원 : 내시부 정원은 모두 140인으로 상선(尙膳) 2인, 상온(尙醖) 1인, 상다(尙茶) 1인, 상약(尙藥) 2인, 상전(尙傳) 2인, 상책(尙冊) 3인, 상호(尙弧) 4인, 상탕(尙帑) 4인, 상세(尙洗) 4인, 상촉(尙燭) 4인, 상훤(尙烜) 4인, 상설(尙設) 6인, 상제(尙除) 6인, 상문(尙門) 5인, 상경(尙更) 6인, 상원(尙苑) 5인 등이었다. 이 외에 이속(吏屬)으로 서원(書員) 2인과 사령(使令) 1인이 있었다.

내아(內衙) : 조선시대 지방 관아(官衙)에 있던 안채.

내연(內宴) : 조선시대 내빈(內賓)들에게 베풀던 궁중(宮中) 잔치.

내외(內外) : 남녀 사이에 서로 얼굴을 마주 대하지 않고 피함.

내의원(內醫院) : 조선시대 삼의원(三醫院)의 하나. 궁중의 의약(醫藥)을 맡아보던 관아.

내의원의녀(內醫院醫女) : 조선시대 내의원에 속한 의녀(醫女)로서의 관기(官妓).

내이포(乃而浦) : 조선시대 삼포(三浦) 가운데 하나로 지금의 경상남도 창원시 진해구 웅천동에 있던 항구.

내자(內子) : 남에게 자기의 아내를 이르는 말(실인(室人)).

내자시(內資寺) : 조선시대 호조(戶曹)에 속하여 대궐에서 쓰는 여러 가지 식품(食品), 직조(織造)와 내진연(內進宴)에 관한 일을 맡아보던 관아(官衙).

내친(內親) : 아버지 안쪽 친척.

내훈(內訓) : 소혜왕후(昭惠王后) 한씨(韓氏)가 지은 어제내훈(御製內訓)을 이르는 말.

내훈서(內訓書) : 조선시대 여성이 지켜야 할 예절과 생활을 위하여 펴낸 책.

너비아니 : 군고기.

노랑감투 : 건(巾)을 쓴 상제(喪制)를 농으로 이르는 말.

노론(老論) : 조선시대 사색당파(四色黨派) 중 하나. 남인(南人)에 대한 처벌 문제로 서인(西人)에서 갈려 나온 당파이다. 숙종 9년(1683)에 송시열(宋

時烈), 김익훈(金益勳) 등의 강경파(强硬派)를 중심으로 이루어졌다.

노름판 숫자(투전 골패)

1은 따라지

2는 이(두)

3은 삼(세)

4는 사(네)

5는 진주

6은 서시

7은 고비

8은 덜머리

9는 갑오

10은 무대

노문(路文) : 조선시대 공무로 지방에 가는 벼슬아치의 일정을 미리 현지(現地) 관아(官衙)에 알리던 공문(公文). 지방에 가는 벼슬아치에게 각 지방의 역(驛)에서 말(馬)과 침식을 제공받을 수 있도록 마패(馬牌) 대신 발급하였는데, 여기에는 마필(馬匹)의 수, 수행하는 종의 수, 노정(路程) 따위를 상세히 기록하였다.

노복(奴僕) : 종살이를 하는 남자.

노비(奴婢) : 남종과 여종.

노비문서(奴婢文書) : 노비의 매매(買賣)와 양여(讓與), 상환(相換) 등의 행위를 기록한 문서.

노비방(奴婢房) : 관가에서 노비(奴婢)들이 기거하는 방.

노사숙유(老士宿儒) : 나이와 학식(學識)이 많고 덕망(德望)이 높은 선비.

노산춘(魯山春) : 신창(新昌) 노씨(盧氏) 만호(萬戶)공파 문중에 전승되어 오고 있는 문중주(門中酒).

노인직(老人職) : 80세 이상의 양민(良民)이나, 천인(賤人)에게는 1계급(一階級)을 주고, 원래 관계(官階)가 있는 종친이나 벼슬아치에게는 1품계(一品

階)를 올려 주는 것을 말함.

노정(路程) : 목적지까지의 거리. 또는 시간.

노지(爐址) : 화덕자리, 봉돌(蓬突).

노창(臚唱) : 나라에서 큰 예식이 있을 때 홀기(笏記)를 읽는 사람.

노처녀가(작자미상)

> 앞집이라 얼순이는 인물 잘난 탓이든지
>
> 양반이라 그러한지 열 살부터 오는 중매
>
> 오늘까지 오건마는 이내 나는 어이하여
>
> 반 사십이 되어도 중매 할미 전여 없고
>
> 보살 할미 보통장수 쌀을 주고 밥을 줘도
>
> 이내 중매 아니하니 청순 세월 허송이라.

노취양녀(奴娶良女) : 남종이 양인(良人) 여자에게 장가드는 일.

녹(祿)과 료(料) : 상급관리에게 지불하는 봉급은 녹(祿), 즉 녹봉(祿俸). 하급 관리에게 주는 봉급은 료(料), 즉 급료.

녹봉(祿俸) : 벼슬아치에게 일 년 또는 계절별로 나누어 주던 금품(金品)을 통틀어 이르는 말. 금품은 쌀, 콩, 보리, 명주, 베, 북어, 돈 등으로 주었다.

녹패(祿牌) : 녹봉(祿俸)을 받을 사람에게 주던 급여표(給與表).

논개(論介) : 조선, 선조(宣祖) 때의 의기(義妓, ?~1593). 임진왜란(壬辰倭亂) 때에 진주(晉州)의 관기(官妓)로 진주성(晉州城)이 함락되자, 촉석루(矗石樓)의 연회(宴會)에서 당시 왜장(倭將) 게야무라 후미스케(毛谷村文助)를 끌어안고 남강(南江)에 투신하여 죽었다. 전북 장수(長水)에 사당(祠堂)과 논개비(論介碑)가 있다.

논다니 : 접대부.

논변(論辨) : 사리의 옳고 그름을 밝히어 말함. 또는 그런 말이나 의견.

논죄(論罪) : 죄가 되는지 안 되는지, 큰 죄인지 작은 죄인지 논(論)함.

농기(農旗) : 농촌에서 그 마을을 상징하는 기(旗). 흰 천에 먹으로 '신농유업(神農遺業)' 또는 '농자천하지대본(農者天下之大本)' 등의 글자를 쓰고, 농악을 칠 때 이 기(旗)를 앞세우고 나온다.

농대석(籠臺石) : 비석의 받침돌. 네모진 것과 거북 모양이 있다. 비대(碑台), 받침돌. 기석(基石), 부석(趺石), 방부(方趺), 방대(方臺)이라고도 한다.

농립(農笠) : 갈대나 대오리로 거칠게 엮어 비나 햇볕을 가리기 위하여 쓴 갓(삿갓).

농악(農樂) : 농악은 농민들이 주체가 되어 만들어지고 농민들에 의하여 전승되어 온 농민들의 예술로 오랜 역사를 가진 전통 민간음악이다. 농악놀이에서는 온 마을의 안녕과 풍년을 기원하는 사설(辭說)과 재담(才談)이 곁들여지기도 하고 재치있는 연기(演技)를 보여주기도 한다. 고려 말기에는 금고(金鼓)라고 했는데 지역에 따라 다른 이름으로 불려진다. 대전, 금산, 논산, 옥천, 공주에서는 풍장(風杖)이라 했다. 2014년 유네스코 인류무형문화유산으로 등재되었다.

농악용어(웃다리농악)

*갓도듬 : 부포를 오른쪽 귀 있는 곳에서부터 왼쪽 귀 있는 곳까지 부포를 세워 돌리는 것.

*궁채 : 장구를 치는 것으로 궁과 채가 있는데 이 두 가지를 말함.

*기수 : 영기(令旗), 농기(農旗), 용기(龍旗) 등을 드는 사람.

*나팔수 : 나발, 태평소를 부는 사람.

*돛대놀이 : 상모에 달린 부포 끝을 하늘을 향해 꼿꼿히 세우는 것.

*부포 : 상모 위에 달린 막대기 끝부분을 말함.

*부쇠 : 농악대에서, 상쇠 다음으로 놀이를 이끄는 사람.

*부쇠놀음 : 부쇠가 춤과 장단을 보여주는 놀이.

*북놀음 : 농악에서 북을 치며 개인기를 보여주는 놀이.

*북잽이 : 북 치는 사람.

*북채 : 북을 치는 조그만 방망이.

*삼쇠 : 상쇠 부쇠 뒤에서 꽹과리 치는 사람.

*상모 : 농악에서 벙거지의 꼭지에다 참대와 구슬로 장식하고 그 끝에 해오

라기의 털이나 긴 백지 오리를 붙인 것. 털상모와 열두 발 상모가 있다.

*상모돌리기 : 농악에서 전복(戰服)을 입고 털상모나 열두 발 상모를 돌리면서 추는 춤.

*상북 : 북잽이 가운데 맨 앞에 서서 대원을 이끄는 사람.

*상소고 : 소고잽이 가운데 기예가 뛰어나서 맨 앞에 서는 사람.

*상쇠 : 농악대에서, 꽹과리를 치면서 농악대를 지휘하는 사람.

*상쇠놀음 : 농악에서, 상쇠가 꽹과리를 치고 상모를 돌리면서 춤을 추거나 갖가지 재주를 부리는 놀음.

*상쇠잽이 : 농악대에서, 꽹과리를 치면서 전체를 이끄는 사람.

*상장구 : 장구잽이 가운데 기예가 가장 뛰어나 선두에 서는 사람.

*소고놀음 : 농악에서 소고잽이가 개인이나 단체가 소고를 들고 춤을 추며 개인기를 보이는 놀음.

*소고잽이 : 소고 치는 사람.

*쇠잽이 : 꽹과리 치는 사람.

*십이벅구 : 벅구잽이들 가운데 열두 번째 서는 사람.

*앉은좌우치기 : 쇠잽들이 추는 발림춤의 춤사위. 앉아서 가볍게 뛰면서 쇠채를 좌우로 흔들며 앞으로 걸어간다.

*양장구 : 장구잽이가 가락을 칠 때 채로 궁편까지 치는 기법. 접장구라고도 하고, 겹장구 또는 쌍장구라고도 함.

*연타채 : 상쇠가 잽이들을 부르는 신호.

*열채 : 장구채의 하나. 길이가 30cm 정도 되는데 쪼갠 대나무를 가늘게 깎아서 만들었다.

*열두발상모놀음 : 긴 상모 끈을 앉거나 누워서 묘기를 보여주며 돌리는 놀이이다.

*오금질 : 소고잽이가 상모 돌릴 때 무릎을 조촘거리는 동작을 말함.

*외상모 : 상모돌리기에서, 소고잽이가 추는 채상모 소고춤의 동작. 한쪽으로만 상모를 돌린다.

*웃다리농악 : 충청 경기지역의 농악.

*이채 : 농악 장단의 하나로 두마치라고도 하며 가장 빠른 장단.

*장구놀음 : 농악에서 장구잽이가 춤을 추면서 장구를 치는 놀음.

*장구잽이 : 농악에서 장구 치는 사람.

*자반돌리기 : 자반뒤집기라고도 하는데, 소고잽이들이 몸을 중앙 쪽으로 45 도로 꺾고 상모를 돌리며 도는 것.

*장구채 : 궁채와 열채를 아우르는 말.

*잡색(雜色) : 농악판에서 흥을 돋우기 위하여 끼어든 양반, 조리중, 기생, 포수, 동네 여인 등을 말한다.

*잡색놀음 : 잡색들이 농악판에 끼어들어서 개인기를 보여 주는 것.

*잽이 : 농악에서 악기를 연주하는 사람을 말함.

*접가락 : 장구잽이가 가락을 칠 때 멋을 부리는 가락.

*좌우치기 : ①상모돌리기 동작의 하나. 부포나 채를 머리 뒤쪽에서 왼쪽으로 한 번, 오른쪽으로 한 번 번갈아 가면서 돌린다. ②판굿 놀이에서, 잽이들이 큰 원을 지어 안을 보고 서서 좌우 앞뒤의 순서로 세 발씩 옮겨 가며 노는 춤사위.

*질군악 : 농악대가 행진할 때 치는 장단.

*징놀음 : 농악에서 징잽이가 징을 치며 개인기를 보여주는 놀음.

*징잽이 : 농악에서 징 치는 사람(징수).

*징채 : 징을 치는 채.

*찍엄상 : 상모에 달린 부포 끝을 찍듯이 아래로 내려꽂는 것.

*채상모 : 끝에 헝겊으로 만든 긴 채를 단 상모.

*채상모놀음 : 채상모를 쓰고 추는 춤 놀이.

*칠채 : 농악 장단의 하나.

*칠채가락 : 농악 가락에서 가장 치기 어려운 가락.

*한배 : 상쇠 소리에 맞춰 박자를 치는 것.

농악의 기원 : 우리나라 농악은 고려 말 정도전(鄭道傳)이 삼군도총사(三軍都

總師)를 맡아 군사 진법(陳法)에서 금고(金鼓)를 사용한 것이 농악의 연원이라 하겠다(한상수:농악의 기원에 대한 고찰. 대전대 인문과학연구소 논문집 26집 참조)

농우(農牛) : 농사에 부리는 소.

농후자(弄猴者) : 원숭이를 길들여 재주를 부리게 하는 사람을 뜻한다. 원숭이 재주부리기 공연을 '후희(猴戲)'라고 했다.

높은 집 금지 : 고려 충렬왕 3년 7월, 관후서(觀候署) 도선밀기(道詵密記)에 이르기를 '산이 적은 데는 높은 누각을 짓고, 산이 많은 데는 보통 집을 짓는데, 우리나라는 산이 많으니 높은 집을 많이 지으면 반드시 쇠손을 초래한다'라고 하였다. 이로 인하여 이태조(李太祖)이래 궁궐이 높지 않으며 민가(民家)에 이르기까지 모두 높은 집 짓는 것을 금지하였다.

누각(樓閣) : 넓고 크고 여러 사람이 모일 수 있는 전망 좋은 2층 집.

누룩의 종류

***녹두국(綠豆麴) :** 녹두와 쌀을 반반씩 넣어 갈아서 작고 얇게 만든 누룩.

***물누룩(水麴) :** 속성 주(酒)를 만들기 위하여 물에 담가 불린 누룩.

***백국(白麴) :** 밀가루에 찹쌀가루를 조금 넣어 빚은 흰 누룩.

***보리누룩 :** 찧지 않은 겉보리로 빚은 누룩.

***분국(粉麴) :** 하얀 곡식 가루를 덩어리로 뭉쳐 만든 누룩.

***요국(蓼麴) :** 찹쌀을 하루 동안 여뀌 즙에 담갔다가 건져서 밀가루로 반죽하여 띄운 누룩.

***이화국(梨花麴) :** 멥쌀가루를 오리알 크기만큼 손으로 단단히 뭉쳐서 짚이나 솔잎으로 싸서 띄운 쌀누룩.

***조국(粗麴) :** 밀을 거칠게 갈아서 덩어리로 만든 품질이 낮은 누룩. 가장 널리 이용.

***황국(黃麴) :** 누렇거나 약간 붉은색의 곰팡이가 피어있는 누룩.

***흩임누룩 :** 곡물의 낱알이 흩어져 있는 상태의 누룩.

누르미 : 전(箭).

누름국수 : 칼국수.

누정(樓亭) : 누각(樓閣)과 정자(亭子)를 아울러 이르는 말.

눈딱부리 : 눈이 유달리 툭 불거져 나온 사람을 속되게 이르는 말.

늠전(廩田) : 조선시대 지방 관아(官衙)에서 경비를 조달하기 위하여 소유한 토지를 이르는 말. 공수전(公需田), 마전(馬田), 아록전(衙祿田) 등이 있다.

능지처사(陵遲處死) : 대역죄(大逆罪)를 범한 자에게 과했던 극형(極刑). 죄인이 죽인 뒤 시신의 머리, 몸, 팔, 다리를 토막 쳐서 각지에 돌려 보이는 형벌이다(능지(陵遲), 처참(處斬), 참형(斬刑)).

능행(陵行) : 임금이 능(陵)에 거둥함.

능행도(陵行圖) : 임금이 능(陵)에 행차하는 모습을 그린 그림. 조선시대에, 정조(正祖, 1752~1800)가 아버지 사도세자(思悼世子, 1735~1762)의 능(陵)에 행차하는 모습을 그린 그림을 이르는 말.

늦깎이 : 나이가 들어서 중이 된 사람.

다

다(茶) : 숭늉(궁중용어).

다관(茶罐) : 차주전자(궁중용어).

다담상(茶啖床) : 손님을 대접하기 위하여 다과(茶菓) 따위를 차려 놓은 상.

다래 : 말을 탄 사람 옷에 흙이 튀지 않도록 가죽 같은 것을 말의 양쪽에 늘어뜨리는 장비(裝備).

다모(茶母) : 조선시대 일반 관아(官衙)에서 차(茶)와 술대접 등의 잡일을 맡아하던 관비(官婢). (다비(茶婢), 차모(茶母)).

다물(多勿) : 옛 땅을 되찾음(삼국사기 고구려 말).

다소반과(茶小盤果) : 임금에게 나가는 다과상(궁중용어).

다식(茶食) : 우리나라 고유의 과자 중 하나. 녹말(綠末), 송화(松花), 신감채(辛甘菜), 검은깨 등의 가루를 꿀이나 조청에 반죽하여 다식판(茶食板)에 박아 만드는데 흰색, 노란색, 푸른색, 갈색, 검은색 등 오방색(五方色)으로 구색을 맞춘다.

다실(茶室) : 예전에 선비들이 차를 마시는 집 또는 방.

따라마님 : 양반가(兩班家)에서 주인마님이 바깥 행차(行次)할 때 가마 옆에 따라붙는 여종.

따라지 : 키와 몸이 매우 작아 풍채(風采)가 보잘것없는 사람.

단(壇) : 무덤이 재해로 인하여 분실했을 때 만든 제단(祭壇)을 이르는 말.

단군(檀君) : 고조선(古朝鮮)의 제1대(재위: BC.2333~BC.1122) 왕(王). 단군(壇君)은 단군왕검(壇君王儉), 단웅천왕(檀雄天王)이라고도 한다. 천제(天帝)인 환인(桓因)의 손자이며, 환웅(桓雄)의 아들로 서기전 2333년 아사달(阿斯達)에 도읍을 정하고 단군조선(檀君朝鮮)을 개국하였다.

단군신화(檀君神話) : 천제(天帝) 환인(桓因)의 아들 환웅(桓雄)이 무리 3천 명을 이끌고 태백산(太白山) 신단수(神壇樹) 아래로 내려와 신시(神市)를 세워 나라를 다스릴 때, 사람이 되기를 원하는 곰과 호랑이에게 쑥과 마늘을 주어 백 일 동안 동굴 속에서 살라고 하였으나, 호랑이는 참지 못하여 나가고, 곰은 21일 동안 잘 견딘 결과 웅녀(熊女)가 되어서 환웅(桓雄)과 결혼하여 단군(檀君)을 낳았고, 단군(檀君)은 고조선(古朝鮮)을 세웠다는 이야기이다.

단늬의 : 왕비의 속치마(궁중용어).

단령(團領) : 조선시대 목깃을 둥글게 만든 관복(官服).

단목도형(檀木圖形) : 대나무 막대기의 그림(범죄에 사용된).

단발령(斷髮令) : 1895년, 을미사변(乙未事變) 이후, 성인 남자는 상투를 자르고 서양식 머리를 하라는 내용이 담긴 고종(高宗) 황제의 칙령(勅令). 이에 따라 단발령(斷髮令)을 따르지 않는 사람들에게는 강제로 상투를 잘랐다. 반발이 심했으나 1920년대부터는 기독교 신학생들이 중심이 되어 상투를 자르고 여성도 단발을 하기 시작했다. 이로 인하여 여러 가지 모자가 관심의 대상이 되었다.

단성사(團成社) : 우리나라에서 가장 오래된 극장(劇場). 1907년에 개관하여 판소리와 창극(唱劇)을 공연하였다. 1912년에 확장, 개축한 후에는 주로 영화관(映畵館)으로 사용되었으나 신파극(新派劇)도 많이 공연하였다. 6.25 전쟁 이후 영화(映畵) 전용 극장이 되었다.

단소(壇所) : 제단(祭壇)이 있는 곳.

단오(端午) : 우리나라 사대명절(四大名節)의 하나. 음력 5월 5일로, 일명 천중절(天中節), 수릿날(戌衣日, 水瀨日), 중오절(重午節), 단양(端陽)이라고도 한다. 수리치로 단오떡을 해 먹고, 여자(女子)는 창포물에 머리를 감고, 남자(男子)는 씨름을 하며, 남녀는 그네를 같이 뛰면서 놀았다. 집단적인 행사로는 마을의 수호신(守護神)에게 제사지내는 단오제(端午祭)가 있다. 그중에 강릉단오제(江陵端午祭)가 유명하다.

단오부적(端午符籍) : 관상감(觀象監)에서는 단오가 되면 부적(符籍)을 만들어 대궐(大闕) 안 문설주에 붙였다. 이것을 천중부적(天中符籍)이라 했다. 부적은 불길한 재액을 막아준다고 믿고 경사대부(卿士大夫)의 집에서도 붙였다.

단오부채 : 조선시대 해마다 공조(工曹)에서 단오(端午)부채를 만들어 진상(進上)하였다. 그러면 임금은 그것을 신하(臣下)들에게 나누어 주었다. 전라도와 경상도 관찰사(觀察使) 및 절도사(節度使)도 각기 그곳 특산품으로서 부채를 궁중(宮中)에 진상하고, 또 조관(朝官)과 친지에게 선사하였다. 그리고 부채를 생산하는 고을의 수령(首領)들도 이와 같이 궁중에 진상하고 서울 각처에 부채를 선사하는 풍속이 있었다. 이 부채를 단오부채라 하였다.

단오(端午)의 유래 : 중국 초나라 회왕(懷王) 때, 굴원(屈原)이라는 신하가 간신(姦臣)들의 모함을 받고, 기원전 278년 5월 5일, 자신의 지조(志操)를 보이기 위하여 돌을 가슴에 안고 멱라강(汨羅江, 호남성)에 몸을 던져 자살하였는데 그날이 단오 날이었다. 그 뒤 해마다 굴원(屈原)의 영혼(靈魂)을 위로하기 위하여 제사(祭祀)를 지냈는데, 이것이 우리나라에 전해져서 단오(端午)가 되었다고 한다.

단자(單子) : 부조(扶助)나 선물(膳物)의 내용을 적은 종이. 돈의 액수나 선물의 품목(品目), 수량(數量), 보내는 사람의 이름을 써서 물건과 함께 보낸다.

단자(團餈) : 찹쌀가루를 쪄서 치댄 뒤 모양을 만들고 고물을 묻힌 떡.

단종(端宗) : 조선 6대 왕. 단종(端宗, 1441~1457)은 12세에 왕위(王位, 1452~1455년)에 올랐으나, 숙부인 수양대군(首陽大君)에게 왕위를 빼앗기고 강원도(江原道) 영월(寧越)에서 유배생활(流配生活)하다가 죽임을 당했다. 사후 241년, 숙종(肅宗) 24년(1698)에 왕위(王位)를 추복(追復)하여 묘호(廟號)를 단종(端宗)이라고 하였다.

달롱개 : 달래.

담거인(擔去人) : 시신을 옮긴 사람.

담군(擔軍) : 시신을 옮기는 사람.

담내인(擔來人) : 시신을 지고 온 사람.

담뱃대 종류

*****장죽(長竹)** : 긴 것은 길이가 한 발 넘었다. 주인이 담뱃대를 물고 있으면 하인(下人)이 부싯돌로 불을 켜서 붙여 주었다(양반의 상징).

*****곰방대** : 길이가 20cm정도 되는데 평민들이 허리춤에 꽂고 다녔다.

*****물뿌리(빨뿌리)** : 물뿌리와 파이프는 궐연이 나오면서부터 보급되었다. 상아 물뿌리는 자신의 신분을 과시하기 위하여 사용하였다.

담부인(擔負人) : 짐을 메고 가는 사람.

담살이 : 머슴살이.

담시군(擔屍軍) : 시신을 메어 옮긴 사람.

담시인(擔屍人) : 시신을 메어 옮긴 사람, 시신 운반자.

담여군(擔舁軍) : 가마나 상여를 메는 사람(담여인(擔舁人)).

답권(畓券) : 논(畓) 문서.

답삭(踏索) : 줄광대들의 줄타기.

답삭희(踏索戲) : 줄광대가 부채나 막대를 들고 줄 위에서 줄타기하는 놀이.

답산(踏山) : 묏자리를 잡으려고 산을 돌아봄.

당묵(唐墨) : 예전에, 중국에서 만든 질 좋은 먹을 이르는 말.

당백전(當百錢) : 조선시대 경복궁(景福宮) 중건으로 인한 재정적 궁핍을 해결하기 위하여 흥선대원군(興宣大院君, 1820~1898)이 만든 화폐(貨幣). 법정 가치는 상평통보(常平通寶)의 100배였지만 실제 가치는 이에 미치지 못하여 화폐 가치의 폭락을 가져왔고, 고종 4년(1867)에 폐지되었다.

당봉전(堂捧錢) : 받아 내야 할 돈.

당상(堂上) : 당상관의 준말.

당상관(堂上官) : 조선시대 관리 중에서 문신(文臣)은 정3품 통정대부(通政大夫), 무신(武臣)은 정3품 절충장군(折衝將軍) 이상의 품계를 가진 자.

당악(唐樂) : 삼부악(三部樂)의 하나. 당송(唐宋) 이후에 우리나라에 들어온 중국의 속악(俗樂)을 통틀어 이르는 것이다. 당송(唐宋) 이후의 중국의 음률(音律)에 의거하여 제정한 음악이다.

당악무용(唐樂舞踊) : 당악(唐樂)에 맞추어 추는 궁중무용(宮中舞踊). 왕모대무(王母隊舞)와 포구락(抛毬樂) 두 가지가 있다.

당오전(當五錢) : 구한말(舊韓末)에 법정 가치를 상평통보(常平通寶)의 5배로 쳐 발행한 화폐(貨幣). 고종(高宗) 20년(1883)에 만들어 고종(高宗) 32년(1895)까지 사용하였다.

당우(堂宇) : 정당(正堂)과 옥우(屋宇)라는 뜻으로, 규모가 큰 집과 작은 집을 아울러 이르는 말.

당쟁(黨爭) : 당파(黨派)를 이루어 서로 싸우는 일.

당초(唐椒) : 고추.

당초(唐草) : 여러 가지 덩굴이 꼬이며 뻗어 나가는 모양의 무늬. 우리나라 공예품에 많이 그려져 있는 전통 문양(넝쿨무늬, 당초무늬, 당초문).

당하(堂下) : 당하관(堂下官)의 준말.

당하관(堂下官) : 조선시대 관리들의 품계 가운데 정3품 이하 종9품까지를 일컫는 말이다. 문관(文官)은 정3품 이하 종9품인 장사랑(將仕郎)까지, 무관(武官)은 정3품인 어모장군(禦侮將軍) 이하 종9품인 전력부위(展力副尉)까지를 말한다.

당호(堂號) : 집(堂宇)의 이름. 관청(官廳) 건물에는 반드시 현판(懸板)을 만들어 처마 아래에 걸었다. 개인 집 당호는 집 주인의 호를 사용하는 경우가 많다.

땅꾼 : 뱀을 잡아 파는 것을 직업으로 하는 사람.

대간(臺諫) : 사헌부(司憲府)와 사간원(司諫院) 관리를 이르는 말.

대감(大監) : 조선시대 정2품 이상의 관직(官職)이 있는 사람이나 퇴직(退職)

한 자에 대한 존칭.

대감마님 : 일반 백성이나 하인(下人)들이 높은 벼슬아치를 일컫던 호칭.

대과(大科) : 과거(科擧)의 문과(文科)와 무과(武科)를 이르던 말.

대광보국숭록대부(大匡輔國崇祿大夫) : 조선시대 정1품의 종친(宗親), 의빈(儀賓)에게 주던 으뜸 품계.

대교(待敎) : 조선시대 예문관(藝文館)에 속한 정8품 벼슬. 태종(太宗) 1년(1401)에 예문춘추관(藝文春秋館)을 예문관(藝文館)과 춘추관(春秋館)으로 나눌 때 수찬관(修撰官)을 고친 것이다. 또는 규장각(奎章閣)에 속한 정7품에서 정8품까지의 벼슬.

대군(大君) : 왕비(王妃)에게서 난 아들(왕의 적자).

대궁상 : 먹다 남은 밥상.

대도호부(大都護府) : 조선시대 안동(安東), 창원(昌原), 강릉(江陵), 영변(寧邊), 영흥(永興) 등 다섯 곳에 설치한 지방 행정기관.

대도호부사(大都護府使) : 고려, 조선시대 둔 대도호부(大都護府)의 으뜸 벼슬. 품계는 정3품이다.

대동계(大洞契) : 동네 전체를 대상으로 모은 계(契).

대동계(大同契) : 조선, 선조(宣祖) 22년(1589)에, 정여립(鄭汝立)이 모반(謀叛)을 꾀할 때 만든 단체(團體). 매월 15일에 계원들이 모여 무술(武術)을 연마하고 주식(酒食)을 들면서 이씨왕조(李氏王朝)를 몰아낼 계획을 꾸몄으며, 전주(全州)에서 임금이 날 것이라는 소문을 퍼뜨리기도 하였다.

대동목(大同木) : 조선시대 대동법(大同法)에 따라 쌀 대신 거두던 무명.

대동미(大同米) : 조선 후기, 대동법(大同法)에 따라 거두던 쌀.

대동법(大同法) : 조선 중기~후기에, 여러 가지 공물(貢物)을 쌀로 통일하여 바치게 한 납세 제도. 방납(防納)의 폐해를 시정하기 위하여 조광조(趙光祖), 이이(李珥), 유성룡(柳成龍) 등이 제기하였으나 광해군(光海君) 즉위년(1608)에 이르러서야 이원익(李元翼) 등의 주장이 관철되어 경기(京畿)지역부터 처음 실시하였다. 지역에 따라 쌀 대신에 베를 거두기도 하였는데,

고종(高宗) 31년(1894)에는 쌀 대신 돈으로 바치게 하였다.

대동보(大同譜) : 동성동본(同姓同本)에 딸린 모든 파(派)의 족보(族譜)를 합쳐서 엮은 족보.

대동여지도(大東輿地圖) : 조선 후기 지리학자 김정호(金正浩, ?~1866)가 1861년에 간행한 지도첩.

대동포(大同布) : 조선시대 대동법(大同法)에 따라 쌀 대신에 거두던 베.

대령숙수(待令熟手) : 궁중 잔치 때 남자 요리사(궁중용어).

대례복(大禮服) : 나라의 중대한 의식(儀式)이 있을 때에 벼슬아치가 입던 예복(禮服).

대루리 : 다리미(궁중용어).

대립꾼 : 예전에 돈을 받고 군대(軍隊)를 대신 가주는 사람.

대망(臺望) : 사헌부(司憲府)와 사간원(司諫院) 관리로 들어갈 후보자를 이르는 말.

대명률(大明律) : 중국 명나라의 형법전(刑法典). 당나라의 법률을 참고하여 편찬했으며, 명례율(名例律), 이율(吏律), 호율(戶律), 예율(禮律), 병률(兵律), 형률(刑律), 공률(工律) 등 일곱 편으로 이루어졌다. 조선의 『경국대전』 및 『경제육전』 등 제정에 많은 영향을 주었다. 30권.

대방(大房) : ①안방을 이르는 말. 안방마님이 머무르고, 가족회의, 제사, 귀빈 접대 등 모든 일의 중심이 되는 방이기 때문에 부르던 말이다. ②조선시대 보부상 조직인 동몽청(童蒙廳)의 우두머리를 이르는 말.

대보름날 달맞이 : 음력 정월 대보름날 저녁에 산이나 들에 나가 달이 뜨기를 기다려 맞이하는 일. 달을 보고 소원(所願)을 빌기도 하고, 달빛에 따라 1년 농사를 점치기도 했다.

대부(大夫) : 고려, 조선시대 벼슬의 품계에 붙이던 칭호(稱號). 조선시대에는 정1품에서 종4품까지의 벼슬에 붙였다.

대불경죄(大不敬罪) : 왕실(王室)에 대하여 불경(不敬)스러운 행위를 한 죄.

대불호텔 : 1883년 인천항(仁川港)이 개항한 후 1888년에 개업을 한 호텔.

우리나라의 대표적인 숙박기관으로 한국 최초의 서구식 호텔로 커피를 최초(最初)로 팔아 큰 호응을 얻기도 하였다. 일본 해운업자가 현재의 인천 중구 중앙동에 세운 이 호텔은 서양식으로 설계된 3층 벽돌 건물로 침대가 딸린 객실 11개와 다다미방 240개 규모였다. 언어는 일본어가 아닌 영어로 손님을 맞이하였다.

대비(大妃) : 선왕(先王)의 살아 있는 아내.

대사간(大司諫) : 조선시대 사간원(司諫院)의 으뜸 벼슬. 품계(品階)는 정3품으로, 임금에게 정사의 잘못을 간(諫)하는 일을 맡았다.

대사성(大司成) : 고려, 조선시대 성균관(成均館)의 정3품 으뜸 벼슬.

대사헌(大司憲) : 조선시대 사헌부(司憲府)의 종2품 벼슬. 정사를 논하고 백관(百官)을 감찰하며 기강(紀綱)을 확립하는 업무를 맡아보았다.

대산(大蒜) : 마늘(궁중용어).

대성전(大成殿) : 향교(鄕校) 안에 있는 공자묘(孔子廟), 즉 공자(孔子)의 위패(位牌)를 모시는 전각(殿閣)을 말한다. 공자를 중앙에 모시고 안자(顏子), 증자(曾子), 자사(子思), 맹자(孟子) 등 4성(聖)을 좌우에 합사(合祀)한다. 동서 양무(兩廡)에는 공자의 제자를 위시한 한, 중 양국의 현인(賢人)를 배향했는데, 한국인은 설총(薛聰), 최치원(崔致遠), 안유(安裕), 정몽주(鄭夢周), 김굉필(金宏弼), 정여창(鄭汝昌), 조광조(趙光祖), 이언적(李彦迪), 이황(李滉), 이이(李珥), 성혼(成渾), 김장생(金長生), 송시열(宋時烈), 송준길(宋浚吉), 박세채(朴世采), 조헌(趙憲), 김집(金集), 김인후(金麟厚) 등이다.

대세수하오시다 : 손을 씻는다(궁중용어).

대시(待時) : 조선시대 사형수(死刑囚)의 형 집행을 춘분(春分) 전과 추분(秋分) 사이에 행하던 형벌 제도.

대언인(代言人) : 남을 대신하여 말해주는 사람.

대역죄인(大逆罪人) : 국가와 사회의 질서를 어지럽히는 큰 죄를 지은 죄인(罪人). 주로 역적(逆賊)으로 반역(反逆)을 꾀하거나 내란(반란)을 일으켜 국가를 크게 혼란에 빠뜨린 범죄자(犯罪者)를 말한다.

대왕대비(大王大妃) : 선왕(先王)의 전전(前前) 왕의 아내.

대원군(大院君) : 조선시대 왕(王)이 형제나 자손 등 후사(後嗣)가 없이 죽어서 종친(宗親) 중에서 왕위(王位)를 계승하는 경우, 해당 국왕(國王)의 생부(生父)에게 주던 존호(尊號).

대저(大抵) : 대체로.

대전통편(大典通編) : 조선시대 김치인(金致仁)이 왕명에 따라 편찬한 책. 『경국대전』 『대전속록』 『대전후속록』 『수교집록』 『속대전』을 한데 모은 것이다. 모두 6권 5책.

대제학(大提學) : 조선시대 홍문관(弘文館)과 예문관(藝文館) 으뜸 벼슬. 정2품 벼슬이다.

대조(大朝) : 초하루와 보름날 아침에 모든 문무백관(文武百官)들이 임금에게 문안을 드리고 결재를 받던 조회(朝會).

대종가(大宗家) : 동성동본(同姓同本)의 일가 가운데 시조(始祖)의 제사를 받드는 가장 큰 종가(宗家).

대종손(大宗孫) : 대종가의 맏자손.

대종회(大宗會) : 동성동본(同姓同本)의 모든 일가들이 모이는 모임.

대죄(大罪) : 반역죄(反逆罪)와 같은 큰 죄.

대청(臺廳) : 조선시대 궁중(宮中)에서 사헌부(司憲府)나 사간원(司諫院)의 벼슬아치들이 임금에게 아뢸 일을 의논하던 곳.

대칼 : 대나무로 만든 칼. 죽도(竹刀).

대포잔(大匏盞) : 대포잔은 큰 바가지 잔(盞)이라는 뜻.

대풍가(大風歌) : 한(漢)나라 고조(高祖)인 유방(劉邦)이 천하를 얻어 칭제(稱帝)한 뒤, 회남왕(淮南王) 경포(黥布)를 물리치고 돌아오던 중에 고향인 패(沛)를 지나다가 친족과 옛 친구들을 불러 잔치를 베풀고 어린이 120명에게 가르쳐 부르게 하면서 자신도 술에 취하여 축(筑)을 두드리면서 함께 불렀다는 노래.

대풍가와 이성계 : 이성계(李成桂)가 남원 황산에서 왜구(倭寇)를 섬멸하고 전

주를 지나다가 지금의 오목대(梧木臺)에서 종친들과 만나 연회를 베풀고 대풍가(大風歌)를 불러 서장관(書狀官) 정몽주(鄭夢周)가 놀라서 그 자리를 떠났다고 전한다.

대한민국(大韓民國) 역대 국가 연간

단군조선(檀君朝鮮) : BC2333~BC1119경, 1114년간 존치, 시조 단군왕검.

기자조선(箕子朝鮮) : BC1110경~BC192, 925년간 존치(학계 불인정).

위만조선(衛滿朝鮮) : BC193~BC108, 85년간 존치.

한사군(漢四郡) : 낙랑, 진번, 임둔, 현도.

낙랑군(樂浪郡) : BC108~313, 421년간 존치.

진번군(眞蕃郡) : BC108~82, 20년간 존치.

임둔군(臨屯郡) : BC108~82, 20년간 존치.

현도군(玄菟郡) : BC107~75, 32년간 존치.

신라(新羅) : BC57~935, 992년간 존치, 시조 박혁거세(朴赫居世), 56왕 재위.

고구려(高句麗) : BC37~668, 705년간 존치, 시조 동명왕(東明王), 28왕 재위.

백제(百濟) : BC18~660, 678년간 존치, 시조 온조왕(溫祚王), 31왕 재위.

가락(駕洛) : 42~532, 491년간 존치, 시조 수로왕(首露王), 10왕 재위.

발해(渤海) : 699~926, 228년간 존치, 시조 고왕(高王), 14왕 재위.

후백제(後百濟) : 900~936, 37년간 존치, 시조 견훤(甄萱), 2왕 재위.

태봉(泰封) : 901~918, 18년간 존치, 시조 궁예(弓裔), 1왕 재위.

고려(高麗) : 918~1392, 475년간 존치, 시조 왕건(王建), 34왕 재위.

조선(朝鮮) : 1392~1910, 519년간 존치, 시조 이성계(李成桂), 27왕 재위.

대한민국임시정부(大韓民國臨時政府) : 1919년 4월에 중국 상하이(上海)에서 이승만(李承晚), 김구(金九) 등을 중심으로 대한민국(大韓民國)의 광복(光復)을 위하여 임시로 조직한 정부. 초대 대통령 이승만(李承晚). 임시정부(臨時政府)는 광복 때까지 항일(抗日), 광복운동(光復運動)의 중심기관이었다.

대호군(大護軍) : 조선시대 오위(五衛)에 속한 종3품의 무관(武官) 벼슬.

댕기(唐只) : 처녀들이 길게 땋은 머리 끝에 드리는 장식용 헝겊이나 끈.

댕기의 종류

*고이댕기 : 양끝이 둥글면서 뾰족하게 만들었는데 중앙에 장생(長生) 무늬와 모란이나 연꽃 무늬를 수놓아 장식했다.

*금박댕기 : 검정색, 자주색, 적색 등의 천에 부귀영화(富貴榮華), 다남자(多男子), 수복강녕(壽福康寧), 쌍희(囍)자나 석류, 복숭아, 모란, 국화 등의 무늬를 판각하여 금분을 묻혀 찍은 댕기다.

*도투락댕기 : 긴 마름모 형태로 검정색 자주색 비단을 너비 20cm, 길이 1m 내외로 만들었다. 장식은 오방색수실과 방울, 매미, 박쥐, 석류 형태의 보석이나 수(壽) 희(囍) 부(富)자를 금박으로 하며 호사스런 민속미학이 넘친다(혼례 예장품).

*제비부리댕기 : 천은 붉은색과 검정색 갑사나 비단을 사용했는데 끝을 뾰족하게 접어 만들었다. 그 모양이 마치 제비부리 같다.

*앞줄댕기 : 대개 좁고 길게 만들었는데 금분을 찍었다. 끝에는 진주, 옥, 산호 등으로 장식하였다. 머리에 있는 큰 비녀를 양옆으로 감아 양쪽 어깨 앞으로 늘어뜨리는 댕기다.

덕대 : ①광산(鑛産) 임자와 계약을 맺고 광산의 일부를 떼어 맡아 광부(鑛夫)를 데리고 광물(鑛物)을 캐는 사람. ②광산에서 한 구덩이의 작업을 감독(監督)하는 책임자.

덕대놀이 : 윷으로 하는 노름의 하나. 한 사람을 덕대로 정하고, 나머지 사람은 각각 돈을 태운 다음, 정해진 덕대가 윷을 던져 윷이나 모가 나오면 판돈을 그냥 차지하고, 그 이하일 때에는 윷을 놀아 승부를 결정한다.

덕수궁(德壽宮) : 조선시대 궁궐(宮闕). 본래는 행궁(行宮)이었으나 선조(宣祖)가 1593년 의주(義州)에서 환도한 후 보수하여 궁궐로 삼았다. 지금 있는 건물은 중화전(中和殿), 함녕전(咸寧殿), 석조전(石造殿) 등이며 정문으로 대한문(大漢門)이 있다. 우리나라 사적이다(경운궁(慶運宮)).

덕혜옹주(德惠翁主) : 조선, 왕조 최후의 황녀(皇女, 1912~1989). 고종의 막내딸로 열세 살 때 일본(日本)에 볼모로 잡혀가 대마도(對馬島) 도주(島主)의 아들과 강제로 결혼하였다가 1962년 1월 26일에 귀국하였다.

덧거리 : 정해진 수량 이외에 덧붙이는 물건.

덧두리 : 정해 놓은 액수보다 더 덧붙이는 액수.

덧술 : 덧술은 술의 품질을 높이기 위하여 밑술이나 술밑에 술밥을 넣어 만든 술을 말한다.

떡국상 : 설날 세배꾼을 대접하는 상(떡국 수정과 식혜 나박김치).

떡 종류(제사에 올리는 떡)

*편떡(거피떡) : 멥쌀 찹쌀가루에 소금 간을 한 다음 거피한 회색 팥가루를 고물로 얹고 찐 떡.

*녹두편 : 멥쌀 찹쌀가루에 소금 간을 한 다음 녹두 고물과 꿀물을 뿌려 만든 떡.

*깨떡(흑임자떡) : 멥쌀가루, 검은깨 가루, 설탕, 소금을 넣고 손으로 비벼서 찐 떡.

*꿀떡(꿀편) : 찹쌀가루에 꿀을 섞고 대추채, 밤채, 석이채를 얹고 찐 떡.

*흰떡(백편) : 멥쌀가루 위에 대추채, 밤채, 석이채를 얹고 찐 떡.

떨거지 : 일가친척에 딸린 무리나 한통속으로 지내는 사람들.

떨꺼둥이 : 재산을 모조리 털어먹고 맨손으로 쫓겨난 사람.

데릴사위 : 처가(妻家)에서 데리고 사는 사위.

뎨김 : 판결. 한자로는 뎨사(題辭)라고 했다.

도가(道家) : 도교(道敎)를 믿고 그 도(道)를 닦는 사람.

도가(都家) : 계나 굿, 마을의 일을 도맡아 하는 집.

도감(都監) : ①고려, 조선시대 나라의 행사가 있을 때 임시로 설치하던 관아. ②조선시대 오군영(五軍營)의 하나. 수도 경비를 위하여 포수(砲手), 살수(殺手), 사수(射手)등을 양성하던 군영(軍營)을 이르는 말.

도결(都結) : 조선 후기, 고을의 구실아치들이 공전(公錢)이나 군포(軍布)를 사사로이 사용하고 그것을 채우기 위하여 결세(結稅)를 정하여진 금액 이상으로 물리던 일.

도관찰출척사(都觀察黜陟使) : ① 고려 창왕(昌王, 1380~1389) 때 지방에 둔 장관 안렴사(按廉使)를 고친 것으로, 공양왕(恭讓王) 4년(1392)에 다시 안렴사(按廉使)로 고쳤다. ②조선시대에 지방에 둔 장관. 태조 2년(1393)에 안렴사를 고친 것으로, 세조 12년(1466)에 도관찰사(都觀察使)로 고쳤다.

도교(道敎) : 도교는 무위자연설(無爲自然說)을 근간으로 하는 중국의 다신적(多神的) 종교. 황제(黃帝)와 노자(老子, ?~?)를 신격화한 태상노군(太上老君)을 숭배하며, 노장철학을 받아들이고 여기에 음양오행설(陰陽五行說)과 신선사상(神仙思想)을 더하여 불로장생(不老長生)을 추구하였는데, 후한(後漢) 말기 때 장도릉(張道陵)에 의해 그 종교적인 틀이 갖추어져 중국의 민간 습속(習俗)에 큰 영향을 미쳤다.

도교사상(道敎思想) : 무위자연설(無爲自然說)을 근간으로 하는 중국의 다신적(多神的) 종교에 근거한 사상(思想).

도기(到記) : 시제(時祭) 참석자 방명록(芳名錄)을 말한다. 시도기(時到記) 또는 시도록(時到錄)이라고도 한다.

도당(都堂) : 의정부(議政府)를 말함.

도당록(都堂錄) : 조선시대 홍문관(弘文館)의 교리(校理) 이하의 벼슬아치를 임명할 때에 홍문관의 부제학(副提學) 이하의 관원이 후보자들을 가려 뽑아서 적은 기록(堂錄. 弘文錄).

도덕(道德) : 사람으로서 지켜야 할 도리(道理).

도덕경(道德經) : 중국의 도가서(道家書). 윤희(尹喜)가 노자(老子)에게 도(道)가 무엇이냐고 묻는 말에 대답한 것을 적은 책. 내용은 우주 간에 존재하는 일종의 이법(理法)을 도(道)라 하고, 무위(無爲)의 치(治), 무위의 처세훈(處世訓)을 서술한 것이다(노자 도덕경(老子道德經)).

도덕군자(道德君子) : 도학(道學)을 닦아 덕(德)이 높은 사람.

도목정사(都目政事) : 고려, 조선시대 매년 6월, 12월 이조(吏曹), 병조(兵曹)에서 벼슬아치의 치적(治積)을 심사하여 면직하거나 승진시키던 일.

도백(道伯) : 관찰사(觀察使)의 다른 이름.

도사(都事) : ①지방의 관찰사(觀察使)를 보좌하던 관원(官員). 전국 각 도(道)에 각각 1인씩 배치, 그 소관 지역을 순력(巡歷)하고 규찰하는 분도(分道)의 임무까지 맡게 되었다. ②충훈부(忠勳府), 중추부(中樞府), 의금부(義禁府) 등에 속하여 벼슬아치의 감찰 및 규탄을 맡아보던 종5품 벼슬.

도사령(都使令) : 각 관아(官衙)에서 심부름을 하던 사령(使令)의 우두머리.

도성(都城) : 임금이나 황제가 있던 도읍지(都邑地)가 성으로 이루어져 있었다는 데서 서울을 이르던 말.

도솔천(兜率天) : 수미산(須彌山) 꼭대기에 12만 유순(由旬)이 되는 곳에 있다는 천계(天界). (1유순(由旬):40리에 해당함).

도술(道術) : 도교(道敎)에서 도사(道士)나 술사(術士) 등이 행하는 축지법(縮地法), (둔갑술(遁甲術) 방술(方術)).

도승지(都承旨) : 조선시대 정3품의 벼슬로, 승정원(承政院)의 으뜸 벼슬. 왕명(王命)을 전달하거나 신하들이 왕(王)에게 올리는 글을 상달하는 일을 맡아보았다.

도야(陶冶) : 도기(陶器)를 만드는 일과 쇠를 주조하는 일.

도영장(都領將) : 지방 관아(官衙)에 소속된 장교들을 영장(領將)이라고 하며, 영장의 우두머리를 도영장이라 함.

도윤(都尹) : 지방 행정직 가운데 하나.

도읍(都邑) : 한 나라의 중앙 정부가 있는 곳(경도(京都), 경부(京府), 경읍(京邑)).

도인(道人) : ①도를 닦는 사람(도사(道士). 선인(仙人). 방사(方士)). ②불도(佛道)를 닦아 깨달은 사람. ③도교(道敎)를 믿고 수행(修行)하는 사람(도인(道人). 도자(道者). 도가자류(道家者流).

도자장(刀子匠) : 칼 만드는 사람.

도장(都將) : 기찰포교(譏察捕校)의 우두머리.

도장부(道長父) : 도적(盜賊)을 토벌하는 장교(將校).

도저(到底)하다 : ①행동이나 몸가짐이 빗나가지 않고 곧아서 훌륭하다. ②학식이나 생각, 기술 따위가 출중하다.

도정(都正) : 고려, 조선시대 이조(吏曹), 병조(兵曹)에서 벼슬아치의 치적을 심사하여 면직하거나 승진시키던 벼슬아치(정3품).

도제조(都提調) : 조선시대 승문원(承文院), 봉상시(奉常寺), 사역원(司譯院), 훈련도감(訓鍊都監) 등의 으뜸 벼슬. 정승(政丞)이 겸임하거나 정승을 지낸 사람을 임명했으나 실무를 보지는 않았다.

도제조아문(都提調衙門) : 조선시대 도제조(都提調)가 으뜸 벼슬로 있던 관아(官衙). 승문원(承文院), 봉상시(奉常寺), 사역원(司譯院), 훈련도감(訓鍊都監) 등을 이른다.

도주자(陶鑄者) : 위조 화폐(貨幣)를 제조하는 사람.

도지(賭地) : 도조(賭租)를 물기로 하고 논밭이나 집터를 빌려 부치는 것.

도총관(都摠管) : 조선시대 오위도총부(五衛都摠府)에서 군무(軍務)를 맡아보던 정2품 벼슬.

도치기 : 인색하고 인정이 없는 사람.

도침(搗砧) : 종이나 피륙을 다듬이질하여 매끄럽게 함.

도한(屠漢) : 백정(白丁).

도형(徒刑) : 조선시대 오형(五刑) 가운데 죄인(罪人)을 중노동(重勞動)에 종사시키던 형벌. 형벌 등급은 1년, 1년 반, 2년, 2년 반, 3년으로 되어 있다. 이를 감하기 위해서는 징역 1년에 곤장 60대를 맞고 한 등급마다 10대씩 증가시켜서 맞게 하였다.

도형수(徒刑囚) : 도형(徒刑)에 처해진 죄수(罪囚).

도호부(都護府) : 고려, 조선시대 군(郡) 위에 있는 지방 관아(官衙).

도호부사(都護府使) : 도호부(都護府)의 으뜸 벼슬. 고려시대에는 4품 이상 임명하고, 조선시대에는 종3품으로 임명하였다.

도화서(圖畵署) : 조선시대 그림에 관한 일을 맡아보던 관아(官衙). 성종(成宗, 1457~1494) 때 도화원(圖畫院)을 고친 것이다.

또드락장이 : 금박(金箔) 세공업자를 낮잡아 이르는 말.

독립문(獨立門) : 서울 서대문구 현저동에 있는 돌문. 서재필(徐載弼)을 중심으로 한 독립협회(獨立協會)가 우리나라의 영구 독립을 선언(宣言)하기 위하여 국민의 헌금으로 영은문(迎恩門)을 헐고 그 자리에 세운 것으로 광무 2년(1898)에 완공하였고 1979년 지금의 위치로 옮겼다. 정식 명칭은 서울독립문이다.

독미어(禿尾魚) : 숭어.

돈대(墩臺) : 평지보다 조금 높은 곳에 설치한 소규모 군사(軍事) 기지.

돈령부(敦寧府) : 조선시대 왕실(王室) 친척들의 친목을 위한 사무를 맡아보던 관아(官衙).

돈용교위(敦勇校尉) : 조선시대 정6품 무관(武官)의 품계.

돈저냐 : 동전(銅錢)만한 저냐(동그랑땡).

돌림쟁이 : 남에게 따돌림을 받는 사람을 속되게 이르는 말.

돌잡이 : 첫돌에 돌상을 차리고 아이에게 마음대로 골라잡게 하는 일.

　남자 : 과일, 돈, 실(기본), 활, 종이, 붓, 먹, 천자문(千字文).

　여자 : 쌀, 국수, 과일, 돈, 실(기본), 칼, 자, 바늘, 가위(刀尺針鋏).

동개(筒箇) : 군인들이 등에 지는 화살통.

동경잡기(東京雜記) : 고려시대 동경(東京)인 경주(慶州)의 지지(地誌). 저자와 연대는 미상이다. 오래전부터 전해 오던 것을 1669년 경주 부사(慶州府使) 민주면(閔周冕)이 증수(增修)하여 간행하였는데 그 후 여러 차례 증간되었다.

동계(洞契) : 동네의 일을 위하여 동네 사람들이 만든 계(동리계).

동관(同官) : 한 관아(官衙)에서 일하는 같은 등급(等級)의 구실아치나 벼슬아치.

동관(彤管) : 붓대에 붉은 칠을 한 붓. 주로 여자가 사용하는데, 옛날 여사(女史:여관(女官))이 궁중(宮中)에서 기록을 할 때 붉은 칠을 한 붓대를 사용한 데서 유래한다.

동국(東國) : 동쪽에 있는 나라란 뜻으로 중국이 우리나라를 이르는 말.

동국문헌비고(東國文獻備考) : 조선, 영조(英祖) 46년(1770)에 왕명에 따라 홍봉한(洪鳳漢) 등이 우리나라 고금의 문물제도(文物制度)를 기록한 책. 중국의

『문헌통고』를 참고로 하여 편찬하였다. 내용은 상위(象緯), 여지(輿地), 예(禮), 악(樂), 병(兵), 형(刑), 전부(田賦), 재용(財用), 호구(戶口), 시려(市閭), 선거(選擧), 학교(學校), 직관(職官) 등으로 분류하였다. 100권 40책 활자본.

동국문헌절요(東國文獻節要) : 동국문헌비고(東國文獻備考)의 개요(槪要)를 적은 책(冊). 제1권은 역대(歷代), 기년(紀年), 팔도군현연혁(八道郡縣沿革), 도로(道路), 수로(水路), 전제경계(田制經界), 양전제전(量田諸田), 제언(堤堰), 제2권은 조세(租稅), 공제(貢制), 전부(田賦), 대동(大同), 제3권은 조적(糶糴), 호구(戶口), 재용(財用), 양역(良役), 균역(均役), 어염(魚鹽), 제4권은 전화(錢貨), 면포(綿布), 병고(兵考), 군문(軍門), 전선(戰船), 수차(水車) 등(等)의 항목(項目)으로 되어 있음. 4권 4책. 사본(寫本).

동국여지승람(東國輿地勝覽) : 조선, 성종(成宗, 1457~1494)의 명(命)에 따라 노사신(盧思愼) 등이 편찬한 우리나라의 지리서(地理書). 『대명일통지(大明一統志)』를 참고하여 우리나라 각 도(道)의 지리(地理), 풍속(風俗)과 그 밖의 사항을 기록하였다. 특히 누정(樓亭), 불우(佛宇), 고적(古跡), 제영(題詠) 등의 조(條)에는 역대(歷代) 명가(名家)의 시와 기문(記文)이 실려 있다.

동달이 : 검은 두루마기에 붉은 안을 받치고 붉은 소매를 달고 뒤 솔기를 길게 터서 지은 군복(軍服).

동뢰상(同牢床) : 혼례(婚禮) 때 부부가 함께 받는 상(床).

동몽(童蒙) : 남자아이.

동몽교관(童蒙敎官) : 조선시대 어린이를 교육하기 위하여 각 군현(郡縣)에 둔 벼슬.

동몽선습(童蒙先習) : 조선 중기 유학자인 박세무(朴世茂), 민제인(閔齊仁)이 아동을 위하여 지은 책. 천자문(千字文)을 익히고 나서 다음에 배우던 책이다.

동무(東廡) : 조선시대 문묘(文廟) 안의 동쪽에 있는 행각(行閣). 여러 유현(儒賢)의 위패를 서무(西廡)와 나누어 모셨다.

동바리 : 쪽마루나 좌판 등의 아래를 괴는 짧은 기둥.

동반(東班) : 문반(文班)을 달리 이르던 말. 궁중의 조회 때 문관(文官)은 동쪽에, 무관(武官)은 서쪽에 선 데서 나온 말이다.

동산바치 : 채소, 과일, 화초 등을 심고 가꾸는 일을 직업으로 하는 사람.

동수(洞首) : 동(洞) 행정의 담당자.

동약(洞約) : 조선 중기 이후에, 양반(兩班) 중심의 신분 질서와 부세(賦稅) 제도를 유지하기 위하여 만든 동(洞) 단위의 자치 조직.

동의보감(東醫寶鑑) : 조선시대 의관(醫官)인 허준(許浚)이 선조(宣祖)의 명에 따라 편찬한 의서(醫書). 선조 29년(1596)에 우리나라와 중국의 의서를 모아 엮어 광해군(光海君) 2년(1610)에 완성하여 5년(1613)에 간행. 임상학적 방법에 따라 전문과별로 병마다 진단과 처방을 내렸다. 특히 탕약편(湯藥篇)에는 수백 종의 약명(藥名)을 한글로 기록, 동양(東洋)에서 가장 우수한 의학서(醫學書)로 평가되고 있다. 25권 25책. 2009년 유네스코 세계기록유산으로 등재되었다.

동이(東夷) : 동쪽의 오랑캐라는 말로 중국(中國)이 동쪽에 있는 이민족(異民族)을 멸시하여 하던 말. 한국(寒國), 일본(日本), 여진(女眞) 등을 통틀어 이르는 말.

동인(東人) : 조선시대 붕당(朋黨) 가운데 김효원(金孝元)과 유성룡(柳成龍) 등을 중심으로 하여 서인(西人)과 대립한 당파(黨派). 또는 그 당파에 속한 사람. 주로 영남 사림파(士林派)가 주류를 이루었고, 선조(宣祖) 24년(1591)에 다시 남인(南人)과 북인(北人)으로 나뉘었다.

동임(洞任) : 조선시대 지방의 동(洞) 단위에서 여러 가지 사무를 맡아보던 사람.

동입서출(東入西出) : 왕릉(王陵), 사당(祠堂), 향교(鄕校), 서원(書院) 등에 있는 삼문(三問)을 이용할 때, 들어 갈 때는 동문(東門)으로 들어가고 나올 때는 서문(西門)으로 나온다는 말.

동장(洞長) : 동(洞)의 사무를 통할하는 사람.

동장(洞掌) : 동(洞)의 잡무를 맡은 자.

동재(東齋) : 향교(鄕校)의 명륜당(明倫堂) 동쪽에 있던 집. 유생이 거처하며 글을 읽는 곳이었다. 양반 자식이 거처했다.

동접(同接) : 서당 동창생.

동조어좌(東朝御座) : 잔치에서 임금이 앉는 자리로, 대청 중앙에서 남향으로 설치한다.

동좌(洞座) : 동임(洞任)이라는 말.

동지(同知) : 조선시대 중추부(中樞府)에 속한 종2품 벼슬.

동지(冬至) : 동지는 대설(大雪)과 소한(小寒) 사이에 들며 태양(太陽)이 동지점(冬至點)을 통과하는 때인 12월 22일~23일경이다. 일 년 중 낮이 가장 짧고 밤이 가장 길다. 동지에는 음기(陰氣)가 극성한 가운데 양기(陽氣)가 새로 생겨나는 때이므로 일 년의 시작으로 간주하여 아세(亞歲)라고도 한다. 이날 각 가정(家庭)에서는 팥죽을 쑤어 먹으며 관상감(觀象監)에서는 달력을 만들어 벼슬아치들에게 나누어 주었다.

동지사(同知事) : 조선시대 종2품 벼슬. 돈령부(敦寧府), 의금부(義禁府), 경연청(經筵廳), 성균관(成均館), 춘추관(春秋館), 삼군부(三軍府) 등에 약간 명씩 두었는데, 소속 관아(官衙) 명 앞에 동지(同知)를, 뒤에 사(事)를 붙여 불렀다.

동지사(冬至使) : 조선시대 동지(冬至)를 전후하여 중국에 파견하는 사신(使臣)을 말함. 이를 사대사행(事大使行)이라 하였는데, 명(明)나라에 가는 것을 조천(朝天), 청(淸)나라에 가는 것을 연행(燕行)이라 하였다. 명나라 때는 1년에 수차례 갔으나 청나라 때는 1년에 동지사(冬至使) 한 번만 보냈다. 동지사는 북경에서 3개월 동안 묵으면서 정월의 정조사(正朝使), 혹은 하정사(賀正使)까지 겸했다.

동지책력(冬至冊曆) : 조선시대 관상감(觀象監)에서 다음해의 책력(冊曆)을 만들어 궁중에 헌납(獻納)하면 이날 백관(百官)에게 나누어 주고, 각 관아(官衙)의 서리(書吏)도 동지의 선물로서 책력을 친지들에게 보내던 풍속. 책력의 표지 색깔에 따라 황장력(黃粧曆), 청장력(靑粧曆), 백장력(白粧曆)이라고 불렀다.

동징(洞徵) : 조선 말기, 병역 기피자가 부담하여야 할 세금을 기피자가 거주하던 지역의 주민에게 억지로 물리던 세금.

동평관(東平館) : 조선시대 일본(日本) 사신이 와서 머무르던 숙소(宿所). 지금의 서울특별시 종로구 인사동에 있었다.

동학(東學) : 19세기 중엽에 탐관오리(貪官汚吏)의 수탈과 외세의 침입에 저항하여 수운(水雲) 최제우(崔濟愚)가 창시한 종교(宗敎). 유불도(儒佛道) 삼교(三敎)의 교리를 흡수하여 인내천(人乃天) 사상을 기본 교리(敎理)로 삼아 일반 백성들로부터 크게 환영을 받아 교세를 확장하였으나, 1894년 동학농민운동(東學農民運動) 이후 정부의 탄압을 받았다. 제3대 교주 손병희(孫秉熙)가 천도교(天道敎)로 이름을 바꾸었다.

동헌(東軒) : 조선시대 지방 관아(官衙)에 있던 안채.

되모시 : 결혼한 적이 있는 여자가 처녀로 가장한 것.

되지기 : 씨앗 한 되를 뿌릴 수 있는 땅.

두굿겁다 : 기쁘다(궁중용어).

두렁이 : 갓난아이의 배와 아랫도리를 둘러서 가리는 옷.

두레 : 백성들이 농번기에 농사일을 효율적으로 하기 위하여 마을 단위로 만든 조직이다. 주로 모내기 김매기 철에 이루어지는데 노동력(勞動力)을 집중 투입하여 효율을 극대화한다.

두레풍장 : 마을에서 모내기, 논매기할 때 농부(農夫)들이 피로를 잊고 효율적으로 일하도록 농악(農樂)을 치는데 이를 두레풍장이라고 한다. 농악패(農樂牌)는 마을에서부터 농기(農旗)와 영기(令旗)를 앞세우고 질군악을 치며 행진하여 간다. 현장에서는 상쇠 가락에 맞추어 신나게 두레풍장을 친다.

두령(頭領) : 우두머리(두목(頭目), 수령(首領), 대장(大將))

두루주머니 : 허리에 차는 작은 주머니.

두민(頭民) : 향리(鄕里)의 대표급 인사, 촌장(村長).

두인(頭人) : 우두머리, 두목(頭目).

두정골(頭頂骨) : 해골.

두텁떡 : 찹쌀가루에 꿀, 팥, 대추 등을 넣어 만든 시루떡.

드난살이 : 남의 집에서 드난으로 사는 생활.

드팀전 : 주단 포목점(布木店).

등글개첩 : 늙은이가 데리고 있는 젊은 첩(妾).

등롱(燈籠) : 등(燈)의 하나. 대오리나 쇠로 살을 만들고 겉에 종이나 헝겊을 씌워 안에 등잔불을 넣어서 달아 두기도 하고 들고 다니기도 한다.

등자(鐙子) : 말을 타고 앉아 두 발을 디디게 만든 걸쇠.

등장(等狀) : 여러 사람이 이름을 잇대어 써서 관청에 올려 하소연 함. 또는 그 일.

등채(藤채) : 군인이 무장(武裝)할 때 쓰던 채찍.

등청(登廳) : 관청에 출근함.

등패(等牌) : 토목공사(土木工事) 등을 할 때 일꾼들 가운데에서 책임을 맡던 사람, 십장(什長).

등화(燈火) : 등불.

띠 : 사람이 태어난 해의 지지(地支)를 동물 이름으로 상징하여 이르는 말. 지지(地支)와 띠는 다음과 같다. 자(子) 쥐띠, 축(丑) 소띠, 인(寅) 호랑이 띠, 묘(苗) 토끼띠, 진(辰) 용띠, 사(巳) 뱀띠, 오(午) 말띠, 미(未) 양띠, 신 (申) 원숭이띠, 유(酉) 닭띠, 술(戌) 개띠, 해(亥) 돼지띠.

라

러일전쟁 : 1904년에 한반도(韓半島)와 만주(滿洲)에 대한 지배권을 둘러싸고 러시아와 일본 사이에 일어난 전쟁. 일본이 승리하여 1905년에 루스벨트 미국 대통령의 중재로 포츠머스에서 강화조약(講和條約)을 체결하였는데, 그 결과 일본(日本)은 우리나라에 대한 지배권을 묵인 받고, 요동반도(遼東半島)를 차지하여 대륙 침략의 발판을 마련하였다.

로시(撈屍) : 시신을 건져냄.

마

마경장(磨鏡匠) : 거울을 만드는 장인(丈人).

마곡사(麻谷寺) : 충청남도 공주시 태화산(泰華山)에 있는 사찰. 신라(新羅) 선덕여왕(善德女王) 9년(640)에 자장율사(慈藏律師)가 건립하였다. 창건 이후 이 절은 신라(新羅) 말부터 고려(高麗) 초까지 약 200년 동안 폐사가 된 채 도둑떼의 소굴로 이용되었던 것을 1172년(명종 2) 보조국사(普照國師) 지눌(知訥)이 제자 수우(守愚)와 함께 왕명을 받고 중창하였다. 라마교의 영향을 받은 오층탑과 고려시대의 향로가 남아 있다. 현재 유네스코 세계문화유산으로 등재되어 있다.

마구(馬具) : 말을 타거나 부리는 데 쓰는 기구.

마구간(馬廏間) : 말집.

마늘각시 : 마늘처럼 하얗고 반반하게 생긴 각시.

마님 : 지체가 높은 집안의 부인을 높여서 부르던 말. 혹은 상전(上典)을 높여 이르는 말(대감마님, 안방마님, 실내마님, 주인마님).

마두(馬頭) : 역마(驛馬) 관리를 맡은 사람.

마름 : 지주(地主)를 대리하여 소작권(小作權)을 관리하는 사람.

마리 : 머리(頭)(궁중용어).

마마(媽媽) : 예전에 존대의 뜻으로 임금과 그 가족들의 칭호 뒤에 붙이던 말.

마방(馬房) : 주막집 마구간.

마부(馬夫) : 말을 모는 하인.

마사니 : 타작마당에서 곡식을 되는 사람.

마상재(馬上才) : 조선시대 이십사반(二十四般) 무예(武藝) 가운데 마군(馬軍)
이 달리는 위에서 부리던 여러 가지 무예(武藝). 총 쏘기, 옆에 매달리기, 엎
디어 달리기, 거꾸로 서서 달리기, 자빠져서 달리기, 가로 누워서 달리기, 옆
에 거꾸로 매달려서 달리기, 쌍마(雙馬) 타고 서서 총 쏘기 등이 있다.

마색(麻索) : 마(麻)로 꼰 새끼.

마술사(魔術師) : 마술을 부리는 것을 전문으로 하는 사람. 한국 최초의 마술사
는 아천성이라는 별호를 가진 평안도 출신 김광산이다. 주특기는 '사람 바
꾸기'와 '계란에서 돈 꺼내기'로 어린이들에게 인기가 많았다.

마위답(馬位畓) : 조선시대 역마(驛馬)를 기르는 데 필요한 경비를 마련하기 위
하여 농사 짓던 논(畓).

마위전(馬位田) : 조선시대 역마(驛馬)를 기르는 데 필요한 경비를 마련하기 위
하여 농사 짓던 밭(田).

마작(麻雀) : 중국에서 들어온 놀음. 보통 네 사람이 상아나 골재(骨材)에 대쪽
을 붙인 136개의 패를 가지고 여러 모양으로 짝짓기를 하여 승패를 겨루는
놀음.

마전(馬田) : 조선시대 역마(驛馬)를 기르는 데 필요한 경비를 조달하기 위하
여 각 역(驛)에 주던 논밭. 마위답(馬位畓)과 마위전(馬位田)이 있었으며 세
금이 없었다.

마지기(馬지기) : 조선시대 내수사(內需司)와 각 궁방(宮房)에 속한 하인(下人).

마지기(斗落只) : 씨앗 한 말을 뿌릴 수 있는 땅.

마패(馬牌) : 벼슬아치가 공무로 지방에 나갈 때 역마(驛馬)를 징발하는 증표
(證票)로 쓰던 둥근 구리패. 지름이 10cm 정도 되며 한쪽 면에는 자호(字
號)와 연월일(年月日)을 새기고 다른 한쪽에는 말(馬)을 새긴 것으로, 어사

(御使)가 이것을 인장(印章)으로 사용하였다.

마한(馬韓) : 고대 삼한(三韓) 가운데 경기도(京畿道), 충청도(忠淸道), 전라도(全羅道) 지방에 걸쳐 있던 나라. 54개의 부족국가(部族國家)로 이루어졌는데 뒤에 백제(百濟)에 병합되었다.

만고역적(萬古逆賊) : 나라에 반역(叛逆)한 죄인.

만동묘(萬東廟) : 임진왜란 때 우리나라를 도와준 명(明)나라 신종(神宗), 의종(毅宗)을 위하여 세운 사당(祠堂). 조선 숙종(肅宗) 43년(1717)에, 송시열(宋時烈)의 유명(遺命)으로 충청북도 괴산군 청천면 화양리 화양동(華陽洞)에 본 묘(廟)를 짓고 제사 지냄. 조정에서는 전토(田土)와 노비(奴婢)를 주었고, 영조(英祖) 때에는 중수하여 면세전(免稅田) 20결을 주었으며, 순조(純祖) 9년(1809)에는 만동묘를 다시 짓게 하였음. 그러나 고종 2년(1865) 흥선대원군(興宣大院君)이 이를 다시 철폐시켰음.

만만세(萬萬歲) : 만세를 강조하여 이르는 말.

만사(輓詞) : 죽은 이를 슬퍼하여 지은 글. 또는 명정(銘旌)을 이르는 말(만사(挽詞)).

만세(萬歲) : 어떤 바람이나 경축, 환호 등을 나타내기 위하여 두 손을 높이 들면서 외치는 말에 따라 행하는 동작.

　*조선시대에는 황제에게 만세(萬歲)를 부르고 왕에게는 천세(千歲)만 불렀다.

만세불망(萬世不忘) : 영원히 은덕을 잊지 아니함.

만수무강(萬壽無疆) : 아무 탈 없이 아주 오래 삶(성수무강(聖壽無疆), 수고무강(壽考無疆), 만세무강(萬世無疆)).

만수성절(萬壽聖節) : 대한제국(大韓帝國) 때에, 황제(皇帝)의 생일을 기념하던 날. 광무 원년(1897)에 제정하였다.

만조백관(滿朝百官) : 조정의 모든 벼슬아치.

만주사변(滿洲事變) : 1931년 유조호사건(柳條湖事件)을 계기로 하여 일본군이 감행한 중국 동북지방에 대한 침략 전쟁. 일본 관동군(關東軍)은 동북(東北) 삼성(三省)을 점령하고 이듬해 내몽고(內蒙古)의 열하성(熱河省)까지 포함하여 만주국(滿洲國)을 수립하였다. 이로 인하여 중일전쟁(中日戰爭)의 발단이 되었다.

만호(萬戶) : 조선시대 각 도(道)의 여러 진(鎭)에 배치한 종4품의 무관 벼슬. 본래 원(元)나라에서 만 명의 군사(軍士)를 거느린 무장(武將)을 말함. 태조(太祖) 이성계(李成桂)도 처음에는 만호(萬戶) 벼슬을 했음.

만화방석(滿花方席) : 여러 가지 꽃을 수 놓은 방석.

말구종(馬驅從) : 말을 몰고 가는 하인(마부(馬夫), 마종(馬從), 구종(驅從)).

말뚝댕기 : 댕기의 윗부분이 말뚝처럼 삼각형 모양으로 한 것.

말씨바우 : 곡마단(曲馬團).

말총 : 말의 갈기(목털) 꼬리 털. 말총으로 체를 만들어 썼다.

망건(網巾) : 상투를 튼 사람이 머리에 두르는 그물 모양의 물건.

망궐례(望闕禮) : 음력 초하루와 보름에 각 지방의 관원이 객사에 안치된 궐패(闕牌)에 절하던 의식.

망극(罔極) : 지극하다.

망극(罔極)하다 : ①임금이나 어버이의 은혜가 한이 없다. ②임금, 스승, 어버이에게 좋지 않은 일이 있어서 지극히 슬프다.(임금, 스승, 부모에게만 사용하는 단어) 다음과 같은 관련 단어가 있다.

　*성은망극(聖恩罔極)하다 : 임금 은혜 한이 없다.

　*수은망극(受恩罔極)하다 : 받은 은혜 끝이 없다.

　*황황망극(遑遑罔極)하다 : 황황하기 그지없다.

　*애통망극(哀痛罔極)하다 : 그지없이 슬프다.

망나니 : 사형(死刑)을 집행할 때에 죄인(罪人)의 목을 베던 사람. 망나니는 중죄인(重罪人)인 중에서 선발했다.

망이망소이의 난(亡伊亡所伊의亂) : 고려 명종(明宗) 6년(1176)에 망이(亡伊)와 망소이(亡所伊)가 충청도 공주 명학소(鳴鶴所)에서 신분제(身分制) 타파를 목적으로 일으킨 소민(所民)들의 봉기. 서북지방에서 봉기한 조위총(趙位寵)의 난과 함께 고려시대 2대 민란 중 하나이다.

망주(亡酒) : 술을 많이 마시면 망하게 하는 술이라는 것.

망주석(望柱石) : 무덤 앞 양쪽에 세우는 한 쌍의 돌기둥. 돌 받침 위에 여덟 모 진 기둥을 세우고 맨 꼭대기에 둥근 보주(寶珠)를 얹는다. 망주석은 무덤에 묻힌 사람의 혼이 놀러나갔다가 되찾아올 수 있게 하기 위해서 세워진 것이라는 설도 있고, 고인의 업적을 기리는 화표(華表)라는 설도 있다. 망두석 (望頭石) 망주(望柱) 망주표석(望柱表石)이라고도 한다.

맞배지붕 : 건물의 모서리에 추녀가 없이 용마루까지 측면 벽이 삼각형으로 된 지붕(뱃집지붕).

매골승(埋骨僧) : 뼈나 시체를 땅에 묻는 일을 하는 승려.

매관매직(賣官賣職) : 돈이나 재물을 받고 벼슬을 시킴.

매관육작(賣官鬻爵) : 돈이나 재물을 받고 벼슬을 시킴.

매국노 13인(민족문제연구소 선정)

고영희(高永喜 1849~1916) 관료, 정미7적, 친일반민족행위자.

민병석(閔丙奭 1858~1940) 관료, 정미7적, 중추원(中樞院) 부의장.

박재순(朴齊純 1873~1940) 관료, 을사5적.

송병준(宋秉畯 1858~1925) 관료, 정미7적, 조선과 일본의 합병 주장.

윤덕영(尹悳榮 1873~1940) 관료, 순종에게 병자수호조약 강요.

이근택(李根澤 1865~1919) 관료, 을사5적.

이병무(李秉武 1864~1926) 관료, 정미7적, 국권피탈에 적극적으로 협조.

이완용(李完用 1858~1926) 관료, 을사5적. 최악의 매국노.

이재곤(李載崑 1859~1943) 관료, 종친(宗親), 정미7적, 친일반민족행위자.

이지용(李址鎔 1870~1928) 관료, 을사5적, 정치인, 친일반민족행위자.

임선준(任善準 1860~1919) 문신, 정미7적, 고위관료, 친일반민족행위자.

조민희(趙民熙 1859~1931) 관료, 정미7적, 친일반민족행위자.

조중응(趙重應 1860~1919) 관료, 정미7적, 조선총독부 중추원 고문.

매분구 : 화장품 판매원.

매서인(賣書人) : 기독교인(基督敎人)으로서 각처로 돌아다니면서 전도(傳道)

하면서 성경책을 파는 사람.

매품팔이 : 예전에, 관가에 가서 남의 매를 대신 맞아 주고 삯을 받던 일. 또는 그런 사람.

매향(賣鄕) : 조선시대 돈이나 재물을 받고 향직(鄕職)을 주던 일.

매화 : 임금의 대변(궁중용어).

매화틀 : 임금의 변기(궁중용어).

머리 손질 도구 : 얼레빗, 참빗, 빗, 빗치개(가리매), 솔빗, 살쩍밀이, 족집게, 빗접.

머리 얹는다 : 오입쟁이가 동기(童妓)의 처녀성을 돈 주고 사는 것을 말한다. 정조를 바치는 대신 남자는 옷부터 장롱, 생활용품, 패물(貝物)에 이르기까지 모든 생활용품을 다 마련해 준다. 동기(童妓)는 그로부터 댕기를 쪽으로 바꾼다.

머리 장식품 : 여인들의 머리 장식품으로 댕기, 떨잠, 첩지, 비녀, 뒤꽂이, 화관, 족두리 등이 있다.

머리 형태 : 조선시대 여인들의 머리 형태는 큰머리, 떠구지머리, 어여머리, 낭자두, 땋은머리, 쌍상투, 사양머리, 바둑판머리, 종종머리 등 다채롭다.

메 : 궁중에서 밥을 이르던 말(궁중용어). 민가에서는 제사 때 신위(神位) 앞에 놓는 밥을 메라고 함.

메습쇼 : 수라를 잡수십시오(궁중용어).

면(麵) : 국수.

면례(緬禮) : 무덤을 옮겨서 다시 장사를 지냄. 또는 그런 일. 개장(改葬).

면류관(冕旒冠) : 임금이 정복(正服)에 맞추어 쓰던 관(冠). 거죽은 검고 속은 붉으며, 위에는 긴 사각형의 판이 있고 판의 앞에는 오채(五彩)의 구슬 꿰미를 늘어뜨린 것으로, 국가의 대제(大祭) 때나 왕(王)의 즉위(卽位) 때 썼다.

면임(面任) : 조선시대 지방의 면(面)에서 호적(戶籍)이나 기타의 사무를 맡아보던 사람.

면장(面長) : 면의 행정을 주관하는 책임자.

면장(面掌) : 향약장정(鄕約章程)을 보면 상민(常民) 가운데서 면장(面掌)을 책정하였는데 과세(課稅) 사무는 면약정(面約正)이 주관하고 실무는 면장(面長)이 처리하였다.

면제배갑(綿製背甲) : 조선 말기에 무명을 여러 겹 겹쳐 만든 갑옷. 세계 최초의 방탄 조끼로 신미양요(辛未洋擾) 때 실전에 적용되었다.

면죄(免罪) : 지은 죄를 면함. 또는 면하여 줌(사면).

면주인(面主人) : 주(州), 부(府), 군(郡), 현(縣)과 면(面)사이를 문서(文書)나 물건을 가지고 왕래하는 심부름꾼.

면탁(面託) : 직접 만나서 부탁함.

면포(綿布) : 무명실로 짠 피륙. 조선시대에는 면포를 벌금으로 돈과 함께 냈다(면, 무명, 포목).

면포(麵麭) : 개화기(開化期)에 빵을 이르던 말.

명량해전(鳴梁海戰) : 조선 선조(宣祖) 30년(1597)에 이순신(李舜臣, 1545~1598) 장군이 이끄는 수군(水軍)이 명량(鳴梁)에서 왜군(倭軍)을 격파한 전투(戰鬪). 이순신 장군은 이 전투에서 12여 척의 전선(戰船)으로 왜적(倭敵) 함대 133척과 싸워 왜선(倭船) 31척을 격파하고 대승(大勝)을 하였다.

명륜당(明倫堂) : 조선시대 향교(鄕校) 안에서 유학(儒學)을 교육하던 강당.

명률(明律) : 조선시대 율학청(律學廳)에 속한 종7품 벼슬.

명모호치(明眸皓齒) : 맑은 눈동자와 하얀 이라는 뜻으로, 미인(美人)의 모습을 이르는 것이다.

명문(明文) : 글로 명백히 기록된 문구. 또는 그런 조문(條文).

명복(冥福) : 죽은 후에 저승에서 받는 복(福) 또는 저승에서 복을 받도록 기원하는 불교(佛敎) 의식(儀式).

명성황후(明成皇后) : 조선, 고종의 비(妃)(1851~1895). 성은 민(閔). 대원군(大院君) 집정을 물리치고 고종(高宗, 1852~1919)의 친정(親政)을 실현하였다. 통상(通商), 수교(修交)에 앞장서 1876년 일본과 외교관계를 수립

했으며, 임오군란(壬午軍亂) 후에는 청(淸)나라를 개입시켜 개화당(開化黨)을 압박하고 친 러시아 정책을 수행하다가 을미사변(乙未事變) 때에 피살되었다.

명심보감(明心寶鑑) : 고려 충렬왕(忠烈王, 1236~1308) 때의 문신 추적(秋適)이 금언(金言)과 명구(名句)를 모아 만든 책.

명왈(名曰) : 이름하여 가로되.

명정(銘旌) : 죽은 사람의 관직과 성씨(姓氏) 따위를 적은 기(旗). 긴 천 붉은 바탕에 흰 글씨로 쓰며, 장사 지낼 때 상여 앞에서 들고 간 뒤에 널 위에 펴 묻는다.

명화적(明火賊) : 떼를 지어 돌아다니며 재물을 마구 빼앗는 도적 무리.

모가비 : 사당패 또는 산타령패 따위의 우두머리(두목).

모군(募軍) : 조선시대 공사(工事)판에 노동과 품을 팔러 다니는 사람.

모대역죄(謀大逆罪) : 종묘(宗廟), 산릉(山陵), 궁궐(宮闕) 따위를 범한 죄.

모반죄(謀叛罪) : ①국가나 군주의 전복을 꾀한 죄. ②자기 나라를 배반하고 남의 나라를 따른 죄.

모사(茅沙) : 제사 지낼 때, 술을 따르는 그릇에 담은 모래와 거기에 꽂는 띠풀의 묶음.

모사기(茅沙器) : 모사를 담는 그릇. 무덤을 상징하는 제기(祭器).

모자(관)의 계급성 : 조선시대 모자는 신분의 표현이고 타인에 대한 예의였다.

*면류관(冕旒冠) : 임금 착용.

*금관(金冠) : 황금보관(黃金寶冠)의 준말. 임금 착용(금량관, 황금관).

*익선관(翼善冠) : 왕이 곤룡포 입을 때와 평상복에도 착용.

*통천관(通天冠) : 황제 착용(우리나라에서는 고종황제가 처음 착용).

*원유관(遠遊冠) : 왕세자 착용.

*공정책(空頂幘) : 왕세손 착용.

*양관(梁冠) : 백관이 조복에 맞춰 착용.

*동파관(東坡冠) : 사대부가 평상시 착용.

*충정관(沖正冠) : 조선 초기 사대부들이 착용.

*정자관(程子冠) : 선비 착용.

*제관(祭冠) : 제사 때 헌관 축관이 착용.

*사모(紗帽) : 벼슬아치 착용.

*복두(幞頭) : 과거급제자 착용.

*만선두리 : 무신들이 공복 착용 시 쓰던 모자.

*평정건(平頂巾) : 각 사(司)의 서리 착용.

*와룡관(臥龍冠, 제갈량 모자) : 처사(處士), 거사(居士) 착용.

*전립(戰笠) : 군인, 대전(大殿) 별감(別監) 착용.

*벙거지 : 포졸(捕卒) 착용.

*깔때기 : 나장(羅將) 착용.

*유건(儒巾) : 유생 착용.

*복건(幅巾) : 유생들이 도포에 맞춰 착용.

*방건(方巾) : 사대부들이 평상시 쓰던 사각건.

*굴건(屈巾) : 상주 착용(상복 착용 시).

*패랭이(平凉子) : 천민, 상제 착용.

*백립(白笠) : 국상(國喪) 시 모든 백성 착용.

*방립(方笠) : 상주 착용(외출 시).

*초립(草笠) : 관례를 마친 어린이 착용.

*관모(官帽) : 벼슬아치들 착용

*갓 : 평민 착용.

*대삿갓 : 중 착용.

*휘항(揮項) : 남자 방한모(호항(護項), 풍령(風鈴)).

*이암 : 여인들의 방한모.

*굴레 : 상류층 여자아이 착용.

*조바위 : 양반층 여인에서 서민층 여인까지 착용.

*남바위 : 여인 방한모.

*풍차 : 양반계층 여인 방한모.

*송낙 : 여승이 납의와 함께 쓰던 모자.

*전모(氈帽) : 하류층 여자 나들이 모자(속칭 어우동 모자).

*차액(가리마) : 의녀(醫女) 기생(妓生)들이 쓰던 모자.

*고깔 : 여승 착용.

**쓰개치마 : 여인 외출 시 쓰개.

**너울(羅火笠) : 양반 계층 여인 외출 시(내외). 쓰개.

**장옷 : 초기는 서민 부녀자들 사용하다가 후기에 양반 부녀자도 착용. 쓰개.

**천의(薦衣 : 처네) : 여인들 장옷과 유사(평안도 지방 겨울철 여인 사용), 쓰개.

모칭(冒稱) : 이름이나 신분을 거짓으로 꾸며 댐.

모칭자(冒稱者) : 이름이나 신분을 거짓으로 꾸며 댄 자.

모화관(慕華館) : 조선시대 중국 사신(使臣)을 영접하던 곳. 태종(太宗)이 1407년(태종 7) 송도(松都) 영빈관(迎賓館)을 모방하여 건립하고 이름을 모화루(慕華樓)라 하였다. 그 후 1429년(세종 11) 규모를 확장하고 모화관 (慕華館)이라 고쳤다. 사신(使臣)이 올 때는 왕세자(王世子)가 모화관에 나가 맞이하고, 돌아갈 때는 문무백관(文武百官)이 모화관 문 앞에 서 있다가 정중하게 보냈다.

목기러기(木雁) : 혼례식 때 산 기러기 대신 쓰는 나무로 만든 기러기.

목로주점(木壚酒店) : 목로(木壚)를 차려 놓고 술을 파는 집.

목리(牧吏) : 고려 중기부터 조선시대까지 관찰사(觀察使) 아래서 지방의 각 목(牧)을 맡아 다스리던 정3품 벼슬(외직문관(外職文官)).

목멱산(木覓山) : 서울 남산의 옛 이름.

목민관(牧民官) : 백성을 다스리고 기르는 벼슬아치란 뜻으로, 고을의 원(員)이나 수령 등 외직문관(外職文官)을 이르는 말.

목민심서(牧民心書) : 조선 순조(純祖) 때 정약용(丁若鏞)이 지은 책. 지방 관리들의 폐해를 없애고 지방 행정의 쇄신을 위해 옛 지방 관리들의 잘못된 사례를 들어 백성들을 다스리는 도리를 설명하였다.

목사(牧使) : 고려 중기부터 조선시대까지 관찰사(觀察使) 아래서 지방의 각 목(牧)을 맡아 다스리던 정3품 벼슬(외직문관(外職文官)).

목주(木主)마마 : 왕과 왕비의 위패(位牌)(궁중용어).

목침(木枕) : 나무로 만든 베개.

목칼형틀 : 죄인의 목에 씌우는 형틀. 긴 직사각형의 나무 윗부분에 구멍을 뚫고 죄인의 목을 넣어 죄인이 형틀을 껴안은 듯한 자세에서 그 무게를 온전히 감당하게 하여 고통을 주는 형구(刑具).

목판(木版) : 예전에 나무에 글이나 그림 따위를 새긴 인쇄용 판(版).

목판본(木版本) : 목판으로 인쇄한 책.

목판인쇄(木版印刷) : 목판에 글씨나 그림을 새겨서 인쇄하는 것.

목화(木靴) : 사모관대(紗帽冠帶)를 할 때 신던 신. 바닥은 나무나 가죽으로 만들고, 목은 사슴 가죽으로 만들었다.

몸종 : 예전에 양반집 여자 앞에서 잔심부름하던 여자 종.

뫼옵다 : 모시다(궁중용어).

묘(廟) : 조상(祖上), 성인(聖人), 신(神), 신주(神主), 위판(位版), 영정(影幀) 따위를 모신 사당(祠堂).

묘갈(墓碣) : 무덤 앞에 세우는 둥그스름한 작은 비(碑).

묘갈명(墓碣銘) : 묘갈에 새겨 놓은 글.

묘계(墓界) : 무덤의 경계를 말함. 조선시대에 품계(品階)에 따라 정한 무덤의 구역. 무덤을 중심으로 하여 사방으로 1품은 100보, 2품은 90보, 3품은 80보, 4품은 70보, 5품은 60보, 6품은 50보, 서민은 10보 따위로 제한하였다.

묘도문자(墓道文字) : 묘표(墓表), 묘갈(墓碣), 묘비(墓碑), 묘지(墓地) 등에 새긴 글.

묘막(墓幕) : 지난날 무덤 가까이에 있는 묘지기의 집.

묘비(墓碑) : 무덤 앞에 세우는 비석. 묘비에는 사람의 신분(身分), 성명(姓名), 행적(行蹟), 자손(子孫), 출생일(出生日), 사망일(死亡日) 등을 새긴다.

묘비명(墓碑銘) : 묘비에 새긴 글. 죽은 사람에 대한 경력이나 그 일생을 상징하는 글을 새긴다.

묘비문(墓碑文) : 무덤 앞에 세우는 비석에 죽은 사람의 성명(姓名), 신분(身分), 행적(行蹟) 등을 새긴 글.

묘전 비석의 종류

*묘표(墓表) : 무덤 앞에 세우는 푯돌. 죽은 사람의 이름, 생년월일, 행적, 묘주 따위를 새긴다. 누구나 세울 수 있는 비석.

*묘갈(墓碣) : 무덤 앞에 세우는 둥그스름한 작은 비석. 품계가 5품 이하 벼슬아치 묘 앞에 세웠다.

*묘비(墓碑) : 이른바 속칭 갓이라고 하는 가첨석을 올린 석비. 죽은 사람의 신분, 성명, 행적, 자손, 출생일, 사망일 따위를 새긴다. 품계가 4품 이상 벼슬아치 묘 앞에 세웠다.

*신도비(神道碑) : 임금이나 종2품 이상의 벼슬아치의 무덤 동남쪽의 큰길가에 세운 석비.

묘지명(墓誌銘) : 묘지에 대하여 기록한 글. 돌이나 사기에 써서 무덤에 묻었다. 현재 가장 오래된 것으로 백제 말기 장군 흑치상지(黑齒常之)의 묘지명이 있다.

묘표(墓標) : 묘비 따위와 같이 무덤 앞에 세우는 어떤 표시물.

묘호(廟號) : 임금이 죽은 뒤에 생전의 공덕을 기리어 붙인 이름. 예:태종(太宗), 태조(太祖) 등.

무공랑(務功郎) : 조선시대 정7품 문관(文官)의 품계. 종친(宗親)과 의빈(儀賓)에게도 주었다.

무과(武科) : 조선시대 무관(武官)을 뽑는 과거. 대개 3년마다 한 번씩 식년(式年:子, 卯, 午, 酉年)에 실시되며, 초시(初試), 복시(覆試), 전시(殿試)의 3단계가 있다. 초시(初始)에서는 서울지방에서 270명, 복시(覆試)에서는 28명을 뽑았으며, 마지막 전시(殿試)에서는 이들 28명을 갑과(甲科) 3명, 을과(乙科) 5명, 병과(丙科) 20명 등급으로 구분하였다.

무과식년(武科式年) : 조선시대 3년마다 무과(武科)를 치르던 해.

무관(武官) : 군(軍)에 적을 두고 군사(軍事) 일을 맡아보는 관리.

무당(巫堂) : 귀신을 섬겨 길흉(吉凶)을 점치고 굿을 하는 것을 직업으로 하는 사람. 주로 여자를 이른다.

무덤의 종류

*묘(墓)** : 모든 이들의 무덤을 이르는 말.

*영(塋)** : 무덤을 높여 부르는 말. 예:선영(先塋).

*능(陵)** : 왕이나 왕비의 무덤.

*원(園)** : 세자와 세자비 왕의 부모의 묘.

*총(塚)** : 주인을 알 수 없는 무덤으로 다른 유적에서는 발견되지 않은 특이한 유물이 발견된다든지 다른 무덤과 차별화되는 점이 있는 무덤.

*분(墳)** : 주인을 알 수 없는 무덤으로 특징이 없는 평범한 무덤을 말함(고분).

무부(巫夫) : 남자 무당, 화랭이.

무속춤의 종류

*세령무(洗靈舞)** : 죽은 사람의 영혼을 깨끗하게 씻겨 위로해 주는 춤.

*송신무(送神舞)** : 굿의 모든 절차가 끝나 신을 보낼 때 추는 춤.

*오신무(娛神舞)** : 무당이 신을 즐겁게 하기 위하여 추는 춤.

*청신무(請神舞)** : 무당이 신을 굿청으로 모시는 춤.

*축귀무(逐鬼舞)** : 무당이 잡귀를 쫓기 위한 춤.

무수리 : 궁녀(宮女)들이 부리는 여종.

무오일(戊午日) : 길일(吉日).

무오사화(戊午史禍) : 1498년(연산군 4) 김일손(金馹孫) 등 신진사류가 유자광(柳子光) 중심의 훈구파(勳舊派)에게 화를 입은 사건이다. 사초(史草)가 발단이 되어 일어난 사화(士禍)로 조선시대 4대 사화 가운데 첫 번째 사화이다.

무위자연설(無爲自然說) : 사람의 힘을 더하지 않은 그대로의 자연. 또는 그런 이상적인 경지를 주장한 말.

무인석(武人石) : 무덤 앞 양쪽에 세우는 무관(武官) 형상으로 만든 돌. 전신에 갑주(甲冑)로 무장하고 머리에는 투구를 쓰고 칼은 허리에 차거나 손으로 지팡이처럼 잡고 있다.

무장 : 뜬 메주에 물을 붓고 2, 3일 후에 메주가 우러나면 소금으로 간을 맞추어 3, 4일간 익힌 것. 다 익으면 동치미, 무, 배, 편육 따위를 납작하게 썰어 섞는다.

묵은세배 : 섣달그믐날 저녁에 그해를 보내는 인사로 웃어른에게 하는 절.

*묵은세배의 유래 : 예전에 궁중에서 제석(除夕)이 되면 중국 풍습을 좇아서 2품 이상의 고관들이 예궐(詣闕)하여 임금에게 묵은해의 문안을 드리는 풍습을 민간에서 본받아서 행하게 되었다.

문간채 : 대문 곁에 있는 집채(행랑채).

문객(門客) : 세력 있는 집에 머물면서 밥을 얻어먹고 지내는 사람. 또는 덕을 볼까 하고 수시로 드나드는 사람.

문과(文科) : 조선시대 고급 관리를 뽑은 과거(科擧), 대과(大科), 동당시(東堂試)라고도 한다. 정기시험은 3년에 1번, 즉 자(子), 묘(卯), 오(午), 유(酉)년에 시행하는데 식년시(式年試)라고 한다. 식년 문과는 초시(初試), 복시(覆試), 전시(殿試)의 3단계 시험을 보았다. 이 중 전시는 하루 만에 끝났으나, 초시와 복시는 중, 종장(終場)으로 나누어 보았고, 이를 동당 3장(東堂三場)이라 하여 하루 걸러 실시하였다.

문관(文官) : 문과(文科) 출신의 벼슬아치.

문루(門樓) : 궁문(宮門), 성문(城門), 관아(官衙) 등의 바깥문 위에 지은 다락집.

문무관(文武官) : 문관(文官)과 무관(武官)을 아울러 이르는 말(문무(文武), 서검(書劍)).

문무백관(文武百官) : 모든 문관과 무관.

문무석(文武石) : 문인석(文人石)과 무인석(武人石)을 포함해서 이르는 말. 문무석(文武石)은 사대부(士大夫) 4품 이상 벼슬을 한 사람이어야만 무덤 앞에 세울 수 있었다.

문방사우(文房四友) : 종이, 붓, 먹, 벼루의 네 가지를 말함.

문인석(文人石) : 무덤 앞에 세우는 문관(文官)의 형상으로 깎아 만든 돌. 도포

(道袍)를 입고 머리에는 복두(幞頭)나 금관(金冠)을 쓰며 손에는 홀(笏)을 들고 공복(公服) 차림을 하고 있다.

문벌(門閥) : 대대로 내려오는 그 집안의 사회적 신분이나 지위.

문병(文柄) : 문장을 평정하거나 문사를 시취(試取)하거나 하는 권병(權柄). 곧 과거(科擧)의 시관(試官)이 됨을 이르는 말이다.

문보(文報) : 글로 알리는 일.

문수(問數) : 점쟁이에게 길흉(吉凶)을 물음.

문장(門長) : 한 집안에서 항렬(行列)이나 나이가 가장 위인 사람.

문중(門中) : 성과 본이 같은 집안.

문지기 : 문을 지키는 사람.

문한(文翰) : 문필(文筆)에 관한 일.

문한(門限) : 밤에 궁문(宮門)이나 성문(城門) 닫는 시한(時限).

문한시종(文翰侍從) : 글과 글씨에 재주가 있는 시종신(侍從臣).

문형(文衡) : 대제학을 말함. 그들은 일국의 문병(文柄)을 잡았다고 해서 모든 사람의 선망의 대상이었다.

뭇가름 : 묶음으로 된 물건의 수효를 늘리려고 더 작게 갈라 묶음. 또는 그런 일.

뮈쌈 : 해삼전(마른 해삼을 물에 불려서 배를 가르고 쇠고기와 두부를 이겨 붙이고 달걀을 씌워 지진 음식).

미사리 : 산속에서 풀뿌리나 나뭇잎 또는 열매 따위를 먹고 사는 자연인(自然人).

미설가(未挈家) : 조선시대 지방관(地方官)이 특별한 지역에 부임할 때 그 가족을 데리고 가지 못하던 일.

미안하다 : 서운하다(궁중용어).

미인박명(美人薄命) : 미인은 생명이 짧다(가인박명(佳人薄命)).

민머리 : 정수리까지 벗어진 대머리.

민며느리 : 나이가 어린 여자아이를 장차 며느리 삼으려고 관례(冠禮)를 치르기 전에 데려다 길러서 삼은 며느리.

민며느리 제도 : 어린 여자아이를 데려다가 성인이 되면 남자 쪽에서 물품으로

대가를 치르고 혼례를 올리던 매매혼 제도.

민속문양 : 생활도구 공예품 건축물 등에 그려진 문양.

 거북이, 복숭아, 학, 소나무, 조롱박 : 장수(長壽).

 국화 : 지조(志操), 절개(節槪).

 나비 : 우애(友愛).

 난초 : 귀녀(貴女), 은군자(隱君子).

 당초 : 재물번창(財物繁昌), 가문영화(家門榮華).

 대나무, 소나무 : 절개(節槪).

 매달린 방울 : 건강(健康).

 매미 : 영혼(靈魂).

 매화 : 순결(純潔), 절개(節槪).

 모란 : 부귀영화(富貴榮華), 공명(功名), 아름다움.

 박쥐 : 다복(多福).

 호랑이, 사자, 매 : 용맹(勇猛).

 사슴 : 장수(長壽).

 석류 : 다남자(多男子), 자손번영(子孫繁榮).

 연꽃 : 순결(純潔), 청결(淸潔), 군자(君子).

 오리 : 금실(琴瑟), 다산(多産), 화목(和睦).

 오방색실 : 장수(長壽).

 원앙 : 사랑, 금실(琴瑟).

 잉어, 붕어 : 장원급제(壯元及第), 다산(多産).

민속춤의 종류

 깨끼춤 : 송파와 양주 등 산대놀이에서 흥과 신을 풀어내는 춤. 원래 난봉꾼이 멋을 내어 재미있게 추는 춤이다.

 배치기춤 : 어부들이 고기잡이 조업이 끝나면 어부들은 만선(滿船)을 표시하기 위해 배에다 봉기를 달고 배 위에서 풍물을 치며 흥겹게 노래를 하며 추는 춤.

*병신춤 : 일명 곱사춤. 경상남도 밀양시에서 전승하는 대한민국의 전통 춤.

*한량춤 : 부산 동래 지역에서 한량(閑良)들이 추는 춤으로 주로 남성 홀춤.

민장(民狀) : 지난날 백성의 송사(訟事), 청원(請願) 등에 관계되는 서류를 이르던 말.

민정(民情) : 백성들의 사정과 생활 형편.

밀계(密啓) : 임금에게 넌지시 글을 올림. 또는 그 글(비계(秘啓)).

밀계(密計) : 남몰래 꾸미는 계책.

밀주(蜜酒) : 꿀과 메밀가루를 섞어서 빚은 술.

밀주(密酒) : 허가 없이 몰래 술을 담금. 또는 그런 술.

밀주(密奏) : 임금에게 몰래 아뢰던 일.

밑술 : 술밥과 누룩과 물을 혼합하여 한번 술을 담근 후 걸러서 마시는 술.

바

바둑 : 중국에서 들어온 오락. 두 사람이 흑백 돌을 나누어 가지고 바둑판 위에 번갈아 하나씩 놓아 집을 지어서 승부를 겨루는 놀이.

*『삼국사기(三國史記)』에 의하면 고구려(高句麗)의 장수왕(長壽王, 394~491)은 백제(百濟) 개로왕(蓋鹵王, ?~475)이 바둑을 좋아한다는 사실을 알고, 바둑 실력이 뛰어난 승려 도림(道琳)을 보내어 개로왕과 바둑 친구가 되게 하여서 도림으로부터 백제의 군력(軍力)을 파악한 결과를 듣고 한성(漢城)을 쳐들어와 승리하였다. 이로 인하여 개로왕은 전사하고 백제는 수도를 웅진(熊津:공주)으로 옮기는 결과를 가져오기도 하였다.

바라지 : 음식이나 옷을 대어 주거나 온갖 일을 돌보아 주는 일(뒷바라지, 이바지).

박사(博士) : 조선시대 성균관(成均館), 홍문관(弘文館), 규장각(奎章閣), 승문원(承文院)에 속한 정7품 벼슬.

박수 : 남자 무당.

박씨전 : 조선 후기 한글본 여성 영웅 소설. 박색(薄色)인 박씨 부인이 뛰어난 학식과 재주로 남편을 평안감사(平安監司)가 되게 한 후, 자신도 허물을 벗고 미인(美人)이 되어 외적(外敵)을 물리친다는 줄거리이다.

박연(朴堧) : 조선 세종(世宗) 때의 음악가(1378~1458). 충청도 영동 출신. 자는 탄부(坦夫). 호는 난계(蘭溪). 이조판서(吏曹判書), 대제학(大提學) 역임. 우리나라 3대 악성(樂聖) 가운데 한 사람으로 악기를 개량, 음계(音階)를 조정, 아악(雅樂)을 사용하는 등 궁중음악(宮中音樂)을 정비하여 우리나라의 음악의 근간을 마련하였다.

박첨지(朴僉知) : 꼭두각시 놀음의 주인공 인형. 흰 얼굴에 백발과 흰 수염을 한 허름한 노인의 모습을 하고 있다.

박첨지 놀음 : 우리나라의 민속 인형극.

반가(班家) : 양반의 집안.

반감(飯監) : 궐내(闕內)에서 반찬(飯饌)과 그 밖의 음식물을 맡아보는 잡직(雜職). 신분(身分)은 천구(賤口)였음.

반관(泮館) : 조선시대 유학(儒學)의 교육을 맡아보던 관아(官衙). 공자(孔子)를 제사하는 문묘(文廟)와 유학을 강론하는 명륜당(明倫堂) 따위로 이루어지며, 태조(太祖) 7년(1398)에 설치하여 고종(高宗) 24년(1887)에 경학원(經學院)으로 고쳤다가 융희 4년(1910)에 폐지했다.

반기(盤只) : 잔치나 제사(祭祀)를 지낸 뒤에 몫몫이 그릇에 담아 여러 군데에 돌려주는 음식(盤果).

반빗간(飯빗間) : 대갓집 부엌.

반빗아치 : 예전에 반빗간에서 반찬을 만드는 일을 하던 여종.

반상(盤床) : 격식을 갖추어 밥상을 차리도록 만든 한 벌의 그릇. 사기나 놋쇠 따위로 만들며, 주발, 대접, 쟁반, 탕기, 조칫보, 보시기, 종지 등을 기본으로 하고 쟁첩의 수에 따라 3첩, 5첩, 7첩, 9첩 등으로 구별하고, 대접과 쟁반 외에는 모두 뚜껑이 있다.

반수(班首) : ①수석(首席)의 자리에 있는 사람. ②보부상의 우두머리.

반역(反逆) : 나라와 겨레를 배반함.

반유반(盤遊飯) : 젓, 포, 회, 구운 고기 등을 밥에 넣고 비빈 비빔밥.

반주(飯酒) : 밥을 먹을 때에 한두 잔 곁들여서 마시는 술.

반차도(班次圖) : 나라의 의식에서 문무백관이 늘어서는 차례를 나타내는 그림. 의궤도(儀軌圖), 반열도(班列圖), 노부도(鹵簿圖).

반호장저고리 : 여자 저고리의 끝동과 고름만 색 헝겊을 대어 멋을 부린 옷.

발괄(白活) : 자신의 억울함을 소장(訴狀) 대신 직접 찾아가서 수령(守令)에게 말로 호소하는 행위.

발림춤 : 무동(舞童)춤에서 춤의 극적인 전개를 돕기 위하여 몸짓이나 손짓을 하는 춤사위.

발마권(發馬券) : 조선시대 관리가 여행(旅行)할 때 역(驛)에서 말을 빌려 쓸 수 있는 권한.

발문(跋文) : 책의 끝에 본문 내용의 대강(大綱)이나 간행 경위에 관한 사항을 간략하게 적은 글. 대체로 작자와 비슷한 연배가 쓴다.

발보(發報) : 고하여 알리는 일로 살인사건을 처음 고발한 자를 말한다.

발복(發福) : 운(運)이 틔어서 복이 닥침. 또는 그 복(福).

발사(跋辭) : 사건 처결 보고서.

발장(發狀) : 문서 등으로 사건을 고함.

발전소(發電所) : 1898년 한성전기회사를 설립하여 동대문에 75kW 직류발전기 1대로 기력(氣力) 발전소를 설치하여 전차 운행에 동력을 제공하였다.

밧집 : 민가(궁중용어).

방갓 : 예전에, 주로 상제(喪制)가 밖에 나갈 때 쓰던 갓. 가는 대오리를 결어서 큰 삿갓 모양으로 만들었는데 네 귀를 우묵하게 패고 그 밖은 둥그스름하게 만들었다.

방립(方笠) : 방갓.

방백(方伯) : 관찰사의 다른 이름.

방상시(方相氏) : 궁중(宮中)의 나례(儺禮)의식에서 악귀(惡鬼)를 쫓는 사람. 머리에 곰의 가죽을 쓰고 금빛 눈을 4개 달았으며, 붉은 윗옷에 검은 치마를 입고, 오른손에는 창과 왼손에는 방패를 들었음. 대전 이사동 송용재 직각(直角) 장례 행렬에 방상시가 등장하여 주민들의 관심을 모았다.

방서(謗書) : 남을 비방하는 글.

방안(榜眼) : 전시(殿試)의 갑과(甲科)에 둘째로 뽑힌 사람.

방위의 서열 : 직급(職級)이 높은 사람부터 북(北), 동(東), 서(西), 남(南) 순서로 자리에 앉거나 선다.

방자(房子) : 조선시대 상궁(尙宮)이나 나인(內人)의 방에 속하여 잡역(雜役)에 종사하던 여종.

방장(坊長) : 서울이나 지방의 행정 단위인 방(坊)의 우두머리.

방직(房直) : 예전에, 관아에 속한 심부름꾼.

방직기 : 변방 군인 가사 도우미.

배(舟)의 종류

*전마선(傳馬船) : 큰 배와 육지 사이 또는 배와 배 사이의 연락을 맡은 작은 배.

*나룻배 : 나루와 나루 사이를 오가며 사람이나 짐 따위를 실어 나르는 작은 배.

*거룻배 : 돛이 없는 작은 배.

*주낙배 : 주낙을 갖춘 고기잡이배.

*돛단배 : 돛을 단 배(범선).

*중선 : 돛대는 둘이지만 앞의 이물대가 조금 작은 중간 크기의 배.

*판옥선(板屋船) : 조선시대 널빤지로 지붕을 덮은 전투선(戰鬪船). 명종 때에 개발한 것으로, 임진왜란 때 크게 활약하였다.

*거북선(龜船) : 임진왜란 때 이순신이 만들어 왜군을 무찌르는 데 크게 이바지한 거북 모양의 철갑선.

배다리 : 주교(舟橋).

배달민족 : 우리 민족을 이르는 말(배달겨레).

배비장전 : 조선 후기, 작자와 연대 미상 한글본 판소리계 소설. 배비장(裴裨將)이 여색(女色)에 빠지지 않겠다고 아내와 굳게 약속하고 제주목사(濟州牧使)를 따라 갔다가, 사또의 사주를 받은 기생의 계교에 넘어가 많은 사람 앞에서 알몸이 되어 망신을 당한다는 이야기이다.

배소(配所) : 유배소의 준말.

배숙(梨熟) : 배 껍질을 벗기고 자른 뒤에 통후추를 박고 꿀물에 넣어 천천히 끓여 익힌 음료.

배향(配享) : ①주신(主神)의 제사에 다른 신(神)을 병행하여 제사함. ②임금의 생전에 총애(寵愛)했거나 공로(功勞)가 있는 신하의 신패를 종묘(宗廟)에 봉안하는 것.

배향공신(配享功臣) : 임금이 죽으면 종묘(宗廟)에 신주(神主)를 봉안하고 생전에 그 임금에게 충성하고 공적을 세운 신하(臣下)의 신주도 합사한 공신.

백관(百官) : 모든 벼슬아치.

백동화(白銅貨) : 고종 29년(1892)에, 전환국에서 발행한 동전(銅錢). 개항(開港) 이후에 급증하는 재정 수요를 해결하기 위해 1892년부터 1904년까지 주조하여 유통시켰다.

백삼(白衫) : 제관(祭官)이 제복(祭服)을 입을 때 받쳐 입는 속옷.

백의민족(白衣民族) : 흰옷을 입은 민족, 즉 한민족을 이르는 말.

백자천손(百子千孫) : 셀 수 없이 많은 자손.

백정(白丁) : 소나 돼지 따위를 잡는 일을 업(業)으로 하던 사람.

백중(百中) : 음력 칠월 보름. 승려들이 절에서 재(齋)를 설(設)하여 부처를 공양하는 날이다. 신라(新羅), 고려시대(高麗時代)에는 이날 우란분회(盂蘭盆會)를 열었으나 조선시대(朝鮮時代) 이후로는 사찰에서만 행하여진다.

백패(白牌) : 소과에 급제한 생원이나 진사에게 주던 흰 종이의 증서.

백호(百戶) : 고려, 조선시대 3품 또는 6품의 무관 벼슬. 중국 원나라의 제도를 본뜬 것으로 부하 병졸 100명을 거느렸다.

벅구 : 소고(小鼓).

번상(番床) : 근무할 때 자기 집에서 가져 오는 밥(도시락).

번초(蕃椒) : 고추(궁중용어).

벌열(閥閱) : 나라에 공을 세우거나 큰 벼슬을 지낸 사람이 많은 집안.

범마(犯馬) : 하마비(下馬碑)가 있는 지역에서 말에서 내리지 아니한 일. 또는 아래 등급의 관원(官員)이 위 등급 관원의 앞을 지나면서 말에서 내리지 아니한 일.

법주사(法住寺) : 충청북도 보은군 속리산(俗離山)에 있는 사찰. 신라(新羅) 진흥왕(眞興王) 14년(553)에 의신화상(義信和尙)이 창건하였고. 그 뒤 776년(혜공왕 12)에 진표(眞表)가 중창하였다. 쌍사자석등(雙獅子石燈)과 석련지(石蓮池), 팔상전(八相殿) 등 국보가 있는 거찰이다. 2015년 유네스코 세계문화유산으로 등재되었다.

벙거지 : 조선시대 무관(武官)이 쓰던 모자의 하나. 붉은 털로 둘레에 끈을 꼬아 두르고, 상모(象毛), 옥로(玉鷺) 등을 달았으며, 안쪽은 남색의 운문대단(雲紋大緞:중국비단)으로 꾸몄다.

벼슬아치 : 관청에 나가서 나랏일을 맡아보는 사람.

벽사(闢邪) : 요사스런 귀신을 물리침.

벽제(闢除) : 지위가 높은 사람이 행차할 때, 구종(驅從) 별배(別陪)가 잡인의 통행을 금하던 일.

변사(辯士) : 무성영화(無聲映畵)를 상영할 때 영화에 맞추어 그 내용을 설명하던 사람. 주연 배우(俳優)보다 더 인기가 있던 직종(職種). 변사(辯事) 제1호는 우정식. 이외 우미관(優美館)에서 활동하던 서상호, 서상필, 이병호, 유인성, 이우용 등이 유명했다.

변한(弁韓) : 삼한(三韓)의 하나. 경상도(慶尙道)의 서남지방에 10여 개의 소국(小國)으로 이루어졌다. 후에 가야(伽耶)로 발전하였는데, 농업(農業)과 양잠(養蠶)을 주로 하고 철(鐵)과 직포(織布)의 산출로 유명하였다.

별감(別監) : ①나라에서 조사, 감독 등의 일로 지방에 보내던 임시 벼슬. ②액정서(掖庭署)의 예속(隸屬). ③유향소(留鄕所)의 좌수(座首)의 버금 자리. ④남자 하인끼리 서로 부르던 존칭(尊稱).

별기군(別技軍) : ①조선 후기에 마군(馬軍), 보군(步軍) 가운데서 힘세고 무예에 능한 사람을 뽑아 편성한 군대. ②조선 고종 18년(1881)에 조직한 근대식 군대. 일본인(日本人) 교관을 채용하여 근대식 군사훈련을 시키고 사관생도를 양성하였다.

별당(別堂) : 주로 높은 벼슬을 한 집 안채(몸채) 곁이나 뒤에 따로 지은 집. 손님맞이나 휴식, 독서의 공간으로 쓰였다(후당(後堂)).

별배(別陪) : 예전에 특정한 관원에게 배속되어 관원(官員)의 집에서 사노비(私奴婢)처럼 부리던 사령(使令).

별서(別墅) : 농촌 근처 한적한 곳에 따로 지은 집. 별장(別莊).

별성(別星) : 조정에서 지방에 파견하는 대소 관원을 말함. 성(星)은 사자(使者)를 의미함.

별순교(別巡校) : 별도로 파견한 순교(巡教), 순검(巡檢).

별시(別試) : 조선시대 천간(天干)으로 병(丙) 자가 든 해 또는 나라에 경사(慶事)가 있을 때에 보던 임시 과거.

별제(別提) : 조선시대 각 관아에 속한 정6품, 종6품 벼슬. 호조(戶曹), 형조(刑曹), 교서관(校書館), 전설사(典設司), 장원서(掌苑署), 빙고(氷庫), 와서(瓦署), 활인서(活人署), 상의원(尚衣院), 군기시(軍器寺), 예빈시(禮賓寺) 등에 두었다.

별좌(別坐) : 조선시대 각 관아에 둔 정, 종5품 벼슬. 교서관(校書館), 상의원(尚衣院), 군기시(軍器寺), 예빈시(禮賓寺), 전설사(典設司), 빙고(氷庫) 등에 두었다.

별초(別抄) : 조선시대 특수한 지역을 수비하기 위해 그 부근 장정을 뽑아 편제한 군사.

별호(別號) : ①본명이나 자(字) 이외에 쓰는 이름. 허물없이 쓰기 위하여 지은 이름이다. ②사람의 외모나 성격 따위의 특징을 바탕으로 남들이 지어 부르는 이름.

병(餅) : 떡.

병거(兵車) : 전쟁할 때에 쓰는 수레.

병마동첨절제사(兵馬同僉節制使) : 조선시대 각 도(道)의 여러 진(鎭)에 두어 병마(兵馬)를 다스리던 종4품 무관(武官) 벼슬.

병마우후(兵馬虞候) : 조선시대 둔 정, 종3품 무관(武官) 벼슬.

병마절도사(兵馬節度使) : 조선시대 각 지방의 병마(兵馬)를 지휘하던 종2품의 무관 벼슬(병사).

병마절제도위(兵馬節制都尉) : 조선시대 둔 종6품 무관(武官) 벼슬.

병마첨절제사(兵馬僉節制使) : 조선시대 병마절도사(兵馬節度使)에 속한 종3품 무관 벼슬. 태종(太宗) 9년(1409)에 설치하였으며, 각 도(道)의 거진(巨鎭)에 두었는데, 목(牧), 부(府)의 소재지에서는 수령(守令)이 겸임하였다.

병마평사(兵馬評事) : 조선시대 병영(兵營)의 사무와 그에 속한 군사를 감독하던 정6품 무관(武官) 벼슬.

병막(病幕) : 예전에 전염병(傳染病) 환자를 격리하여 수용하던 건물.

병방(兵房) : 조선시대 병전(兵典) 관계의 실무를 담당하던 지방 관청에 소속된 부서 또는 그 일을 맡은 책임 향리(鄕吏)를 말한다. 병방은 지방(地方)의 군사훈련(軍事訓鍊), 경찰(警察)업무, 군역(軍役)부과, 성곽(城郭), 도로(道路), 봉수(烽燧)의 관리 업무를 담당하였다.

병부(兵符) : 조선시대 군대(軍隊)를 동원(動員)하는 표지(標識)로 쓰던 동글납작한 나무패. 한 면에 '發兵'이란 글자를 쓰고 또 다른 한 면에 '觀察使', '節度使' 등의 글자를 기록하였다. 가운데를 갈라서 오른쪽은 그 책임자에게 주고 왼쪽은 임금이 가지고 있다가 군사를 동원할 때, 교서(敎書)와 함께 그 한쪽을 내리면 지방관(地方官)이 두 쪽을 맞추어 보고 군대를 동원하였다.

병인양요(丙寅洋擾) : 대원군의 가톨릭 탄압으로 고종 3년(1866)에 프랑스 함대가 강화도를 침범한 사건. 1866년 초에 대원군은 천주교 금압령(禁壓令)을 내려 프랑스 신부와 조선인 천주교 신자 수천 명을 학살하였다. 이 박해 때 프랑스 선교사는 12명 중 9명이 잡혀 처형되었으며 3명 만이 화를 면할 수 있었다. 이 3명 중 리델(Ridel)이 중국으로 탈출해 주중 프랑스 함대사령관 로즈(Roze) 제독에게 진상을 보고함으로써 일어났는데, 프랑스 함대는 약 40일 만에 물러갔다.

병자호란(丙子胡亂) : 조선 인조(仁祖) 14년(1636)에 청(淸)나라가 침입한 난리. 청나라에서 군신(君臣)관계를 요구한 것을 조선이 물리치자 청나라 태종(太宗)이 20만 대군을 거느리고 침략하였다. 이에 인조(仁祖, 1595~1649)는 삼전도(三田渡)에서 항복하고 청나라에 대하여 신(臣)의 예(禮)를 행하기로 한 굴욕적인 화약(和約)을 맺었다.

병작(竝作) : 지주(地主)가 소작인(小作人)에게 소작료(小作料)를 수확량의 절반으로 매기는 일.

병작인(竝作人) : 병작(竝作)으로 농사를 짓는 사람.

병절교위(秉節校尉) : 조선시대 종6품 하(下)무관의 품계.

병정(兵丁) : 돈 있는 사람을 따라다니며 잔시중을 해주고 공술을 얻어먹는 사람.

병조(兵曹) : 조선시대 육조(六曹) 가운데 군사(軍事)와 우역(郵驛)에 관한 일을 맡아 보던 관아(官衙).

보(補) : 왕·왕세자·왕세손의 용포(龍袍)와 왕비·세자빈·세손빈의 대례복(大禮服)에 달았던 흉배(胸背). 왕(王)이나 그 권속(眷屬)들은 신하들과 달리 어깨와 가슴에 보(補)를 달았다. 즉, 왕과 세자는 용보(龍補), 왕비는 봉황보(鳳凰補), 대군은 기린보(麒麟補), 공주나 옹주는 수보(壽補) 또는 만보(卍補)를 달았다.

보(保) : 채무를 보증하는 사람.

보경 : 월경(궁중용어).

보공장군(保功將軍) : 조선시대 종3품 하(下) 무관 품계.

보교(步轎) : 사람이 메는 가마의 하나. 네 기둥을 세우고 사방으로 장막을 둘렀으며, 뚜껑은 가운데가 솟고 네 귀가 내밀어서 정자(亭子)의 지붕 모양을 하고 있으며 바닥과 기둥, 뚜껑은 각각 뜯게 되어 있다.

보국숭록대부(輔國崇祿大夫) : 조선시대 정1품 문무관(文武官)의 벼슬. 고종(高宗) 2년(1865)부터 문무관(文武官), 종친(宗親), 의빈(儀賓)의 품계로도 사용하였다.

보루(堡壘) : 성(城)을 지키기 위하여 외곽(外廓)에 초소(哨所) 격으로 만든 작은 진지(陣地).

보루각(報漏閣) : 조선 세종(世宗) 16년(1434)에 자격루(自擊漏)를 표준 시계로 정하고 설치하였던 전각(殿閣).

보루각자격루(報漏閣自擊漏) : 조선 세종(世宗) 16년(1434)에 장영실(蔣英實), 김빈(金鑌) 등이 왕명(王命)을 받아 만든 물시계. 물이 흐르는 것을 이용하여 스스로 소리가 나게 해서 시간을 알리도록 만든 것, 나무로 되어 있고 동자(童子) 인형 모양이다. 정식 명칭은 창경궁자격루(昌慶宮自擊漏).

보발(步撥) : 조선시대 걸어서 급한 공문(公文)을 전하는 일을 맡아 하던 사람 또는 그 공문. 남북로에 두었는데, 북발(北撥)은 경기도 양주에서부터 함경도 경원까지, 남발(南撥)은 경기도 광주에서부터 경상도 동래까지 각각 맡았다.

보부(報訃) : 죽음을 알리는 일.

보부상(褓負商) : 봇짐장수와 등짐장수를 통틀어 이르는 말. 보부상은 상호 간에 규율(規律), 예절(禮節), 상호 부조(扶助)의 정신이 아주 강하였으며, 국가가 위급할 때는 식량(食糧)을 조달하는 등 여러 가지로 협력하였다.

보신각(普信閣) : 종각(鐘閣)이 1592년 임진왜란 때 화재(火災)로 소실된 후 고종 32년(1895) 2월에 재건하고 현판(懸板)을 보신각(普信閣)이라 써서 단 데서 유래하였다.

보인(保人) : 조선시대 국역(國役) 편성의 기본 조직으로 정정(正丁)을 돕게 하던 제도.

보푸라기 : 보풀의 낱개. *북어보푸라기.

보현사(普賢寺) : 평안북도 영변군 묘향산(妙香山)에 있는 사찰. 고려 광종(光宗) 19년(968)에 탐밀대사(探密大師)와 굉곽대사(宏廓大師)가 창건하였으며, 임진왜란(壬辰倭亂)을 전후하여 서산대사(西山大師)와 사명대사(四溟大師)가 보현사에 거처하였던 사찰로 유명하다.

복건(幅巾) : 예전에, 유생(儒生)들이 도포(道袍)를 입고 머리에 쓰던 검정색 건(巾).

복군(卜軍) : 짐꾼의 잘못된 말.

복(伏)날 : 초복(初伏), 중복(中伏), 말복(末伏)이 되는 날. 이날이면 그해의 복달임이라 해서 개장국이나 계삼탕을 먹는 사람이 많았다.

복놀이 : 복날에 복달임하고 여러 사람이 모여 노는 놀이.

복달임 : 복날에 그해의 더위를 물리치는 뜻으로 고기로 국을 끓여 먹는 풍습. 평민은 개장국, 양반은 육개장을 먹었다(남기철).

복떡(福떡) : 백설기(백설고 백설기 흰무리).

복독약기도(服毒藥器圖) : 독을 마신 약 그릇의 그림.

복두(幞頭) : 조선시대 과거(科擧)에 급제한 사람이 홍패(紅牌)를 받을 때 쓰던 관(冠). 사모(紗帽)와 같이 두 단(段)으로 되어 있으며 위가 모지고 뒤쪽의 좌우에 날개가 달려 있다.

복시(覆試) : 조선시대 과거에서 초시(初試)에 합격한 사람이 다시 2차로 보는 시험(試驗).

복쌈(福쌈) : 대보름날 아침에 김이나 배춧잎으로 밥을 싸서 먹으면 복을 먹는 것이라고 해서 전해 내려오는 풍습.

복제(服制) : 상례(喪禮)에서 정한 오복(五服)의 제도.

복조리(福조리) : 설날 새벽에 조리를 사서 벽에 걸어두면 한 해 동안 복(福)을 받을 수 있다는 뜻에서 전해 내려오는 풍습.

복주머니(福주머니) : 복을 받는다는 의미로 설날 아침 어린이에게 채워주던 두루주머니.

복토(復土) : 복된 흙, 부잣집 땅.

복토훔치기(福土훔치기) : 가난한 사람이 음력 정월 14일 저녁에 부잣집에 몰래 들어가서 흙을 훔쳐다가 보름날 아침 자기 집 부뚜막에 바르는 풍속.

본가입납(本家入納) : 부모에게 편지를 보낼 때 겉봉에 부모 함자(銜字) 대신 본인 이름 위에 쓰던 말(본제입납(本第入納)).

본결(本결) : 비(妃)나 빈(嬪)의 친정을 이르던 말.

본관(本貫) : 시조(始祖)가 태어난 곳(본(本), 본향(本鄕), 선향(先鄕), 관향(貫鄕)).

봉고파직(封庫罷職) : 어사(御使)나 감사(監司)가 못된 짓을 많이 한 고을의 원

(員)을 파면하고 관가의 창고를 봉하여 잠그는 일.

봉교(奉教) : 조선시대 예문관(藝文館)에 속하여 임금의 교칙을 마련하는 일을 맡아보던 정7품 벼슬.

봉군(封君) : 조선시대 임금의 적자(嫡子)를 대군(大君)으로, 후궁(後宮)에서 태어난 왕자(王子)나, 왕비(王妃)의 아버지 또는 2품 이상의 종친(宗親)과 공신(功臣) 등을 군(君)으로 봉(封)하던 일.

봉노 : 주막집에서 여러 나그네가 합숙하는 가장 큰 방(봉놋방).

봉당(封堂) : 안방과 건넌방 사이 마루를 놓을 자리에 마루를 놓지 않고 흙바닥 그대로 둔 곳.

봉례(奉禮) : 조선시대 통례원(通禮院)에 속한 정4품 벼슬.

봉례랑(奉禮郎) : 나라의 큰 의식이 있을 때 절차에 따라 종친(宗親)과 문무백관(文武百官)을 인도하던 집사관(執事官).

봉록(俸祿) : 벼슬아치에게 일 년 또는 계절 단위로 나누어 주던 금품(金品)을 통틀어 이르는 말. 봉록으로 쌀, 보리, 명주, 베, 돈으로 주었다(녹(祿), 녹봉(祿俸), 식록(食祿)).

봉명관(奉命官) : 임금의 특별한 명(命)을 받은 관리(암행어사(暗行御史)).

봉사(奉事) : 조선시대 관상감(觀象監), 돈령부(敦寧府), 훈련원(訓鍊院) 그리고 각 시(寺), 원(院), 감(監), 서(署), 사(司), 창(倉) 등에 속한 종8품 벼슬.

봉상시(奉常寺) : 조선시대에, 제사(祭祀)와 시호(諡號)에 관한 일을 맡아보던 관아. 태조(太祖) 1년(1392)에 설치하여 태종(太宗) 9년(1409)에 전사서(典祀署)로 고쳤다가, 세종(世宗) 3년(1421)에 다시 이 이름으로 고치고 고종(高宗) 32년(1895)에 봉상사(奉常司)로 고쳤다.

봉송(封送) : 잔치나 행사 후 친척들에게 싸서 보내는 음식.

봉수(烽燧) : 고려, 조선시대 밤에는 횃불, 낮에는 연기를 올려 변방 지역에서 발생하는 병란(兵亂)이나 사변(事變)을 중앙에 알리던 통신(通信)제도.

봉수군(烽燧軍) : 봉화(烽火)를 올리는 일을 맡아보던 군사.

봉수대(烽燧臺) : 봉화(烽火)를 올리던 둑. 전국에 걸쳐 여러 개가 있었는데, 특히 서울 남산(南山)은 각 지방의 경보(警報)를 중앙에 전달하는 국방상 중대한 임무를 전담하는 곳으로 다른 곳과 달리 다섯 개나 있었다(봉대(烽臺), 봉화대(烽火臺), 봉홧둑).

봉수망(烽燧網) : 전국의 봉수대(烽燧臺)를 그물처럼 연결한 선(線). 각각의 변방(邊方)에서 서울로 연결하는 간선(幹線)으로서 5로(路)와 그 사이를 잇는 보조선이 있었다.

봉오동전투(鳳梧洞戰鬪) : 1920년 6월에 만주(滿洲) 봉오동에서 홍범도(洪範圖)가 이끄는 대한독립군(大韓獨立軍)이 일본군(日本軍) 제19사단을 크게 무찌른 싸움.

봉인(捧人) : 심문(審問), 혹은 취조받는 사람.

봉작(封爵) : 의빈(儀賓), 내명부(內命婦), 외명부(外命婦) 따위에 벼슬을 봉하던 일.

봉적(鳳炙) : 닭고기와 대파의 줄기를 길쭉하게 썰고 양념을 하여 꼬챙이에 꿰어서 구운 적. 제사에서는 닭을 봉(鳳)이라 한다.

봉정대부(奉正大夫) : 조선시대 정4품 위에 있는 문관(文官)의 품계. 고종 2년(1865)부터 정4품의 종친(宗親)에게도 주었다.

봉제사(奉祭祀) : 조상의 제사를 받들어 모심. 봉제사(奉祭祀)를 전담하는 사람은 대체로 장남(종손)으로 하고 재산(財産) 상속에서 우선권이 주어졌다.

봉조하(奉朝賀) : 조선시대 종2품의 관리로 사임한 사람에게 특별히 주던 벼슬. 실무는 보지 않고 의식(儀式)이 있는 경우에만 관아(官衙)에 나가 참여하며 종신(終身)토록 녹봉(祿俸)을 받았다.

봉족(奉足) : 조선시대 평민(平民)이나 천민(賤民)이 출역(出役)할 경우, 역사(役事)에 나가지 아니한 여정(餘丁)을 한두 사람 보내어 집안 일을 도와주던 일.

봉지 : 바지(궁중용어).

봉직랑(奉直郎) : 조선시대 토관직(土官職) 종6품 문관의 품계.

봉초인(捧招人) : 죄인을 문초하여 구두로 진술을 받던 사람.

봉충다리 : 사람이나 물건의, 한쪽이 약간 짧은 다리. 봉충걸음.

봉치 : 혼인 전날 신랑집에서 신부집으로 채단(采緞)과 예장(禮狀)을 보내는 일. 또는 그 물건(物件(봉채)).

봉화(烽火) : 나라에 병란이나 사변이 있을 때 신호로 올리던 불. 전국의 주요 산정(山頂)에 봉화대를 설치하여 낮에는 토끼 똥을 태운 연기로, 밤에는 불로 신호를 하였는데, 상황에 따라 올리는 횟수가 달랐다.

봉화대(烽火臺) : 봉화를 올리던 둑. 전국에 걸쳐 여러 개가 있었는데, 특히 서울 남산은 각 지방의 경보(警報)를 중앙에 전달하는 국방상 중대한 임무를 전담하는 곳으로 다른 곳과 달리 다섯 개나 있었다.

봉황새(鳳凰새) : 한국인이 상서(祥瑞)롭게 여기는 새. 봉황은 수컷인 봉(鳳)과 암컷인 황(凰)을 함께 이르는 말로, 용(龍)과 학(鶴)이 사랑하여 낳았다는 상상의 새이다. 봉황은 뱀의 목, 제비의 턱, 거북의 등, 물고기의 꼬리 모양을 하고 있다. 우리나라 대통령 문장에 그려진 새이기도 하다.

봉황새오덕(鳳凰새五德) : 봉황(鳳凰)의 오덕(五德)은 인의예지신(仁義禮智信)을 이른다. 즉, 머리가 푸른 것은 인(仁), 목이 흰 것은 의(義), 등이 붉은 것은 예(禮), 가슴 부분이 검은 것은 지(智), 다리 아래가 누른빛을 띠는 것은 신(信)을 상징한다.

봉황음(鳳凰吟) : 조선 세종(世宗, 1397~1450) 때 명신(名臣) 윤회(尹淮)가 지은 별곡체(別曲體) 악장(樂章). 〈처용가(處容歌)〉의 가사만 〈봉황음〉으로 바꾸고 악곡(樂曲)은 처용가의 악곡을 그대로 부를 수 있도록 지은 작품으로 나라와 왕가(王家)에 대한 송축가(頌祝歌)이다.

봉훈랑(奉訓郎) : 조선시대 종5품 문관 및 종친(宗親)의 품계.

부곡(部曲) : 통일 신라, 고려시대의 천민 집단 부락.

부관참시(剖棺斬屍) : 죽은 뒤에 큰 죄가 드러난 사람을 극형에 처하던 일. 무덤을 파고 관을 꺼내어 시체를 베거나 목을 잘라 거리에 내걸었다.

부교리(副校理) : 조선시대 홍문관(弘文館)에 속한 종5품 벼슬.

부군(府君) : 죽은 아버지나 남자(男子) 조상(祖上)을 높여 이르는 말.

부대시(不待時) : 시기를 가리지 않고 사형(死刑)을 집행하던 일. 봄과 여름철에는 사형을 집행하지 않고 가을철 추분까지 기다리는 것이 원칙이나 십악대죄(十惡大罪)와 같은 중죄를 범한 죄인은 이에 구애받지 않고 사형을 집행하였다.

부도죄(不道罪) : 풍속을 어지럽히는 부도덕한 행위를 한 죄.

부랑자(浮浪者) : 뜨내기.

부럼 : 음력 정월 대보름날 새벽에 깨무는 땅콩, 호두, 잣, 밤, 은행 따위를 통틀어 이르는 말. 부럼을 깨물면 한 해 동안 부스럼이 생기지 않는다고 한다.

부련배(副輦陪) : 임금이 거둥할 때 부련(副輦)을 메는 사람.

부령(副令) : 조선시대 종친부(宗親府)에 속한 종5품 벼슬.

부마(駙馬) : 임금의 사위 또는 공주의 남편을 이르는 말.

부마도위(駙馬都尉) : 임금의 사위에게 주던 칭호.

부민(富民) : 생활이 넉넉한 백성.

부복(俯伏) : 고개를 숙이고 엎드림.

부봉사(副奉事) : 조선시대 내의원(內醫院), 군기시(軍器寺), 관상감(觀象監), 사역원(司譯院), 선공감(繕工監), 종묘서(宗廟署), 전생서(典牲署)에 둔 정9품 벼슬.

부부유별(夫婦有別) : 오륜(五倫)의 하나. 남편과 아내 사이의 도리는 서로 침범하지 않음에 있음을 이른다.

부부인(府夫人) : 왕비의 어머니(정1품), 대군(大君)의 부인(정1품).

부사과(副司果) : 조선시대 오위(五衛)에 속한 종6품 무관 벼슬. 부장(部將)의 다음이며, 녹봉(祿俸)을 주기 위한 직책으로 현직에 있지 않은 문관(文官), 무관(武官) 그리고 기타 잡직(雜織)에 있는 사람 가운데서 등용하였다.

부사맹(副司猛) : 조선시대 오위(五衛)에 속한 종8품 무관 벼슬. 사맹(司猛)의 다음이며, 녹봉(祿俸)을 주기 위한 직책으로 현직에 있지 않은 문관(文官), 무관(武官) 그리고 기타 잡직에 있는 사람 가운데서 등용하였다.

부사용(副司勇) : 조선시대 오위(五衛)에 속한 종9품 무관 벼슬. 현직에 있지 않은 문관(文官), 무관(武官) 그리고 기타 잡직(雜織)에 있는 사람 가운데서 등용하였다.

부사정(副司正) : 조선시대 오위(五衛)에 속한 종7품 무관(武官) 벼슬. 현직에 있지 않은 문관, 무관, 그리고 기타 잡직에 있는 사람 가운데서 등용하였다.

부사직(府司直) : 조선시대 오위(五緯)에 속한 종5품 무관(武官) 벼슬. 현직에 있지 않은 문관, 무관 그리고 기타 잡직에 있는 사람 가운데서 등용하였다.

부산포(釜山浦) : 조선시대 삼포(三浦) 가운데 하나. 지금의 부산광역시 부산진(釜山鎭)에 있던 항구(港口).

부산포해전(釜山浦海戰) : 조선 선조(宣祖) 25년(1592) 임진왜란(壬辰倭亂) 때에, 이순신(李舜臣)이 부산(釜山) 앞바다에서 왜선(倭船)을 격파한 해전(海戰). 이순신은 왜군의 근거지인 부산 앞바다를 공격하고자 거북선을 선두로 전 함대(艦隊)를 이끌고 왜선 100여 척을 격파하였다.

부석사(浮石寺) : 경상북도 영주시 봉황산(鳳凰山)에 있는 사찰. 신라(新羅) 문무왕(文武王) 16년(676)에 의상대사(義湘大師)가 창건하였다. 우리나라에서 가장 오래된 목조 건축물인 무량수전(無量壽殿)과 조사당(祖師堂)이 있고 아미타여래좌상(阿彌陀如來坐像), 사층석탑(三層石塔) 등 많은 문화재가 남아 있다. 2015년 유네스코 세계문화유산으로 등재되었다.

부쇠 : 농악대(農樂隊)에서, 상쇠 다음으로 놀이를 이끄는 사람.

부쇠놀음 : 부쇠가 춤과 장단 등 개인기를 보여주는 놀이.

부수(副守) : 조선시대 종친부(宗親府)에서 종친(宗親)에 관한 일을 맡아보던 종4품 벼슬. 왕실(王室)의 친척(親戚) 가운데서 등용하였다.

부수찬(副修撰) : 조선시대 홍문관(弘文館)에 속하여 경적(經籍)과 문한(文翰)에 관한 일을 맡아보던 종6품 벼슬.

부승지(副承旨) : 조선 세조(世祖, 1417~1468) 때에 둔 승정원(承政院)의 정3품 벼슬.

부여팔경(扶餘八景)

 *백제탑(百濟塔)의 낙조(落照).

*부소산(扶蘇山) 일출(日出).

*고란사(皐蘭寺) 새벽 종소리.

*백마강(白馬江)의 봄빛(春色).

*대왕포(大王浦)의 돛단배(帆船).

*만광지(萬光池)의 가을.

*마래방죽의 버들.

*백마강(白馬江) 기슭의 소나무 회나무.

부역(賦役) : 국가나 공공 단체가 특정한 공익사업을 위하여 보수(報酬)없이 국민에게 의무적(義務的)으로 책임을 지우는 노역(勞役).

부옹(富翁) : 돈 많은 늙은이.

부옹(負甕) : 등짐장수.

부원군(府院君) : 조선시대 왕비의 친아버지나 정1품 공신에게 주던 작호(爵號).

부윤(府尹) : 조선시대 지방 관아인 부(府)의 우두머리. 종2품 문관(文官)의 외관직으로 영흥부(永興府), 평양부(平壤府), 의주부(義州府), 전주부(全州府), 경주부(慶州府) 등 다섯 곳에 두었다.

부위(副尉) : 조선시대 의빈부(儀賓府)의 정3품 벼슬. 군주(郡主)의 남편에게 주었다.

부위부강(夫爲婦綱) : 삼강(三綱)의 하나. 아내는 남편을 섬기는 것이 근본임을 이른다.

부위자강(父爲子綱) : 삼강(三綱)의 하나. 아들은 아버지를 섬기는 것이 근본임을 이른다.

부응교(副應敎) : 조선시대 홍문관(弘文館)에 속하여 궁중(宮中)의 사적(史蹟)과 경서(經書)를 정리하고 임금의 자문(諮問)에 응하여 문서(文書)를 처리하는 일을 맡아보던 종4품 벼슬.

부임(部任) : 동임(洞任), 면임(面任)과 같은 부(部)단위의 수장(首長).

부자유친(父子有親) : 오륜(五倫)의 하나. 아버지와 아들 사이의 도리는 친애(親愛)에 있음을 이른다.

부정(副正) : 조선시대 종친부(宗親府), 돈령부(敦寧府), 봉상시(奉常寺), 사복시(司僕寺), 군기시(軍器寺)와 그 밖의 여러 관아(官衙)에 둔 종3품 벼슬.

부정자(副正字) : 고려, 조선시대에, 교서관(校書館), 승문원(承文院)에 속하여 경서(經書) 및 기타 문서(文書) 교정을 맡아보던 종9품 벼슬.

부제학(副提學) : 조선시대 홍문관(弘文館)의 정3품의 당상관(堂上官) 벼슬.

부직장(副直長) : 조선시대 상서원(尙瑞院)에 속하여 임금의 도장이나 부패(符牌)에 관한 일을 맡아보던 정8품 벼슬.

부채 : 손으로 부쳐서 바람을 일게 하는 물건. 선풍기가 처음 나왔을 때는 전기가 부채질하기 때문에 전기부채라고 했다.

부채 속담 : 단오 선물은 부채요, 동지 선물은 책력(冊曆)이라.

부채의 종류

*둥근 부채 : 오엽선(梧葉扇), 연엽선(蓮葉扇), 파초선(芭蕉扇), 태극선(太極扇), 아선(兒扇), 오색선(五色扇), 까치선, 진주선(眞珠扇), 공작선(孔雀扇), 청선(靑扇), 홍선(紅扇), 백우선(白羽扇), 팔덕선(八德扇), 세미선(細尾扇), 미선(尾扇), 송선(松扇), 대원선(大圓扇).

*접부채 : 백선(白扇, 白貼扇), 칠선(漆扇), 유선(油扇), 복선(服扇), 승두선(僧頭扇), 어두선(魚頭扇), 사두선(蛇頭扇), 반죽선(班竹扇), 외각선(外角扇), 내각선(內角扇), 삼대선(三臺扇), 이대선(二臺扇), 단목선(丹木扇), 채각선(彩角扇), 곡두선(曲頭扇), 소각선(素角扇), 광변선(廣邊扇), 협변선(狹邊扇), 유환선(有環扇), 무환선(無環扇).

*기타 : 합죽선(合竹扇), 단절선(短節扇), 화선(花扇), 윤선(輪扇), 오골선(吳骨扇), 표경선(杓庭扇), 무선(舞扇), 무당부채.

부채 풍속

*하나는 바람을 일으키고, 둘은 햇볕을 가리기도 하고, 셋은 야외에서 깔고 앉기도 하고, 넷은 들일할 때에 음식을 담아 이고, 다섯은 비가 올 때는 잠시 머리를 가리기도 하고, 여섯은 물건을 놓을 때 받침으로도 사용한다는 풍습을 말한다.

*민간에서 부채를 선사받은 이는 그 부채에다 금강산(金剛山) 만물상(萬物相)을 그려 가지기도 하고, 버들가지, 복숭아꽃, 나비, 벌, 백로, 부용 등을 그려 가지기도 하였다. 또 유명한 선비의 시문(詩文)을 써서 가지기도 한다.

*둥근 부채는 황색(黃色)을, 접부채는 백색(白色)과 흑색(黑色) 두 빛깔의 것과 기름을 먹였다.

*둥근 부채는 대개 집안에서 남녀(男女)가 다 같이 사용하였고, 남자(男子)가 외출을 할 때는 접부채를 가지고 나갔다.

*여러 빛깔이 있는 색선(色扇)은 젊은 부녀자(婦女子)나 아이들이 사용한다.

*무당(巫堂)이나 기생(妓生)을 제외한 일반 부녀자(婦女子)들은 외출할 때 부채를 휴대하지 않았다.

*신랑은 청색(靑色), 신부는 홍색(紅色)을 사용하였으며, 상중(喪中)에 있는 상주(喪主)는 부채에 낙죽(烙竹)도 하지 않는 흰 부채를 사용하였다.

*무당(巫堂) 부채는 선면(扇面)에 해와 달을 그린 일월선(日月扇)과 세 부처를 그린 삼불선(三佛扇)이 있으며, 네 선녀(仙女)를 그린 사선(四仙) 부채, 여덟 선녀(仙女)를 그린 팔선녀(八仙女) 부채가 있다.

*무당(巫堂)이 춤을 출 때와 창우(倡優)들이 무대에서 소리를 할 때, 그리고 재인(才人)들이 줄 위에서 줄을 탈 때에는 부채를 사용하며, 또한 가면극(假面劇)에 나오는 중과 양반도 부채를 사용하고 있다.

*1592년 임진왜란(壬辰倭亂) 때 동래부사(東萊府使) 송상현(宋象賢)은 왜적(倭敵)이 쳐들어오자 고군분투(孤軍奮鬪) 성(城)을 지키다가 순절(殉節)하였는데 죽기 직전에 임금이 계신 북쪽을 향하여 절을 하고 나서 부친에게 보낼 글을 흰 부채에다 사언절구(四言絶句)로 써 보냈다고 한다.

*선조(宣祖) 때 시인인 임제(林悌)는 사랑하는 기생(妓生)에게 칠언절구(七言絶句)의 시(詩)를 흰 부채에다 써 보내어 뜨거운 사랑을 나타내기도 하였다.

*중종반정(中宗反正) 때 박원종(朴元宗)은 부채를 휘두르며 군사(軍士)를 지휘하였는데 신(神)과 같았다고 한다.

부총관(副摠管) : 조선시대 오위도총부(五衛都摠府)에 속한 종2품 벼슬. 조선 후기에 승녕부(承寧府)에 속한 칙임(勅任) 벼슬.

부패(符牌) : 병부(兵符), 순패(巡牌), 마패(馬牌) 등을 이르는 것.

부호군(副護軍) : 조선시대 오위도총부(五衛都摠府)에 속한 종4품의 벼슬. 보직(補職)을 맡지 않은 문관(文官), 무관(武官), 음관(蔭官)으로 임명하였다.

북 : 민속악기(民俗樂器)의 하나. 나무나 쇠붙이 따위로 만든 둥근 통의 양쪽 마구리에 가죽을 팽팽하게 씌우고, 채로 가죽 부분을 쳐서 소리를 낸다. 민속음악, 불교음악, 무속음악, 궁중음악, 전통군악 등에서 쓰인다.

북벌론(北伐論) : 조선시대 효종(孝宗, 1619~1659)이 병자호란(丙子胡亂)의 수치를 씻기 위해 이완(李浣), 송시열(宋時烈) 등과 더불어 중국(中國) 청(淸)나라를 치려고 논의(論議)했던 일.

북석(鼓石) : 상석(床石) 앞부분을 받친 북 모양의 돌.

북어(北魚) : 관리(官吏)들에게 봉록(俸祿)으로 주던 물품. 북어(北魚)라는 단어는 북쪽에서 온 물고기라고 해서 이르는 말.

북인(北人) : 조선시대 사색당파(四色黨派)의 하나. 이발(李潑), 이산해(李山海)를 중심으로 한 당파(黨派)이다. 우성전(禹性傳), 유성룡(柳成龍) 등을 중심으로 한 남인(南人)에 상대하여 이르는 말이다.

북잽이 : 농악(農樂)에서 북 치는 사람(북수).

북춤 : 예전에, 나라 잔치 때에 북을 가지고 추던 기생(妓生)의 춤.

북춤의 종류

*날뫼북춤 : 대구지방에서 전승되는 춤. 어진 원님의 외로운 혼을 달래기 위해 봄, 가을마다 제사(祭祀)를 올리며 추던 춤.

*모북춤 : 모내기를 끝내고 들에서 북을 치며 추는 춤.

*북춤마당 : 고성(固城) 오광대놀이 따위에서, 문둥 광대가 굿거리장단에 맞추어 북춤을 추는 장면.

*손북춤 : 손북을 치면서 추는 춤.

분고(奔告) : 달려가서 빨리 사건을 보고하는 일.

분고사척(墳高四尺) : 국조오례의(國朝五禮儀)에 무덤의 높이는 4척(약 120cm)을 넘지 못한다고 기록한 말.

분면(粉面) : ①분을 바른 얼굴. ②신주(神主)에 분을 바른 앞쪽.

분방기(分榜記) : 시제 당일 제사에서 순서에 따라 진행할 분담자를 써서 묘 앞에 미리 게시한 글. 분담자는 초헌(初獻), 아헌(亞獻), 종헌(終獻), 대축(大祝), 집례(執禮), 직일(直日), 집사(執事), 진설위원(陳設委員) 순으로 적혀 있다.

분순부위(奮順副尉) : 조선시대 종7품 무관(武官)의 품계.

분재기(分財記) : 가족이나 친척에게 나누어 줄 재산(財産)을 기록한 문서.

분파소(分派所) : 파출소.

분합문(分閤門) : 네 쪽 문. 여름에는 접어서 들어 올릴 수 있다. 주로 대궐(大闕), 문묘(文廟), 사당(祠堂), 사대부(士大夫)집, 사찰(寺刹)에서 볼 수 있다.

분황(焚黃) : 자식이 잘되어 부모가 관직(官職)을 추증(追贈)받으면 노란 종이에 직첩(職牒)을 옮겨 써서 묘(墓) 앞에서 고(告)하고 불살랐던 일.

불교(佛敎) : 석가모니(釋迦牟尼)를 교조(敎祖)로 부처의 가르침을 신봉(信奉)하는 종교. 불교(佛敎)는 그 생성지 인도(印度)의 전통적 사상(思想)인 업(業), 윤회(輪廻), 해탈(解脫) 사상을 근저로 하여 근본 교리가 만들어졌는데 석가모니가 생전에 설법(說法)한 것을 그의 제자들이 결집하여 불경(佛經)을 만들었음.

불국사(佛國寺) : 경상북도 경주시 토함산(吐含山) 기슭에 있는 사찰. 신라 법흥왕(法興王) 15년(528), 법흥왕의 어머니인 영제부인(迎帝夫人)과 기윤부인(己尹夫人)이 창건하였고, 진흥왕(眞興王) 35년(574)에는 진흥왕의 어머니인 지소부인(只召夫人)이 중창하였으며, 경덕왕(景德王) 10년(751)에는 김대성(金大城)의 발원(發願)으로 크게 중창(重創)하였다. 석굴암(石窟庵)과 함께 신라 불교예술(佛敎藝術)의 문화유산(文化遺産)으로 삼층석탑(三層石塔), 다보탑(多寶塔), 백운교(白雲橋), 연화교(蓮花橋) 등이 있다. 석굴암(石窟庵)과 더불어 1995년에 유네스코 세계문화유산으로 등재되었다.

불목죄(不睦罪) : 화목하지 못하여 불화를 일으키는 죄.

불목하니 : 절에서 밥을 짓고 물을 긷는 일을 맡아서 하는 사람.

불삽(黻翣) : 예전에 양반집 상여 나갈 때에, 상여의 앞뒤에 운삽(雲翣)과 함께 세우고 가는 제구(祭具). '亞' 자 형상을 그린 널조각에 긴 자루가 달려 있다.

불의죄(不義罪) : 의리(義理), 도의(道義), 정의(正義) 등에 어긋난 행위를 한 죄.

불천위(不遷位) : 예전에, 큰 공훈(功勳)이 있어 영원히 사당(祠堂)에 모시기를 나라에서 허락한 신위(神位).

불천위제사(不遷位祭祀) : 큰 공훈이 있는 이를 영원히 사당에 모시도록 나라에서 허락하여 지내는 제사.

불천지위(不遷之位) : 불천위(不遷位)와 같은 말.

불초(不肖) : ①아들이 부모를 상대하여 자기를 낮추어 이르는 말. ②못나고 어리석은 사람을 이르는 말.

불초소생(不肖小生) : 부모님을 닮지 못했다는 말로, 어리석은 아들이라는 뜻이다. 즉, 어리석은 사람이라는 겸양어로 쓰이는 말.

불효죄(不孝罪) : 어버이를 효성(孝誠)으로 잘 섬기지 아니하여 자식된 도리를 다하지 못한 죄.

붓셈 : 숫자를 써서 계산하는 셈법.

붕당정치(朋黨政治) : 조선시대 사림(士林)들이 붕당(朋黨)을 이루어 상호 비판하고 견제하면서 행하던 정치(政治). 선조(宣祖, 1552~1608) 때에 인사권(人事權)을 가진 이조(吏曹) 전랑(銓郎)의 자리를 놓고 동인(東人)과 서인(西人)으로 갈라지면서 시작되어 노론(老論), 소론(小論), 남인(南人), 북인(北人) 사색(四色)으로 나뉘는 등 조선 후기까지 계속되었다.

붕우유신(朋友有信) : 오륜(五倫)의 하나. 벗과 벗 사이의 도리는 믿음에 있음을 이른다.

비(妃) : 임금의 아내. 고려 때는 왕후(王后)라고 후(后)를 사용했으나 조선왕조(朝鮮王朝)에서는 중국(中國)을 의식하여 비(妃)로 낮추어 사용하였다.

비각(碑閣) : 비석을 세우고 비바람 따위를 막기 위하여 지은 집.

비계(秘啓) : 임금에게 넌지시 글을 올림.

비국등록(備局謄錄) : 비변사등록(備邊司謄錄)과 같은 말.

비대(碑台) : 비신(碑身)의 받침돌. 기석(基石), 부석(趺石), 방부(方趺), 방대(方臺), 농대(籠臺)라고도 한다.

비문(碑文) : 비석에 새긴 글.

비변사(備邊司) : 조선시대 군국(軍國)의 사무를 맡아보던 관아. 중종(中宗, 1488~1544) 때 삼포왜란(三浦倭亂)의 대책으로 설치한 뒤, 전시(戰時)에만 두었다가 명종(明宗) 10년(1555)에 상설기관이 되었으며, 임진왜란(壬辰倭亂) 이후에는 의정부(議政府)를 대신하여 정치적 중추기관이 되었다.

비변사등록(備邊司謄錄) : 조선 중기 이후 비변사(備邊司)에서 논의, 결정된 사항을 날마다 기록한 책. 광해군(光海君) 9년(1617)부터 고종(高宗) 29년(1892)까지의 기록이 남아 있다. 비변사는 1865년 폐지되었으나 그 후 의정부(議政府)가 비변사와 같은 조직을 가지고 같은 체계로 등록을 작성하였다. 우리나라 국보로, 정식 명칭은 비변사등록부의정부등록(備邊司謄錄附議政府謄錄)이다. 273책(비국등록(備局謄錄)).

비빈(妃嬪) : 비(妃)와 빈(嬪)을 이르는 말.

비빙 : 궁중에서, 비빈(妃嬪)을 이르던 말.

비석(碑石) : 돌로 만든 모든 비(碑). 빗돌, 석비(石碑)라고도 한다.

비석거리 : 예전에, 관청 앞거리에 여러 개의 비석을 세워 놓은 곳.

비석의 각 부분 명칭

*__비대(碑臺)__ : 비신(碑身)의 받침돌. 기석(基石), 농대석(籠臺石), 부석(趺石), 방부(方趺), 방대(方臺)라고도 한다. 비대에는 잉어, 나태, 모란 같은 것을 그려 넣기도 한다.

*__비신(碑身)__ : 비문(碑文)을 새긴 돌.

*__가첨석(加檐石)__ : 비신(碑身) 위에 있는 지붕. 벼슬을 한 사람의 묘비(墓碑) 위에 올려놓을 수 있음.

*__귀부(龜趺)__ : 거북 모양으로 만든 비석(碑石)의 받침돌. 주로 왕실(王室) 능

묘(陵墓)에 사용.

*이수(螭首) : 비석(碑石) 머리에 뿔 없는 용(龍)의 모양을 아로새긴 형상(形象). 주로 왕실 능묘(陵墓)에 사용.

비원(秘苑) : 서울 창덕궁(昌德宮) 북쪽 울안에 있는 최대의 궁원(宮苑). 임금의 산책과 휴식을 위한 후원(後苑)으로 울창한 숲속 곳곳에 운치 있는 정자(亭子)와 연못이 있다. 그중 부용지의 부용정(芙蓉亭)의 경관은 뛰어나게 아름답다. 비원의 정식 명칭은 창덕궁(昌德宮) 후원(後苑). 1997년 유네스코 세계문화유산으로 등재되었다.

**비원(秘苑)이란 명칭은 1904년(고종실록 광무 8년 7월 15일)부터 나타난다.

비위(妣位) : 돌아가신 어머니를 비롯하여 그 위의 대대 할머니의 신위(神位)를 말함.

비자(婢子) : 조선시대 별궁(別宮), 본곁(本곁), 종친(宗親) 사이의 문안(問安) 편지(便紙)를 전달하던 여종.

비장(裨將) : 조선시대 감사(監司), 유수(留守), 병사(兵使), 수사(水使), 견외사신(遣外使臣)을 따라다니는 무관(武官) 벼슬.

삐리 : 남사당패에서, 각 재주의 선임자 밑에서 재주를 배우는 초보자. 숙달이 되기 전까지 여장(女裝)을 하였다.

빈(嬪) : 조선시대 정1품(正一品) 내명부(內命婦)의 품계(品階). 빈(嬪)이 왕비(王妃)로 책봉(冊封)되면 품계(品階)가 없어짐.

빈대떡 : 녹두를 물에 불려 껍질을 벗긴 후 맷돌에 갈아 나물에 쇠고기나 돼지고기 따위를 넣고 번철에 부쳐 만든 전(煎).

빈대떡(賓待떡)의 유래 : 빈대떡은 예전에 평안도나 황해도에서 부자들이 귀한 손님이 오면 주안상에 술과 함께 떡 대신 대접하는 음식이라고 한다. 빈대라는 말은 한자로 손님 빈(賓)자와 기다릴 대(待)자를 쓰는데 떡이라는 우리 말과 조합해서 빈대떡이 되었다고 한다. 기다릴 待자는 대접(待揆)한다고 할 때 쓰는 글자로 빈대떡이란 손님을 대접하는 떡이라는 뜻이라고 한다. 황해도 출신 이준용(목사)에 의하면 가난한 집에서는 엄두도 못 내던 음식이라고 한다.

빈청(賓廳) : ①조선시대 영의정(領議政), 좌의정(左議政), 우의정(右議政)의 집무실. ②조선시대 비변사(備邊司), 당상관(堂上官)이 정기적으로 모여 회의하던 장소.

빗접 : 빗을 넣어두는 도구.

빙고(氷庫) : 예전에 얼음을 넣어 두는 일과 그에 관련된 일을 맡아보는 관아(官衙), 동빙고(東氷庫), 서빙고(西氷庫)).

사

사간(司諫) : 조선시대 사간원(司諫院)에 속한 종3품 벼슬.

사간원(司諫院) : 조선시대 삼사(三司) 가운데 임금의 동정(動靜)과 정령(政令)에 대하여 간(諫)하는 일을 맡아보던 관아(官衙).

사격(沙格) : 뱃사공과 그 곁꾼.

사경(四京) : 고려시대에 나라에서 중요시하던 네 도시. 남경(南京), 동경(東京), 중경(中京), 서경(西京)을 말한다. 즉 남경은 한양(漢陽), 동경은 경주(慶州), 중경은 개성(開城), 서경은 평양(平壤)을 말한다.

사경(司經) : 조선시대 경연청(經筵廳)에 속한 정7품 벼슬. 임금에게 경서(經書)를 강의(講義)하고 논평(論評)하는 일을 맡아보았다.

사공(沙工) : 배를 부리는 일을 직업으로 하는 사람(노군, 뱃사람, 뱃사공).

사과(司果) : 조선시대 오위(五衛)의 정6품 군직(軍職). 현직에 있지 않은 문무관 및 음관에서 선발하였다.

사관(査官) : 조선시대 검사하는 일을 맡아보던 벼슬아치.

사교(邪敎) : 건전하지 못하고 요사스러운 종교(宗敎). 흔히 그 사회의 도덕이나 제도에 나쁜 영향을 끼친다.

사교도(邪敎徒) : 사교(邪敎)를 믿고 따르는 사람. 조선시대는 천주교를 이르는 말.

사군자(四君子) : 동양화에서 매화·난초·국화·대나무를 그린 그림. 또는 그 소재. 고결함을 상징으로 하는 문인화(文人畵)의 대표적인 그림 소재이다.

사군자치기 : 매화, 난초, 국화, 대나무를 먹으로 그리는 일.

사궤장(賜几杖) : 나이 70세 이상 되는 늙은 대신(大臣) 또는 늙어서 벼슬을 그 만두는 중신(重臣)에게 임금이 안석(案席)과 함께 주는 지팡이.

사궤장연(賜几杖宴) : 사궤장 받을 때 베푸는 잔치.

사기장(沙器匠) : 사기그릇을 만드는 장인.

사노(寺奴) : 절에 딸린 남종.

사노비(私奴婢) : 권문세가(權門勢家)에서 사적(私的)으로 부리던 노비(奴婢). 특히 조선시대(朝鮮時代)에는 주인에 의하여 재물처럼 취급하여 매매(買賣), 상속(相續), 증여(贈與)되기도 하였다.

사단(四端) : 사단(四端)은 인간의 본성에서 우러나오는 마음씨, 즉 선천적이며 도덕적 능력을 말한다. 사단은『맹자(孟子』의『공손추(公孫丑)』상편에 나오는 말로 아래 네 가지를 말한다.

　*측은지심(惻隱之心)** : 남을 불쌍히 여기는 착한 마음.

　*수오지심(羞惡之心)** : 자신의 옳지 못함을 부끄러워하고 남의 옳지 못함을 미워하는 마음.

　*사양지심(辭讓之心)** : 겸손하여 남에게 양보하는 마음.

　*시비지심(是非之心)** : 잘잘못을 분별하여 가리는 마음.

사당(祠堂) : 조상의 신주(神主)를 모셔 두는 집. 사우(祠宇). 사대부가(士大夫家)에서 집을 지을 때는 선조(先祖)의 신주(神主)를 모시기 위하여 사당(祠堂)부터 먼저 짓는다.

사당패 : 사당의 무리. 돌아다니며 노래와 춤, 잡기(雜技) 따위를 팔았던 유랑극단(流浪劇團)의 하나이다.

사대(事大) : 약자가 강자를 섬김.

사대교린(事大交隣) : 큰 나라를 받들어 섬기고 이웃 나라와는 화평하게 지냄.

사대명절(四大名節) : 설(元旦), 추석(秋夕), 단오(端午), 한식(寒食).

사대문(四大門) : 서울 주위를 둘러싼 성벽(城壁)에 낸 네 대문(大門). 동쪽의 흥인지문(興仁之門), 남쪽의 숭례문(崇禮門), 서쪽의 돈의문(敦義門), 북쪽의 숙청문(肅淸門:뒤에 肅靖門)을 이름(사대성문(四大城門). 사정문(四正門)).

사대봉사(四代奉祀) : 고조(古祖), 증조(曾祖), 조부(祖父), 아버지, 즉 4대 신주(神主)를 집안 사당(祠堂)에 모시는 일. 송나라 주자(朱子)가 주장하여 우리나라도 이를 따랐다.

사대부(士大夫) : 사(士)와 대부(大夫)를 아울러 이르는 말. 문무양반(文武兩班)을 일반 평민층에 상대하여 이르는 말이다.

사대사화(四大士禍) : 조선시대에 선비들이 화(禍)를 입었던 네 차례의 큰 사화. 연산군(燕山君) 4년(1498)부터 명종(明宗) 원년(1545) 사이에 일어난 무오사화(戊午士禍), 갑자사화(甲子士禍), 기묘사화(己卯士禍), 을사사화(乙巳士禍)를 이른다.

사대주의(事大主義) : 주체성(主體性)이 없이 세력이 강한 나라나 사람을 받들어 섬기는 태도.

사대친(四代親) : 아버지, 조부(祖父), 증조(曾祖), 고조(高祖)까지를 이르는 말.

사도세자(思悼世子) : 사도세자(思悼世子, 1735~1762)는 영조(英祖, 1694~1776)의 차남. 이름은 선(愃). 자는 윤관(允寬). 호는 의재(毅齋). 사도세자는 영조(英祖)와의 갈등으로 폐위되어 서인(庶人)으로 강등되었고, 뒤주 속에 갇혀 있다가 굶어 죽었다. 영조는 아들의 죽음을 애도하여 사도(思悼)라는 시호(諡號)를 내렸다. 그 후 정조(正祖)가 다시 장헌세자(莊獻世子)로 시호(諡號)를 고쳤다.

사또 : 일반 백성이나 하급 벼슬아치들이 자기 고을의 원(員)을 존대하여 부르던 말(원님).

사동(使童) : 잔심부름 하는 아이.

사랑채(舍廊채) : 집주인이 사용하는 공간으로 손님을 맞이하는 공간.

사련(詞連) : 남의 범죄에 관련 있다고 이야기됨.

사령(使令) : 조선시대 관아(官衙)에서 심부름 등 천한 일을 하던 사람.

사령방(使令房) : 사령(使令)이 모여 있는 방.

사령청(使令廳) : 사령(使令)이 모여 있는 집.

사례(四禮) : 유교적 원리에 바탕을 둔 관례(冠禮), 혼례(婚禮), 상례(喪禮), 제례(祭禮) 등의 네 가지 의례를 말한다.

사례편람(四禮便覽) : 조선, 숙종(肅宗, 1661~1720) 때 이재(李縡)가 관혼상제(冠婚喪祭)에 관한 제도와 절차를 모아 엮은 책. 경서(經書) 및 선유(先儒)의 책을 바탕으로 하였으며, 헌종(憲宗) 10년(1844)에 이광정(李光正)이 간행하고 광무 4년(1900)에 증보하여 중간하였다. 8권 4책.

사록(司錄) : 조선시대 의정부(議政府)에 속하여 봉록(俸祿)에 관한 일을 맡아보던 정8품 벼슬.

사류(士類) : 선비의 무리.

사림(士林) : 유학(儒學)을 신봉하는 무리.

사림파(士林派) : 조선 초기에, 산림(山林)에 묻혀 유학(儒學) 연구에 힘쓰던 문인(文人)들의 한 파. 김종직(金宗直), 김굉필(金宏弼), 조광조(趙光祖) 등을 중심으로 하고 성종(成宗, 1457~1494) 때부터 중앙 정부에 진출하여 종래의 관료들인 훈구파(勳舊派)를 비판하여 사화(士禍)에 희생되기도 하였으나, 선조(宣祖, 1552~1608) 때에 이르러서는 그 기반을 확고히 하였다.

사마(駟馬) : 네 필의 말이 끄는 수레.

사마(士馬) : 병사(兵士)와 군마(軍馬)를 아울러 이르는 말.

사마(私馬) : 개인이 거느린 말.

사마소(司馬所) : 조선시대 각 지방의 고을마다 생원(生員)과 진사(進士)들이 모여 유학(儒學)을 가르치고 정치를 논하던 곳.

사마시(司馬試) : 생원(生員)과 진사(進士)를 선발하는 과거시험.

사맹(司猛) : 조선시대 오위(五衛)에 둔 정8품 군직(軍職). 현직에 종사하지 않는 문관(文官)과 무관(武官) 및 음관(蔭官) 가운데서 뽑았다.

사모(紗帽) : 고려 말기에서 조선시대까지 벼슬아치들이 관복(官服)을 입을 때 쓰던 모자(帽子). 예전부터 혼례식(婚禮式)에서 신랑이 썼다.

사문(斯文) : 본래는 이 학문(學文)이 도(道)라는 뜻으로, 유학(儒學)의 도의(道義)나 문화(文化)를 이르는 말이지만 유학자(儒學者)를 뜻하는 말이기도 하다.

사민(士民) : 선비.

사민(四民) : 사(士), 농(農), 공(工), 상(商) 네 가지 신분의 백성.

사발통문(沙鉢通文) : 호소문(呼訴文)이나 격문(檄文) 등을 쓸 때에 누가 주모자(主謀者)인가를 알지 못하도록 서명(署名)에 참여한 사람들의 이름을 사발 모양으로 둥글게 삥 돌려 적은 통문(通文).

사배(四拜) : 네 번을 거듭하여 절하는 것, 주로 임금이나 문묘(文廟)의 공자(孔子)에 한하였음.

사복시(司僕寺) : 조선시대 궁중(宮中)의 가마나 말에 관한 일을 맡아보던 관아(官衙).

사비(寺婢) : 절에 딸린 여종.

사사(賜死) : 주로 왕족(王族)이나 현직자(顯職者)가 역모(逆謀)에 관련되었을 때 왕명(王命)으로 독약(毒藥)을 마시게 하여 죽게 하였음.

사사고(四史庫) : 조선왕조실록(朝鮮王朝實錄)을 보관하던 4곳의 사고(史庫).

*정족산사고(鼎足山史庫) : 정족산본은 서울대 규장각 소장.

*태백산사고(太白山史庫) : 태백산본은 서울대 규장각 소장, 부산국가기록관으로 이관.

*적상산사고(赤裳山史庫) : 적상산본 구황실 장서각 소장. 6.25 당시 도난(북한 소장 추측).

*오대산사고(五臺山史庫) : 오대산본은 일본 관동대지진 때 소실(동경대 소장).

사삿집(私私집) : 개인 집.

사색당파(四色黨派) : 조선, 선조(宣祖, 1552~1608) 때부터 후기까지 사상(思想)과 이념(理念)의 차이로 분화하여 나라의 정치적인 판국을 좌우한 네 당파(黨派). 노론(老論), 소론(少論), 남인(南人), 북인(北人)을 말한다.

사색보(四色保) : 조선시대 군역(軍役)을 면제받기 위하여 바치던 무명베나 곡식.

사서삼경(四書三經) : 중국의 서책 사서(四書)와 삼경(三經)을 아울러 이르는 말. 즉 『논어(論語)』, 『맹자(孟子)』, 『중용(中庸)』, 『대학(大學)』의 네 경전(經典)과 『시경(時經)』, 『서경(書經)』, 『주역(周易)』 등 세 가지 경서(經書)를 이른다.

사섬시(司贍寺) : 조선시대 저화(楮貨)의 제조 및 지방 노비의 공포(貢布) 등을 맡아보던 관아(官衙). 세조(世祖) 6년(1460)에 사섬서를 고친 것으로, 여러 번 개칭을 거듭하다가 숙종(肅宗) 31년(1705)에 없앴다.

사성(司成) : 조선시대 성균관(成均館)에서 유학(儒學)을 가르치던 종3품의 벼슬. 태종(太宗) 원년(1401)에 좨주(祭主)를 고친 것이다.

사슬낫 : 무기의 하나. 긴 쇠사슬의 한쪽 끝에 쇠 추를 달고 다른 한쪽 끝에는 낫을 달아서 추를 던져 상대편의 무기나 몸을 옭아 놓고 찍는 무기.

사시랑이 : 가냘픈 사람이나 물건.

사시제(四時祭) : 사시제는 보통 시제(時祭)라고 부른다. 사계절(四季節) 가운데 음력 2, 5, 8, 11월에 고조(高祖), 부모(父母) 이상의 조상을 함께 제사지내는 합동제사이다. 사시제는 시제(時祭) 또는 정재(正祭)라고 불리는 것으로서 제사의 으뜸이며 표상이었다.

사식(私食) : 감옥에 갇힌 사람에게 사사로이 들여보내는 음식.

사신(使臣) : 임금의 명령을 받고 외국에 사절(使節)로 가는 신하(臣下).

사신(四神) : 네 방향을 맡은 신(神). 동쪽은 청룡(靑龍), 서쪽은 백호(白虎), 남쪽은 주작(朱雀), 북쪽은 현무(玄武)를 아울러 이르는 말이다.

사신(司晨) : 예전에, 날이 밝아 새벽임을 알리는 것을 맡아보던 일.

사안(査案) : 검시(檢屍)를 하지 않고 취조만 한 사건 조사보고서.

사액서원(賜額書院) : 임금이 이름을 지어주고 서적(書籍), 노비(奴婢), 토지(土地) 등을 하사(下賜)한 서원(書院). 조선, 명종(明宗)15년 주세붕(周世鵬)이 세운 백운동서원(白雲洞書院)에 '소수서원(紹修書院)'이라는 사액(賜額)을 한 것이 시초가 되었다.

사액현판(賜額懸板) : 임금이 사당(祠堂), 서원(書院), 누문(樓門) 따위에 이름을 지어서 내려 보낸 편액(扁額).

사약(賜藥) : 왕족(王族)이나 사대부(士大夫)가 죽을죄를 범하였을 때, 임금이 독약(毒藥)을 내림. 또는 그 독약.

사역원(司譯院) : 고려, 조선시대 외국어의 번역 및 통역(通譯)을 맡아보던 관아(官衙). 중국어 관원만 600여 명의 역관이 있었다.

사예(司藝) : 조선시대 성균관(成均館)에서 음악(音樂)을 가르치던 정4품 벼슬. 태종(太宗) 원년(1401)에 악정(樂正)을 고친 것이다.

사온서(司醞署) : 조선시대 궁중에 술과 감주(甘酒) 등을 마련하여 바치던 일을 담당하던 관서(官署).

사옹원(司饔院) : 조선시대 궁중의 음식(飮食)에 관한 일을 맡아보던 관아. 이전의 사옹방(司饔房)을 고친 것으로, 고종(高宗) 32년(1895)에 전선사(典膳司)로 고쳤다(사선(司膳), 선주원(膳廚院)).

사용(司勇) : 조선시대 오위(五衛)의 정9품 군직(軍職). 현직이 아닌 문관(文官), 무관(武官), 음관(蔭官)으로 채웠다.

사우(祠宇) : 조상의 신주(神主)를 모셔 놓은 집(사당(祠堂)).

사육신(死六臣) : 조선, 세조(世祖) 2년(1456)에 단종(端宗, 1441~1457) 복위를 꾀하다가 처형된 여섯 명의 충신. 이개(李塏), 하위지(河緯地), 유성원(柳誠源), 성삼문(成三問), 유응부(兪應孚), 박팽년(朴彭年)을 이른다.

사의(司議) : 조선시대 장례원(掌隸院)에 속하여 노비의 적(籍)과 소송에 관한 일을 맡아보던 정5품의 벼슬.

사인(士人) : 선비를 통칭하는 말.

사인(舍人) : 조선 전기에 의정부(議政府)에 속한 벼슬(정4품).

사자관(寫字官) : 조선시대 승문원(承文院)과 규장각(奎章閣)에서 문서(文書)를 정서(正書)하는 일을 맡아보던 벼슬.

사장(簑匠) : 도롱이 만드는 장인.

사재감(司宰監) : 조선시대 궁중(宮中)에서 쓰는 생선, 고기, 소금, 땔나무, 숯 등을 공급하던 관아.

사정(司正) : 조선시대 오위(五衛)에 속한 정7품 벼슬.

사족(士族) : 문벌(文閥)이 좋은 집안. 사대부(士大夫) 집안(양반).

사주(四柱) : 사람이 출생한 연(年), 월(月), 일(日), 시(時)의 간지(干支). 주로 혼인할 때와 운명을 점치는 데 사용함.

사주단자(四柱單子) : 혼인(婚姻)을 정(定)하고 신랑집(新郎집)에서 난 해, 달, 날, 시의 사주(四柱)를 적어서 신붓집(新婦집)으로 보내는 간지(干支).

사증(詞證) : 증언.

사직(司直) : 조선시대 오위(五衛)에 속한 정5품 군직(軍職).

사직단(社稷壇) : 임금이 토신(土神)인 사(社)와 곡신(穀神)인 직(稷)에게 제사지내던 제단(祭壇).

사직서(社稷署) : 조선시대 사직단(社稷壇)을 관리하는 일을 맡아보던 관아.

사찬상(賜饌床) : 임금이 하사한 음식상.

사창(社倉) : 조선시대 각 고을의 환곡(還穀)을 저장하여 두던 곳집으로 동고(東庫) 서고(西庫) 남고(南庫)가 있다. 문종(文宗) 원년(1451)에 설치하여 점차 확대하였으나, 환곡의 문란으로 순조(純祖) 5년(1805)에 호남(湖南), 호서(湖西)지방은 관찰사(觀察使) 재량으로 그 존폐를 결정하도록 하였다.

사창가(私娼街) : 사창(私娼)들이 많이 모여서 밀매음(密賣淫)하는 거리.

사천(私賤) : 개인에 의하여 매매(買賣)되고 사역(使役)하던 종. 비복(婢僕), 백정(白丁), 무격(巫覡), 배우(俳優), 창녀(娼女) 따위가 있다.

사철 : 봄, 여름, 가을, 겨울의 네 철을 말함.

*봄 : 입춘(立春)에서 입하(立夏)까지.

*여름 : 입하(立夏)에서 입추(立秋)까지.

*가을 : 입추(立秋)에서 입동(立冬)까지.

*겨울 : 입동(立冬)에서 입춘(立春)까지.

사첩(謝貼) : 관원(官員)의 임명, 해임 따위에 관한 명령을 적어 본인에게 주는 문서.

사초(史草) : 조선시대 사관(史官)이 기록하여 둔 사기(史記)의 초고(草稿). 실록(實錄)의 원고가 되었다.

사초(莎草) : 무덤에 떼를 입히는 일.

사축서(司畜署) : 조선시대 잡축(雜畜)을 기르는 일을 맡아보던 관아. 세조(世祖) 12년(1466)에 예빈시(禮賓寺)의 한 분장(分掌)인 분예빈시(分禮賓寺)를 독립시킨 것으로, 영조(英祖, 1694~1776) 때 호조(戶曹)에 예속시켰다.

사판(祠板) : 신주(神主).

사포(私砲) : 사사로이 만든 대포(大砲).

사포서(司圃署) : 조선시대 궁중의 원포(園圃), 채소에 관한 일을 맡아보던 관아.

사표(四標) : 사방의 경계표.

사하기(祀下記) : 제사에 소용된 식재료와 기물을 사들인 기록.

사학(四學) : 조선시대 나라에서 인재(人材)를 기르기 위하여 서울의 네 곳에 세운 교육기관(敎育機關). 위치에 따라 중학(中學), 동학(東學), 남학(南學), 서학(西學)이 있었는데, 태종(太宗) 11년(1411)에 설립하여 운영하다가 고종 31년(1894)에 폐지했다.

사학(邪學) : 조선시대 주자학(朱子學)에 반대되거나 위배(違背)되는 학문을 이르던 말. 조선 중기에는 양명학(陽明學)을, 후기에는 천주교(天主敎)나 동학(東學)을 사학이라 하였다.

사헌부(司憲府) : 고려, 조선시대 정사(政事)를 논의하고 풍속(風俗)을 바로 잡으며 관리의 비행을 조사하여 그 책임을 규탄하는 일을 맡아보던 관아.

사혈(射穴) : 활이나 총을 쏘기 위하여 성가퀴에 뚫어 놓은 구멍(타(垛), 타구(垛口), 포혈(砲穴), 전안(箭眼)).

사형(私刑) : 개인이 사사로이 범죄자에게 가하는 형벌(刑罰).

사형(死刑) : 죄인의 목숨을 끊던 형벌(刑罰).

사형(死刑)의 종류

*사약(賜藥) : 독약을 먹게 하여 죽임.

*효시(梟示) : 목을 베어 높은 곳에 매달아 놓아 뭇사람에게 보임.

*교형(絞刑) : 목을 옭아매어 죽임.

*참형(斬刑) : 목을 베어 죽임.

*육시(戮屍) : 이미 죽은 사람의 시체의 목을 다시 베는 형벌.

사화(史禍) : 조선시대 조신(朝臣) 및 선비들이 정치적 반대파에게 몰려 참혹한 화(禍)를 입던 일. 사화(史禍)는 '사림(士林)의 화'의 준말로서, 1498년 (연산군 4)의 무오사화(戊午士禍), 1504년(연산군 10)의 갑자사화(甲子士禍), 1519년(중종 14)의 기묘사화(己卯士禍), 1545년(명종 즉위년)의 을사사화(乙巳士禍) 등이 대표적인 사화이다.

사환(使喚) : 관청이나 개인 집에 고용(雇用)되어 잔심부름을 맡아 하는 사람.

싸전 : 쌀가게.

삭망(朔望) : 음력 초하룻날과 보름날을 아울러 이르는 말.

산도(山圖) : 묏자리 그림.

산사(算士) : 조선시대 호조(戶曹)에 딸린 산학청(算學廳)에서 회계에 관한 일을 맡아보던 종7품 벼슬.

산성(山城) : 산 위에 쌓은 성.

산송(山訟) : 산소(山所)에 관한 송사(訟事).

산영장(山永葬) : 거짓으로 장사를 지냄. 또는 그 장사. 산영장은 남의 땅에 묘를 쓰려고 땅 임자를 떠보거나, 병자를 낫게 하기 위해서 지냈다.

산원(算員) : ①예전에 수학자(數學者)를 말함. ②조선시대 호조(戶曹)에 속하는 경비사(經費司)에서 서울의 경비 지출과 왜인(倭人)의 양식에 관한 일을 맡아보던 벼슬. 또는 그런 벼슬아치.

산자(饊子) : 찹쌀가루를 반죽하여 납작하게 만들어 말린 것을 기름에 튀기고 꿀을 바른 후 그 앞뒤에 튀긴 밥풀이나 깨를 붙여 만든 유밀과(油蜜果)의 하나. 흰색과 붉은색의 것이 보통이다.

산적(山賊) : 산속에 근거를 두고 드나드는 도적(盜賊). 이들은 깊은 산속에 숨어 있다가 지나가는 행인의 돈과 재산을 빼앗았다(녹림객(綠林客), 녹림호걸(綠林豪傑), 녹림호객(綠林豪客)).

산적(散炙) : 고기 따위를 길게 썰어 갖은 양념을 하여 대꼬챙이에 꿰어 구운 음식.

산증(疝症) : 허리가 아픈 증세.

산척(山尺) : 산속에 살면서 사냥하고 약초 캐는 일을 하는 사람.

산타령패 : 예전에, 서울 마포와 왕십리 등지에서 산타령을 주로 부르던 소리꾼들.

산학교수(算學敎授) : 조선시대 호조(戶曹)의 산학청(算學廳)에서 회계(會計)의 일을 맡아보던 종6품 벼슬. 또는 그 벼슬아치.

산학훈도(算學訓導) : 조선시대 호조(戶曹)의 산학청(算學廳)에 속한 정9품 벼슬.

살 : 화살.

살(煞) : 사람을 해치는 모질고 악한 귀신의 기운. 두 사람이 사이가 안 좋을 때 살이 끼었다고 함.

살돈 : 밑천.

삼가(三加) : 과거 급제하였을 때나, 관례 때에 세 번 관을 갈아 씌우던 의식.

삼강오륜(三綱五倫) : 유교(儒敎)의 도덕에서 기본이 되는 세 가지의 강령(綱領)과 지켜야 할 다섯 가지의 도리. 군위신강(君爲臣綱), 부위자강(父爲子綱), 부위부강(夫爲婦綱)과 부자유친(父子有親), 군신유의(君臣有義), 부부유별(夫婦有別), 장유유서(長幼有序), 붕우유신(朋友有信)을 이르는 말.

삼고초려(三顧草廬) : 인재를 맞아들이기 위하여 참을성 있게 노력함. 삼국지에 나오는 촉한의 황제 유비(劉備)의 고사에서 유래한 말.

삼공형(三公兄) : 조선시대 각 고을의 세 구실아치. 호장(戶長), 이방(吏房), 수형리(首刑吏)를 이르는 말.

삼국(三國) : 신라(新羅), 백제(百濟), 고구려(高句麗).

삼군부(三軍府) : 조선시대 군무(軍務)를 통할하던 관아(官衙). 중(中), 좌(左), 우(右) 3군의 병력(兵力)을 지휘하고 감독하는 최고의 군령(軍令)기관.

삼국사기(三國史記) : 고려시대 인종(仁宗, 1109~1146)의 왕명에 의하여 김부식(金富軾)이 1145년 발간한 역사책. 신라(新羅), 고구려(高句麗), 백제(百濟) 삼국의 역사를 기전체(紀傳體)로 기술했다. 내용은 본기(本紀), 연표(年

表), 지류(志類), 열전(列傳) 등으로 되어 있다. 50권 10책.

삼국유사(三國遺事) : 고려 충렬왕(忠烈王) 7년(1281)에 승려 일연(一然)이 쓴 역사책. 단군(檀君), 기자(箕子), 대방(帶方), 부여(夫餘)와 신라(新羅), 고구려(高句麗), 백제(百濟)등의 역사를 기록하고, 불교에 관한 다양한 기사(記事), 신화(神話), 전설(傳說), 시가(詩歌) 등을 수록하였다. 5권 3책.

삼년상(三年喪) : 부모의 상을 당해 삼 년 동안 거상하는 일. 고려 공민왕(恭愍王) 16년(1367년) 삼년상(三年喪)을 제정했으나 실효를 거두지 못하고 있다가, 조선왕조 중종(中宗) 11년(1516년)부터 삼년상을 실시하여 오늘에 이르고 있다.

삼공(三公) : 조선시대 영의정(領議政) 좌의정(左議政) 우의정(右議政) 삼정승(政丞)을 말한다.

삼관(三館) : 조선시대 문서를 다루는 일을 맡아보던 세 관아. 홍문관(弘文館), 예문관(藝文館), 교서관(校書館)을 이른다.

삼남지방 : 충청도, 전라도, 경상도를 아울러 이르는 말.

삼대민란(三大民亂) : 조선시대 백성들이 일으킨 세 개의 큰 민란(民亂).

*홍경래난(洪景來亂) : 1811년 홍경래가 지방차별에 불만을 품고 평안도 가산에서 일으킨 민란.

*진주민란(晉州民亂) : 1862년에 병마절도사 백낙신의 가혹한 탄압을 견디다 못하여 농민들이 일으킨 민란.

*동학란(東學亂) : 1894년 전봉준이 고부현감 조병갑 악정에 시달리다가 불만을 품고 일으킨 민란.

삼대악성(三大樂聖) : 국악(國樂) 발전에 큰 업적을 남긴 세 사람. 즉 신라(新羅)의 우륵(于勒), 고구려(高句麗)의 왕산악(王山岳), 조선(朝鮮)의 박연(朴堧)을 말한다.

삼대첩 : 임진왜란 당시 왜군(倭軍)과 싸워 크게 이긴 세 전투(戰鬪). 김시민(金時敏)의 진주성(晉州城) 대첩, 권율(權慄)의 행주(幸州) 대첩, 이순신(李舜臣)의 한산도(閑山島) 대첩을 이른다.

삼도통제사(三道統制使) : 임진왜란 때, 경상도, 전라도, 충청도 삼도의 수군(水軍)을 통솔하던 무관(武官) 벼슬. 선조(宣祖) 26년(1593)에 설치하고 이순신(李舜臣)을 임명.

삼망(三望) : 벼슬아치를 발탁할 때 세 사람의 후보자를 임금에게 추천하던 일.

삼망단자(三望單子) : 벼슬아치 물망에 오른 세 사람의 이름을 적은 종이.

삼문(三問) : 관청(官廳), 향교(鄕校), 서원(書院) 등에 세운 세 문. 홍살문(紅箭門), 외삼문(外三門), 내삼문(內三門)을 이른다.

삼보사찰(三寶寺刹) : 불보사찰(佛寶寺刹) 통도사(通度寺), 법보사찰(法寶寺刹) 해인사(海印寺), 승보사찰(僧寶寺刹) 송광사(松廣寺)를 이르는 말.

삼복(三伏) : 초복(初伏), 중복(中伏), 말복(末伏)을 이르는 말.

삼부악(三部樂) : 국악에서, 아악(雅樂), 당악(唐樂), 향악(鄕樂)의 세 갈래 음악을 이르는 말.

삼불거(三不去) : 아내에게 칠거지악(七去之惡)이 있더라도 그 아내를 버려서는 안 되는 세 가지 경우를 말함. ①부모의 삼년상을 함께 치렀거나 ②가난할 때에 장가 들었거나 ③아내가 돌아갈 곳이 없는 경우.

삼불사거(三不四拒) : 관리(官吏)가 하지 말아야 할 것 네 가지와 거절해야 하는 세 가지.

*하지 말아야 할 것(三不)

1. 부업을 갖지 않는다.
2. 땅을 사지 않는다.
3. 집을 늘리지 않는다.
4. 명산물 먹지 않는다.

*거절해야 할 것(四拒)

1. 상전의 부당한 요구 거절.
2. 들어줬어도 답례 거절.
3. 경조사 부조금 거절.

삼사(三司) : 사헌부(司憲府), 사간원(司諫院), 홍문관(弘文館)을 아울러 이르는 말.

삼색나물 : 푸른색 시금치, 갈색 고사리, 흰색 도라지를 말함.

삼색나졸(三色羅卒) : 조선시대 지방 관아(官衙)에 속하여 죄인(罪人)을 다루는 일이나 심부름을 하던 세 하인(下人). 나장(羅將), 군뢰(軍牢), 사령(使令)을 이른다.

삼성(三省) : 고려시대, 최고의 의정(議政) 기능을 하던 세 기관. 중서성(中書省), 문하성(門下省), 상서성(尚書省)을 이른다.

삼성혈(三姓穴) : 제주도 동문 밖의 땅에 난 세 개의 큰 구멍. 탐라의 개조(開祖)인 고(高), 부(夫), 양(良) 삼신(三神)이 나왔다는 전설이 있는 곳이다.

삼세번 : 더도 덜도 없이 꼭 세 번.

삼수갑산(三水甲山) : 우리나라에서 가장 험한 산골이라 이르던 삼수(三水)와 갑산(甲山). 조선시대에 귀양지(歸養地)의 하나였다(이하 속담).

　*삼수갑산에 가는 한이 있어도...

　*삼수갑산을 가서 산전을 일궈 먹더라도...

　*삼수갑산을 가도 님 따라 가겠다.

　*삼수갑산에 갈지언정 중강진은 못 간다.

삼수미(三手米) : 훈련도감(訓鍊都監)에 속해 있는 포수(砲手), 사수(射手), 살수(殺手) 등 삼수(三手)의 군병을 양성하기 위하여 징수하는 세금(稅金).

삼수병(三手兵) : 훈련도감에 소속 된 포수(砲手), 사수(射手), 살수(殺手)를 이르는 말.

삼신산(三神山) : 금강산(金剛山), 지리산(智異山), 한라산(漢拏山)을 이르는 말.

삼신할머니 : 아기를 점지하고 산모(産母)와 아기를 돌보는 신령(삼신).

삼실과(三實果) : 감, 대추, 밤을 이르는 말.

삼십삼인(三十三人) : 3.1 운동 때 독립 선언서에 서명한 33인의 민족 대표. 즉, 손병희, 최인, 권동진, 오세창, 임예환, 권병덕, 이종일, 나인협, 홍기조, 나용환, 이종훈, 홍병기, 박준승, 김완규, 양한묵, 이인환, 박희도, 최성모, 신홍식, 양전백, 이명룡, 길선주, 이갑성, 김창준, 이필주, 오화영, 정춘수, 신석구, 박동완, 김병조, 유여대, 한용운, 백용성을 말한다.

삼십육계(三十六計) : ①줄행랑치다. ②36가지의 꾀. ③물주가 맞힌 사람에게 살돈의 36배를 주는 노름.

삼악(三樂) : 아악(雅樂), 향악(鄕樂), 당악(唐樂).

삼악성(三惡聲) : 갓난아기 울음소리, 다듬이질 소리, 글 읽는 소리.

삼은(三隱) : 고려 말기에, 유학자(儒學者)로 이름난 세 사람. 포은(圃隱) 정몽주(鄭夢周), 목은(牧隱) 이색(李穡), 야은(冶隱) 길재(吉再)를 이른다.

삼의원(三醫院) : 조선시대 내의원(內醫院), 전의원(典醫院), 혜민서(惠民署)를 통틀어 이르는 말.

삼재(三災) : 불교(佛敎)에서 사람에게 닥치는 세 가지 재해(災害). 도병(刀兵), 기근(饑饉), 질역(疾疫)이 있으며 십이지(十二支)에 따라 든다는 것.

삼재년(三災年) : 사람이 태어난 해를 십이지(十二支)로 따져 삼재의 불운이 드는 해. 사(巳), 유(酉), 축(丑)년 생은 해(亥), 자(子), 축(丑)년에, 신(申), 자(子), 진(辰)년 생은 인(寅), 묘(卯), 진(辰)년에, 해(亥), 묘(卯), 미(未)년 생은 사(巳), 오(午), 미(未)년에, 인(寅), 오(午), 술(戌)년 생은 신(申), 유(酉), 술(戌)년에 삼재가 든다고 한다.

삼적(三炙) : 일반적으로 소적(素炙), 육적(肉炙), 어적(魚炙)을 말함.

***소적(素炙)** : 두부를 양념하여 대꼬챙이에 꿰어 불에 구운 적.

***육적(肉炙)** : 쇠고기나 돼지고기를 양념하여 대꼬챙이에 꿰어 불에 구운 적.

***어적(魚炙)** : 해산물을 양념하여 대꼬챙이에 꿰어 불에 구운 적.

삼종지도(三從之道) : 여자가 따라야 할 세 가지 도리(道理)를 이르던 말. 예기(禮記) 의례(儀禮)편에 나오는 말로, 어려서는 아버지를, 결혼해서는 남편을, 남편이 죽은 후에는 자식을 따라야 한다(삼종지례(三從之禮)).

삼줄 : 탯줄.

삼지창(三枝槍) : 창끝이 세 갈레로 갈라진 창을 이르는 말.

삼짇날 : 음력 3월 3일. 강남에 갔던 제비가 돌아온다고 전해지는 세시풍속으로 답청절(踏靑節), 삼월삼질이라고도 한다. 남자들은 천엽을 하고 여자들

은 꽃놀이를 하기도 한다. 이날 흰나비를 보면 그해에 상복(喪服)을 입고, 노랑나비나 호랑나비를 보면 그해 운수(運數)가 대통한다는 속설이 전하여 온다.

삼창(三唱) : 세 번 부르다.

삼천리(三千里) : 함경북도(咸鏡北道)의 북쪽 끝에서 제주도(濟州島)의 남쪽 끝까지가 삼천리(三千里) 정도 된다고 해서 우리나라를 이르는 말.

삼천리강산(三千里江山) : 우리나라 강산을 이르는 말.

삼청삼고(三請三顧) : 무슨 일이고 세 번 원하고, 세 번쯤 생각해서 처리하라는 말.

삼탕(三湯) : 소탕(素湯), 어탕(魚湯), 육탕(肉湯)을 말함.

*소탕(素湯) : 고기는 넣지 않고 두부와 다시마를 썰어 넣고 맑은 장에 끓인 탕국.

*어탕(魚湯) : 생선탕으로 건더기가 많고 국물은 적은 탕국.

*육탕(肉湯) : 고기붙이를 넣어 국물을 우려낸 탕국.

삼포(三浦) : 조선 세종(世宗) 때 개항(開港)한 세 항구. 왜인(倭人)들에 대한 회유책으로 진해(鎭海) 웅천의 제포(薺浦)와 동래의 부산포(釜山浦) 및 울산의 염포(鹽浦) 세 곳에 왜관(倭館)을 설치하고 왜인(倭人)의 교통(交通), 거류(居留), 교역(交易)의 처소가 되었다.

삼학사(三學士) : 병자호란(丙子胡亂) 때 중국 청(淸)나라에 항복하는 것을 반대한 세 사람의 학사(學士). 홍익한(洪翼漢), 윤집(尹集), 오달제(吳達濟)를 이르는데, 모두 청나라에 붙잡혀 갔으나 끝내 굴하지 않고 저항하다가 살해되었다.

삼한(三韓) : 진한(辰韓), 변한(弁韓), 마한(馬韓).

삼합미음 : 찹쌀과 마른 해삼, 홍합, 우둔(牛臀)고기를 한데 넣고 끓인 미음(궁중요리).

삼호성(三好聲) : 초혼(招魂)소리, 아낙네가 남편에게 바가지 긁는 소리, 뒤주 긁는 소리.

삿갓 : 비나 햇볕을 막기 위하여 대오리나 갈대로 거칠게 엮어서 만든 갓.

상감(上監) : 임금을 높여 부르던 말(상감마마).

상궁(尙宮) : 조선시대 내명부(內命婦)의 하나인 여관(女官). 정5품 벼슬.

상궁(尙宮)의 종류

*제조상궁(提調尙宮) : 상궁 가운데 가장 높고 어명(御命)을 받들어 내전(內殿)의 재산을 총괄하는 상궁.

*부제조상궁(副提調尙宮) : 제조상궁 다음가는 상궁으로 내전 창고 관리와 옷감 출납 담당 상궁.

*지밀상궁(至密尙宮) : 대령상궁(待令尙宮)이라고도 하며 대전(大殿)에서 떠나지 않고 임금을 모시는 상궁.

*보모상궁(保姆尙宮) : 왕자나 공주의 양육을 담당하는 나인(內人)의 우두머리 상궁.

*시녀상궁(侍女尙宮) : 대전(大殿)이나 내전(內殿)에서 임금이나 왕비를 모시며 서적과 문서를 관리하는 상궁.

상노(床奴) : 사랑채로 밥 나르는 종.

상다(尙茶) : 조선시대 내시부(內侍府)에 속한 정3품 당하관(堂下官). 임금, 비빈(妃嬪), 대비, 왕세자의 시중을 들며 다과(茶菓)를 준비하는 일을 관장하였음. 환관(宦官) 가운데 1명 임명함.

상량문(上樑文) : 건축 과정에서 상량식을 할 때에 상량(上樑)을 축복(祝福)하는 글.

상령(常令) : 고려 말기부터 조선 전기, 사헌부(司憲府)에 속한 종4품 벼슬.

상례(相禮) : 조선시대 통례원(通禮院)에서 제사(祭祀)나 조하(朝賀) 따위의 일을 맡아보던 종3품의 벼슬.

상례(喪禮) : 부모, 승중(承重)의 조부모, 증조부모, 고조부모와 맏아들의 상사(喪事)에 관한 의례(儀禮).

상립두건(喪笠頭巾) : 상중(喪中)에 머리에 쓰는 수건과 바깥에 나갈 때 쓰는 갓. 상립(喪笠)은 부모 또는 승중(承重) 조부모의 거상(居喪) 중에 있는 사람이 밖에 나갈 때 쓰는 방갓을 이르는 말이며, 두건(頭巾)은 상중(喪中)에 머리에 쓰는 건(巾)을 말한다.

**건(巾) : 삼베로 만들어 머리에 쓰는 모든 물건.

상모(象毛) : ①기(旗)나 창(槍) 등의 끝에 술이나 이삭 모양으로 만들어 다는 붉은 빛깔의 가는 털. ②농악대에서, 벙거지 꼭지에다 참대와 구슬로 장식하고 그 끝에 해오라기의 털이나 긴 백지 오리를 붙인 것.

상민(常民) : 상민은 백성, 상사람 또는 양인(良人) 등으로 불리었으며, 보통 농(農), 공(工), 상(商)에 종사하는 생산계급으로서, 납세(納稅), 공부(貢賦), 군역(軍役) 등을 전면적으로 담당하였다. 상민은 대체로 농업(農業)에 종사했지만, 자신의 토지(土地)를 가지지 못하고 국가 또는 양반(兩班)의 토지 경작권(耕作權)만을 가진 경우가 많았다.

상방(尙房) : 궁궐이나 절 같은 곳에서 정당(正堂) 앞이나 좌우에 지은 줄행랑.

상방기생(尙房妓生) : 조선시대 상의원(尙衣院)에 속하여 바느질을 맡아하던 기생(妓生).

상사리(上사리) : 사뢰어 올린다는 뜻으로, 편지글에서 웃어른에게 드리는 편지 첫머리나 끝에 쓰는 말.

상서(上書) : 신하가 임금에게 글을 올리던 일. 또는 아들이 부모(傅母), 제자가 스승에게 올리는 편지에서 쓰던 말.

상서원(尙瑞院) : 조선시대 옥새(玉璽)와 보(玉寶), 부패(符牌), 절부월(節斧鉞)을 맡아 관리하는 관아(官衙).

상석(床石) : 무덤 앞에 제물(祭物)을 차려 놓기 위하여 넓적한 돌로 만들어 놓은 상(床). 앞부분은 북석(鼓石)으로 괴고 뒷부분은 걸방석으로 괴어 높였다.

상설(尙設) : 조선시대 내시부(內侍府)에 속한 종7품 벼슬.

상소(上疏) : 임금에게 글을 올리던 일. 또는 그 글. 주로 간관(諫官)이나 삼관(三館)의 관원(官員)이 임금에게 정사(政事)를 간(諫)하기 위하여 올렸다.

상쇠 : 농악대(農樂隊)에서 꽹과리를 치면서 농악대(農樂隊)를 지휘(指揮)하는 사람.

상쇠놀음 : 농악(農樂)에서 상쇠가 꽹과리를 치고 상모(象毛)를 돌리면서 춤을 추거나 갖가지 재주를 부리는 놀음.

상쇠잡이 : 농악대(農樂隊)에서 꽹과리를 치면서 전체(全體)를 이끄는 사람.

상업(上業) : 동임(洞任)직 가운데 제일 높은 이.

상(常)없다 : 버릇없다(궁중용어).

상왕(上王) : 왕위(王位)를 물러난 임금.

상의원(尙衣院) : 조선시대 임금의 의복(衣服)과 궁내의 일용품, 보물(寶物) 등을 관리하던 관아(官衙).

상임(上任) : 동임(洞任) 가운데 제일 높은 자.

상전(上典) : 예전에, 종이 주인을 상대하여 이르던 말.

상주(上奏) : 임금에게 말씀을 아뢰던 일.

상참(常參) : 의정(議政)을 비롯한 중신(重臣)과 시종관(侍從官)이 매일 편전(便殿)에서 임금에게 정사(政事)를 아뢰던 일.

상토관(相土官) : 지세(地勢)를 살피는 관리.

상평통보(常平通寶) : 조선시대 쓰던 엽전(葉錢)의 이름. 인조(仁祖) 11년(1633)부터 조선 후기까지 주조(鑄造)하여 사용하였다.

상피(相避) : 서로 피해야 하는 것. ①가까운 친척 사이의 남녀 성적(性的) 관계 피함. ②친척과 관계된 송사에 재판(裁判)을 피함. ③자기 친척이 과거 보는데 시관(試官)을 피함.

상한(常漢) : 상놈.

상해임시정부(上海臨時政府) : 1919년 4월 13일에 중국 상해(上海)에서 독립운동가(獨立運動家)들이 세운 임시정부로, 1932년 12월 11일까지 상해에 있었으나 일제(日帝)의 피습으로 문을 닫았다. 그 후 김구(金九)가 애국동지를 모아 항주(杭州), 가흥(嘉興), 남경(南京), 장사(長沙), 광주(廣州), 유주(柳州), 기홍(綦紅) 등지로 전전하다가, 1940년 중경(重慶)에 정착한 후 해방을 맞이하였다.

상호군(上護軍) : 조선시대 오위(五衛)에 속한 정3품의 벼슬. 보직(補職)이 없는 문관(文官)과 무관(武官), 음관(蔭官)으로 채웠다.

상후(上候) 미녕(靡寧)하시다 : 왕이 편치 않으시다(궁중용어).

쌍교(雙橋) : 말 두 마리가 각각 앞뒤 채를 메고 가는 가마.

쌍륙(雙六) : 여러 사람이 편을 갈라 차례로 한 쌍의 주사위를 던져서 나오는 사위대로 말을 써서 궁(宮)에 먼저 들어가기를 겨루는 놀이. 주사위 두 개가 모두 六이 나면 이기므로 쌍륙(雙六)이라 한다.

새내기 : 갓 시집간 여자, 새색시.

새옹밥 : 임시 급하게 따로 지은 밥.

색떡 : 여러 가지 색으로 물을 들여서 만든 떡. 갖은 색떡과 민색떡의 두 가지가 있다.

색동저고리 : 소매를 색동으로 대서 만든 어린아이의 저고리(까치저고리).

색리(色吏) : 조선시대 감영(監營)이나 군아(郡衙)에서 전곡(錢穀)의 출납과 관리를 맡아 보던 아전(衙前).

색장(色掌) : 조선시대 성균관(成均館) 유생(儒生) 자치회의 간부. 식당의 검찰(檢察)을 주 임무로 하였다.

색장나인(色掌內人) : 조선시대 궁중에서 임금, 왕비, 왕세자를 모시고 시중들던 궁녀(宮女). 궁중(宮中)의 주색(酒色), 다색(茶色), 증색(蒸色)을 담당하기도 한다.

색주가(色酒家) : 젊은 여자(女子)를 두고 술과 함께 몸을 팔게 하는 술집.

생각시 : 나이 어린 궁녀.

생과방(生果房) : 조선시대 궁중(宮中)에서 생과(生果), 전과(煎果), 다식(茶食), 죽(粥) 등 별식(別食)을 만드는 곳.

생란 : 다진 생강에 꿀을 넣어 조린 후에 대추만 하게 만들어 조청과 잣가루를 묻혀 만든 과자(궁중용어).

생사당(生祠堂) : 감사(監司)나 수령(守令)의 선정(善政)을 찬양하는 표시로 그가 살아 있을 때부터 백성들이 제사(祭祀) 지내는 사당(祠堂).

생원시(生員試) : 조선시대 소과(小科) 가운데 사서오경(四書五經)을 시험 보던 과거. 초시(初試)와 복시(覆試)가 있었다.

생육신(生六臣) : 조선, 세조(世祖) 2년(1456)에 세조가 단종(端宗, 1441~

1457)으로부터 왕위(王位)를 빼앗자 벼슬을 버리고 절의(節義)를 지킨 여섯 신하. 이맹전(李孟專), 조여(趙旅), 원호(元昊), 김시습(金時習), 성담수(成聃壽), 남효온(南孝溫) 또는 권절(權節)을 이른다.

서각(書刻) : 돌이나 나무, 바위 등에 글자를 새긴 것.

서각가(書刻家) : 서각(書刻)을 전문으로 하는 사람.

서계(書啓) : 조선시대 임금의 명령을 받은 벼슬아치가 일을 마치고 그 결과(結果)를 보고하기 위하여 만들던 문서(文書).

서구(西歐) 스포츠 전래

*축구(蹴球) : 1882년 인천항에 정박한 영국(英國) 군함(軍艦)의 승무원(乘務員)들이 처음으로 축구를 선보이고, 1896년 황성축구구락부(皇城蹴球俱樂部))가 생겼다.

*당구(撞球) : 1884년 일본에서 당구대를 수입하여 제물포(濟物浦)의 외국인 접객업소에 설치하면서 처음 들어왔다.

*야구(野球) : 1905년 선교사 필립 질레트가 황성 YMCA 야구단을 조직 야구(野球)를 전파하였다.

*농구(籠球) : 1907년 선교사 필립 질레트가 농구를 소개했다.

서낭당(城隍堂) : 마을을 수호(守護)하는 서낭신을 모셔 놓은 신당(神堂). 마을 어귀나 고갯마루에 원추형으로 쌓아 놓은 돌무더기 형태로, 그 곁에는 보통 신목(神木)으로 신성시되는 나무 또는 장승이 세워져 있기도 하다. 이곳을 지날 때는 그 위에 돌 세 개를 얹고 세 번 절을 한 다음 침을 세 번 뱉으면 재수가 좋다는 속신(俗信)이 있다.

서당(書堂) : 예전에, 개인이 사사로이 초보적인 학문을 가르치던 교육기관.

서도민요(西道民謠) : 평안도와 황해도 지방에서 불리는 민요(民謠). 평안도(平安道)의 수심가, 황해도(黃海道)의 난봉가, 몽금포 타령 등이 유명하다.

서돌찌개 : 민어 뼈에 소고기 호박 두부 쑥갓 등을 넣고 끓인 찌개.

서령(誓令) : 조선시대 제사를 드릴 때 관원(官員)들이 다짐해야 하는 일종의 선서문(宣誓文).

서리(書吏) : 조선시대 관아(官衙)에 속하여 문서(文書)의 기록과 관리를 맡아 보던 하급(下級) 구실아치.

서목(書目) : 책의 제목이나 내용을 정리하고 분류하여 작성한 목록.

서무(西廡) : 조선시대 문묘(文廟) 안에서 대성전(大成殿)의 서쪽에 있는 행각(行閣).

서문(序文) : 저서의 첫머리에 내용이나 발간 목적 따위를 간략하게 적은 글. 대체로 저자가 자서(自序)를 하지만 타인에게 의뢰할 경우에는 스승이나 선배의 글을 싣는다.

서반(西班) : 무반(武班)을 달리 이르던 말. 궁중(宮中)의 조회 때에 문관(文官)은 동쪽에, 무관(武官)은 서쪽에 선 데서 나온 말이다.

서수(書手) : 잔글씨 쓰는 일에 능한 사람. 또는 잔글씨 쓰는 일을 직업으로 하는 사람.

서양자(壻養子) : 데릴사위.

서얼(庶孼) : 서자(庶子)와 얼자(孼子)를 아울러 이르는 말.

서원(書院) : 조선시대에 선비가 모여서 학문(學問)을 강론(講論)하고, 석학(碩學)이나 충절(忠節)로 죽은 사람을 제사(祭祀) 지내던 곳. 중종 38년(1543)에 풍기군수(豊基郡守) 주세붕(周世鵬, 1495~1554)이 안향(安珦)을 배향(配享)하기 위하여 만든 백운동서원(白雲洞書院)이 처음이다.

서원철폐령(書院撤廢令) : 흥선대원군(興宣大院君)은 국가 재정(財政)과 군역(軍役), 당쟁(黨爭)의 폐단이 서원이라 판단하고 집권 직후부터 서원에 대한 개혁을 단행하였다. 대원군은 1871년 5월 9일 각 지방에 양반(兩班)의 근거지로 남설(濫設)된 서원의 적폐(積弊)를 제거하기 위하여 서원철폐령(書院撤廢令)을 내렸다. 그 결과 전국 650개 서원(書院) 중 소수서원(紹修書院), 도산서원(陶山書院) 등 사표가 될 만한 47개의 서원만 남겨놓고 나머지는 모두 훼철(毁撤)하였다.

서윤(庶尹) : 조선시대 한성부(漢城府)와 평양부(平壤府)에서 판윤(判尹)과 좌우윤(左右尹)을 보좌하는 일을 맡아보던 종4품 벼슬.

서인(西人) : 조선, 선조(宣祖) 때에 심의겸(沈義謙)을 중심으로 하여 동인(東人)과 대립한 당파. 뒤에 청서(淸西), 훈서(勳西), 소서(少西), 노서(老西), 노론(老論), 소론(小論), 시파(時派), 벽파(僻派) 등으로 이해관계에 따라 갈라졌다.

서자(庶子) : 양반(兩班)과 양민(良民) 여성 사이에서 낳은 아들.

서재(西齋) : 향교(鄕校)의 명륜당(明倫堂) 서쪽에 있던 집. 유생(儒生)이 거처하고 공부하는 곳이었다.

서진(書鎭) : 책장이나 종이가 바람에 날리지 않도록 눌러놓는 쇠나 돌로 된 물건.

서찰(書札) : 안부, 소식, 용무 등을 적어 보내는 글(서간(書簡), 서신(書信), 서한(書翰), 편지(便紙)).

서출(庶出) : 첩(妾)이 낳은 자식.

서판(書板) : 글씨를 쓸 때에 종이 밑에 받치는 널조각.

석과불식(碩果不食) : 『주역(周易)』 박괘(剝卦)에서 인용된 말로 과실나무에 달린 가장 큰 과일을 따먹지 않고 두었다가 다시 종자(種子)로 쓰는 것을 말함.

**박괘 : 64괘의 하나. 간괘(艮卦)와 곤괘(坤卦)가 거듭된 것으로 산이 땅에 붙어 있음을 상징한다.

석등(石燈) : 무덤 앞에 세우는 장명등(長明燈)을 말한다.

석물(石物) : 능묘(陵墓)에 설치한 각종 석조물(石造物)을 말한다. 그 종류는 문인석(文人石), 무인석(武人石), 동자석(童子石), 장명등(長明燈), 망주석(望柱石), 상석(床石), 혼유석(魂遊石), 향로석(香爐石), 고석(鼓石), 주병석(酒瓶石), 배설석(排設石), 호석(護石), 호석(虎石), 양석(羊石), 마석(馬石), 차일석(遮日石), 신도비(神道碑), 묘갈(墓碣), 묘표(墓表), 둘레석 등 매우 다양하다.

석수어(石首魚) : 조기.

석전제(釋奠祭) : 향교, 문묘(文廟) 등에서 공자(孔子:文宣王)를 비롯한 4성(四聖) 10철(十哲) 72현(七十二賢)을 제사 지내는 의식. 석전제(釋奠祭), 석채(釋菜), 상정제(上丁祭), 정제(丁祭)라고도 한다. 음력 2월과 8월의 상정일

(上丁日:첫째 丁日)에 거행한다.

선(膳) : 음식 만들 때 두부, 채소 등을 썰거나 다져서 만든 음식(오이선, 두부선, 고추선 등).

선공감(繕工監) : 조선시대 공조(工曹)에 딸려 토목(土木)과 영선(營繕)에 대한 일을 맡아보던 관아.

선교랑(宣敎郎) : 조선시대 종6품 문관(文官)의 품계 중에서 상계(上界)를 이르는 말.

선농단(先農壇) : 고려 · 조선시대 신농씨(神農氏)와 후직씨(后稷氏)에게 풍년이 들기를 빌던 제단. 서울 동대문 밖에 있었다.

선달(先達) : 조선시대 과거(科擧)에 급제(及第)는 하였으나 벼슬길에 오르지 못한 사람을 이르던 말. 병과(丙科) 합격자 중 정원(定員)이 없어서 벼슬을 주지 못하였는데 이들을 말함.

선덕비(善德碑) : 선(善)한 일을 많이 한 사람의 덕행(德行)을 기념하는 비석.

선략장군(宣略將軍) : 조선시대 종4품 무관(武官)의 품계.

선무당 : 서투르고 미숙하여 굿을 제대로 하지 못하는 무당.

선무랑(宣務郎) : 조선시대, 종6품 문관(文官)의 품계(品階) 중에서 하계(下界)를 이르는 말.

선비 : 학식(學識)과 덕망이 있고 행동과 예절(禮節)이 바르며 의리와 원칙(原則)을 지키고 관직과 재물(財物)을 탐내지 않는 고결(高潔)한 인품(人品)을 지닌 사람을 말한다.

선상기(選上妓) : 나라의 큰 잔치가 있을 때에 각 지방에서 한양으로 뽑아 올라온 기녀(妓女).

선생안(先生案) : 각 관아에서 전임(前任) 관원의 성명, 직명, 생년월일, 본적 등을 기록한 책.

선술집 : 술청에서 선 채로 간단하게 술을 마시는 술집.

선악적(善惡籍) : 서원(書院)에서 직월(直月:간사)이 여러 유생의 품행의 결과를 적은 기록. 매달 삭일(朔日)에 스승에게 보고하였다.

선왕(先王) : 현재 재위한 왕(今上)의 선대(先代)의 왕(王).

선원제파(璿源諸派) : 임금의 집안을 이르는 말.

선자통인(扇子通引) : 부채를 진상하기 위하여 백성에게서 대(竹)를 거두는 일을 하던 구실아치.

선전관(宣傳官) : 조선시대 선전관청(宣傳官廳)에 딸린 무관(武官) 벼슬.

선정비(善政碑) : 예전에, 백성을 어질게 다스린 벼슬아치를 표창하고 기리기 위하여 세운 비석.

선혜청(宣惠廳) : 조선시대 대동미(大同米), 대동목(大同木), 대동포(大同布) 등의 출납을 맡아보던 관아.

선화당(宣化堂) : 각 도의 관찰사가 사무를 보던 정당(正堂).

섣달 그믐날 풍속 : 민간 풍속으로 부엌의 헌 곳을 새로 고치고, 거름을 치워내고, 가축우리 오물을 치우고 새로 짚을 깔아주며 집안 구석구석 깨끗하게 청소하고 정리한다. 한밤중(子正)에는 마당에 불을 피우고 부잣집에서는 폭죽(爆竹)을 터뜨리기도 한다. 집안에 있는 잡귀(雜鬼)와 사귀(邪鬼)를 모두 축출하고 정(淨)하게 새해를 맞이하기 위해서이다.

설경(說經) : 조선시대 경연청(經筵廳)에 속한 정8품 벼슬. 경서(經書)를 설명하였다.

설농탕(雪濃湯) : 설렁탕.

설렁 : 사람을 부를 때 사용하는 방울.

설렁줄 : 방울을 처마 끝 같은 곳에 달아 놓고 사람을 부를 때 줄을 잡아 당겨서 소리가 나게 하는 줄.

설렁탕 : 선농단(先農壇)에 제물(祭物)은 생쌀, 생기장과 소, 돼지는 가죽만 벗긴 체 놓고 임금이 직접 제사를 드렸다. 제사가 끝난 다음에는 쌀과 기장으로 밥을 짓고 소는 각을 떠서 국을 끓이고, 돼지는 삶아서 60세 이상 노인(老人)부터 대접하였다. 이때 소고깃국을 선농탕(先農湯)이라 했는데 그 후 설농탕, 설롱탕 등을 쓰다가 설렁탕으로 통일되었다.

설레꾼 : 직업적인 노름꾼이나 야바위꾼을 낮잡아 이르는 말.

설리(薛里) : 조선시대 내시부(內侍府)에서 임금에게 올리는 음식에 관한 일을 맡아보던 벼슬.

설빔 : 설을 맞이하여 새 옷과 새 신발을 장만하여 입는 일.

설상가리 : 눈 오는 날 갈비를 먹는데 석쇠에서 뜨겁게 구어진 갈비를 눈 위에 놓으면 삐지지하는 소리와 함께 갈비가 얼어붙는다. 그것을 먹는 것을 운치로 삼았다(김화진).

설장구 : 예전에 실내에서 장구 치며 노래 부르고 춤추는 것을 이르는 말. 주로 기방(妓房)에서 기생(妓生)들과 노는 문화였다.

섬지기 : 씨앗 한 섬을 뿌릴 수 있는 땅.

섭정(攝政) : 군주(君主)가 직접 통치할 수 없을 때에 군주를 대신하여 나라를 다스림. 또는 그런 사람.

성(城) : 예전에, 적을 막기 위하여 흙이나 돌 따위로 높이 쌓아 만든 담. 또는 그런 담으로 둘러싼 구역.

성가퀴 : 성 위에 낮게 쌓은 담. 전쟁 때 여기에 숨어서 적을 감시하거나 공격한다(성첩, 여첩, 치첩).

성곽(城廓) : 성(城)과 같은 말.

성균관(成均館) : 조선시대 유학(儒學) 교육을 맡아하던 관아(官衙). 공자(孔子:B.C.551~B.C.479)를 제사하는 문묘(文廟)와 유학을 강론하는 명륜당(明倫堂), 그리고 동서무(東西廡), 동서재(東西齋)등으로 구성되었다. 공간 구조는 향교와 유사하다.

성리학(性理學) : 중국 송, 명(宋, 明)시대, 주돈이(周敦頤), 정호(程顥), 정이(程頤)에게서 비롯한 학설을 주희(朱熹)가 집대성한 유학의 한 유파(流派). 이기설(理氣說)과 심성론(心性論)에 입각하여 격물치지(格物致知)를 중시하는 실천 도덕과 인격과 학문의 성취를 역설하였다. 우리나라는 고려(高麗) 말기에 들어와 조선왕조의 통치 이념이 되었고, 길재(吉再), 정도전(鄭道傳), 권근(權近), 김종직(金宗直) 등에 이어 이이(李珥), 이황(李滉)에 이르러 조선 성리학(性理學)으로 체계가 확립되었다.

성리학(性理學) 전래 : 고려(高麗) 26대 충선왕(忠宣王, 1275~1325) 때 성리학(性理學)이 처음 들어왔다. 이 역학(易學)을 우탁(禹倬)이 문을 잠그고 불철주야(不撤晝夜) 연구하여 그 이치를 모두 깨달았다. 이를 본 사람들은 우탁을 역동(易東) 선생이라 하였다. 즉 동방에서 역학(易學:성리학)을 아는 자는 우탁 선생뿐라는 뜻이다(팔령신사 참조).

성문(城門) : 성곽(城郭)의 문. 성곽에는 정문(正文) 암문(暗門) 수문(守文) 등이 있다.

성문의 구성 : 육축(陸築), 문비(門扉), 문루(門樓), 개구(開口)로 되어 있다.

성은(聖恩) : 임금의 큰 은혜.

성주대감 : 대청 대들보에 좌정하고 있다는 신(神).

세거지(世居地) : 조상(祖上) 대대로 살고 있는 고장.

세겹살 : 삼겹살.

세도가문(勢道家門) : 정치상의 권세(權勢). 또는 그 권세를 마구 휘두르는 가문.

세도정치(勢道政治) : 왕실의 근친(近親)이나 신하(臣下)가 강력한 권세(權勢)를 잡고 온갖 정사(政事)를 마음대로 하는 정치. 조선 정조 때 홍국영(洪國榮)에서 비롯하여 순조(純祖), 헌종(憲宗), 철종(哲宗), 3대에 걸친 60여 년 동안 왕의 외척(外戚)인 안동김씨(安東金氏), 풍양조씨(豊壤趙氏) 가문(家門)에 의하여 이루어졌다.

세마(貰馬) : 세(稅)를 받고 남에게 빌려주던 말. 또는 그러한 일.

세마꾼 : 말을 가지고 운수(運輸)사업을 하는 사람.

세배(歲拜) : 섣달 그믐이나 정초(正初)에 웃어른께 인사로 하는 절. 단체로 하지 않고 개별적으로 해야 한다.

세배 덕담(歲拜德談) : 설날 아랫사람이 세배를 하면 세배받은 사람이 덕담(德談)을 하는 풍속. 축원보다는 경하(慶賀)하는 말로 해야 한다(최남선).

세서연(洗鋤宴) : 농삿꾼들이 호미를 씻는 잔치. 머슴날이라고도 한다.

세손(世孫) : 왕실에서 손자로 하여금 후계자를 정할 때.

세시풍속(歲時風俗) : 해마다 일정한 시기(時期)에 되풀이하여 행하여 온 고유

(固有)한 풍속(風俗).

세자(世子) : 임금의 자리를 이을 왕자(王子).

세자빈(世子嬪) : 왕세자의 아내.

세자시강원(世子侍講院) : 조선시대 왕세자(王世子)의 교육을 맡아보던 관아(갑관(甲觀), 춘방(春坊)).

세자익위사(世子翊衛司) : 조선시대 왕세자(王世子)의 시위(侍衛)를 맡아보던 관아.

세작(細作) : 간첩.

세제(世弟) : 동생으로 하여금 후계자(後繼者)를 정할 때.

세족(世族) : 여러 대(代)를 계속하여 나라의 중요한 자리를 맡아 오거나 특권을 누려 오는 집안.

세종대왕(世宗大王) : 조선의 제4대 왕(1397~1450, 재위 1418~1450). 이름은 도(祹)이고, 자는 원정(元正)이며, 시호는 장헌(莊憲)이다. 1418년에 왕세자에 책봉되고, 그해 8월에 22세의 나이로 태종(太宗, 1367~1422)의 왕위(王位)를 받아 즉위하였다. 집현전(集賢殿)을 두어 학문(學問)을 장려하였고, 유교(儒敎) 정치의 기반이 되는 의례(儀禮)제도를 정비하였으며 다양하고 방대한 편찬(編纂) 사업을 이루었다. 또 훈민정음(訓民正音)의 창제, 농업과 과학 기술의 발전, 의약(醫藥)기술과 음악(音樂) 및 법제(法制)의 정리, 공법(公法)의 제정, 국토(國土) 확장 등 수많은 사업을 통하여 국가(國家)의 기틀을 확고히 하였다.

세주(歲酒) : 설을 기하여 담그는 술.

세찬(歲饌) : ①설을 전후하여 인사로 물건을 보내는 것. ②설에 차리는 음식. 세찬으로 차례를 지내거나, 세배하러 온 사람들을 대접한다.

세찬상(歲饌床) : 세배하러 온 사람들을 대접하기 위하여 음식을 차려 놓은 상(떡국상).

세책절주 : 유행을 이끄는 출판(出版) 기획자.

소(所) : 신라, 고려시대 천민(賤民)이 사는 집단 행정구역. 생산물(生産物)의 종류에 따라 금소(金所), 은소(銀所), 동소(銅所), 철소(鐵所), 사소(絲所),

주소(紬所), 지소(紙所), 와소(瓦所), 탄소(炭所), 염소(鹽所), 묵소(墨所), 곽소(藿所), 자기소(瓷器所), 어량소(魚梁所), 강소(薑所), 다소(茶所), 밀소(蜜所) 등이 있다.

소격서(昭格署) : 조선시대 하늘, 땅, 별에 지내는 도교(道敎)의 초제(醮祭)를 맡아보던 관아(官衙).

소고(小鼓) : 우리나라 타악기(打樂器)의 하나. 양면을 가죽으로 메우고 나무 채로 쳐서 소리를 낸다. 운두가 낮고 크기가 작으며 대개 자루 손잡이가 달려 있다. 농악(農樂)놀이에 쓰인다(벅구).

소고놀음 : 농악(農樂)판에서 소고(小鼓)를 치며 재주를 보여주는 놀음.

소고의 : 왕비(王妃)의 저고리(궁중용어).

소고잽이 : 소고(小鼓) 치는 사람.

소곡주(素曲酒) : 서천군 한산에서 생산하는 전통주(傳統酒)로 누룩을 조금만 써서 맛이 좋게 빚은 곡주(穀酒, 소국주).

소과(小科) : 생원(生員)과 진사(進士)를 뽑던 과거(科擧). 초시(初試)와 복시(覆試)가 있었다.

소론(少論) : 조선시대 사색당파(四色黨派)의 하나. 서인(西人) 가운데 소장파(小壯派)인 한태동(韓泰東), 윤증(尹拯) 등을 중심으로 한 당파(黨派)이다. 숙종(肅宗, 1661~1720) 때 경신출척(庚申黜陟) 이후 남인(南人)의 숙청에 대한 의견 대립으로 송시열(宋時烈)을 중심으로 한 노장파(老壯派)와 갈라졌다.

소박 : 부부가 서로 반목하는 것(조풍연).

*내소박 : 아내가 남편에게 정이 떨어지는 것.

*외소박 : 남편이 아내에게 정이 떨어지는 것.

소생(小生) : 예전에 말하는 사람이 자신을 낮추어 이르던 말.

소악패(小惡牌) : 대수롭지 아니한 나쁜 짓. 또는 그 짓을 저지르는 무리.

소어(蘇魚) : 밴댕이.

소용(昭容) : 조선시대 후궁(後宮)에게 내리던 정3품 내명부의 품계.

소원(昭媛) : 조선시대 후궁(後宮)에게 내리던 정4품 내명부의 품계.

소위장군(昭威將軍) : 조선시대 정4품 무관(武官)의 품계.

소의(昭儀) : 조선시대 후궁(後宮)에게 내리던 정2품 내명부의 품계.

소임(所任) : 향교(鄕校), 서원(書院), 이정(里政)이나 동계(洞契), 혼상계(婚喪契), 두레 등의 각종 모임에서 연락, 회계, 문서 작성 등의 사무를 맡은 직책. 유사(有司)라고도 함.

소장(訴狀) : ①소송을 제기하기 위하여 관청에 내는 문서. ②청원할 일이 있을 때에 관청에 내는 서면(書面). 소첩(訴牒).

소주(燒酒) : 고려, 충렬왕(忠烈王, 1236∼1308) 때 몽고(蒙古)군이 전래하였다. 몽고는 페르시아로부터 술의 증류법을 배워 소주를 생산하였다. 우리나라에는 몽고군의 주둔지였던 안동과 개성, 제주도가 술 제조법이 발달하였다.

소주의 다른 이름 : 노주(露酒), 화주(火酒), 한주(汗酒), 기주(氣酒), 아라키주(亞刺吉酒), 아라길(阿刺吉), 아랑주(평안북도), 아락주(개성).

소주방(燒廚房) : 조선시대 대궐 안의 수라상(水刺床), 잔칫상 등의 음식을 만들던 곳. 소주방(燒廚房)은 내소주방(內燒廚房), 외소주방(外燒廚房), 생물방(生物房) 이외에 퇴선간(退膳間)이 있다.

*내소주방(內燒廚房) : 아침, 점심, 저녁 만드는 곳.

*외소주방(外燒廚房) : 명절, 경조사, 잔치 음식 만드는 곳.

*생물방(生物房) : 후식, 다과, 간식 만드는 곳.

*퇴선간(退膳間) : 음식을 나르는 중간에 음식을 따뜻하게 데는 곳.

소지(訴紙) : 소송을 제기하기 위하여 법원에 제출하는 서류(소장(訴狀)).

소지(所志) : 자기 또는 타인의 사정을 호소하는 소장.

소지(掃地) : 땅을 비로 청소함.

소지(燒紙) : 고사 지낼 때 부정(不淨)을 없애고 신(神)에게 소원(所願)을 빌기 위하여 흰 종이를 태워 공중으로 올리는 일. 또는 그런 종이.

소첩 : 빗접(梳帖)(궁중용어).

**빗접 : 빗, 빗솔, 빗치개와 같은 물건을 넣어 두는 도구.

속(贖) : 노비(奴婢)의 죄(罪)를 사해준다는 속량(贖良) 속전(贖錢)의 뜻으로 쓰이는 글자.

속공(屬公) : ①임자가 없는 물건이나 금제품(金製品), 장물(贓物) 등을 관부(官府) 소유로 넘기던 일. ②죄인을 관아(官衙)의 노비(奴婢)로 넘기는 일.

속대전(續大典) : 조선, 영조(英祖) 22년(1746)에 김재로(金在魯)가 『경국대전』 이후의 교령(敎令)과 조례(條例)를 모아 엮은 책. 6권 5책의 인본(印本).

속신(贖身) : 몸값을 받고 노비(奴婢)의 신분(身分)을 풀어 주어서 양민(良民)이 되게 하던 일.

속악(俗樂) : 우리 고유의 전통 궁중음악(宮中音樂)을 중국계의 아악(雅樂)이나 당악(唐樂)에 상대하여 이르는 말. 고려(高麗) 이후로는 향악(鄕樂)과 같은 뜻으로도 쓰였다.

속오(束伍) : 조선 후기 지방군(地方軍)의 하나, 속오군(束伍軍).

속오군(束伍軍) : 조선 후기 지방군(地方軍)의 하나.

속전(贖錢) : 죄를 면하기 위하여 바치는 돈.

속절(俗節) : 설날, 대보름, 한식(寒食), 단오(端午), 추석(秋夕), 중양(重陽), 동지(冬至) 등을 말함.

속환(俗還) : 중이 절 생활을 그만두고 다시 속인(俗人)이 된 사람.

손국수 : 칼국수.

손탁호텔 : 1885년 독일 여인 손탁(Sontag, A. 孫澤, 1854~1925)이 서울 정동에서 한국 최초로 서구식 호텔을 건립하고 25년간 운영했음. 각국 외교관(外交官)과 정치인(政治人)의 사교장이었으며 최초로 커피를 일반인에게 판매했던 곳이다.

솔봉이 : 나이 어리고 촌티가 나는 사람.

솟대 : ①민간신앙(民間信仰)을 목적으로 또는 경사(慶事)가 있을 때 축하(祝賀)의 뜻으로 세우는 긴 장대. 일반적으로 장대 끝에 새를 올려놓는다. ②농가에서는 섣달 무렵에 새해의 풍년(豊年)을 기원하는 뜻으로 볍씨를 주머니에 넣어 높이 달아놓아 세우는 장대를 말함(볏가릿대).

솟대놀이 : 마을 앞에 세운 솟대를 돌며 농악을 치고 노는 전통 놀이.

솟대타기 : 솟대쟁이가 탈을 쓰고 장대 위에 올라가 재주를 부리는 일.

솟을대문 : 행랑채의 지붕보다 대문의 지붕이 약간 높게 지은 대문(大門). 양반가의 상징적인 건물로 대문(大門)은 주인이 말을 타고 집안으로 들어올 수 있도록 높게 만들었다.

솟을삼문 : 솟을대문과 같은 말.

송광사(松廣寺) : 전라남도 순천시 조계산(曹溪山)에 있는 사찰. 신라 말기에 혜린선사(慧璘禪師))가 창건하여 길선사(吉禪寺)라 하였다. 조계종(曹溪宗)의 발상지로 송광사에서 보조국사(普照國師) 지눌(知訥)을 비롯한 16명의 국사(國師)가 나왔다 해서 승보사찰(僧寶寺刹)로 매우 유서 깊은 절이다.

송도삼절(松都三絶) : 송도(개성)에서 가장 유명한 것 세 가지. 서경덕(徐敬德), 황진이(黃眞伊), 박연폭포(朴淵瀑布)를 이른다.

*서경덕(徐敬德) : 조선 중종(中宗) 때의 학자(1489~1546). 자는 가구(可久). 호는 복재(復齋), 화담(花潭). 이기일원설(理氣一元說)을 체계화하였으며, 수학(數學), 역학(易學)도 조예가 깊다. 저서에 『화담집(花潭集)』이 있다.

*박연폭포(朴淵瀑布) : 개성시 박연리 천마산에 있는 폭포. 북한 천연기념물 제388호이다. 높이는 37m(?)이며, 너비는 1.5m이다.

*황진이(黃眞伊) : 본명은 황진(黃眞), 일명 진랑(眞娘). 기명(妓名)은 명월(明月). 개성(開城)출신. 생존연대는 미상. 중종(中宗) 때의 기녀(妓女)로 단명했다. 미색(美色)이 출중하고 시(詩), 서(書), 기예(技藝)가 뛰어났다. 남긴 작품은 「청산리 벽계수야」, 「동짓달 기나긴 밤을」 등이 있다.

송방(松房) : 예전에, 주로 서울에서 개성(開城) 사람이 주단(綢緞), 포목(布木)등을 팔던 가게.

송송이 : 깍두기(궁중용어).

송시열(宋時烈) : 조선, 숙종(肅宗, 1661~1720) 때의 문신, 학자(1607~1689). 아명은 성뢰(聖賚). 자는 영보(英甫). 호는 우암(尤庵)·우재(尤齋). 효종

(孝宗)의 장례 때 대왕대비(大王大妃)의 복상(服喪) 문제로 남인(南人)과 대립하고, 후에는 노론(老論)의 영수(領袖)로서 숙종15년(1689), 왕세자(王世子) 책봉을 반대하다가 사사(賜死)되었다. 저서에 『우암집』, 『송자대전(宋子大全)』이 있다.

송추(松楸) : 소나무와 가래나무.

쇄골표풍(碎骨飄風) : 사형(死刑)에 처한 후 뼈를 빻아서 바람에 날리는 것.

쇄국정책(鎖國政策) : 타국과 통상(通商), 교역(交易)을 금지하는 정책.

쇄장(鎖匠) : 감옥(監獄)에 갇힌 사람을 지키던 하례(下隷), (옥졸(獄卒), 옥쇄장(獄鎖匠)).

쇠살쭈 : 장에서 소를 팔고 사는 것을 흥정 붙이는 사람.

쇠잽이 : 농악(農樂)에서 꽹과리 치는 사람.

수(守) : 조선시대 품계(品階)보다 직위(職位)가 높을 때에 품계와 벼슬 이름 사이에 넣어서 부르던 말. 조선시대 비석을 보면 많이 나온다.

수감자(收監者) : 감옥(監獄)에 갇혀 있는 사람.

수구당(守舊黨) : ①옛 제도(制度) 지키기를 주장하는 당파. ②구한말에 최익현(崔益鉉)을 중심으로 대외 통상(通商)을 반대하던 당파. ③명성황후(明成皇后, 1851~1895)를 중심으로 청나라를 업고 자주독립(自主獨立)을 주장하던 보수적인 정치 집단.

수구문(水口門) : 성 안의 물이 성 밖으로 흘러 나가게 만든 물구멍.

수군(水軍) : 조선시대 바다를 지키던 군대(수사(水師), 주군(舟軍), 주사(舟師)).

수군만호(水軍萬戶) : 조선시대 각 도(道)에 있는 수영(水營)에 속한 종4품 무관(武官) 벼슬.

수군우후(水軍虞候) : 조선시대 충청도, 경상도, 전라도 수군(水軍)의 수영(水營)에 속한 정4품 무관(武官)의 벼슬.

수군절도사(水軍節度使) : 조선시대 각 도(道)의 수군(水軍)을 통솔하던 정3품 무관(武官) 벼슬. 전라도와 경상도에 정원이 각각 3명인데 1명은 관찰사(觀察使)가 겸직하고 2명은 좌수영(左水營) 우수영(右水營)에 배치하였다(수사(水使), 수곤(水梱), 수군장(水軍將)).

수군첨절제사(水軍僉節制使) : 조선시대 각 도(道) 수군(水軍) 종3품 무관(武官) 벼슬.

수기(藪基) : 숲이 우거진 땅 또는 늪.

수기치인(修己治人) : 자신의 몸과 마음을 닦은 후에 남을 다스림. 조선시대 관리들에게 늘 주의를 주던 말이다.

수도성책(囚徒成冊) : 옥(獄)에 갇힌 죄수의 신상명세(身上明細)를 정리하여 만든 책. 일종의 죄인 수감 상황 보고서.

수라(水剌) : 궁중에서, 임금에게 올리는 밥을 높여 이르는 말(몽고어, 궁중용어).

수라상(水剌床) : 대원반, 곁반, 책상반 세 개가 오른다(몽고어, 궁중용어).

수라상음식(水剌床飮食) : 수라상에는 12첩 반상이 원칙이며, 기본음식과 반찬으로 나눌 수 있다.

*기본음식 : 밥(흰밥, 팥밥), 국(미역국, 곰국), 김치(섞박지, 깍두기, 동치미), 장(초간장, 초고추장, 겨자즙), 조치(젓국조치, 고추장조치), 찜(갈비찜), 전골.

*반찬 : 숙채(애호박, 숙주, 도라지), 생채(무생채), 구이(너비아니, 생선), 조림(조기, 사태장), 전(민어, 뫼쌈), 적(송이산적, 사슬적), 자반(북어무침, 장똑도기, 대구포, 어란, 장포육), 젓갈(새우젓), 회(육회, 민어회), 편육, 장과(삼합장과, 오이통장과), 별찬(육회, 어회, 어채, 수란).

수량사(數量詞)

*하나를 표현할 때

밥 한 그릇, 국 한 대접, 김치 한 보시기, 나물 한 접시, 약주 한 잔, 막걸리 한 사발, 불고기 한 점, 갈비 한 대, 국수 한 사리, 찌개 한 냄비, 밥 한 그릇, 물 한 바가지, 기름 한 방울, 꿀 한 종지, 쌀 한 됫박, 수저 한 벌, 성냥 한 개비, 옷 한 벌, 신 한 켤레, 낫 한 자루, 나무 한 그루, 풀 한 포기, 꽃 한 송이, 소 한 마리, 말 한 필, 돌멩이 한 개, 바위 하나, 밤 한 톨, 감 한 개.

*여러 개를 표현할 때

감 한 접(백 개), 한 동(100접), 김 한 톳(40장), 고등어 한 손(두 마리), 조기 한 못(10마리), 굴비 한 두름(20마리), 오징어 한 축(20마리), 오이 한 거리(50개), 배추 한 단, 석유 한 초롱, 한지 한 권(20장).

*덩어리가 큰 것 표현할 때

집 한 채, 밥 한 상(반찬까지 포함), 갈비 한 짝, 배 한 척.

*수사가 앞에 오는 경우를 표현할 때

한 개, 두 개, 세 개, 네 개, 다섯 개.

한 잔, 두 잔, 석 잔, 넉 잔, 다섯 잔.

한 말, 두 말, 서 말, 너 말, 닷 말.

한 자, 두 자, 석 자, 넉 자, 다섯 자.

일 원, 이 원, 삼 원, 사 원, 오 원, 육 원, 칠 원.

하루, 이틀, 사흘, 나흘, 닷새, 엿새, 이레, 여드레, 아흐레, 열흘.

정월, 이월, 삼월, 사월, 오월, 유월, 칠월, 팔월, 구월, 시월, 동짓달, 섣달.

한 살, 두 살, 스무 살, 서른 살, 마흔 살, 쉰 살, 예순 살, 일흔 살, 여든 살, 아흔 살, 백 살.

*짐승의 나이 표현할 때

하릅, 두습, 세습, 나릅, 다습, 여습.

수령(守令) : 조선시대 각 고을을 맡아 다스리던 지방관(地方官)들을 통틀어 이르는 말. 절도사(節度使), 관찰사(觀察使), 부윤(府尹), 목사(牧使), 부사(副使), 군수(郡守), 현감(縣監), 현령(縣令) 따위를 이른다. 수령의 임기는 통상 900일이다.

수령(守令 : 군수, 현감)의 치죄 권한 : ①곤장 이상의 죄인은 구속할 수 있다. ②양반 부인, 승려, 6품 이상의 죄인은 상부의 허가를 받아야 구속할 수 있다. ③아전, 양반 남자, 상민, 노비는 수령이 마음대로 구속할 수 있다. ④수령은 죄인을 10일 이상 구금할 수 없다. ⑤그 이상의 죄인은 감영(監營)으로 이송해야 한다.

수령칠사(守令七事) : 조선시대 수령(守令)이 고을을 다스리는 데 힘써야 할 일곱 가지 일. 농상(農桑)을 진흥하고, 호구(戶口)를 늘리고, 학교를 일으키고, 군정(軍政)을 잘하고, 부역(賦役)을 고르게 하고, 사송(詞訟)을 잘 처리하고, 간사하고 교활하지 않게 하는 것이다.

수뢰포(水雷砲) : 조선 후기 기계제작자 김기두(金箕斗)가 만든 대포.

수릿날 : 단오(端午).

수면(水麵) : 단오(端午) 날 말린 진달래꽃을 녹두가루와 반죽하여 가늘게 국수를 만들어 익혀서 오미자 물에 꿀을 타고 잣을 띄워서 먹는 음료.

수모(手母) : ①전통 혼례에서 신부(新婦)의 단장 및 그 밖의 일을 곁에서 도와주는 여자. ②예전에, 남의 집에 살면서 뒤치다꺼리 하던 여자.

수모(需母) : 지방 관아에 속한 반빗아치.

수번(首番) : 상여꾼의 우두머리(요령잡이).

수복강녕(壽福康寧) : 오래 살고 복을 누리며 건강하고 평안함을 이르는 말.

수부(水夫) : 배에서 허드렛일을 맡아 하는 하급 선원.

수부수하오시다 : 양치질하다(궁중용어).

수분지도(守分之道) : 분수를 지키는 일.

수사(水使) : 조선시대 각 도(道)의 수군(水軍)을 통솔하던 정3품 무관(武官) 벼슬.

수살이(戍살이) : 변방에서 군대생활.

수서기(首書記) : 지방 관아에 속한 서기 가운데 우두머리.

수성금화사(修城禁火司) : 조선시대 궁성(宮城) 도성(都城), 도로 따위의 수축과 궁성(宮城), 관아(官衙), 각 방(坊)의 소방(消防)을 맡아보던 관아.

수시인(收屍人) : 시신(屍身)을 거둬들인 사람.

수신제가치국평천하(修身齊家治國平天下) : 먼저 자신의 몸을 닦고 집을 안정시킨 후 나라를 다스리며 천하를 평정함. 이 말은 유교(儒敎)에서 강조하는 선비의 올바른 정신이다.

수어(秀魚) : 숭어.

수어전(水魚廛) : 어물전.

수어청(守禦廳) : 조선 후기에 설치된 중앙 군영(軍營), 5군영(五軍營) 가운데 하나로 1626년(인조 4) 서울 동남쪽 방어선인 남한산성(南漢山城)을 개축하고 그 일대를 방어하는 임무를 맡았다.

수연(壽筵) : 환갑잔치(수연(壽宴)).

수완(水椀) : 물 그릇.

수의부위(修義副尉) : 조선시대 종8품 무관(武官)의 품계.

수자리(戍자리) : 국경을 지키던 일. 또는 그런 병사(兵士).

수저 : 숟가락과 젓가락을 아울러 이르는 말.

*숟가락 : 우리 숟가락은 놋쇠로 만들고 손잡이가 길다. 중국은 다시(茶匙), 일본은 사지라고 하는데 가운데가 움푹 파이고 손잡이가 짧다. 사기로 만들었다.

*젓가락 : 우리는 쇠로 만들었고 중국은 상아나 대나무로 만들었으며 일본은 나무로 만들었다. 쇠젓가락은 떡이나 김치도 찢어 먹을 수 있고 생선이 통째로 올라와도 가시까지 발라내고 먹을 수 있다.

수정과(水正果) : 잘게 다진 생강과 계핏가루를 넣어 달인 물에 꿀을 타서 식힌 다음 곶감을 넣고 잣을 띄운 음식.

수조(受胙) : 제사(祭祀)를 지낸 뒤에 남은 고기를 나누어 갖던 일.

수직(守直) : 어떤 일을 맡아서 지킴 또는 그 사람을 칭함.

수직군(守直軍) : 무엇인가를 지키는 군인. 검안(檢案)에서는 복검(覆檢)이나 최종 처결에 대비하여 시신(屍身)을 지키는 일을 담당한 사람.

수직방(守直房) : 경비하는 곳.

수찬(修撰) : 조선시대 홍문관(弘文館)에 둔 정6품 벼슬.

수참(水站) : 전국 각지에서 세곡(稅穀)을 서울까지 배로 운반할 때, 중간에 배를 쉬게 하던 곳. 서울과 경기도의 주요 나루와 조운선(漕運船)이 왕래하는 곳에 설치하였다.

수철로(水鐵爐) : 무쇠 화로.

수청(守廳) : 아녀자(兒女子)나 기생(妓生)이 높은 벼슬아치에게 몸을 바쳐 시중을 들던 일.

수청녹사(守廳錄寫) : 조선시대 각 관아에 속하여 문서(文書)를 취급하고, 등사(騰寫) 등의 실무 행정에 종사하던 상급 구실아치.

수청무대어(水淸無大魚) : 물이 너무 맑으면 큰 고기가 없다는 뜻으로, 사람이 지나치게 똑똑하거나 엄하면 남이 가까이하기 어려움을 이르는 말.

수청방(守廳房) : ①수청(守廳)을 드는 기생(妓生)이 있던 방. ②청지기가 있던 방.

수청서리(隨廳書吏) : 조선시대 각 관아(官衙)에 속하여 문서를 처리하고, 등사(騰寫), 연락 사무 등을 맡아보던 하급 구실아치.

수탈(收奪) : 강제로 빼앗음.

수할치 : 매사냥꾼 또는 매사냥을 지휘하는 사람.

수형리(首刑吏) : 조선시대 지방 관아에 속한 형리(刑吏)의 우두머리.

수형자(受刑者) : 죄인으로서 형벌(刑罰)을 받았거나 받고 있는 사람.

숙냉(熟冷) : 제사 때 올리는 냉수.

숙배(肅拜) : ①백성들이 왕(王)이나 왕족(王族)에게 절을 하던 일. ②지방으로 나가게 된 관리가 임금에게 감사의 뜻으로 드리는 인사(사은숙배(謝恩肅拜)).

숙사(塾師) : 글방의 선생님.

숙수(熟手) : 요리사.

숙수(熟水) : 숭늉이나 더운 물.

숙용(淑容) : 조선시대 후궁(後宮)에게 내리던 종3품 내명부(內命婦)의 품계.

숙원(淑媛) : 조선시대 후궁(後宮)에게 내리던 종4품 내명부(內命婦)의 품계.

숙의(淑儀) : 조선시대 후궁(後宮)에게 내리던 종2품 내명부(內命婦)의 품계.

숙채(熟菜) : 고사리, 도라지, 배추나물 등 익힌 나물.

숙회(熟膾) : 생선, 야채, 가축내장 등을 살짝 익힌 음식.

순교(巡校) : 지방 관아에 속한 감찰(監察), 사령(使令). 포도청(捕盜廳)의 하급관리.

순검(巡檢) : ①조선시대 순청(巡廳)에서 맡은 구역 안을 돌며 통행을 감시하던 일. ②조선 후기, 경무청(警務廳)에 딸렸던 하급관리. 지금의 순경(巡警)

에 해당함.

순검교졸(巡檢校卒) : 밤 2경에서 5경까지 구역 안을 순찰하며 통행을 감시하는 장교(將校)와 나졸(邏卒).

순검청(巡檢廳) : 갑오개혁(甲午改革)으로 설치되어, 한성부(漢城府)의 경찰(警察), 감옥(監獄) 업무를 총괄한 관청. 경무청(警務廳).

순령수(巡令手) : 대장(大將)의 명령을 전달하고 호위(護衛)하면서 순시기(巡視旗)나 영기(令旗)를 드는 군사(軍士).

순무사(巡撫使) : ①고려시대에, 백성의 질고(疾苦)와 수령(守令)의 잘잘못을 살피는 일을 맡아보던 관아(官衙). ②조선시대 반란과 전시(戰時)에 군무(軍務)를 맡아보던 임시 벼슬.

순초(巡哨) : 순찰하는 일 또는 순찰하는 사람.

술국 : 해장국.

술에 관한 용어

*거냉(去冷) : 찬 술을 조금 데움.

*건배(乾杯) : ①술잔을 마시고 비움. ②서로 술잔을 들어 축하 또는 행운 비는 것.

*권주가 : 술을 권하는 노래.

*대폿잔(大匏盞) : 큰바가지 잔.

*돌림잔 : 차례로 돌려 가며 마시는 술잔.

*돌림빼기 : 술잔을 돌리는 일.

*두주불사(斗酒不辭) : 아무리 많은 술도 사양하지 않는다는 말.

*반배 : 받은 술잔을 마시고 준 사람에게 술잔을 권함(권배(勸杯), 답배(答杯), 전배(傳杯)).

*반주(飯酒) : 밥을 먹을 때에 한두 잔 마시는 술.

*백약지장(百藥之長) : 술을 달리 이르는 말. 온갖 뛰어난 약 가운데서 술이 가장 으뜸가는 약이란 뜻.

*수작(酬酌) : 술잔을 서로 주고받음.

*술주정 : 술을 마시고 취하여 정신없이 하는 말이나 행동.

*음호(飮豪) : 술을 품위 있게 잘 마시는 사람.

*일배일배부일배(一杯一杯復一杯) : 한 잔과 한 잔에 거듭되는 또 한 잔(이태백, 싯귀).

*주객(酒客) : 술을 즐겨 먹는 사람(술꾼, 애주가(愛酒家), 호주가(好酒家)).

*주광(酒狂) : 술을 광적으로 즐기는 사람 또는 술주정이 심함(주란(酒亂), 주망(酒妄)).

*주도(酒道) : 술자리에서 지켜야 할 도리.

*주모(酒母) : ①술을 파는 여자. ②누룩을 섞어 버무린 지에밥.

*주벽(酒癖) : 술을 매우 좋아하는 버릇. 또는 술을 마시면 나타나는 버릇.

*주불쌍배(酒不雙杯) : 술을 마실 때, 술잔이 짝수로 끝나는 것을 꺼리는 것을 이르는 말.

*주사(酒邪) : 술 마신 뒤에 버릇.

*주선(酒仙) : 세속(世俗)을 초월하여 술을 즐기는 사람.

*주성(酒聖) : 청주(淸酒)의 다른 이름. 술을 잘 마시는 사람.

*주종(酒鍾) : 술의 종류.

*주주객반(主酒客飯) : 주인은 술을 권하고 손님은 주인에게 밥을 권하는 일.

*주태백이 : 항상 술 취해 있는 사람을 이르는 사람.

*주파(酒婆) : 술을 파는 늙은 여자.

*주현(酒賢) : 막걸리의 다른 이름.

*주호(酒豪) : 술을 잘 마시는 사람. 주량(酒量)이 아주 큰 사람.

*축배(祝杯) : 축하하는 뜻으로 마시는 술.

*행배(行杯) : 잔에 술을 부어 돌림.

*해정(解酲) : 해장의 본디말.

*해정술(解酲酒) : 해장술의 본디말.

술에 대한 속담

*공술 보고 십리 간다.

*남의 술로 제사 지낸다.

*말 실수는 술 실수다.

*사람이 술 마시고 술이 사람 마신다.

*술로 살다가 술로 죽는다.

*술 못 먹는 귀신 없고 글 모르는 귀신 없다.

*술 본 김에 제사 지낸다.

*술은 살아서도 석 잔, 죽어서도 석 잔.

*술은 취하여야 맛이고 님은 품어야 맛이다.

*술잔은 짝수로 마시지 않는다.

*술 취한 개다.

*제삿술로 친구 사귄다.

*죽어서도 석 잔인데 한 잔 술이 어디 있나.

*죽어서도 석 잔이다.

*죽어서 석 잔보다 살아서 한 잔 술이 낫다.

*죽어 석 잔 살아 석 잔이다.

*초상술에 권주가 부른다.

*한양의 절반은 술집이다.

*한 잔 술에 눈물 난다.

*한 잔 술에 눈물 나고 반 잔 술이 웃음 난다.

*한 잔 술에 인심 난다.

*홀짝술이 말술 된다.

술 이름 : 술마다 고유의 이름이 있다. 술은 하나의 고유(固有)한 이름이 있
지만 쓰임에 따라 달라진다.

*제사에 쓰이면 제주(祭酒)

*제사 지내고 먹으면 음복주(飮福酒).

*장원급제하여 임금이 내리면 어사주(御賜酒).

*출전할 때 장군이 말 위에서 술을 받으면 마상주(馬上酒).

*혼인할 때 받는 술은 합환주(合歡酒).

*이별할 때 받는 술은 이별주(離別酒).

*싸우고 마시는 술은 화해주(和解酒).

*회갑 때 자손이 올리는 술은 헌배(獻杯).

*정월 초하룻날 받는 술은 도소주(屠蘇酒).

*정월 대보름에 먹는 술은 귀밝이술.

*아침에 먹는 술은 해정술(解酲酒).

*조반에 드는 술은 반주(飯酒).

*저녁에 받는 술은 석양배(夕陽杯).

*농민이 마시면 농주(農酒).

*임금이 마시면 어주(御酒).

*축하하는 뜻으로 마시는 술은 축배(祝杯).

술집(주점(酒店), 주가(酒家), 주헌(酒軒), 주루(酒樓))의 종류

기생집 : 기생이 유흥을 돋우며 술을 파는 집.

내외술집 : 양반, 중인집 과부들이 차린 술집.

노천술집 : 길거리에서 행인들에게 술을 파는 집.

대폿집 : 큰 술잔에 술을 담아 파는 집(본래는 바가지에 술을 담아 파는 집).

모주집 : 찌꺼기 술 모주와 안주를 비지로 파는 싸구려 집.

목로주점 : 기다란 널빤지를 상으로 만들어 놓고 술을 파는 집.

방석집 : 요정을 이르는 말.

사발막걸릿집 : 막걸리를 사발로 파는 집.

색주가 : 창부를 끼고 술을 파는 집.

선술집 : 주객들이 술청에 서서 술을 마셔야 할 만큼 작은 술집.

왕대폿집 : 보통 술잔보다 큰 술잔으로 술을 파는 집.

요릿집 : 술과 요리를 파는 집.

요정(料亭) : 고급 요릿집.

주막(酒幕) : 시골 길가에서 밥과 술을 팔고, 돈을 받고 나그네를 재워 주는 집.

주가(酒家) : 기생, 요리, 고급 술을 파는 집.

*주점(酒店) : 주막보다 큰 술집.

*주루(酒樓) : 예전에 비교적 큰 술집.

숫막 : 주막의 옛말.

숭록대부(崇祿大夫) : 조선시대 종1품 상(上) 문무관(文武官)의 품계.

숭신인조합(崇神人組合) : 1920년대 무당조합.

숭유억불(崇儒抑佛) : 유교(儒敎)를 숭상하고 불교(佛敎)를 억제하는 것을 이르는 말.

승의부위(承義副尉) : 조선시대 정8품 무관(武官)의 품계.

숭정(崇禎) : 중국 명(明)나라의 마지막 황제 의종(毅宗) 때의 연호(1628~1644). 명(明)나라가 망한 뒤에도 청(淸)나라 연호(年號)를 쓰는 것을 꺼리는 선비들이 비석(碑石)이나 사문서(私文書)에 이 연호를 많이 사용하였다.

숭정대부(崇政大夫) : 조선시대 종1품 하(下) 문무관(文武官)의 품계.

습의(習儀) : 예행연습.

승경도(陸卿圖) : 넓은 종이에 옛 벼슬의 이름을 품계(品階)와 종별에 따라 써 놓고 주사위를 굴려서 나온 끗수에 따라 벼슬이 오르고 내림을 겨루는 놀이. 또는 그 놀이 기구.

승경도(陸卿圖)놀이 : 승경도를 가지고 하는 놀이. 양반집 자식들이 하는 놀이로, 이 놀이를 통하여 벼슬의 상하를 알고 벼슬길을 알게 한다.

승문원(承文院) : 조선시대 외교에 대한 문서(文書)를 맡아보던 관아.

승사랑(承仕郎) : 조선시대 종8품 문관(文館)의 품계.

승상(繩床) : 예전에 벼슬아치들이 사용하던 휴대용 의자.

승의랑(承議郎) : 조선시대 정6품 상(上) 문관(文官)의 품계.

승정원(承政院) : 조선시대 왕명(王命)의 출납을 맡아보던 관아(官衙). 지금의 비서실과 같은 곳으로 도승지(都承旨), 좌우승지(左右承旨), 좌우부승지(左右副承旨)가 있다.

승정원일기(承政院日記) : 조선시대 승정원(承政院)에서 취급한 문서(文書)와 사건을 기록한 일기(日記). 조선 전기부터 있었으나 임진왜란(壬辰倭亂)과 병자호란(丙子胡亂) 때 다 소실되고 오늘날 전하는 것은 인조(仁祖) 원년(1623)부터 고종(高宗) 31년(1894)까지 271년간의 것이다. 3,243책. 2001년에 유네스코 세계기록유산으로 등재되었다.

승훈랑(承訓郎) : 조선시대 정6품 문관(文官)의 품계.

시(匙) : 숟가락.

시간(時間) : 예전에는 지지(地支)로 시간을 정하였다.

　자시(子時) 오후 11시부터 오전 1시까지.

　축시(丑時) 오전 1시부터 오전 3시까지.

　인시(寅時) 오전 3시부터 오전 5시까지.

　묘시(卯時) 오전 5시부터 오전 7시까지.

　진시(辰時) 오전 7시부터 오전 9시까지.

　사시(巳時) 오전 9시부터 오전 11시까지.

　오시(午時) 오전 11시부터 오후 1시까지.

　미시(未時) 오후 1시부터 오후 3시까지.

　신시(申時) 오후 3시부터 오후 5시까지.

　유시(酉時) 오후 5시부터 오후 7시까지.

　술시(戌時) 오후 7시부터 오후 9시까지.

　해시(亥時) 오후 9시부터 오후 11시까지.

시강관(侍講官) : 조선시대 경연청(經筵廳)에 속하여 임금에게 경서(經書)를 강의하는 일을 맡아보던 정4품 문관 벼슬.

시겟장수 : 곡식을 말이나 소에 싣고 이곳저곳으로 다니면서 파는 사람.

시구문(屍柩門) : 시체(屍體)가 나가는 문.

시녀(侍女) : 고려, 조선시대 궁궐 안에서 왕(王)과 왕비(王妃)를 가까이 모시는 내명부(內命婦)를 통틀어 이르던 말. 엄한 규칙이 있어 환관(宦官) 이외의 남자와 접촉해서는 안 되며, 평생 수절(守節)하여야 한다.

시동(尸童) : 예전에, 제사를 지낼 때 신위(神位) 대신 제상(祭床)에 앉히던 어린아이(건강하고 잘 생긴 자손).

시독관(侍讀官) : 조선시대 경연청(經筵廳)에서 임금에게 경서(經書)를 강의하는 일을 맡아보던 정5품 문관 벼슬. 홍문관(弘文館) 교리(校吏)가 겸임하였다.

시부(屍夫) : 죽은 남편.

시앗 : 남편이 첩(妾)을 호칭할 때.

시장(屍帳) : 조선시대 시체(屍體)검사 소견서.

시재(試才) : 군대에서 보는 무술 시험.

시저(匙箸) : 숟가락과 젓가락을 아울러 이르는 말.

시전(市廛) : 시장 거리의 가게.

시접(匙楪) : 제상(祭床)에 수저를 담아 놓는 놋그릇. 대접과 비슷하며, 꼭지 달린 납작한 뚜껑이 있다.

시정기(時政記) : 사관(史官)이 작성하는 기록.

시정잡배(市井雜輩) : 일정한 직업 없이 놀면서 방탕한 생활을 하며 시중에 떠돌아다니는 불량패.

시제(時祭) : 음력 10월에 5대 이상의 조상(祖上) 무덤에 지내는 제사. 시사(時祀).

시조(時調) : 고려(高麗) 말기부터 발달하여 온 우리나라 고유의 정형시(定型詩). 초장, 중장, 종장의 3장 6구 4음보의 기본 형태를 가진 평시조와 파격적인 엇시조, 사설시조가 있다.

시종(侍從) : 왕을 호종(護從)하던 신하.

시종신(侍從臣) : ①임금의 곁에서 학문(學問)으로 보필하던 벼슬아치. ②조선시대 홍문관(弘文館)의 옥당(玉堂), 사헌부(司憲府)나 사간원(司諫院)의 대간(臺諫), 예문관(藝文館)의 검열(檢閱), 승정원(承政院)의 주서(注書)등을 통틀어 이르는 말.

시주(屍主) : 시체(屍體)의 일가붙이.

시척(屍戚) : 죽은 이의 친척.

시친(屍親) : 죽은 사람의 유족.

시향(時享) : 절사(節祀), 묘제(墓祭), 사시제(四時祭), 세일사(歲一祀), 시사

차례(時祀茶禮)라고도 한다.

시호(諡號) : 제왕(帝王)이나 재상(宰相) 또는 유현(儒賢)들이 죽은 뒤에 그들의 공덕(功德)을 칭송하여 붙인 이름.

시호탕 : 여름철 얼음 물.

시회(詩會) : 조선시대 양반들이 무리지어 시를 짓고 감상하는 모임.

식(息) : 거리의 단위. 1식은 30리에 해당한다.

식객(食客) : 하는 일 없이 남의 집에 얹혀서 밥만 먹고 지내는 사람.

식년(式年) : 자(子), 오(午), 묘(卯), 유(酉) 등의 간지(干支)가 들어 있는 해. 3년마다 한 번씩 돌아온다. 이해에 과거(科擧)를 실시하거나 호적(戶籍)을 조사하였다.

식년대과(式年大科) : 식년(式年)에 보던 대과(大科)를 말함.

식리인 : 조선시대 사채업자.

식주인(食主人) : 나그네를 묵게 하며 밥을 파는 집의 주인.

신감채(辛甘菜) : 당귀(當歸)라는 약초의 풀 이름. 신감채의 뿌리가 당귀이다. 승검초라고도 부른다.

신공(身貢) : 조선시대 노비(奴婢)가 신역(身役) 대신 삼베나 무명, 모시, 쌀, 돈 등으로 납부하던 세금(稅金).

신낭(腎囊) : 고환.

신농씨(神農氏) : 중국 고대 전설상의 제왕(帝王). 삼황(三皇)의 한 사람으로, 농업(農業), 의료(醫療), 악사(樂師)의 신, 주조(鑄造)와 양조(釀造)의 신이며, 또 역(易)의 신, 상업(商業)의 신이라고도 한다.

신단수(神壇樹) : 신성한 나무.

신당(神堂) : 각 관아나 민간에서 신령(神靈)을 모시던 집.

신도비(神道碑) : 임금과 종2품 이상의 벼슬아치의 무덤 동남쪽 큰길가에 세운 석비(石碑).

신랑다루기 : 신붓(新婦)집에서 신부의 이웃 젊은이들이 신랑(新郎)을 거꾸로 매달고 발바닥을 때리며 노는 일. 이때 신붓집에서는 좋은 음식을 대접하고

마을 사람들은 신랑과 함께 즐겁게 먹고 마시며 즐긴다.

신령(神靈) : 풍습으로 숭배(崇拜)하는 모든 신(神).

신료(臣僚) : 모든 신하.

신료가 왕에게 올리는 문서 : 상소(上疏), 차자(箚子), 상주(上奏), 계본(啓本), 계목(啓目), 초기(草記), 장계(狀啓), 서계(書啓).

신미양요(辛未洋擾) : 조선 고종 8년(1871)에 미국 군함 5척이 강화도 해협에 침입한 사건. 이에 앞서 미국 상선 제너럴 셔먼호(General Sherman號)가 대동강으로 진입하여 통상을 요구했으나, 평양 군민은 셔먼호를 불살라 버렸다. 이 사건에 대한 문책을 구실로 로저스(Rodgers) 제독이 5척의 군함을 이끌고 와서 조선과의 통상조약을 맺고자 강화도를 공격하였으나 조선군은 격퇴하였다.

신분계급 : 조선의 신분계급은 일률적으로 규정하기 어려우나, 크게 양반(兩班), 중인(中人), 상민(常民). 천민(賤民) 등 4계급으로 나누어져 있다.

신선로(神仙爐) : 상 위에 놓고 즉석요리를 만드는 기구. 쇠로 된 화통이 달린 냄비에 여러 가지 반찬거리를 넣고 불을 피워 끓이면서 먹는 사치스러운 탕 요리의 일종이다. 열구자탕(悅口子湯)이라고도 한다(궁중요리).

신소설(新小說) : 1894년 갑오경장(甲午更張) 이후부터 근대소설이 등장하기 전까지 이인직(李人稙), 이해조(李海朝), 구연학(具然學) 등이 봉건질서 타파, 자주독립, 여성인권, 미신타파, 신생활 계몽, 서구문명 동경 등을 주제로 전개한 일종의 계몽소설(啓蒙小說).

신체시(新體詩) : 개화기 시가의 한 유형으로 한국 근대시(近代詩)에 이르는 과도기적인 형태의 시가(詩歌)). 1908년 11월《소년 少年》창간호에 실린 최남선(崔南善)의 「해(海)에게서 소년(少年)에게」를 기점으로 활동한 이광수(李光洙), 현상윤(玄相允), 최승구(崔承九), 김여제(金輿濟), 김억(金億), 황석우(黃錫禹)등의 초기 시(詩)가 여기에 속한다.

신알례(晨謁禮) : 후손이 매일 새벽 심의(深衣)를 입고 사당(祠堂)안에 들어가 분향하고 재배하는 것을 말한다.

신언서판(身言書判) : 예전에, 인물을 선택하는 데 표준으로 삼던 조건. 곧 신수(身手), 말씨, 글씨를 말한다.

신월(神月) : 10월 상달을 말함. 예전에 중국에서 10월을 신령존봉(神靈尊奉)의 달이라고 해서 신월(神月)이라 했으나 우리나라에서는 10월을 상달이라 했다.

신임옥사(辛壬獄事) : 조선, 경종(景宗) 원년(1721)부터 왕위(王位) 계승 문제를 둘러싸고 노론(老論)과 소론(小論)이 격론을 벌인 끝에 일어난 사화(士禍). 노론(老論) 사대신(四大臣)의 주장으로, 왕의 동생 연잉군(延礽君)을 세제(世弟)로 책봉하고 정무를 대신하게 하자, 소론(小論)이 불가함을 상소하고, 이들 사대신(四大臣:김창집, 이이명, 이건명, 조태채)이 역모를 꾀한다고 무고하여 사대신이 극형에 처해지게 된 일.

신주(神主) : 고인(故人)의 신위(神位)를 모시는 나무패, 대개 밤나무로 만들되 길이는 여덟 치, 폭은 두 치 가량이다. 나무 대신 종이로 만든 신주(神主)는 지방(紙榜)이라고 한다.

신줏단지(神主단지) : 신주(神主)를 모시는 그릇. 보통 장손(長孫)의 집안에서 오지항아리나 대바구니 등에 조상(祖上)의 이름을 쓰고 넣어서 안방의 시렁 위에 모셔 두고 위한다.

신주무원록(新註無寃錄) : 조선시대 최치운(崔致雲) 등이 원(元)나라의 왕여(王與)가 쓴 무원록(無寃錄)을 저본(底本)으로 주석(註釋)을 가한 법의학서(法醫學書).

신파(新派) : 1910년대부터 1940년대까지 우리나라에서 유행하였던 연극(演劇)의 한 형태. 일본의 신파극(新派劇)을 모방하기도 했으나, 점차 한국인(韓國人)의 대중적 정서에 맞도록 발전하였다.

신파극(新派劇) : 신파(新派)와 같은 말.

신하(臣下) : 임금을 섬기는 벼슬아치(신(臣), 신례(臣禮)).

실학(實學) : 실질을 숭상하는 학문이란 뜻으로, 18세기 전후하여 유교적인 이념에 매달린 현실을 개혁하고자 젊은 학자들이 들고 일어난 범유학적 반성리학 경향을 가진 사회개혁사상.

실사구시(實事求是) : 사실에 입각하여 학문을 탐구하는 일. 공리공론(空理空論)을 버리고 정확한 고증(考證)과 과학적인 방법으로 학문(學問)에 임하는 것.

실인(室人) : 자기(自己) 아내를 일컫는 말(내자(內子)).

실학사상(實學思想) : 실학은 실질을 숭상하는 사상. 당시 박지원(朴趾源)을 비롯한 실학자들은 청(淸)나라의 서학(西學)과 고증학(考證學)에 자극을 받아 유교적 이념 대결보다 민생(民生) 문제 해결이 백성들의 실생활에 더 중요하다고 보고 당시까지의 사회적 모순에 대한 대안으로 등장한 사상(思想)이다.

심률(審律) : 조선시대 형조(刑曹)의 율학청(律學廳)에 속한 종8품 벼슬.

심약(審藥) : 조선시대 궁중(宮中)에 바치는 약재(藥材)를 검사하기 위하여 각 도(道)에 파견하였던 종9품 벼슬. 또는 그 벼슬아치. 전의감(典醫監)이나 혜민서(惠民署)의 의원(醫員) 가운데서 뽑았다.

심의(深衣) : 본래 신분(身分)이 높은 선비가 입던 웃옷. 대개 흰 베로 두루마기 모양으로 만들었는데 소매를 넓게 하고 검은 비단(緋緞)으로 가를 둘렀다.

심청전(沈淸傳) : 조선시대 한글소설로 작가와 연대는 미상이며 판소리계 소설이다. 내용은 심청(沈淸)이가 아버지의 눈을 뜨게 하기 위하여 공양미(供養米) 300석에 자신을 팔아 인당수(印塘水)에 빠졌으나, 상제(上帝)의 도움으로 살아나 나라의 왕후(王侯)가 되어 아버지도 만나고 눈도 뜨게 되었다는 이야기이다.

십승지(十勝地) : 나라에 재난이 일어날 때 피난을 가면 안전하다는 열 군데의 지역. 즉, 풍기(豊基) 금계촌(金鷄村), 안동(安東) 춘양면(春陽面), 보은(報恩) 속리산(俗離山), 운봉(雲峰) 두류산(頭流山), 예천(醴泉) 금당동(金堂洞), 공주(公州) 유구(維鳩)와 마곡(麻谷), 영월(寧越) 정동상류(正東上流), 무주(茂州) 무풍동(茂豊洞), 부안(扶安) 변산(邊山), 성주(星州) 만수동(萬壽洞)이다.

십시일반(十匙一飯) : 밥 열 술이 한 그릇이 된다는 뜻으로, 여러 사람이 조금씩

힘을 합하면 쉽게 한 사람을 도울 수 있다는 말.

십악대죄(十惡大罪) : 조선시대 대명률(大明律)에 정한 열 가지 큰 죄. 모반죄(謀反罪), 모대역죄(謀大逆罪), 모반죄(謀叛罪), 악역죄(惡逆罪), 부도죄(不道罪), 대불경죄(大不敬罪), 불효죄(不孝罪), 불목죄(不睦罪), 불의죄(不義罪), 내란죄(內亂罪)를 이른다. 여기서 모반죄(謀反罪), 모반죄(謀叛罪)는 일종의 반란인데 모반죄(謀叛罪)가 더 큰 죄이다.

십이간지(十二干支) : 10개의 천간(天干)은 십간(十干)으로 12개의 지지(地支)를 십이지(十二支) 또는 십이지지(十二地支)라고 이른다. ①천간(天干):갑(甲), 을(乙), 병(丙), 정(丁), 무(戊), 기(己), 경(庚), 신(辛), 임(壬), 계(癸). ②지지(地支):자(子), 축(丑), 인(寅), 묘(卯), 진(辰), 사(巳), 오(午), 미(未), 신(申), 유(酉), 술(戌), 해(亥).

십이목(十二牧) : 고려, 성종 2년(983)에 둔 열두 지방관. 황주(黃州), 해주(海州), 양주(楊州), 광주(廣州), 충주(忠州), 청주(淸州), 공주(公州), 전주(全州), 나주(羅州), 승주(昇州), 진주(晉州), 상주(尙州)에 두었다.

십이지신(十二地神) : 12지신(地神)은 신(神)들의 장수(將帥)로서 시간(時間)과 방향(方向)을 각각 지키는 신(神). 12지신의 몸은 12간지의 동물 형상을 하고, 몸은 사람의 형상을 하고 있다. 12지신이 세상의 모든 잡귀(雜鬼)를 몰아낸다고 믿고 문(門), 탑(塔), 묘(墓) 등에 새기기도 한다.

십장(什長) : 인부를 직접 감독하고 지시하는 사람.

십전통보(十錢通寶) : 조선, 정조(正祖) 때에 주조한 엽전. 한 닢의 가치가 당시 통용되던 상평통보(常平通寶) 열 닢의 가치를 지녔다.

십장생(十長生) : 오래 살고 죽지 않는다는 것으로 해, 산, 물, 돌, 구름, 소나무, 불로초, 거북, 학, 사슴 등을 말한다.

아

아경(亞卿) : 조선시대 종2품 벼슬을 높여 이르던 말.

아관(亞官) : 지방 수령(守令)을 보좌하는 이인자(二人者)라는 뜻으로, 좌수(座首)를 달리 이르던 말.

아관(俄館) : 조선 말기에 있었던 러시아 공사관(公使館). 서울 중구 정동에 있었다.

아관파천(俄館播遷) : 1896년 2월 11일부터 1897년 2월 20일까지 친러 세력에 의하여 고종(高宗, 1852~1919)과 세자(世子)가 러시아 공사관으로 옮겨서 기거한 사건. 일본(日本) 세력에 대한 친러 세력의 반발로 일어난 사건으로, 이로 인하여 친일내각(親日內閣)이 붕괴되고 각종 경제적 이권이 러시아로 넘어갔다.

아니꼽다 : 마음에 끌리지 않다(궁중용어).

아라길(阿剌吉) : 소주(燒酒)(목은시고).

아록전(衙祿田) : 조선시대 지방 관아(官衙), 도진(渡津), 수참(水站) 등에 경비를 충당하도록 하기 위하여 나라에서 준 논밭.

아뢰옵다 : 말씀드리다(궁중용어).

아리랑 가사 : 1925년 영화감독 이경손(李慶孫, 1905~1978)이 작사.

아리랑 영화 : 1926년 춘사 나운규(羅雲奎, 1902~1937)가 출연 제작.

아문(衙門) : 관원(官員)들이 사무 보는 곳. 또는 관아(官衙)의 출입문.

아범 : ①예전에 나이 든 남자 하인을 이르던 말. 나이가 들면 할아범이라 불렀다. ②부모가 아들을 조금 대접해서 이르던 말.

아악(雅樂) : 삼부악(三部樂)의 하나. 예전에 국가의 의식(儀式)에 정식으로 사용하던 음악. 고려 예종(睿宗, 1079~1122) 때 중국 송(宋)나라에서 들여왔던 것을 조선 세종(世宗, 1397~1450)이 박연(朴堧, 1378~1458)에게 명하여 새로 완성시켰다.

아얌 : 겨울에 부녀자(婦女子)가 외출할 때 춥지 않도록 머리에 쓰는 모자의 일종. 위는 터져 있고 이마만 두르게 되어 있다. 뒤에는 아얌드림(댕기)을 달았다.

아이고 : 기쁘거나, 좋거나, 반갑거나, 놀라거나, 놀랍거나, 아프거나, 힘들거나, 원통하거나, 절망하거나, 슬프거나, 괴롭거나, 잘됐거나, 안됐거나, 억울하거나, 기막히거나, 즐겁거나, 안타깝거나, 체념하거나, 고맙거나, 이런 때 절로 나오는 감탄사.

아이초라니 : 나자(儺者)의 하나. 나례(儺禮) 의식에 12~16세의 남자아이로, 탈과 붉은 건(巾)을 쓰고 붉은 치마를 입는다.

아헌(亞獻) : 제사(祭祀) 지낼 때 두 번째로 잔을 올리는 일.

아헌관(亞獻官) : 제사(祭祀) 때에 두 번째 술잔을 올리는 일을 맡아 보던 제관(祭官).

아헌례(亞獻禮) : 제사(祭祀) 때에 두 번째 잔을 올리던 의식(儀式).

아호(雅號) : 문인(文人)이나 예술가(藝術家) 등의 호(號)를 다른 사람이 높여 부르는 말. 자신의 호를 말할 때는 아호라고 하지 않는다.

악역죄(惡逆罪) : 부모(父母)를 구타하는 것과 같이 도리에 어긋난 행위를 한 죄.

안견(安堅) : 조선 전기의 화가(畵家, ?~?). 자는 가도(可度), 득수(得守), 호는 현동자(玄洞子), 주경(朱耕). 화원(畵員) 출신. 산수화(山水畵)를 주로 그렸음. 작품으로『몽유도원도(夢遊桃源圖)』,『적벽도(赤壁圖)』,『청산백운도(靑山白雲圖)』 등이 있다.

안달뱅이 : 걸핏하면 안달하는 사람.

안동상전(安洞商廛) : 비밀리에 여자들에게 남근(男根) 형상의 물건을 팔았는데 여자들이 와서 싱겁게 피식 웃으면 그것을 사러 온 줄 알고 상, 중, 하 어떤 것이냐 물으면 손가락으로 대답하여 거래하였다고 한다. 이때부터 피식 웃으면 안동상전 다녀왔니란 말이 유행.

안무사(安撫使) : ①고려시대(高麗時代)에, 중앙에서 백성의 질고(疾苦)와 수령(守令)의 잘잘못을 살피기 위하여 파견하던 임시 벼슬. ②조선시대(朝鮮時代), 전쟁이나 반란 직후 민심을 수습하기 위하여 파견하던 특사(特使). ③ 조선(朝鮮) 말기, 함경도 경성(鏡城) 이북의 열 고을을 통치하던 외관직(外官職) 벼슬.

안불재우(雁不再虞) : 재혼하지 않는다는 말.

안익태(安益泰) : 작곡가(作曲家), 지휘자(指揮者, 1906~1965). 후기 낭만파(浪漫派)에 속하며 우리나라 〈애국가〉를 작곡하였다. 작품에 〈한국 환상곡〉, 〈강천성악(降天聲樂)〉, 〈애국선열 추도곡〉 등이 있다.

안잠자기 : 여자가 남의 집에서 먹고 자며 그 집의 일을 도와주는 사람.

안장(鞍裝) : 사람이 말 타기에 편리하도록 말 등에 얹는 안즐개.

안저지 : 어린아이를 보살펴 주는 일을 하는 여자 하인.

안중근(安重根) : 독립운동가(1879~1910). 남포(南浦)에 돈의학교를 설립하여 인재 양성에 힘쓰다가, 1907년 러시아 연해주(沿海州)로 망명하여 의병(義兵)으로 활동하며 1909년 10월 26일, 만주(滿洲) 하얼빈역에서 한일합방을 주도한 이토 히로부미(伊藤博文) 통감(統監)을 사살하였다.

안채 : 안주인이 생활하는 공간.

안치(安置) : 조선시대 죄인(罪人)을 먼 곳에 보내고 다른 곳으로 옮기지 못하게 주거를 제한하던 형벌.

안항(雁行) : 기러기의 행렬이란 뜻으로, 남의 형제를 높여 이르는 말.

안화상 : 예전에 짝퉁을 만드는 사람.

앉은뱅이술 : 소곡주(素曲酒)가 하도 맛이 좋아서 술을 마시기 시작하면 자리에서 일어나지 못한다고 해서 생긴 별명이다.

알나리 : 나이가 어리고 키가 작은 사람이 벼슬을 했을 때 놀리는 말.

알현(謁見) : 지체가 높고 귀한 인물을 만나는 일.

암행어사(暗行御史) : 조선시대 임금의 특명(特命)을 받아 지방관의 치적(治積)과 비위(非違)를 탐문하고 백성의 어려움을 살펴서 개선(改善)하는 일을 맡아하던 임시 벼슬. 어사(御史)로 임명되면 사목(事目) 한 권과 마패(馬牌) 한 개, 유척(鍮尺) 두 개를 지급받고 비위 관리를 파직(罷職)할 권한(權限)을 위임받았다.

압뢰(押牢) : 죄인(罪人)을 지키는 사람.

압슬형(壓膝刑) : 조선시대 죄인을 자백시키기 위하여 행하던 고문. 죄인을 기둥에 묶어 사금파리를 깔아 놓은 자리에 무릎을 꿇게 하고 그 위에 압슬기(壓膝器)나 무거운 돌을 얹어서 자백을 강요하던 형벌.

압직(押直) : 죄인(罪人)을 관리하고 지키는 사람.

앙가 : 발이 짧고 옥은 다리를 가진 사람 또는 남에게 잘 달라붙는 사람.

앙축(仰祝) : 우러러 축하함.

애탕(艾湯) : 쑥국. 예전에는 쑥과 다진 고기로 경단(瓊團)을 만들고 그 위에 달걀로 옷을 입혀 맑은 장국을 만들어 먹었다.

액내(額內) : 서로 친해서 도와준다는 말.

액맥이(액막이) : 가정이나 개인에게 닥칠 액(厄)을 미리 막는 일.

액막이연 : 그해의 액운(厄運)을 멀리 날려 보낸다는 뜻으로 음력 정월 열나흗날에 띄워 보내는 연(鳶). 연(鳶)에는 이름, 생년월일(生年月日)과 송액영복(送厄迎福)과 같은 글귀를 쓴다.

액정서(掖庭署) : 조선시대 내시부(內侍府)에 속하여 왕명(王命)을 전달하고 안내하며 궁궐(宮闕)관리 등을 담당한 관아.

앵삼(鶯衫) : 조선시대 과거(科擧)에 급제(及第)했을 때와 관례(冠禮)에서 삼가(三加) 때 착용하던 예복.

야구(冶具) : ①야금(冶金)에 쓰이는 여러 연장. ②대장일에 쓰이는 여러 연장.

야담(野談) : 야사(野史)를 바탕으로 흥미 있게 꾸민 이야기.

야담(夜啖) : 밤참을 이르는 말(처음에는 궁중에서만 사용했으나 민가로 전파되었음).

야바우(야바위) : 속임수로 돈을 따는 중국(中國) 노름의 하나.

야바우꾼(야바위꾼) : 야바위 치는 사람을 낮잡아 이르는 말(사기꾼, 협잡꾼).

야바우판(야바위판) : 여러 사람이 야바위 치는 판국.

야소교(耶蘇敎) : 기독교.

야소교인(耶蘇敎人) : 예수 믿는 신도.

야자띠(也字帶) : 조선시대 과거(科擧)에 급제(及第)한 사람이 증서(證書)를 받을 때 허리에 매던 띠. 한 끝이 아래로 늘어져 '也'자 모양으로 되었다고 해서 생긴 말.

야장의(夜長衣) : 잠옷(궁중용어).

야참 : 밤참(궁중용어).

약과(藥菓) : 꿀과 기름을 섞은 밀가루 반죽을 판에 박아서 모양을 낸 후 기름에 지진 과자. 우리나라에서 가장 사치스런 음식으로 고려(高麗) 때는 금용령(禁用令)을 내리기도 했음. 대전통편(大全通編, 정조 9년)에 의하면 조선시대(朝鮮時代) 민가(民家)에서 혼인(婚姻)이나 상례(喪禮)에서 약과를 쓰면 매(杖) 80대에 처했음(10대 맞으면 살이 문드러짐).

약방기생(藥房妓生) : 조선시대 내의원(內醫院)에 속한 의녀(醫女)로서 관기(官妓) 활동을 하는 기생.

약식(藥食) : 찹쌀을 물에 불리어 시루에 찐 뒤에 꿀, 참기름, 대추, 진간장, 밤 등을 넣고 다시 시루에 찐 밥.

*약식의 유래 : 조선조(朝鮮朝)의 명신 약봉 서성(藥峯 徐渻 1558~1631)의 어머니가 공부하는 아들에게 먹이기 위하여 만든 음식이라 함. 이와 달리 신라 때 있었다는 기록도 있음.

약정(約正) : 조선시대에 향약(鄕約) 조직의 임원. 수령(守令)이 향약을 실시할 때 보조적인 역할을 하였고 실무적인 면에서는 약정이 중추적인 위치에 섰다.

양각(陽刻) : 조각(彫刻)에서, 평면(平面)에 글자나 그림 등을 도드라지게 새기는 일. 또는 그 조각.

양녀(良女) : 양민(良民) 여자.

양녀(養女) : 남의 자식을 데려다가 제 자식처럼 기른 딸.

양력(태양력) 사용 : 1895년 김홍집(金弘集) 내각이 태양력 사용을 결정하자 고종(高宗)은 이를 받아들여 음력 1895년 11월 15일에 공식적으로 개력(改曆)을 공포하였다. 이에 따라 음력 1895년 11월 17일을 양력 1896년 1월 1일로 정하고 양력을 사용하게 되었다. 이를 기념하여 연호를 건양(建陽)으로 변경하였다.

양로연(養老宴) : 조선시대 나라에서 노인(老人)을 공경하고 풍습을 바로잡기 위하여 베풀던 잔치. 해마다 9월에 베풀었는데 80세 이상의 노인들이 참석하였다.

양반(兩班) : 양반은 조선시대 가장 높은 신분으로서 사대부(士大夫)출신 가문을 일컫는다. 이들은 사회의 특권층으로서 나라로부터 토지(土地), 부역(負役), 병역(兵役), 세금(稅金), 기타 여러 가지 특전(特典)을 받았다. 그리고 제한 없이 관리(官吏)로 등용될 수도 있었다. 실제로 나라의 중요한 관직을 독점하여 정치적으로 특권층을 형성했다. 한편 이들은 유교(儒敎)를 숭상하고 학문(學文)과 예의(禮儀)를 존중하는 지도자적 역할을 하는 의무도 있었다. 이들은 전국 각지에 많은 농토(農土)를 가지고 세습하였다.

양복쟁이 : 양복 입고 다니는 사람이 귀한 시절에 양복 입은 사람을 속되게 이르는 말.

양부모(養父母) : 양자(養子)로 들어간 집의 부모(수양부모(收養父母)).

양수(陽數) : 기수가 겹친 날, 1월 1일, 3월 3일, 5월 5일, 7월 7일, 9월 9일은 양수가 겹쳤다고 해서 좋은 날로 여겼다.

양수척(楊水尺) : 후삼국, 고려시대 떠돌아다니면서 천업(賤業)에 종사하던 무리를 말한다. 대개 여진(女眞)의 포로 혹은 귀화인(歸化人)의 후예(後裔)로서 관적(貫籍)과 부역(賦役)이 없었고 떠돌아다니면서 사냥을 하거나 고리를 만들어 파는 것을 업(業)으로 삼았는데, 이들에게서 광대(廣大), 백정(白丁), 기생(妓生)들이 나왔다고 한다.

양안(量案) : 조선시대 조세(租稅) 부과를 목적으로 전답을 측량하여 만든 토지대장(土地臺帳). 농민의 토지 소유 상황, 농가 소득의 정도, 계층 분화의 정도 등을 파악할 수 있는 자료로서 논밭의 소재지, 자호(字號), 위치(位置), 등급(等級), 형상(形狀), 면적(面積), 사표(四標), 소유주(所有主) 등을 기록하였다.

양인(良人) : 양민(良民)을 총칭하는 말.

양자(養子) : 아들이 없는 집에서 대를 잇기 위하여 동성동본(同姓同本) 중에서 아들을 데려다가 기르는 자식.

양장구 : 장구잽이가 궁채를 궁편과 열편을 왔다 갔다 하며 장단을 치는 것을 말한다. 개인 놀음에서 친다.

양택(陽宅) : 풍수지리에서, 살아 있는 사람의 집터를 이르는 말. 특히 개인의 주거 건물을 이르며 대문, 안방, 부엌의 방위가 서로 어울려야 좋다고 한다.

양현고(養賢庫) : 조선시대 호조(戶曹)에 속하여 성균관(成均館) 유생(儒生)에게 식량에 주는 일을 맡아보던 관아.

어가(御駕) : 임금 타는 가마(궁중용어).

어갑주(御甲胄) : 임금의 갑옷과 투구(궁중용어).

어공(御供) : 임금에게 물건을 바치는 것(궁중용어).

어람용(御覽用) : 임금이 보는 책이나 문서(궁중용어).

어립(御笠) : 임금의 갓(궁중용어).

어마(御馬) : 임금의 타는 말(궁중용어).

어명(御命) : 임금의 명령(궁중용어).

어모장군(禦侮將軍) : 조선시대 정3품 당하관(堂下官) 무관의 품계.

어보(御寶) : 국가 문서에 사용하던 임금의 도장.

어복(御服) : 임금의 옷(궁중용어).

어비안 : 불고기.

어사(御射) : 임금이 활을 쏘는 것(궁중용어).

어사(御史) : 왕명(王命)으로 지방에 파견되던 임시 벼슬. 감진어사(監賑御使), 순무어사(巡撫御史), 안핵사(按覈使), 암행어사(暗行御史) 등이 있다.

*감진어사(監賑御使) : 조선시대 기근(飢饉)이 들었을 때 지방에 파견하던 어사. 기근 실태를 조사하고 고을 수령(守令)들의 구제(救濟) 활동을 감독하기 위하여 주로 당하관 중에서 선발하였다.

*순무어사(巡撫御史) : 조선시대 지방에서 변란(變亂)이나 재해(災害)가 발생했을 때 두루 돌아다니며 사건을 진정하던 특사(特使).

*안핵사(按覈使) : 조선 후기, 지방에서 발생하는 민란(民亂)의 정황을 파악하고 수습하기 위하여 파견하던 임시 벼슬.

*암행어사(暗行御史) : 조선시대에 지방관의 치적(治積)과 비위(非違)를 탐문하고 백성의 삶을 살펴서 개선하는 일을 맡은 임시 벼슬.

어사화(御賜花) : 조선시대 문무과(文武科)에 급제(及第)한 사람에게 임금이 하사(下賜)하던 종이 꽃.

어성(御聲) : 임금의 목소리(궁중용어).

어수(御手) : 임금의 손(궁중용어).

어승차(御乘車) : 임금이 타는 마차(궁중용어).

어식(御食) : 임금이 내리는 음식(궁중용어).

어영청(御營廳) : 조선 후기, 중앙에 설치된 오군영(五軍營) 중 왕을 호위하던 군영. 인조 1년(1623)에 처음 설치하였고, 경상도, 전라도, 충청도, 강원도, 경기도, 황해도에 배치하였다.

어영대장(御營大將) : 조선시대 어영청(御營廳)의 으뜸 벼슬. 품계는 종2품이다.

어우동(於于同, 於于乙同, 1440~1480) : 충북 음성 출신. 승문원(承文院) 지사 박윤창(朴允昌)의 딸. 왕손인 태강수(泰江守:종4품) 이동(효령대군 5남 서자)에게 시집갔으나 음란(淫亂)한 생활을 이어가다가 이혼당함. 마침내는 왕실

(王室)의 종친(宗親) 이난(李瀾), 이기(李驥) 등과도 사통(私通)하여 국사(國事)에 올라 조선왕조(朝鮮王朝)를 시끄럽게 한 여인.

어음미(於音味) : 채소로 부친 전(누루미)를 말한다(궁중용어).

어적(魚炙) : 일반적으로 생선을 입과 꼬리 끝을 잘라내고 칼집을 내어 소금이나 간장으로 양념하여 익힌 적(炙)을 말한다.

어전(御前) : 임금의 앞(궁중용어).

어전(漁箭) : 싸리막대나 참대 같은 것을 강이나 바다에 설치하여 물고기를 잡는 장치. 나라에서는 어전을 빈민(貧民)에게 나누어 주고 세금(稅金)을 받아갔다. 어전은 3년마다 교체해주었다. 뒤에 어전(漁箭)이 어장(漁場)으로 바뀌었다.

어전(魚煎) : 생선을 얇게 저며서 밑간해 두었다가 밀가루와 달걀옷을 입혀 기름에 부친 전(煎).

어정(御井) : 대궐 우물.

어제(御製) : 임금이 지은 시문(詩文)(궁중용어).

어제내훈(御製內訓) : 이 책은 조선 덕종(德宗)의 비(妃) 소혜왕후(昭惠王后) 한씨(韓氏, 1437~1504)가 여자들의 예의범절(禮儀凡節)을 위하여 저술하여 조선시대 부녀자들의 교육 지침이 되었던 책. 소혜왕후는 범어(梵語), 한어(漢語), 국어(國語) 3자체로 쓴 불서(佛書)에 조예가 깊었다.

어좌(御座) : 옥좌(玉座), 임금이 앉는 자리, 용상(궁중용어).

어주(御酒) : 임금이 권하는 술(궁중용어).

어진(御眞) : 임금의 초상화. 사진(궁중용어).

어진(御進)하시다 : 잡수시다(궁중용어).

어찰(御札) : 임금의 편지(궁중용어).

어필(御筆) : 임금 글씨(궁중용어).

어하다(御하다) : 행동하다(궁중용어).

어혜(御鞋) : 임금의 신(궁중용어).

어환(御患) : 임금의 병환(궁중용어).

언관(言官) : 사헌부(司憲府), 사간원(司諫院) 관리를 언관(言官)이라 했다. 이들은 정치 잘못을 감찰하여 말이나 글로 임금에게 탄원한다. 사헌부(司憲府)의 대사헌(大司憲), 집의(執義), 상령(常領), 지평(持平) 등이 발언을 많이 했고 사간원(司諫院)에서는 대사간(大司諫), 사간(司諫), 헌납(獻納), 정언(正言)등이 발언을 많이 하였다(조선왕조실록 참조).

언문(諺文) : 한글.

언월도(偃月刀) : 조선시대 초승달 모양으로 생긴 군용(軍用) 큰 칼. 길이가 6자 7치(203cm) 정도이며, 칼날은 끝이 넓고 뒤로 젖혀져 있다. 칼등은 두 갈래로 되어 아래 갈래에 구멍을 뚫어서 상모를 달았다.

언행(言行) : 말과 행동을 아울러 으르는 말.

얹은머리 : 여인들의 머리를 땋아서 위로 둥글게 둘러 얹은 머리.

얼자(孽子) : 양반과 천민 여성 사이에서 태어난 아들.

엄(嚴) : 나라의 큰 행사가 있을 때 임금이 거둥함을 관원들에게 알리기 위하여 세 차례 북을 치던 일.

*초엄(初嚴) : 임금이 행사장으로 출발할 때 북을 한 번 치는 일.

*이엄(二嚴) : 임금이 중간쯤 올 때 북을 두 번 치는 일.

*삼엄(三嚴) : 임금이 행사장에 도착했을 때 북을 세 번 치는 일.

엄매(掩埋) : 흙을 겨우 덮어서 장사(葬事) 지내는 일.

업무(業武) : 무반(武班)의 서자(庶子). 조선 숙종 22년(1696)에 이들은 손자(孫子)나 증손(曾孫) 대에 와서야 유학(幼學)이라고 부를 수 있도록 정하였다.

업유(業儒) : 유학을 닦는 서자(庶子). 조선 숙종(肅宗) 22년(1696)에 이들은 손자나 증손의 대(代)에 와서야 유학(幼學)이라고 부를 수 있도록 정하였다.

업저지 : 아이 업어주는 계집종.

여각(旅閣) : 조선 후기에, 연안(沿岸) 포구에서 상인들의 숙박, 화물의 보관, 위탁판매, 운송 등을 맡아보던 상업 시설.

여관(女官) : 고려, 조선시대 궁궐 안에서 왕과 왕비를 가까이 모시는 내명부(內命婦)를 통틀어 이르던 말. 환관(宦官) 이외의 남자들과 접촉하지 못하며, 평생 수절하여야만 하였다(궁녀(宮女), 궁인(宮人), 나인(內人)).

여기(女妓): 춤, 노래, 의술, 바느질 따위를 배우고 익혀서 나라에서 필요한 때 봉사하는 관비(官婢)를 통틀어 이르던 말.

여단(厲壇): 여제(厲祭)를 지내는 단.

여리꾼: 상점 앞에 서서 손님을 끌어들여 물건을 사게 하고 주인에게 삯을 받는 사람.

여불비례(餘不備禮): 예(禮)를 갖추지 못했다는 뜻으로, 편지(便紙) 끝에 쓰는 말.

여사당패: 조선시대 경기도 안성시의 청룡사(靑龍寺)를 근거로 조직 된 불교 여신도의 단체. 불문(佛門)에 헌신적으로 봉사하고 염불에만 전념할 목적으로 조직되었으나 타락하여 속가(俗歌)를 부르며 웃음을 팔아 관중에게 돈을 구걸하는 등 그 폐해가 심하여 조선 말기에 금지되었다.

여악(女樂): 궁중에서 연회(宴會)를 베풀 때 여기(女妓)가 악기를 타고 노래를 부르며 춤을 추던 일. 또는 그 음악과 춤.

여염집(閭閻집): 일반 백성의 살림집(민가(民家), 민호(民戶)).

여자의 절

*큰절

1. 오른손을 왼손 위에 잡고 선다.
2. 공수(拱手)한 손을 들어 어깨까지 올리고 시선은 손등을 바라본다.
3. 왼쪽 무릎을 먼저 꿇고 오른쪽 무릎을 이어서 꿇은 다음 궁둥이를 내려앉는다.
4. 윗몸을 앞으로 숙였다가 윗몸을 일으킨다.
5. 오른쪽 무릎을 먼저 세우고 일어나서 두 발을 모은 다음 두 손을 내려 공수한 후 목례를 한다.

*평절

1. 공수한 손을 풀어 내린 다음 왼쪽 무릎을 꿇고 이어서 오른쪽 무릎을 가지런히 꿇은 다음 궁둥이를 내려앉는다.
2. 몸을 약간 숙이면서 손끝을 무릎 옆에 댄다.
3. 잠깐 머물렀다가 윗몸을 일으키며 두 손바닥을 바닥에서 떼며 오른쪽 무릎을

먼저 세우고 일어난다.

4. 두 발을 모으고 공수한 다음 목례를 한다.

*반절 : 평절을 답배(答拜)하는 대상이 나이가 많으면 앉은 채로 한 손 또는 양손을 바닥을 짚고 답배한다.

여장(女牆) : 성(城) 위에 낮게 쌓은 담. 여기에 몸을 숨기고 적을 감시하거나 공격한다.

여절교위(勵節校尉) : 조선시대 종6품 무관(武官)의 품계.

여정(餘丁) : 출역(出役)하지 않은 사람.

여제(厲祭) : 나라에 역질(疫疾)이 돌 때에 여귀(厲鬼)에게 지내던 제사. 봄철에는 청명(淸明)에, 가을철에는 7월 보름에, 겨울철에는 10월 초하루에 지냈다.

여지하(如之何) : 어찌할까.

여진족(女眞族) : 10세기 이후 만주 동북쪽에 살던 퉁구스계의 민족. 수렵과 목축을 주로 하였는데, 한(漢)나라 때에는 읍루, 후위(後魏) 때에는 물길, 수(隨)나라와 당(唐)나라 때에는 말갈이라 하였다. 발해가 망한 후에 거란족의 요나라에 속하였다. 아골타(阿骨打)가 1115년에 금(金)나라를 세웠고, 1616년에는 누르하치가 후금(後金)을 세웠는데, 뒤에 청(淸)나라로 발전하여 중국을 통일하였다.

역(驛) : 원과 원 사이에 두었는데 나라의 명령을 전달하는 일을 주로 하였다. 전국에 543개의 역이 있었다.

역과(譯科) : 조선시대에 잡과(雜科) 가운데 역관(譯官)을 뽑기 위한 과거. 초시는 사역원(司譯院)에서, 복시는 예조(禮曹)와 사역원에서 주재하였는데, 한학(漢學), 몽학(蒙學), 왜학(倭學), 여진학(女眞學) 등 네 분과가 있었다.

역관(譯官) : 통역을 맡아보는 관리.

역노(驛奴) : 역참에서 심부름하던 남종.

역답(驛畓) : 조선시대에 역참(驛站)에서 자체로 경비를 조달하기 위해서 소유하고 있던 논.

역로(驛路) : 역마(驛馬)를 바꿔 타는 곳과 통하는 길.

역리(驛吏) : 역참에 속한 구실아치.

역마(驛馬) : 조선시대 각 역참(驛站)에 갖추어 둔 말. 관용(官用)의 교통 및 통신 수단이었다.

역보(驛保) : 조선시대 역졸(驛卒)의 보인(保人)을 통틀어 이르던 말.

역수(曆數) : 천체의 운행과 기후의 변화가 철을 따라서 돌아가는 순서.

역승(驛丞) : 조선시대 전국에 설치한 역(驛)을 관장하던 종9품 벼슬. 조선 중종(中宗) 30년(1535)에 찰방(察訪)으로 고쳤다.

역장(驛長) : 조선시대 각 역참에 속한 역리(驛吏)의 우두머리.

역적(逆賊) : 자기 나라나 민족, 통치자를 반역한 사람.

역적죄(逆賊罪) : 역적 행위를 한 죄.

역졸(驛卒) : 역에 속하여 심부름하던 사람.

역참(驛站) : 조선시대에 있던 공공의 기별(奇別), 역마(驛馬), 역원(驛院) 등 여행 체계를 합쳐서 이르는 말. 대개 25리마다 1참(站)을 두고 50리마다 1원(院)을 두었다.

연간(年間) : ①한 해 동안. ②왕위에 있는 기간.

연금(軟禁) : 외부와의 접촉을 제한, 감시하고 외출을 허락하지 아니하나 일정한 장소 내에서는 자유를 허락하는 비교적 가벼운 감금.

연도(輦道) : 임금이 거둥하는 길.

연등회(燃燈會) : 석가모니(釋迦牟尼, BC624~544)의 탄생일(誕生日)에 연등(燃燈)을 달고 복(福)을 비는 의식(儀式). 신라(新羅) 경문왕(景文王, ?~875) 때부터 시작하여, 고려(高麗) 태조(太祖, 877~943) 때에는 정월 대보름날 행하여지다가 현종(顯宗, 992~1031) 1년(1010)에 2월 보름날로 변경했다.

연생이 : 잔약하고 보잘것없는 사람이나 물건.

연옹지치(吮癰舐痔) : 종기의 고름을 빨고 치질(痔疾)을 앓는 이의 밑을 핥는다는 말.

연죽(烟竹) : 담뱃대.

연지(臙脂) : 여자가 화장할 때에 입술이나 뺨에 찍는 붉은 빛깔의 염료.

연침(燕寢) : 평상시 왕이 한가롭게 거처하는 공간.

연해주(沿海州) : 러시아와 우리나라 두만강을 사이로 국경을 이루고 있는 지역. 아연,석탄 따위의 지하자원이 많고 제재업이 발달하였다. 중심 도시는 블라디보스토크. 면적은 16만 5900㎢이다.

연향(宴享) : 조정에서 국빈을 접대하는 잔치를 말함.

열구자탕(悅口子湯) : 입을 즐겁게 하는 탕이라는 뜻으로, '신선로'를 달리 이르는 말.

열두발상모(象毛) : 농악판에서 사용하는 열두 발 되는 긴 상모.

열두발상모놀음 : 열두 발 상모 놀음꾼이 긴 상모를 돌리며 연기를 하는 놀음. 열두 발 상모 돌리기 연기는 농악판에서 백미(白眉)라고 하겠다.

열사(烈士) : 국가를 위하여 절의를 굳게 지키며 충성을 다한 사람.

염상(鹽商) : 소금을 사고 파는 가게나 사람(소금장사).

염시인(殮屍人) : 시체를 염하는 사람.

염질(染疾) : 전염성 질병, 염병(장티프스)을 말한다.

염치(廉恥) : 체면을 차릴 줄 알며 부끄러움을 아는 마음(유학에서 강조하는 단어).

염포(鹽浦) : 조선시대 개항(開港)한 삼포(三浦) 가운데 하나. 지금의 울산광역시 방어진과 장생포 사이에 있었다.

엽전(葉錢) : 예전에 사용하던, 놋쇠로 만든 돈. 둥글고 납작하며 가운데에 네모진 구멍이 있다. 고려시대의 삼한중보(三韓重寶), 삼한통보(三韓通寶), 동국중보(東國重寶), 해동중보(海東重寶) 따위와, 조선시대의 조선통보(朝鮮通寶), 상평통보(常平通寶), 당백전(當百錢), 당오전(當五錢) 등이 있다.

영감(令監) : 조선시대에 정2품부터 정3품 당상관(堂上官)까지의 품계를 가진 관원(官員)들에 대한 호칭으로 사용되었다. 일제강점기에는 군수(郡守), 판사(判事), 검사(檢事)에 대한 높임말로 사용되었다가 현재는 남성 노인에 대한 존칭으로 사용된다.

영기(令旗) : ①군령(軍令)을 전하는 데 쓰던 기. 사방 두 자 정도의 푸른 비단 바탕에 '영(令)'자를 새겨 붙이고, 기(旗)의 길이는 다섯 자로, 깃대의 끝은 한 자 정도의 창인(槍刃)으로 되었으며, 창인 아래에 작고 납작한 주석 방울을 끼어 흔들면 찔렁찔렁 소리가 났다. ②농악놀이에서 맨 앞에 서는 기(旗).

영남학파(嶺南學派) : 조선시대 영남지방을 중심으로 활동하던 성리학(性理學) 의 학파. 초기에는 김종직(金宗直)을 영수로 하는 학파였으나, 중기에는 조 식(曺植), 이황(李滉), 장현광(張顯光) 등이 각각 활약하였다. 그중 이기이 원론(理氣二元論)을 주장하던 이황의 학맥이 날로 성하면서 영남학파의 대 명사가 되었으며, 이이(李珥)의 기호학파(畿湖學派)와 쌍벽을 이루었다.

영당(影堂) : 불교의 한 종파 조사(祖師)나 한 절의 창시자(創始者) 또는 덕 (德)이 높은 승려의 화상(畵像)을 모신 집.

영사(領事) : 조선시대 문하부(門下府), 삼사(三司), 돈령부(敦寧府), 경연(經 筵), 집현전(集賢殿), 홍문관(弘文館), 예문관(藝文館), 춘추관(春秋館), 관 상감(觀象監), 중추부(中樞府), 돈령원(敦寧院) 등의 으뜸 벼슬. 영돈령부사 (領敦寧府事) 외에는 의정(議政) 또는 영의정(領議政)이 겸하였다.

영선(營繕) : 건축물 따위를 새로 짓거나 수리함.

영소(營所) : 군대가 머물러 있는 지역이나 건물.

영은문(迎恩門) : 조선시대 중국 사신(使臣)을 맞이하던 문(門). 중종(中宗) 31 년(1536) 모화관(慕華館) 앞에 영조문(迎詔門)을 건립하였다. 3년 후 영은 문이라고 이름을 고쳤다가 고종(高宗) 33년(1896)에 헐고 독립협회(獨立 協會)가 성금을 모아 독립문(獨立門)을 세웠다.

영의정(領議政) : 조선시대 의정부(議政府)의 으뜸 벼슬. 정1품의 품계로 서정 (庶政)을 총괄하는 최고의 지위이다.

영저리(營邸吏) : 각 감영(監營)에 속하여 감영과 각 고을 사이의 연락을 취하 던 벼슬아치.

영정(影幀) : 제사나 장례를 지낼 때 위패(位牌) 대신 쓰는 사람의 얼굴을 그린 족자(簇子).

영정법(永定法) : 조선 인조 13년(1635)에 전세(田稅)를 풍흉에 관계없이 1결당 미곡(米穀) 4두로 고정한 법.

영종정경(領宗正卿) : 대군, 왕자군이 의례(依例)히 겸임한다.

영좌(領座) : 한 마을이나 한 단체의 대표가 되는 사람. 영위(領位).

영창(營倉) : 법을 어긴 군인을 가두기 위하여 부대 안에 설치한 감옥.

예궐(詣闕) : 대궐 안으로 들어감.

예기(禮器) : 제기를 높여 부르는 말.

예기(藝妓) : 노래, 춤, 그림, 글씨, 시문 따위의 예능을 익혀 손님을 접대하는 기생(황진이(黃眞伊), 이매창(李梅窓), 홍랑(洪娘)).

예단(禮緞) : 예물(禮物)로 보내는 비단(예포(禮布), 채단(采緞), 선채(先綵)).

예단(禮單) : 예물(禮物)을 적은 단자(單子).

예덕(睿德) : 왕세자의 덕(德)(궁중용어).

예문관(藝文館) : 조선시대에 임금의 칙령(勅令) 또는 명령을 받들어 기록하는 것을 맡아하던 관아(官衙). 영사(領事:정1품), 대제학(大提學:정2품), 제학(提學:종2품), 직제학(直提學:정3품), 응교(應敎:정4품) 등이 있다.

예방(禮房) : 조선시대 예방은 예전(禮典)을 담당하는 부서(部署)로 의례(儀禮), 외교(外交), 학교(學校), 제사(祭祀), 문한(文翰) 등과 관련된 업무를 보았다.

예복(禮服) : 예식(禮式)에 나갈 때 입는 옷.

예복(禮服)의 종류

*도포(道袍) : 통상 예복으로 입던 남자의 겉옷. 소매가 넓고 등 뒤에는 딴 폭을 댄다(활수포 闊袖袍).

*백포(白袍) : 벼슬 없는 사람들이 주로 예복으로 겉에 입던 흰 도포.

*청포(靑袍) : 4품, 5품, 6품의 벼슬아치가 공복(公服)으로 입던 푸른 도포.

*홍포(紅袍) : ①3품 이상의 벼슬아치가 입던 붉은색의 예복이나 도포. ②임금이 신하들로부터 하례를 받을 때 입던 예복. 빛이 붉고 모양은 관복과 같았다(강포(絳袍)).

*용포(龍袍) : 임금이 입던 정복. 누런빛이나 붉은빛의 비단으로 지었으며, 가슴과 등과 어깨에 용의 무늬를 수놓았다.

*황포(黃袍) : 황제(皇帝)가 예복(禮服)으로 입던 누른 곤룡포(袞龍袍)).

예서(禮書) : 예법에 관하여 쓴 책.

예악(禮樂) : 예법과 음악을 아울러 이르는 말.

예장(禮裝) : 예복을 입고 위엄 있는 몸가짐이나 차림새를 갖춤.

예조(禮曹) : 조선시대 육조(六曹) 가운데 예악(禮樂), 제사(祭祀), 연향(宴享), 조빙(朝聘), 학교(學校), 과거 등에 관한 일을 맡아보던 관아(官衙).

예조좌랑(禮曹佐郞) : 조선시대 예조(禮曹)에 속한 정6품 벼슬. 정원은 3명으로 문관(文官)에서 임명했다.

예질(睿質) : 왕세자의 기질(궁중용어).

예필(禮畢) : 예(禮)를 모두 마치다.

예학(睿學) : 왕세자(王世子)의 학문(궁중용어).

예후(睿候) : 왕세자의 건강(궁중용어).

오가작통법(五家作統法) : 조선시대 범죄자의 색출과 세금 징수, 부역의 동원 등을 위하여 다섯 민호(民戶)를 한 통씩 묶던 호적 제도. 성종(成宗) 16년(1485)과 숙종(肅宗) 원년(1675)에 시행하였으며, 헌종(憲宗) 때에는 천주교(天主敎)를 탄압하는 데 이용하였다.

오경(五經) : 유학(儒學)의 다섯 가지 경서(經書). 시경(詩經), 서경(書經), 주역(周易), 예기(禮記), 춘추(春秋) 등을 말한다.

오곡(五穀) : 쌀, 보리, 콩, 조, 기장.

오군영(五軍營) : 훈련도감(訓鍊都監), 어영청(御營廳), 총융청(摠戎廳), 수어청(守禦廳), 금위영(禁衛營)을 말한다.

오대강(五大江) : 압록강(鴨綠江), 두만강(豆滿江), 대동강(大同江) 노들강(한강), 낙동강(洛東江). (오대강타령:이난영 노래)

오랏줄 : 죄인을 묶는 붉은 줄.

오랑캐 : 예전에, 두만강(豆滿江) 일대 만주(滿洲)지방에 살던 여진족(女眞

族)을 멸시하여 이르던 말.

오리정(五里亭) : 오리(五里)마다 만들어 놓던 이정표. 신임(新任) 수령(守令)이 부임할 때 마중 나가고, 이임(移任)할 때 환송 나가는 장소.

오모(五慕) : 그리움의 다섯 가지.

*경모(敬慕) : 우러러 보며 드러내놓고 존경하고 사모는 것.

*사모(思慕) : 일방적으로 애틋하게 생각하고 그리워하는 것.

*흠모(欽慕) : 존경하는 인물을 마음으로 공경하며 그리워하는 것.

*연모(戀慕) : 연정을 느끼고 간절히 사랑하며 그리워하는 것.

*추모(追慕) : 죽은 사람을 그리며 생각하는 것.

오미자화채(五味子花菜) : 오미자 우린 물에 과일을 썰어 넣고 먹는 음료.

오방(五房) : 자기 집에다 담배쌈지, 바늘, 실 따위를 늘어 놓고 팔던 가게.

오방기(五方旗) : 고려시대 임금이 거둥할 때 사용하던 의장기(儀仗旗)의 한 가지. 동, 서, 남, 북, 중앙의 다섯 방위에 따라 각각 빛깔을 달리한 깃발.

오방색(五方色) : 다섯 방위를 상징(象徵)하는 색. 동쪽은 청색(靑色), 서쪽은 백색(白色), 남쪽은 적색(赤色), 북쪽은 흑색(黑色), 가운데는 황색(黃色)이다.

오방신(五方神) : 동서남북과 중앙을 지키는 신(神). 동(東)의 청제(靑帝), 서(西)의 백제(白帝), 남(南)의 적제(赤帝), 북(北)의 흑제(黑帝), 중앙(中央)의 황제(黃帝)이다.(오제(五帝), 오방지신(五方之神), 오방장군(五方將軍), 방위신(方位神)).

오복(五福) : 『서경(書經)』홍범편(洪範篇)에 나오는 인간의 다섯 가지 복(福).

*오래 사는 장수(長壽).

*부유하고 풍족하게 사는 부(富).

*건강하게 사는 강녕(康寧).

*이웃을 위하여 보람 있는 봉사를 하는 유호덕(攸好德).

*자기 집에서 깨끗이 죽음을 맞는 고종명(考終命).

오복(五服) : 다섯 가지의 전통적 상례 복제.

*참최(斬衰) : 거친 베로 짓되 아랫단을 꿰매지 않고 접는 상복이다. 아버지나

할아버지의 상(喪)에 입는다.

*재최(齋衰): 조금 굵은 생베로 짓되 아래 가를 곱게 접어서 꿰맨 상복이다. 부모상에는 삼 년, 조부모 상에는 일 년, 증조부모 상에는 다섯 달, 고조부모 상에는 석 달을 입고, 처상(妻喪)에는 일 년을 입는다.

*대공(大功): 굵은 베로 지은 상복이다. 대공친의 상사에 아홉 달 동안 입는다.

*소공(小功): 약간 가는 베로 지은 상복이다. 소공친의 상사(喪事)에 다섯 달 동안 입는다.

*시마(總麻): 가는 베로 지은 상복이다. 종증조, 삼종형제, 중현손(衆玄孫), 외손, 내외종 따위의 상사(喪事)에 석 달 동안 입는다.

오부(五部): 조선시대 한성(漢城)을 다섯 부로 나눈 행정구역. 또는 그 각 구역 안의 소송(訴訟), 도로(道路), 금화(禁火), 택지(宅地) 따위에 관한 일을 맡아 보던 관아.

오상(五常): 오륜(五倫)과 같은 말.

오악(五岳): 한국의 명산(名山). 동(東)의 금강산(金剛山), 서(西)의 묘향산(妙香山), 남(南)의 지리산(智異山), 북(北)의 백두산(白頭山), 중앙(中央)의 삼각산(三角山)을 이른다.

오욕(五慾): 불교에서 말하는 재욕(財慾), 색욕(色慾), 식욕(食慾), 명예욕(名譽慾), 수면욕(睡眠欲)의 다섯 욕망을 말한다.

오우(五友): 자연의 다섯 친구. ①물(水), 돌(石), 소나무(松), 대나무(竹), 달(月). ②죽(竹), 매(梅), 난(蘭), 국(菊), 연(蓮). ③도우(道友), 의우(義友), 자래우(自來友), 오락우(娛樂友), 상보우(相保友).

오위(五衛): 조선, 문종(文宗) 원년(1451)에 개편을 시작하여 세조(世祖) 3년(1457)에 완성한 중앙 군사 조직. 다섯 위(衛)로 개편하였는데, 중위(中衛)로 의흥위(義興衛), 좌위(左衛)로 용양위(龍驤衛), 우위(右衛)로 호분위(虎賁衛), 전위(前衛)로 충좌위(忠佐衛), 후위(後衛)로 충무위(忠武衛)를 두고, 한 위를 다섯 부(部), 한 부를 네 통(統)으로 나누어, 전국의 군사를 모두 여기에 속하게 하였다.

오위도총부(五衛都摠府) : 오위(五衛)와 같은 말.

오위장(五衛將) : 조선시대 오위(五衛)의 으뜸 벼슬. 정원(定員)은 열둘이며, 종2품 벼슬.

오작인(仵作人) : 조선시대 지방 관아에 소속되어 시체(屍體)를 임검(臨檢)할 때에 시체를 수습(收拾)하는 일을 하던 하례(下隷).

오적(五炙)의 종류

소적(素炙) : 두부를 양념하여 꼬챙이에 꿰어 불에 구운 적.

육적(肉炙) : 쇠고기나 돼지고기를 양념하여 대꼬챙이에 꿰어 불에 구운 적.

어적(魚炙) : 해산물을 양념하여 대꼬챙이에 꿰어 불에 구운 적.

봉적(鳳炙) : 닭고기와 하얀 파의 줄기를 길쭉길쭉하게 썰고 양념을 하여 꼬챙이에 꿰어서 구운 적.

채소적(菜蔬炙) : 밀가루 반죽에 배추와 파를 넣고 부친 적.

OK레코드사 : 1932년 이철(李哲)이 설립한 한국인 최초의 레코드사. 일본 컬럼비아, 빅터에 맞서 한국 연예 발전에 크게 기여했음.

오탕(五湯)의 종류

소탕(素湯) : 고기는 넣지 않고 두부와 다시마를 썰어 넣고 맑은 장에 끓인 탕국.

어탕(魚湯) : 생선 건더기가 많고 국물은 적은 탕국.

육탕(肉湯) : 소고기나 돼지고기를 넣고 끓인 탕국.

봉탕(鳳湯) : 닭고기를 넣고 끓인 탕국.

잡탕(雜湯) : 채소 생선 고기 등 여러 가지를 넣고 끓인 탕국.

오행(五行) : 우주(宇宙) 만물(萬物)을 이루는 다섯 가지 원소. 금(金), 수(水), 목(木), 화(火), 토(土)를 이른다.

오행점(五行占) : 음양오행(陰陽五行)의 이치로 치는 점. 수(水), 화(火), 목(木), 금(金), 토(土)의 글자를 새긴 다섯 개의 나무쪽이나 엽전을 윷 놀듯 던져서 나타난 글자를 주역에 맞추어 치는 점.

오형(五刑) : 조선시대 중국 대명률(大明律)에 의거하여 죄인을 처벌하던 다섯 가지 형벌. 태형(笞刑), 장형(杖刑), 도형(徒刑), 유형(流刑), 사형(死刑)을 이른다.

*태형(笞刑) : 죄인의 볼기를 작은 형장으로 치던 형벌.

*장형(杖刑) : 죄인의 볼기를 큰 형장으로 치던 형벌. 육십 대에서 백 대까지 다섯 등급이 있었다.

*도형(徒刑) : 죄인을 중노동에 종사시키던 형벌. 일 년, 일 년 반, 이 년, 이 년 반, 삼 년의 다섯 등급이 있었다. 이를 감하기 위해서는 징역 일 년에 대해 곤장 60대를 치고 한 등급마다 10대씩 증가시켜 맞도록 하였다.

*유형(流刑) : 죄인을 귀양 보내던 형벌. 죽을 때까지 유배지에 머무르게 하는 것이 원칙이었으나 감형되거나 사면되는 경우도 있었다. 죄의 가볍고 무거움에 따라 장소의 멀고 가까움이나 주거지의 제한 정도에 따라 차등을 두었다.

*사형(死刑) : 죄인의 목숨을 끊던 형벌. 일률(一律), 효시(梟示), 교형(絞刑), 참형(斬刑), 사형(死刑), 육시(戮屍) 등이 있었는데 그중 참형이 가장 많았다.

오화당(五花糖), 모나카 과자 : 오화당 등 일본 과자는 1736년 동래(東來)에 왜관(倭館)이 설치되면서 판매하였는데 당시 한국인에게 귀한 물건이었기 때문에 소위 일부 특권층만 구입할 수 있었으리라고 본다. 그러나 오화당 과자가 본격적으로 일반인들이 구매할 수 있었던 것은 1910년 한일합방 후 1920년대부터 일 것으로 본다.

옥(獄) : 죄인을 가두어 두는 곳.

옥가락지 : 옥으로 만든 가락지. 조선시대에는 금가락지는 없고 은가락지와 옥가락지가 최고 사치품이었다.

옥관자(玉貫子) : 옥(玉)으로 만든 망건(網巾)의 관자(貫子). 종1품(從一品) 벼슬아치의 것은 조각이 없고, 정3품(正三品) 당상관(堂上官) 이상의 것은 조각이 있음. 내명부(內命婦) 여인들 머리 장식품이었음(옥권(玉圈)).

옥교배(玉轎陪) : 호련대(扈輦隊)에 속하여 옥교(玉轎)를 메는 사람.

옥당(玉堂) : 화려한 전당(殿堂)이나 궁전(宮殿)을 비유적으로 이르는 말. ①

조선시대에, 삼사(三司) 가운데 궁중의 경서(經書), 문서(文書) 등을 관리하고 임금의 자문에 응하는 일을 맡아 보던 관아. ②홍문관의 부제학(副提學), 교리(校理), 부교리(副校理), 수찬(修撰), 부수찬(副修撰) 등을 통틀어 이르는 말.

옥당기생(玉堂妓生) : 임금의 총애(寵愛)를 입어 관작(官爵)을 받고 옥관자(玉貫子)를 단 기생.

옥문(玉門) : 여자의 생식기. 여근(女根).

옥바라지(獄바라지) : 감옥에 갇힌 죄수(罪囚)에게 옷과 음식 따위를 대어 주면서 뒷바라지하는 일.

옥사장 : 옥사쟁이와 같은 말. 사투리.

옥사쟁이 : 옥에 갇힌 사람을 맡아 지키던 사람(옥정(獄丁), 옥졸(獄卒), 금자(禁子), 옥사정(獄事丁)).

옥쇄장(獄鎖匠) : 옥사쟁이의 원말.

옥수(玉手) : 임금의 손(궁중용어).

옥안(玉顔) : 임금의 얼굴. 용안(龍顔) 천안(天顔) 성안(聖顔)(궁중용어).

옥우(屋宇) : 가옥(家屋). 또는 여러 채의 집을 이르는 말.

옥졸(獄卒) : 옥에 갇힌 사람을 맡아 지키던 사람(금자(禁子), 옥정(獄丁), 옥사쟁이, 옥사정(獄事丁)).

옥체(玉體) : 왕의 몸, 신체(궁중용어).

옹성(甕城) : 문을 보호하고 성(城)을 튼튼히 지키기 위하여 큰 성문 밖에 원형(圓形)이나 방형(方形)으로 쌓은 작은 성.

옹주(翁主) : 조선시대 후궁이 난 딸.

와룡관(臥龍冠) : 가운데가 높고 세로로 골이 진, 말총으로 만든 관(冠). 중국 삼국시대(三國時代)에 제갈량(諸葛亮)이 썼다고 한다.

와서(瓦署) : 조선시대 왕실에 쓰는 기와나 벽돌을 만들어 바치던 관아. 태조(太祖) 원년(1392)에 동요(東窯)와 서요(西窯)를 두었다가 뒤에 합하여 이 이름으로 고쳤다가 뒤에 폐지했다.

왈자(曰者) : 말과 행동이 거칠고 남을 얕잡아 보는 여자를 이른다.

왈패(曰牌) : 말이 많고 위협적인 언사(言辭)를 많이 쓰는 여자들 무리.

왈패질 : 왈패 노릇.

왕(王) : 군주 국가에서 나라를 다스리는 우두머리(임금).

왕권(王權) : 임금이 지닌 권력이나 권리.

왕산악(王山岳) : 고구려(高句麗)의 제이상(第二相), 음악가(?~?). 중국의 진 (晉)나라에서 도입한 칠현금(七絃琴)을 개조하여 거문고를 만들고 100여 곡을 작곡하였다. 또한 거문고 연주의 대가이기도 하다.

왕산악 일화 : 왕산악이 만든 새 악기로 새로운 음악을 작곡하여 연주하였더 니, 검은 학이 날아와서 춤을 추었다. 이 때문에 사람들은 새로 만든 악기를 현학금(玄鶴琴)이라고 하였는데 뒤에 현금(거문고)이라 불렀다고 한다.

왕실(王室) : 임금의 집안.

왕약왈(王若曰) : 왕은 이르노라. 본래 조선시대의 국정 명령 집행문서 서두에 관행적으로 쓰는 말.

왕위(王位) : 임금의 자리(보위(寶位)).

왕이 신하에게 내리는 문서의 종류 : 홍패(紅牌), 백패(白牌), 고신(告身), 교서 (教書), 교지(教旨), 교첩(教牒), 사첩(謝貼), 녹패(祿牌), 해유(解由), 첩정 (牒呈), 이관(移管), 조흘(照訖), 유서(諭書) 유지(有旨) 등이 있다.

왕자(王子) : 임금의 아들.

왕조실록의궤(王朝實錄儀軌) : 조선시대에 왕실이나 국가에 큰 행사가 있을 때 후 세에 참고할 수 있도록 일체의 관련 사실을 그림과 문자로 정리한 책. 의궤 는 조선 초기 태조 때부터 만들어지고 있었으나 현재 가장 오래된 의궤는 1601년(선조 31년) 의인왕후(懿仁王后)의 장례 기록을 편찬한 『의인왕후 산릉도감의궤(懿仁王后山陵都監儀軌)』와 『의인왕후빈전혼전도감의궤(懿仁 王后殯殿魂殿都監儀軌)』이다. 2007년 유네스코 세계기록유산으로 등재되 었다.

*1866년 병인양요 때 강화도에 침입한 프랑스군이 외규장각(外奎章閣)에

서 300여 책과 문서를 약탈해 갔다. 이는 프랑스 국립도서관에 보관되어 있다가, 2011년에 영구 임대형식으로 우리나라에 돌아왔다.

왕팔채(王八價) : 다른 남자가 자신의 아내와 관계한 것에 대하여 남편이 상대 방에게 요구하는 대가.

왕호(王號) : 왕의 호칭. 군왕(君王), 군주(君主), 주군(主君), 인군(人君), 왕 (王), 왕자(王者), 나랏님, 상감마마, 황제(皇帝) 등으로 변천했다.

왕후(王后) : 임금의 아내(왕비).

왜(倭) : 일본(日本)을 낮잡아 이르는 말.

왜관(倭館) : 조선시대 입국한 왜인(倭人)들이 머물면서 외교적인 업무나 무역 을 행하던 관사.

왜구(倭寇) : 고려 후기부터 조선 초까지 우리나라 해안에서 무지막지(無知莫 知)하게 약탈을 일삼던 일본 해적(海賊).

왜식집(倭式집) : 일식집을 낮잡아 이르는 말.

왜콩 : 껍질 안 깐 땅콩.

외거노비(外居奴婢) : 주인집에 거주하지 않고 독립된 가정을 가지면서 자기의 재산을 소유할 수 있었던 노비. 주인의 토지를 경작하면서 조(租)만 바쳤다.

외관직(外官職) : 관찰사(觀察使), 부사(府使), 목사(牧使), 군수(郡守), 현감 (縣監)을 아울러 이르는 말.

외명부(外命婦) : 조선시대 공주(公主), 옹주(翁主), 부부인(府夫人), 봉보부인 (奉保夫人), 군주(郡主) 현주(縣主) 문무관의 아내로서 남편의 직품(職品) 에 따라 봉작(封爵)을 받은 부인을 통틀어 이르는 말.

외삼문(外三門) : 바깥 담에 세 칸으로 세운 대문(밭삼문).

외자(外子) : 양반과 양민 여성 사이에서 낳은 아들.

외지부(外知部) : 해박한 법률 지식을 가지고 남의 소송을 맡아 처리하여 주고 돈을 받는 사람.

외친(外親) : 어머니 안쪽 친척.

요강담살이 : 예전에 상류 집안에서 요강 닦는 일을 맡아 하던 종.

요로원야화기(要路院夜話記) : 조선 숙종 4년(1678)에 박두세(朴斗世)가 지은 수필집. 서울과 시골에 사는 두 양반(兩班)이 요로원(要路院) 주막에서 만나 정치와 사회, 풍속을 신랄하게 풍자한 내용을 대화체로 엮었다. 1권.

욕계(欲界) : 음욕(淫欲), 식욕(食欲), 수면욕(睡眠欲).

용기(龍旗) : ①임금이 행차할 때 행렬(行列) 맨 앞에 세우던 기(旗). 누런 바탕의 기면(旗面)에 용틀임과 운기(雲氣)가 채색되어 있고, 가장자리에 붉은 화염(火焰)이 그려져 있는 아기(牙旗)이다. 임금이 친열(親閱)할 때는 각 영(營)을 지휘하는 데 썼다. ②농악대가 행진할 때 앞에 들고 가는 기(旗).

용루(龍淚) : 임금의 눈물(궁중용어).

용만관(龍灣館) : 평안도 의주(義州)에 소재. 중국 사신(使臣)을 영송하는 장소.

용문(龍紋) : 용을 그린 무늬.

용사(冗司) : 별로 중요하지 않은 관아.

용상(龍床) : 임금의 밥상(궁중용어).

용안(龍顔) : 왕의 얼굴(왕 이외의 왕족들은 면부(面膚)라 함)(궁중용어).

용잠(龍簪) : 용머리 형상을 새긴 비녀.

용주사(龍珠寺) : 경기도 화성시 화산(花山)에 있는 사찰. 용주사는 신라, 문성왕(文聖王) 16년(854)에 창건하여 광종 3년(952)에 소실된 갈양사(葛陽寺)의 옛터에 창건하였다. 조선(朝鮮) 정조(正祖) 14년(1790) 보경(寶鏡)이 창건하여 이 절을 장헌세자(莊獻世子)의 능(陵)인 현륭원(顯隆園)에 복을 빌어 주는 능사(陵寺)로 삼았다. 부모은중경(父母恩重經)과 김홍도(金弘道)의 불화(佛畵)가 특히 유명하다.

용파(容疤) : 범인의 인상착의를 기록한 것.

용포(龍袍) : 임금의 옷(궁중용어).

용하기(用下記) : 비용의 지출내역을 적은 문서.

용호영(龍虎營) : 조선, 대궐(大闕)에서 숙직 경비하며 임금의 가마 곁을 따라 다니는 일을 맡아보던 군영(軍營).

우금치전투(牛禁峙戰鬪) : 조선 고종 31년(1894) 충청남도 공주시 금학동 우금치에서 동학농민군과 조선, 일본의 연합군이 벌였던 전투. 동학농민군이 벌인 전투 가운데 가장 큰 규모였으나 농민군이 패배하여 동학농민운동이 실패에 끝나게 된 결정적인 원인이 되었다.

우란분회(盂蘭盆會) : 음력 7월 15일 백중날에 사찰에서 죽은 사람이 사후에 고통받고 있는 것을 구하기 위하여 후손(後孫)들이 음식을 마련하여 승려(僧侶)들에게 공양(供養)하는 불교 행사이다(우란분재(盂蘭盆齋)).

우륵(于勒) : 신라(新羅)의 가야금(伽倻琴) 명인(名人, ?~?). 대가야(大伽倻)의 가실왕(嘉悉王) 때 『상가야(上伽倻)』, 『하가야(下伽倻)』 등 12곡을 작곡하였다. 신라 진흥왕 12년(551)에 신라로 망명한 가야(伽耶) 음악인.

우부승지(右副承旨) : 조선시대 중추원(中樞院)이나 승정원(承政院)에 속한 정3품 벼슬.

우수리 : 정해진 수량 이외에 덧붙이는 물건.

우승지(右承旨) : 조선시대 중추원(中樞院)이나 승정원(承政院)에 속하여 왕명(王命)의 출납을 맡아보던 정3품 벼슬.

우윤(右尹) : 조선시대 한성부(漢城府)에 속한 종2품 벼슬.

우음제방(禹飮諸方) : 송준길(宋浚吉)의 후손인 지돈령부사(知敦寧府事) 송영로(宋永老, 1803~1881)의 부인 연안(延安) 이씨(李氏)(1804~1860)가 술 제조법(製造法)만 따로 모아 정리한 책이다. 이 책은 1800년대 중 후반에 쓴 것으로 보인다.

우의정(右議政) : 조선시대 의정부(議政府)에 속한 정1품 벼슬.

우찌시 : 작은 송편과 찹쌀부꾸미를 기름에 지져서 떡 고임새 위에 고명으로 올리는 떡. 다른 곳에서는 웃기떡, 우찌떡이라고도 한다. 찹쌀 부꾸미에는 국화 꽃잎이나 잣, 대추 채, 같은 것을 박아서 지지기도 한다.

우진각지붕 : 네 개의 추녀마루가 동마루에 몰려 붙은 지붕.

우찬성(右贊成) : 조선시대 의정부(議政府)에 속한 종1품 문관(文官) 벼슬.

우통례(右通禮) : 조선시대 통례원(通禮院)에서 국가 의식(儀式)에 관한 일을 맡아보던 으뜸 벼슬. 품계는 정3품이다.

운삽(雲翣) : 예전 양반집 상여(喪輿) 나갈 때 영구(靈柩)의 앞뒤에 불삽(黻翣)과 함께 세우고 가는 널판. 구름무늬를 그린 부채 모양의 널판이다.

운시인(運屍人) : 시신을 운반한 사람.

운양호사건(雲揚號事件) : 조선 고종(高宗) 12년(1875)에 일본 군함 운양호(雲揚號)가 강화 해협을 불법 침입하여 발생한 한일(韓日) 간의 포격(砲擊) 사건. 일본은 의도적으로 이 사건을 일으키고 배상(賠償)과 함께 수교(修交)를 요구하였다. 양국은 마침내 이듬해 불평등한 강화도조약(江華島條約)을 체결하면서 조선은 일본에 문호를 개방하여 침략의 발판을 만들어 주었다.

운우지락(雲雨之樂) : 구름과 비를 만나는 즐거움이라는 뜻으로, 남녀 간의 성교(性交)를 이르는 말. 중국(中國) 초(礎)나라 회왕(懷王)의 고사에서 유래한 고사성어(故事成語).

*회왕(懷王)이 꿈속에서 어떤 부인과 잠자리를 같이 했는데, 그 부인이 떠나면서 자기는 아침에는 구름이 되고 저녁에는 비가 되어 양대(陽臺) 아래에 있겠다고 했다는 말.

운우지정(雲雨之情) : 운우지락과 같은 말.

운현궁(雲峴宮) : 서울 종로구에 있는 흥선대원군(興宣大院君)의 사저(私邸)). 흥선대원군의 둘째 아들인 고종(高宗)이 출생하여 왕위에 오르기 전 12세까지 성장한 잠저(潛邸)이다. 이곳에서 대원군은 서원(書院)철폐, 경복궁(景福宮) 중건, 세제개혁(稅制改革) 등 많은 사업을 추진하였으며, 1882년(고종 19) 임오군란(壬午軍亂) 때 이곳에서 중국 청(淸)나라 톈진〔天津〕으로 납치된 곳이기도 하다.

웃기떡 : 떡 위에 고명으로 올리는 아기송편, 율란(栗卵), 조란(棗卵), 강란(薑卵) 같은 색 떡을 말함(웃찌떡, 우찌시).

웃전 : 임금이 거처하는 궁전(宮殿).

원(員) : 고려, 조선시대 각 고을을 맡아 다스리던 지방관들을 통틀어 이르는 말. 절도사(節度使), 관찰사(觀察使), 부윤(副尹), 목사(牧使), 부사(府使), 군수(郡守), 현감(縣監), 현령(縣令) 등을 말한다(수령(守令), 장리(長吏)).

원(院) : 조선시대 관원(官員)이 공무로 다닐 때 숙식(宿食)을 제공하던 곳.

원각사(圓覺社) : 서울 종로구 새문안교회 자리에 있었던 한국 최초의 서양식 사설극장. 한국 신극운동(新劇運動)의 요람으로 1908년 창설되었으며, 그 해 11월 이인직(李人稙)의 신소설(新小說)『은세계(銀世界)』가 처음으로 신극화하여 상연하였다.

원납전(願納錢) : 조선 고종(高宗) 때 스스로 원하여 바치는 돈. 실제로는 대원군(大院君)이 경복궁(景福宮) 중수를 위하여 백성들로부터 강제(强制)로 거두어 들였던 기부금.

원님(員님) : 고을의 원(員)을 높여 부르는 말.

원두(園頭) : 오이, 참외, 수박, 호박 따위를 재배하는 밭을 이르는 말.

원두막(園頭幕) : 참외, 수박, 오이 등을 지키기 위하여 밭머리에 지은 막(幕).

원두한(園頭干) : 관청(官廳)에서 채소를 담당하는 사람.

원삼(圓衫) : 부녀자의 예복(禮服)의 하나. 흔히 비단이나 명주로 지으며 연두색 길에 자주색 깃과 색동 소매를 달고 옆을 튼 것으로 홑옷, 겹옷 두 가지가 있다. 주로 신부(新婦)나 궁중에서 내명부(內命婦)들이 입었다.

원손(元孫) : 왕의 장손으로서 아직 왕세손(王世孫)으로 책봉되지 않은 사람.

원앙새(鴛鴦새) : 원앙은 수컷인 원(鴛), 암컷인 앙(鴦)을 함께 부르는 말이다. 한 쌍의 원앙은 한쪽을 잃더라도 새 짝을 얻지 않는다고 하여, 민간(民間)에서는 부부간의 애정(愛情)과 정조(情操)를 상징하는 새로 여겼다.

원옥(冤獄) : 죄 없이 억울하게 옥(獄)에 갇힘.

원우(院宇) : 고려 중기 이후에 서원(書院), 사우(祠宇), 정사(精舍), 영당(影堂) 등을 통틀어 이르던 말.

원자(元子) : 왕(王)의 장자로서 아직 왕세자(王世子)로 책봉되지 않은 사람.

원전(院田) : 원(院)을 유지하기 위하여 준 토지(土地).

원진살(元嗔煞) : ①부부간에 까닭도 없이 서로 미워하는 살(煞:기운). ②궁합(宮合)에서 서로 꺼리는 살. 쥐띠와 양띠, 소띠와 말띠, 범띠와 닭띠, 토끼띠와 원숭이띠, 용띠와 돼지띠, 뱀띠와 개띠는 원진살이 끼었다고 함.

원찰(願刹) : 죽은 사람의 명복(冥福)을 빌던 법당(法堂). 궁중(宮中)에 둔 것은 내불당(內佛堂) 또는 내원당(內院堂)이라 하였다(원당(願堂)).

월정사(月精寺) : 강원도 평창군 오대산(五臺山)에 있는 사찰. 신라(新羅) 선덕여왕(善德女王) 때 자장율사(慈藏律師)가 문수보살(文殊菩薩)의 계시를 받고 지었다고 한다. 현재 고려시대(高麗時代)의 팔각구층탑(八角九層塔), 석조보살좌상(石造菩薩坐像) 등이 남아 있다.

월천꾼(越川꾼) : 예전에, 사람을 업어서 내를 건네주는 일을 직업으로 하던 사람.

위(尉) : 조선시대 의빈부(儀賓府)에 속한 벼슬. 부마(駙馬)에게 주던 벼슬로, 정1품에서 종2품까지 있었다.

위리안치(圍籬安置) : 유배(流配)된 죄인이 거처하는 집 둘레에 가시로 울타리를 치고 그 안에 가두어 두던 형벌.

위민정치(爲民政治) : 백성을 위한 정치.

위수(衛率) : 왕세자(王世子)를 따라다니며 호위하는 직책.

위장(衛將) : 각 위(衛)의 지휘관(指揮官).

위패(位牌) : 단(壇), 묘(廟), 원(院), 절 따위에서 모시는 신주(목주(木主), 영위(靈位), 위판(位版)).

윗자와 : 위하여(궁중용어).

유가(遊街) : 과거에 합격한 자의 축하(祝賀)행사. 유가(游街) 행렬은 맨 앞에서 길을 정리하는 사람, 그다음 합격증서(合格證書)를 드는 사람, 그다음 악대(樂隊)와 광대(廣大), 그다음 합격자가 말을 타고 뒤따른다. 유가는 보통 3일 동안 도성(都城) 안에서 이루어졌는데, 지방 출신 합격자는 고향의 마을 어귀에서 집에 이르기까지 유가를 하였다.

유거(柳車) : 나라 또는 민간(民間)에서 장례(葬禮) 지낼 때 재궁(梓宮)이나 시체를 실어 끌게 하던 큰수레. 소가 끌었으나, 세종(世宗, 1123~1189) 때 이를 없애고 상여(喪輿)를 사용하도록 하였다.

유건(儒巾) : 검은 베로 만든 실내용 관모(冠帽)로 상주(喪主)가 쓰는 두건(頭巾). 두건 양측(兩側)에 뿔이 있으며 더러 끈을 달아 갓끈처럼 잡아매기도 한다. 민자관(民字冠)이라고도 한다.

유걸자(流乞者) : 머물 곳 없어서 돌아다니며 걸식(乞食)하며 사는 사람.

유과(油果) : 밀가루나 쌀가루를 반죽하여 적당한 모양으로 빚어서 바싹 말린 후에 기름에 튀기어 꿀이나 조청(造淸)을 바르고 튀밥, 깨, 따위를 입힌 과자(菓子). 유과(油菓)는 사치품이어서 고려조(高麗朝)에서는 가끔 금용령(禁用令)을 내리고, 조선조(朝鮮朝)에서는 사대부(士大夫) 집은 허락되었으나 민가(民家)에서 혼인(婚姻)이나 상례(喪禮)에 약과를 쓰면 매 10대에 처한다고 하였다(대동통편).

유곽(遊廓) : 일제강점기 많은 창녀(娼女)를 두고 매음(賣淫) 영업을 하는 집.

유관순(柳寬順) : 독립운동가(1902~1920). 여성으로서 18세 때 이화학당(梨花學堂) 고등과 1년생으로 3.1운동에 참가한 뒤, 고향인 천안(天安)에 내려가서 아우내 장날을 기하여 만세(萬歲)를 삼창하며 시위하다 왜경(倭警)에 체포된 후 옥중(獄中)에서 순국(殉國)하였다.

유녀(游女) : 술과 함께 몸을 파는 일을 직업으로 하는 기생(妓生), 색주가(色酒街)에서 직업적으로 영업을 하는 여자들을 통틀어 이르는 말.

유두(流頭) : 음력 6월 15일을 유둣날이라 한다. 이날은 동쪽에 있는 시내에 가서 머리를 감고, 음식을 나누어 먹으면서 하루를 즐긴다. 이것을 유두연(流頭宴)이라고 하는데 이렇게 하면 여름철 더위를 이기고 질병을 물리친다고 한다.

유랑극단(流浪劇團) : 일정한 거처가 없이 떠돌아다니며 연극(演劇)을 공연하는 단체. 일제강점(日帝强占)기부터 1960년대까지 성행하였음.

유랑생활(流浪生活) : 정처 없이 떠돌아다니는 생활.

유림(儒林) : 유학(儒學)을 신봉하는 무리.

유모(乳母) : 남의 아이에게 젖을 먹여 주는 여자.

유배(流配) : 오형(五刑) 가운데 죄인을 귀양 보내던 일. 그 죄의 가볍고 무거움에 따라 원근(遠近)의 등급이 달랐다(귀양(歸養), 발배(發配), 정배(定配)).

유배살이 : 죄수가 유배지(流配地)에서 하는 생활.

유배지(流配地) : 유배생활(流配生活)하는 곳(귀양지(歸養地), 배소(配所), 적소(謫所)).

유복친(有服親) : 복제(服制)에 따라 상복(上服)을 입어야 하는 가까운 친척.

유불선(儒佛仙) : 유교(儒敎), 불교(佛敎), 도교(道敎)를 말함.

유사(有司) : 향교(鄕校), 서원(書院), 이정(里政)이나 동계(洞契), 혼상계(婚喪契), 두레 등의 각종 모임에서 연락, 회계, 문서작성 등의 사무(事務)를 맡은 직책. 소임(所任)이라고도 함.

유사당상(有司堂上) : 조선시대 종친부(宗親府), 충훈부(忠勳府), 비변사(備邊司), 기로소(耆老所) 등의 사무(事務)를 맡았던 당상관(堂上官).

유서(諭書) : 임금이 군사(軍士) 동원에 관하여 관찰사(觀察使), 절도사(節度使), 방어사(防禦使)에게 내리던 명령서.

유서(遺書) : 유언(遺言)을 적은 글.

유세차(維歲次) : '이해의 차례는' 이라는 뜻으로, 제문(祭文)의 첫머리에 관용적(慣用的)으로 쓰는 말.

유수(留守) : 조선시대 수도(首都) 이외의 요긴한 곳을 맡아 다스리던 정2품의 외관(外官) 벼슬. 개성(開城), 강화(江華), 광주(光州), 수원(水原), 춘천(春川) 등지에 두었다. 유후(留侯), 유대(留臺), 유가(留可), 유상(留相), 거류(居留)라고도 한다.

유시(諭示) : 관청에서 국민을 타일러 가르침. 또는 그런 문서(훈시).

유식(侑食) : 제사 지낼 때 제주(祭主)가 술을 다 부은 다음 숟가락을 제삿밥 가운데 꽂고 젓가락 끝이 동쪽으로 가게 놓은 다음 재배(再拜)하는 순서.

유언(遺言) : 죽음에 이르러 말을 남김. 또는 그 말. 예전에 자식이 부모의 유언(遺言)을 지키지 않으면 불효막심(不孝莫甚)하다고 하였다.

유인(孺人) : ①조선시대 9품 문무관(文武官)의 아내에게 주던 외명부(外命婦)의 품계. ②생전에 벼슬하지 못한 사람의 아내의 신주(神主)나 명정(銘旌)에 쓰던 존칭.

유자(猶子) : 형제의 아들. 조카.

유점사(楡岾寺) : 강원도 고성군 금강산(金剛山)에 있는 사찰. 신라(新羅) 초기 남해왕(南解王) 때 창건하였다. 이후 여러 차례 중건하였는데, 특히 조선시대에는 1408년(태종 8) 효령대군(孝寧大君)이 금 2만 냥을 들여 3,000여 칸으로 중건하였다. 경내에 아름드리 느릅나무가 많아 유점사라 하였다고 한다.

유지(有旨) : 승정원(承政院)의 담당 승지(承旨)를 통하여 전달되는 왕명서(王命書).

유학(幼學) : 조선시대 양반(兩班)의 자손(子孫)으로서 벼슬하지 못한 유생(儒生)을 이르던 말. 이런 신분적 차별은 호패(戶牌)에 양반 자식임을 기록하기 위하여 생긴 단어다.

유행어(流行語) : 어느 시기(時期)에 널리 사용(使用)하다가 사라지는 말. 유행어는 어느 특정한 사람이나 사건에서 사용한 언어가 민심(民心)을 불러 일으켜서 퍼져나간다.

유향소(留鄕所) : 조선시대 지방의 수령(守令)을 보좌하던 자문기관(諮問機關). 풍속(風俗)을 바로잡고 향리(鄕吏)를 감찰하며, 민의(民意)를 대변하였다.

유향소(留鄕所)임원 : 조선시대 유향소(留鄕所)의 우두머리인 좌수(座首)와 별감(別監)을 아울러 이르던 말.

유현(儒賢) : 이름난 선비.

유형(流刑) : 죄인을 귀양(歸養) 보내던 형벌(刑罰). 죽을 때까지 유배지(流配地)에 머무르게 하는 것이 원칙이었으나 감형(減刑)되거나 사면(赦免)되는 경우도 있었다. 죄의 가볍고 무거움에 따라 장소의 멀고 가까움이나 주거지의 제한 정도에 차등을 두었다.

유훈서(遺訓書) : 죽은 사람이 남긴 훈계(訓戒)의 글.

육가야(六伽倻) : 김해(金海)의 금관가야(金官伽倻), 고령(高靈)의 대가야(大伽倻), 함안(咸安)의 아라가야(阿羅伽倻), 고성(固城)의 소가야(小伽倻), 성주(星州)의 성산가야(星山伽倻), 상주(尙州)의 고령가야(古寧伽倻) 등이다.

562년에 신라(新羅)에 흡수되었으며, 가야(伽耶)의 문화는 신라(新羅)에 큰 영향을 주었다.

육모방망이 : 역졸(驛卒)이나 포졸(捕卒)들이 쓰던 여섯 모가 진 방망이.

육방(六房) : 지방 관아(官衙)에 있는 이방(吏房), 호방(戶房), 예방(禮房), 병방(兵房), 형방(刑房), 공방(工房) 체제를 말한다. 이는 왕명(王命)출납에 있어서 육조(六曹)의 사무를 각기 분장하기 위한 대응(對應)편제였다.

육방관속(六房官屬) : 지방 관아(官衙)의 육방(六房)에 속한 구실아치.

육승지(六承旨) : 왕명(王命)을 출납하는 승지는 왕의 비서관이다. 6명의 승지는 도승지(都承旨), 좌승지(左承旨), 우승지(右承旨), 좌부승지(左副承旨), 우부승지(右副承旨), 동부승지(同副承旨)로 모두 정3품이며 6방을 맡는다. 도승지는 비서실장 격이다. 이들은 때로 사관(史官)을 겸하여 임금의 말과 행동을 기록한다.

육십갑자(六十甲子) : 천간(天干)에 속한 글자와 지지(地支)에 속한 글자를 차례로 맞추면 60갑자가 된다. 육십갑자가 한 바퀴 돌아 61번째 되는 해가 환갑(還甲)이 된다. 조선시대까지는 육십갑자로 연대를 표시했다. 육십갑자를 차례대로 적으면 다음과 같다.

갑자(甲子), 을축(乙丑), 병인(丙寅), 정묘(丁卯), 무진(戊辰), 기사(己巳), 경오(庚午), 신미(辛未), 임신(壬申), 계유(癸酉), 갑술(甲戌), 을해(乙亥), 병자(丙子), 정축(丁丑), 무인(戊寅), 기묘(己卯), 경진(庚辰), 신사(辛巳), 임오(壬午), 계미(癸未), 갑신(甲申), 을유(乙酉), 병술(丙戌), 정해(丁亥), 무자(戊子), 기축(己丑), 경인(庚寅), 신묘(辛卯), 임진(壬辰), 계사(癸巳), 갑오(甲午), 을미(乙未), 병신(丙申), 정유(丁酉), 무술(戊戌), 기해(己亥), 경자(庚子), 신축(辛丑), 임인(壬寅), 계묘(癸卯), 갑진(甲辰), 을사(乙巳), 병오(丙午), 정미(丁未), 무신(戊申), 기유(己酉), 경술(庚戌), 신해(辛亥), 임자(壬子), 계축(癸丑), 갑인(甲寅), 을묘(乙卯), 병진(丙辰), 정사(丁巳), 무오(戊午), 기미(己未), 경신(庚申), 신유(辛酉), 임술(壬戌), 계해(癸亥).

육예(六藝) : 유학(儒學)에서 교육하는 여섯 가지 교양과목. 예(禮), 악(樂), 사

(射), 어(御), 서(書), 수(數)를 이른다.

육의전(六矣廛) : 조선시대 한양 운종가(雲從街)에 있었던 여섯 종류의 큰 상점. 이들은 특정 상품에 대한 독점권, 난전을 단속할 수 있는 금난전권(禁亂廛權)을 가지고 있어서 조선 시장에 커다란 영향을 미쳤다.

*선전(縇廛) : 비단을 파는 상점.

*면주전(綿紬廛) : 명주를 파는 상점.

*면포전(綿布廛) : 무명을 파는 상점.

*저포전(苧布廛) : 모시를 파는 상점.

*지전(紙廛) : 종이를 파는 상점.

*내외어물전(內外魚物廛) : 생선을 파는 상점.

육전소설(六錢小說) : 개화기 춘향전(春香傳) 심청전(沈淸傳) 등이 출판되면서 책값이 공통적으로 6전(錢)이었기 때문에 붙은 이름. 그리고 표지가 울긋불긋하였기 때문에 빨간딱지 소설이라고도 한다.

육정(六情) : 희(喜), 노(怒), 애(愛), 락(樂), 애(哀), 오(惡) 등 여섯 종류의 감정.

육조(六曹) : 고려, 조선시대 왕명을 받들어 국사를 맡아보던 여섯 관청. 즉, 이조(吏曹), 호조(戶曹), 예조(禮曹), 병조(兵曹), 형조(刑曹), 공조(工曹)를 아울러 이르는 말이다.

육처소(六處所) : 조선시대 궁중(宮中)의 살림을 담당한 여섯 부서. 침방(針房), 수방(繡房), 세수간(洗水間), 생과방(生果房), 소주방(燒廚房), 세답방(洗踏房)을 이른다.

윤봉길(尹奉吉) : 충청남도 예산 출신(1908~1932). 호는 매헌(梅軒). 3.1 운동이 계기가 되어 애국운동(愛國運動)을 벌이다가 탄압을 받게 되자 1930년 상하이로 가서 김구(金九)의 한인애국단에 가입하였다. 1932년 4월 29일 홍커우(虹口) 공원에서 열린 일본(日本) 천황(天皇)의 생일을 기념하는 천장절(天長節) 축하식(祝賀式)장에 폭탄을 던져 시라카와 요시노리(白川義則) 대장을 죽이고 기타 요인에게 부상을 입힌 뒤 일본 경찰에게 붙잡혀 오사카에서 순국하였다.

윤선도(尹善道) : 조선 중기, 문신이며 시조시인(時調詩人, 1587~1671). 자는 약이(約而). 호는 고산(孤山), 해옹(海翁). 경사(經史), 의약(議約), 복서(卜筮), 음양지리(陰陽地理)에 해박한 시조시인이다. 특히 자연(自然)을 시(詩)로 승화시킨 뛰어난 시인이다. 문집 『고산유고(孤山遺稿)』에 시조(時調) 77수(首)가 전한다. 대표 작품으로 『오우가(五友歌)』, 『어부사시사(漁父四時詞)』가 있다.

윤지충(尹持忠) : 전라도 진산(珍山) 출신. 정조(正祖)때 천주교인(1759~1791). 교명은 바오로. 정약용(丁若鏞)과 외사촌 간으로 그의 가르침에 따라 천주교(天主教)를 믿고 영세(領洗)를 받았다. 정조(正祖) 13년(1789) 베이징에 가서 견진 성사를 받고 귀국하여 모친 장례를 천주교 의식에 따라 초상(初喪)을 치른 것이 죄가 되어 신해박해(辛亥迫害) 때 처형되었다. 우리나라 최초의 순교자다.

윤집 : 초고추장.

율과(律科) : 조선시대 잡과(雜科) 가운데 형률에 밝은 사람을 뽑던 과거. 초시(初試), 복시(覆試)로 나누어 시험을 실시하였으며, 식년시와 증광시가 있었다.

율란(栗卵) : 삶은 밤을 잘 으깨어 계핏가루와 꿀을 섞고 반죽하여 도토리 크기로 둥글게 빚어 잣가루를 묻혀 만든다. 조선시대 왕에게 드렸던 간식용 과자다.

율학교수(律學教授) : 조선시대 형조(刑曹)의 율학청(律學廳)에서 율학(律學)을 가르치는 일을 맡아보던 종6품 벼슬.

율학훈도(律學訓導) : 조선시대 형조(刑曹)의 율학청에서 율학(律學)을 가르치는 일을 맡아보던 정9품 벼슬.

융복(戎服) : 철릭과 주립으로 된 옛 군복. 무신이 입었다. 문신(文臣)도 전쟁이 일어났을 때나 임금을 호종(扈從)할 때에는 입었다.

융희(隆熙) : 조선, 순종(純宗, 1874~1926) 때 사용한 연호(年號). 대한제국(大韓帝國)의 마지막 황제의 연호이다.

윷놀이 : 정월 초하루부터 대보름까지 즐기는 민속놀이로 4개의 윷가락을 던

져 그 결과에 따라 승부를 겨루는 놀이로 남녀노소(男女老少) 누구나 어울려 즐기는 놀이이다. 사희(柶戲), 척사희(擲柶戲)라고도 한다. 예전에는 농민들이 세초(歲初)에 편을 갈라 한쪽은 산농(山農), 다른 한쪽은 수향(水鄉)으로 편을 갈라서 윷을 놀아 그 승부로써 그 해의 농사가 고지(高地)가 잘될 것인가 또는 저지(低地)가 잘될 것인가를 판단하는 점년법(占年法) 중에 하나였다.

은자(銀子) : 은(銀)으로 만든 돈.

을미사변(乙未事變) : 조선 고종(高宗) 32년(1895)에 일본의 자객(刺客)들이 경복궁(景福宮)을 습격하여 명성황후(明成皇后)를 시해한 사건. 일본 공사 미우라 고로(三浦梧樓) 등이 친러파 세력을 제거하기 위하여 일으켰으며, 이로 인하여 고종(高宗, 1852~1919)이 러시아 공관(公館)으로 파천(播遷)하였다.

을사사화(乙巳士禍) : 조선 명종(明宗) 즉위년(1545)에 일어난 사화(士禍). 인종(仁宗, 1515~1545)이 죽자 새로 즉위한 명종(明宗, 1534~1567)의 외숙인 소윤(小尹)의 거두 윤원형(尹元衡)이 인종(仁宗)의 외숙인 대윤(大尹)의 거두 윤임(尹任) 일파를 몰아내는 과정에서 대윤파에 가담했던 사림(士林)이 크게 화를 입었다.

을사보호조약(乙巳保護條約) : 대한제국 광무(光武) 9년(1905)에 일본이 한국의 외교권(外交權)을 빼앗기 위하여 강제적으로 맺은 조약.

을사오적(乙巳五賊) : 구한말에 을사조약(乙巳條約)의 체결에 가담한 다섯 명의 매국노(賣國奴)를 말함. 외부대신 박제순(朴齊純), 내부대신 이지용(李址鎔), 군부대신 이근택(李根澤), 학부대신 이완용(李完用), 농상공부대신 권중현(權重顯)을 이른다.

을지문덕(乙支文德) : 고구려, 영양왕(嬰陽王, ?~618)때의 명장(名將). 영양왕 23년(612)에 중국 수(隨)나라 양제(煬帝)가 200만 대군을 이끌고 고구려를 쳐들어왔으나 살수(薩水)에서 물리쳤다. 지략(智略)과 무용(武勇)에 뛰어났으며 시문(詩文)에도 능하였다.

음각(陰刻) : 조각에서, 평면에 글자나 그림 따위를 안으로 들어가게 새기는 일. 또는 그런 조각을 말함. 사람 이름은 사망한 사람에 한하여 음각한다.

음독(音讀) : ①글을 소리 내어 읽음. ②한자를 음으로 읽음.

음력(陰曆) : 청나라가 서양(西洋) 신부(神父) 탕약망(湯若望)이 편찬한 시헌력(時憲曆)을 1644년 반포하면서 우리나라에서도 효종(孝宗) 4년(1653)부터 조선 말까지 이를 사용하였다.

음복(飮福) : 제사를 마친 뒤 참석한 사람들이 신(神)에게 올렸던 술이나 제물(祭物)을 나누어 먹는 일. 신(神)이 내리는 복(福)을 받는다는 뜻을 가지고 있어서 음복(飮福)이라 함.

음서(蔭敍) : 부조(父祖)의 음덕(蔭德)에 따라 그 자손을 관리로 서용(敍用)하는 제도. 과거(科擧)는 실력에 의해 관인(官人)을 선발하는 제도였고, 음서(蔭敍)는 가문(家門)에 기준을 둔 등용제도로 문음(門蔭), 천거(薦擧), 특지(特旨) 등의 다양한 방법이 있었다.

음양과(陰陽科) : 조선시대 관상감(觀象監)에서 천문학(天文學), 지리학(地理學), 명과학(命課學)을 공부한 사람을 대상으로 실시하던 잡과. 다른 잡과(雜科)와 마찬가지로 식년시(式年試)와 증광시(增廣試)에만 시행하였고 초시(初試)와 복시(覆試)가 있었다.

음직(蔭職) : 과거를 거치지 아니하고 조상(組上)의 공덕에 의하여 맡은 벼슬. 또는 그런 벼슬아치를 말한다.

음택(陰宅) : 무덤을 이르는 말.

음풍농월(吟風弄月) : 맑은 바람과 밝은 달을 취하여 시(詩)를 읊으며 즐겁게 논다(음풍영월(吟風詠月)).

음형(陰刑) : 음부(陰部)에 가하는 형벌. 남자는 거세(去勢)하고 여자는 음문(陰門)을 꿰매어 봉하였음.

읍기(邑基) : 읍(邑)의 터.

읍성(邑城) : 도시(평지) 전체를 둘러싸고 곳곳에 문을 만들어 외부와 연결하도록 쌓은 성.

읍지(邑誌) : 한 고을의 연혁(沿革), 지리(地理), 인물(人物), 산업(産業), 문화(文化), 풍속(風俗) 등을 기록한 책.

읍치(邑治) : 군아(郡衙)가 있던 곳.

응교(應敎) : 조선시대 예문관(藝文館)에 속하여 왕명(王命) 제찬과 역사 편찬에 관한 일을 맡아보던 정4품 벼슬.

응문인(應問人) : 심문에 응해야 할 사람.

응이(薏苡) : 응이는 미음보다는 진하고 죽보다는 묽은 범벅이라 하겠다. 응이는 의이(薏苡)에서 비롯된 것이다. 응이에는 율무응이, 갈분응이, 녹말응이, 오미자응이 등이 있다(궁중용어).

*율무응이 만들기 : 율무의 껍질을 벗기고 물에 담가 불린 다음 맷돌에 갈아서 앙금을 안치고 이 앙금을 말려 두었다가 쑨 죽을 말한다(궁중용어).

응이상(薏苡床) : 임금에게 올리는 범벅 상(궁중용어).

의과(醫科) : 조선시대 잡과(雜科) 가운데 의술(醫術)에 정통한 사람을 뽑던 과거.

의관(議官) : 조선, 고종(高宗, 1852~1919) 때 두었던 중추원(中樞院)의 한 벼슬.

의관(衣冠) : 남자가 갖추어 입어야 할 옷차림으로 갓과 옷을 말한다. 의관(衣冠)은 그 사람의 신분(身分)을 나타내기 때문에 외출 시에 단정하게 갖추어야 한다.

의궤(儀軌) : 궁중행사의 기록(궁중용어).

의금부(義禁府) : 조선시대 동반(東班) 종1품아문(從一品衙門)으로 왕명을 받들어 죄인을 신문하는 일을 맡아 보던 관아로 포도(捕盜), 순작(巡綽), 금란(禁亂)의 임무를 관장하였다. 금부(禁府), 금오(金吾), 조옥(詔獄), 왕부(王府)라고도 하였음.

*금란(禁亂) : 법을 어기거나 사회를 혼란스럽게 하는 일 단속.

*순작(巡綽) : 순찰하여 범죄를 경계하는 일.

*포도(捕盜) : 도둑과 그 외 범죄자를 잡는 일.

의금부도사(義禁府都事) : 조선시대 의금부(義禁府)에 속한 종5품 벼슬.

의남매(義男妹) : 의로 맺은 남매.

의례문해(疑禮問解) : 조선시대 김장생(金長生)이 예절에 관한 이론을 모아 엮은 책. 전대(前代)의 예서(禮書)를 참고하여 여러 사람의 예(禮)에 관한 논설을 모아 분류하여 엮은 것으로, 우리나라의 예론(禮論)을 아는 데 필요한 책이다. 인조(仁祖) 24년(1646)에 간행하였다. 4권 4책의 인본(印本).

의방(義方) : 아버지가 아들에게 주는 가르침.

의빈(儀賓) : 부마도위(駙馬都尉)와 같이 왕족의 신분이 아니면서 왕족과 통혼한 사람을 통틀어 이르는 말.

의빈부(儀賓府) : 조선시대 부마(駙馬)에 관한 일을 맡아보던 관아.

의사(義士) : 의로운 지사(志士).

의식춤 : 한국의 대표적인 의식무용은 일무(佾舞), 작법(作法), 그리고 무당이 굿을 할 때 추는 무무(巫舞)가 있다.

의식춤의 종류

*일무(佾舞) : 궁중 제례 의식에서 줄을 서서 추는 춤으로, 문덕(文德)을 기리는 문신의 춤인 문무(文舞)와 무덕(武德)을 기리는 무신의 춤인 무무(武舞)가 있다.

*작법(作法) : 작법은 불교 의식인 재(齋)를 올릴 때 추는 춤이다.

*바라춤 : 절에서 영산재(靈山齋)와 같은 의식에서 추는 불교 무용의 하나이다. 큰 법고(法鼓)를 세우고 장삼(長衫)을 입고, 양손에 북채를 들고 북굴레와 북통을 치면서 춤춘다. 법고무는 속화(俗化)되어 승무(僧舞)와 구고무(九鼓舞)에 영향을 끼쳤다.

*무무(巫舞) : 무당이 신에게 바치는 제의(祭儀)인 굿에서 추는 춤이다. 신을 부르거나 다시 보내는 것, 신을 즐겁게 하는 것 등과 재앙을 물리치고 복을 내리는 등의 주술적인 목적을 지니고 있다.

의영고(義盈庫) : 조선시대 호조(戶曹)에 속하여 기름, 꿀, 후추 등을 공급, 관리하는 일를 맡아보던 관아(官衙).

의원(醫員) : 의사(醫師)와 의생(醫生)을 함께 이르는 말.

의장(儀仗) : 왕(王)이 행차(行次)할 때 위엄(威嚴)을 보이기 위하여 격식을 갖추어 세우는 병장기(兵仗器)나 물건. 의(儀)는 위의(威儀)를, 장(仗)은 창이나 칼 같은 병기를 가리킨다.

의정부(議政府) : 조선시대 행정부(行政府)의 최고 기관. 정종(定宗) 2년(1400)에 둔 것으로, 영의정(領議政), 좌의정(左議政), 우의정(右議政)이 있어 이들의 합의에 따라 국가 정책을 결정하였으며, 의정부 아래에 육조(六曹)를 두어 국가 행정을 집행하도록 하였다. 명종(明宗, 1534~1567) 때에 비변사(備邊司)가 설치되면서 그 권한을 빼앗겨 유명무실하여 졌으나 대원군(大院君, 1820~1898) 때에 비변사를 폐지하면서 권한을 되찾았다.

의형(義刑) : 조선시대 육조(六曹) 가운데 법률(法律), 소송(訴訟), 형옥(刑獄), 노예(奴隷) 등에 관한 일을 맡아보던 관아(官衙).

의형제(義兄弟) : 의로 맺은 형제.

이관(移關) : 받은 공문(公文)이나 통첩(通牒)을 다른 부서로 다시 이첩하여 알림. 또는 그 공문이나 통첩.

이괄(李适)의 난 : 1624년 인조반정(仁祖反正) 때 공을 세운 이괄이 논공행상(論功行賞)에 불만을 품고 일으킨 반란이다. 한때 한양(漢陽)을 점령하기도 했지만 반란군 내부의 분열과 장만(張晚)이 이끄는 관군의 반격으로 실패했다.

이규보(李奎報) : 고려 중기의 문신(文臣), 문인(文人, 1168~1241). 자는 춘경(春卿). 호는 백운거사(白雲居士), 지헌(止軒), 삼혹호선생(三酷好先生). 벼슬은 정당문학(政堂文學)을 거쳐 문하시랑평장사(門下侍郞平章事) 등을 지냈다. 명문장가로 그가 지은 시풍(詩風)은 당대를 풍미했다. 저서에『동국이상국집』,『백운소설』 등이 있다.

이기이원론(理氣二元論) : 중국 송(宋)나라의 정이천(程伊川)에서 비롯하여 주자(朱子)에 의해서 계승 발전된 이기이원(理氣二元)의 형이상학설(形而上學說). 우주는 형이상(形而上)의 것인 이(理)와 형이하의 것인 기(氣)로 구성되어 있으며, 이기(理氣)의 결합에 의하여 만물(萬物)이 생성된다고 하는 학설.

이노(吏奴) : 지방 관아(官衙)에 속한 아전(衙前)과 관노(官奴)를 아울러 이르는 말(이례(吏隷)).

이두(吏讀) : 한자의 음(音)과 뜻을 빌려 우리말을 적는 표기법. 신라(新羅) 때에 발달한 것으로, 넓은 의미로는 향찰(鄕札), 구결(口訣) 및 삼국시대의 고유명사 표기 등의 한자(漢子) 차용 표기법들을 통틀어 이르는 말.

이레 : 7일을 이르는 말.

이륜두상(彝倫斁喪) : 떳떳한 의리와 윤리는 파괴되다.

이마(理馬) : 조선시대 사복시(司僕寺)에 속하여 임금의 말(馬)에 관한 일을 맡아보던 정6품 잡직(雜織).

이방(吏房) : 조선시대 지방 관서에서 인사(人事) 관계의 실무를 맡아보던 부서 또는 그 일에 종사하던 책임 향리(鄕吏).

이봉창(李奉昌) : 독립운동가(1900~1932). 1932년 1월 8일 도쿄 사쿠라다몬(櫻田門)에서 관병식(觀兵式)을 마치고 돌아오는 일본(日本) 천황 히로히토(裕仁)에게 수류탄을 던졌으나 실패하고 검거되어 순국(殉國)하였다.

이부(耳部) : 임금의 귀(궁중용어).

이부시숙(以婦侍宿) : 왕족(王族)이나 귀인(貴人)이 유숙할 때, 아내나 첩 또는 딸을 바치는 풍습.

이서(吏胥) : 관아에 속하여 말단 행정 실무에 종사하던 구실아치. 고려시대에는 중앙의 각 관아에 속한 말단 행정 요원만을 가리켰으나, 조선시대에는 경향(京鄕)의 모든 이직(吏職) 관리를 뜻하였다.

이속(吏屬) : 조선시대 각 관아에 둔 구실아치(아전(衙前), 이서(吏胥), 속리(俗吏)).

이수(里首) : 마을(里)의 우두머리.

이순신(李舜臣) : 조선 선조(宣祖) 때의 무신(1545~1598). 자는 여해(汝諧). 시호는 충무(忠武). 32세에 무과(武科)에 급제한 후에 전라좌도(全羅左道) 수군절도사(水軍節度使)가 되어 거북선을 제작하는 등 군비 확충에 힘썼다.

임진왜란(壬辰倭亂)이 일어나자 한산도(閑山島)에서 적선 70여 척을 무찌르는 등 공을 세워 삼도수군통제사(三道水軍統制使)가 되었다. 노량 해전에서 적의 유탄에 맞아 전사하였다. 저서 『난중일기(亂中日記)』

이승만(李承晩) : 독립운동가, 정치가(1875~1965). 호는 우남(雩南). 개화운동에 투신하여 독립협회(獨立協會) 간부로 활약하다가 투옥되었다. 이후 미국(美國)으로 가서 독립운동을 하였으며 상해임시정부(上海臨時政府) 대통령(大統領)을 지냈다. 광복 후 1948년에 초대 대통령으로 취임한 이후 국기를 튼튼히 하고 6.25전쟁을 잘 극복하였으나 1960년 4.19혁명으로 실각하여 하와이로 망명한 후 병사(病死)하였다.

이시애(李施愛)의 난 : 1467년(세조 13) 세조가 즉위한 후 중앙집권의 강화를 위하여 북도 출신 수령 임명을 제한하는 정책을 펴자 함경도 호족(豪族) 출신인 이시애가 세조 정책에 반대하여 일으킨 반란.

이실직고(以實直告) : 사실 그대로 말함.

이십사반무예(二十四般武藝) : 조선, 정조(正祖) 때, 십팔기(十八技)에 기병(騎兵)의 무예(武藝) 여섯 가지를 더한 무예(武藝)를 말한다. 기병(騎兵)의 무예란 기창(旗槍), 마상쌍검(馬上雙劍), 마상월도(馬上月刀), 마상편곤(馬上鞭棍), 격구(擊毬), 마상재(馬上才)를 이른다.

이십팔수(二十八宿) : 천구(天球)를 황도(黃道)에 따라 28로 구분한 구획. 또는 그 구획의 별자리. 동쪽에는 각(角), 항(亢), 저(氐), 방(房), 심(心), 미(尾), 기(箕), 북쪽에는 두(斗), 우(牛), 여(女), 허(虛), 위(危), 실(室), 벽(壁), 서쪽에는 규(奎), 누(婁), 위(胃), 묘(昴), 필(畢), 자(觜), 삼(參), 남쪽에는 정(井), 귀(鬼), 유(柳), 성(星), 장(張), 익(翼), 진(軫)이 있다.

이씨조선(李氏朝鮮) : 이씨(李氏)가 세운 조선이라는 뜻으로, 조선을 폄하하여 이르는 말.

이씨왕조(李氏王朝) : 이씨 조선과 같은 말.

이어(俚語) : 떠돌아다니는 속된 말.

이어(移御)하다 : 임금이 거처(居處)를 옮기다(궁중용어).

이이(李珥) : 조선 중기의 문신, 학자(1536~1584). 자는 숙헌(叔獻). 호는 율곡(栗谷), 석담(石潭), 우재(愚齋). 벼슬은 호조(戶曹), 이조(吏曹), 병조(兵曹), 판서(判書), 우찬성(右贊成)을 지냈다. 서경덕(徐敬德)의 학설을 이어받아 주기론(主氣論)을 발전시켜 이황의 주리적(主理的) 이기설(理氣說)과 대립하였다. 저서에 『율곡전서』, 『성학집요』, 『경연일기』가 있다.

이임(里任) : 지방 동리에서 공공 사무를 맡아보는 사람. 이정(里正), 이장(里長)이라고도 함.

이장(里長) : 동리의 행정 책임자.

이정(里丁) : 지방의 마을에서 호적(戶籍)이나 기타 공적인 사무를 맡아보던 사람. 5호를 1통(統)으로 하고 5통마다 이정을 두었다. 지금의 이장(里長)이나 통장(統長)과 비슷함.

이조(李朝) : 이씨조선(李氏朝鮮)을 줄여서 이르는 말.

이조(吏曹) : 조선시대 육조(六曹) 가운데 문관(文官)의 선임(選任)과 훈봉(勳封), 관원의 성적(成籍), 고사(考查), 포폄(褒貶)에 관한 일을 맡아보던 관아.

이첩(移牒) : 받은 통첩(通牒)을 다른 곳으로 다시 알림.

이치전투(梨峙戰鬪) : 조선, 선조(宣祖) 25년(1592) 임진왜란(壬辰倭亂) 때에, 전라도 진산 이치(梨峙)에서 권율(權慄), 황진(黃進) 두 장군이 이끄는 관군(官軍)이 왜군(倭軍)과 싸웠던 전투. 이 싸움에서 크게 승리하여 왜군(倭軍)의 전라도(全羅道) 진출을 막을 수 있었다.

이황(李滉) : 조선시대 유학자(1501~1570). 자는 경호(景浩). 호는 퇴계(退溪), 퇴도(退陶), 도수(陶叟). 벼슬은 예조판서(禮曹判書), 양관(兩館) 대제학(大提學) 등을 지냈다. 정주(程朱)의 성리학(性理學) 체계를 집대성하여 이기이원론(理氣二元論), 사칠론(四七論)을 주장하였다. 작품에 시조 「도산십이곡(陶山十二曲)」. 저서에 『퇴계전서(退溪全書)』 따위가 있다.

익선관(翼善冠) : 왕과 왕세자가 곤룡포(袞龍袍)를 입고 집무할 때에 쓰던 관(冠). 앞 꼭대기에 턱이 져서 앞이 낮고 뒤가 높은데, 뒤에는 두 개의 뿔을 날개처럼 달았으며 검은빛의 사(紗) 또는 나(羅)로 둘렀다.

인내천(人乃天) : 사람이 곧 한울이라는 천도교(天道敎)의 기본 사상. 사람이 한울을 믿어 마침내 하나가 되는 경지를 말한다.

인력거(人力車) : 19세기 말엽 일본인 화천요조(和泉要助)가 서양의 마차를 보고 만든 사람이 끄는 수레.

인삼(人蔘) : 우리나라의 대표적인 약초(藥草).

인삼에 대한 최초의 기록 : 신라 본기 성덕왕 22년(723년) 4월 기록에 사신(使臣)을 당(唐)에 보내어 말 1필, 우황, 인삼, 금은, 해표피를 조공(朝貢)으로 바쳤다는 기록이 있고, 성덕왕 33년(734년) 4월에는 조카 지렴을 보내어 사은(謝恩)할 적에 작은 말 2필, 포목 60필, 우황 20냥, 인삼 200근, 머리털 100냥, 해표피 16장을 조공으로 바쳤다는 기록이 있다. 이후로 조선왕조(朝鮮王朝) 때까지 인삼은 조공 품목에서 빠지지 않았다.

인신(印信) : 도장이나 관인 따위를 통틀어 이르는 말. 그 예로서 조선시대에, 예조(禮曹)에서 대마도주(對馬島主)나 여진인(女眞人)에게 만들어 준, 동으로 만든 도장. 이 도장이 찍힌 서계(書契)를 가져오는 사람에게만 우리나라에서는 통상(通商)을 허락하였다.

인의(引儀) : 조선시대, 통례원(通禮院)에 속한 종6품 문관(文官) 벼슬. 국가 의식에서 식순에 따라 구령을 외치는 일을 맡아보던 관원.

인조반정(仁祖反正) : 1623년(광해군 15) 이귀(李貴)를 비롯한 서인(西人) 일파가 광해군(光海君) 및 집권당인 이이첨(李爾瞻)등의 대북파(大北派)를 몰아내고 능양군(綾陽君) 종(倧:인조)을 왕으로 옹립한 정변(政變).

인지위덕(忍之爲德) : 참는 것이 덕이 됨.

인징(隣徵) : 조선시대 군정(軍丁)이 죽거나 도망하여 군포(軍布)를 받지 못하게 되었을 경우에 이를 그 이웃에게 물리던 일.

인형극(人形劇) : 인형극은 배우 대신 인형(人形)을 등장시켜 이야기를 전개하는 연극(演劇). 인형을 줄 또는 막대에 매달아 조종하며 대사를 한다.

일고수이명창(一鼓手二名唱) : 판소리에서, 북을 치는 사람이 첫째이고, 소리 잘하는 이는 그 다음임을 이르는 말. 아무리 명창(名唱)이라 해도 고수(鼓手)

가 북을 잘쳐야 실력을 발휘할 수 있다는 뜻이다.

일본막부(日本幕府) : 1192년에서 1868년까지 일본을 통치한 쇼군(征夷大將軍)의 정부를 지칭하는 말. 천황은 상징적인 존재이고 쇼군이 실질적인 통치권을 가졌다.

**쇼군(征夷大將軍) : 일본 막부의 우두머리.

일성록(日省錄) : 조선, 영조(英祖) 36년(1760) 1월부터 융희(隆熙) 4년(1910) 8월까지 조정(朝庭)과 내외(內外)의 신하(臣下)에 관하여 기록한 일기책(日記冊). 총 2,329책. 국보 제153호. 2011년 유네스코 세계기록유산으로 등재되었다.

일수(日守) : 조선시대 지방 관아(官衙)나 역(驛)에 속하여 잡무(雜務)를 맡아 보던 구실아치.

일진회(一進會) : 대한제국 말(1904~1910)에 일본의 한국 병탄정책(倂呑政策)에 적극 호응하여 그 실현에 앞선 친일단체(親日單體).

일향만강(一向萬康) : 언제나 건강하시고. 편지글에서 어른께 문안드리는 말.

임꺽정(林巨正) : 조선 명종(明宗, 1534~1567) 때의 의적(義賊,?~1562). 일명 임거정(林巨正), 임거질정(林居叱正). 경기도 양주 출신 백정(白丁)으로, 수십 명의 도적을 거느리고 경기도와 황해도를 중심으로 전국을 횡행. 약 5년간 탐관오리(貪官汚吏)를 죽이고 재물(財物)을 빼앗아 빈민(貧民)에게 나누어 주면서 마침내는 서울까지 들어와 활보하였으나 명종(明宗) 17년 토포사(討捕使) 남치근(南致勤)에게 붙잡혀 죽었다.

*임꺽정 일화(逸話) : 임꺽정이 도둑으로 이름을 날린 것은 명종(明宗) 때 소윤(小尹) 윤원형(尹元衡)이 득세하면서 뇌물(賂物)을 받아먹어 정치와 사회가 어지럽혀졌기 때문이라고 한다. 조정(朝庭)에서 임꺽정을 잡고자 여러 가지로 노력하였으나 5년 동안이나 잡지 못한 것은 그와 내통하는 사람이 많아서 교묘하게 도주하기 때문이었다. 임꺽정은 짚신을 거꾸로 신고 도주하여 발자국이 정반대로 나 있어서 관군(官軍)은 번번이 놓치고 말았다. 임꺽정은 오직 황해도 봉산군수 박응천(朴應川)만 두렵게 여겼다고 한다.

임경업(林慶業) : 조선, 인조(仁祖) 때의 명장(1594~1646). 자는 영백(英伯).
호는 고송(孤松). 이괄(李适)의 난(亂)에 공을 세우고, 병자호란(丙子胡亂)
때 중국 명(明)나라와 합세하여 청(淸)나라를 치고자 하였으나 뜻을 이루지
못하고 김자점(金自點)의 모함으로 죽었다. 임경업은 서해안 어민(漁民)들
이 조기 신(神)으로 섬기고 있다.

임금 : 군주국가(君主國家)에서 나라를 다스리는 우두머리(왕).

임금의 공간

*침전(寢殿) : 임금의 침방(寢房)이 있는 전각.

*편전(便殿) : 임금이 평상시에 거처하는 전각.

*정전(正殿) : 임금이 나와서 조회(朝會)를 하던 전각.

****경복궁의 근정전, 창덕궁의 인정전 등이 있다.

*내전(內殿) : 왕비가 거처하는 전각(교태전(交泰殿)).

*외전(外殿) : 내전 외 대궐의 모든 전각.

임금의 생일(명칭)

*고려 성종 때 천춘절(千春節), 그 후 천추절(千秋節), 장령절(長齡節), 응
천절(應天節).

*조선왕조 임금 생일은 만수성절(萬壽聖節), 세자 생일은 천추경절(千秋慶
節)로 정함. 융희(隆熙) 연간에 다시 임금 생일을 건원절(乾元節), 왕비 생
일을 곤원절(坤元節)로 정함.

임금의 수라상(水刺床) : 임금의 수라상은 초조반상(初祖飯床), 조반(朝飯), 낮
것상, 석반(夕飯), 네 차례 든다. 초조반상(初祖飯床)은 (탕약이 없는 날에
는) 죽과 마른 찬을 올리고, 조석반(朝夕飯) 수라상은 12첩 반상(半晌) 차
림으로, 원반(圓盤)과 곁반, 전골상의 3상으로 구성되어 있다. 밥은 흰쌀밥
과 팥밥. 육류(肉類), 채소(綵素), 해물(海物) 등 다양한 재료로 반찬을 마련
하고, 김치와 장류(醬類)는 늘 따랐다.

임란삼대첩(壬亂三大捷) : 임진왜란(壬辰倭亂) 당시 왜군(倭軍)과 싸워서 크게
이긴 세 전투(戰鬪). 김시민(金時敏)의 진주성(晉州城) 대첩, 권율(權慄)의

행주(幸州) 대첩, 이순신(李舜臣)의 한산도(閑山島) 대첩을 이른다.

임수(林藪) : 벼슬을 하지 아니하고 속세(俗世)를 떠난 선비가 숨어 사는 곳을 비유적으로 이르는 말.

임오군란(壬午軍亂) : 조선, 고종(高宗) 19년(1882)인 임오년에 구식 군대의 군인들이 신식 군대인 별기군(別技軍)과의 차별 대우와 밀린 급료에 불만을 품고 군제 개혁에 반대하며 일으킨 난리. 이를 계기로 다시 정권을 잡은 대원군은 여러 가지 개혁을 단행하는 등, 사태 수습에 노력하였으나 결국 실패하여 청(淸)나라에 압송되었으며, 조정은 일본과 제물포조약(濟物浦條約)을 맺게 되었다.

임진왜란(壬辰倭亂) : 조선, 선조(宣祖) 25년(1592)에 일본(日本)이 침입한 전쟁. 선조(宣祖) 31년(1598)까지 7년 동안 두 차례에 걸쳐 침입하였다. 1597년에 재침략한 것은 정유재란(丁酉再亂)으로 달리 부르기도 한다.

입록(入錄) : 목록(目錄)에 오르는 것.

입맷상 : 경축(慶祝)하는 잔치에 의례(儀禮)로 차리는 상.

입안(立案) : 조선시대 관아(官衙)에서 어떠한 사실을 인증(認證)한 서면(書面).

입향조(入鄕祖) : 마을에 처음으로 정착한 성씨(姓氏)의 조상(祖上).

자

자(字) : 본 이름 외에 부르는 이름. 예전에 이름을 소중히 여긴 나머지 함부로 부르지 않았던 관습(慣習) 때문에 관례(冠禮)를 치른 뒤에 본 이름 대신 다른 이름을 지어서 부르던 것을 자(字)라고 한다.

자갈 : 말을 부리기 위하여 입에 물리는 가느다란 쇠. 굴레가 달려 있어서 여기에 말고삐를 맨다.

자반(佐飯) : 생선을 소금에 절인 반찬감. 또는 그것을 굽거나 쪄서 만든 반찬.

자자(刺字) : 죄수(罪囚)의 얼굴이나 팔뚝에 홈을 내어 먹물로 죄명(罪名)을 찍어 넣던 벌(罰).

자문(自刎) : 스스로 자신의 목을 찔러 죽음.

자문도자도(自刎刀子圖) : 스스로 목을 찔러 죽는 데 사용한 칼의 그림.

자손만당(子孫滿堂) : 자손이 넓은 집 안에 가득한 모습.

자장토기(煮醬土器) : 간장을 졸일 때 사용한 토기.

자촉치사(自觸致死) : 스스로 무엇인가에 부딪혀 죽음.

자헌대부(資憲大夫) : 조선시대 정2품 문무관(文武官)의 품계(品階).

자호(字號) : 토지의 번호나 족보의 장수 따위를 숫자 대신 천자문(千字文)의 차례에 따라 매긴 번호.

작부(酌婦) : 술집에서 손님을 접대하고 술 시중을 드는 여자.

작호(爵號) : 작위(爵位)의 칭호. 공작(公爵), 후작(侯爵), 백작(伯爵), 자작(子爵), 남작(男爵) 등이 있다.

작호(作號) : 호(號)를 짓는 것. 예전에 호를 지어주는 사람은 대체로 부모(父母)나, 선생(先生), 직장 상사 등이었다. 자신의 호를 자기가 직접 짓는 것은 대성(大成)한 사람 외에는 별로 없었다.

작호잔치(作號잔치) : 예전에는 호(號)를 받았을 때는 반드시 작호잔치를 하여야 그 호(號)를 불러주었다.

잠녀(潛女) : 해녀.

잡과(雜科) : 고려, 조선시대 기술관을 뽑던 과거. 고려시대에는 명법업(明法業), 명산업(明算業), 명서업(明書業), 의업(醫業), 주금업(呪禁業), 지리업(地理業), 하론업(何論業) 따위가 있었으며, 조선시대에는 역과(譯科), 율과(律科), 음양과(陰陽科), 의과(醫科) 등이 있었다.

잡록(雜錄) : 여러 가지 일을 무질서하게 기록함. 또는 그런 기록. 잡록으로 유명한 저서는 다음과 같다.

*금양잡록(衿陽雜錄) : 조선 성종 때 강희맹(姜希孟)이 지은 농서(農書).

*난중잡록(亂中雜錄) : 조선 선조 때 의병장인 조경남(趙慶男)이 임진왜란, 병자호란을 겪은 일기체 기록. 11권.

*해동잡록(海東雜錄) : 조선시대 권별(權鼈)이 단군 때부터의 역대 사적을 여러 책에서 뽑아서 엮은 책.

잡색(雜色) : 농악판에서 흥(興)을 돋우기 위하여 끼어든 양반, 조리중, 기생, 포수, 동네 여인 등을 말한다. 이들은 각기 특유의 동작으로 관객을 사로잡기도 한다.

잡직(雜職) : 조선시대 의학(醫學), 역학(曆學), 음양학(陰陽學), 율학(律學), 산학(算學) 등을 맡아보던 정6품까지의 벼슬.

잡희(雜戲) : 여러 가지 잡스러운 장난이나 놀이.

장(將) : 오위(五衛) 내금위(內禁衛) 우두머리(종2품).

장계(狀啓) : 왕명(王命)을 받고 지방에 나가 있는 신하가 자기 관하(管下)의 중요한 일을 왕(王)에게 보고하던 일. 또는 그런 문서(文書).

장과(漿果) : 장아찌(궁중용어).

장교(將校) : 조선시대 각 군영(軍營)과 지방 관아(官衙)의 군무(軍務)에 종사하던 낮은 벼슬아치를 통틀어 이르던 말.

장교노(將校奴) : 장교(將校)의 심부름꾼(종).

장구(杖鼓) : 고려 예종(睿宗) 9년(1114년) 9월 6일 안직숭(安稷崇)이 송(宋)나라 사신(使臣)으로 갔다가 송나라 휘종(徽宗)으로부터 받아와서 사용하였다. 농악의 악기는 이때부터 모두 갖추어졌다.

장구놀음 : 농악(農樂)에서 장구잽이가 춤을 추면서 장구를 치는 놀음.

장구잽이 : 농악(農樂)에서 장구 치는 사람.

장구춤 : 장구를 메고 치면서 그 장단에 맞추어 여러 가지 기교와 가락을 사용하여 추는 춤. 흔히 두 사람이 마주 서서 춘다. 기방문화(妓房文化)에서 비롯되었는데 장구춤은 다음과 같다.

장단은 굿거리장단에 맞추어 춘다

*채주고받기 : 장구춤에서, 궁글채를 위로 던졌다가 받는 동작.

*멍석푸리걸음 : 장구놀이 춤에서, 가볍게 뛰면서 뒷걸음으로 원을 그리는 춤 사위.

*북편치기 : 장구춤을 출 때, 장구채로 북편을 넘겨 치는 동작.

*숙바더듬 : 장구춤에서, 오른손을 놀리는 동작.

장구춤굿 : 전라도 농악에서, 원형(圓形)으로 한 바퀴 돌아와서 다시 작은 원(圓)을 만들었다가 태극형(太極形)으로 풀어 나와 다시 원형을 만드는 과정을 말함.

장국밥(醬湯飯) : 고깃국에 맛있는 장을 치고 밥과 국수를 넣어 말아 먹는 국을 말함(19세기 중반 서울에서 시작하였는데 처음에는 장탕반(漿湯飯)이라 했음).

장군(缶) : 그릇의 일종(물장군, 똥장군).

장기(場技, 땅재주) : 광대(廣大)가 땅에서 뛰어넘으며 펼치는 묘기나 재주.

장기(將棋) : 두 사람이 장기판에 장기 알을 번갈아 가며 놓아서 상대방의 왕을 잡는 승부놀이. 조선 전기에는 국희(局戲), 상희(象戲), 박희(搏戲) 등이라 했으나, 1700년대부터 우리말로 장긔라고 했다. 장기의 유래는 인도(印度) 승려들이 수도생활 중에 지루함을 달래기 위하여 쉬는 틈을 타서 행하던 놀이가 중국(中國)을 거쳐 우리나라로 들어온 것이라고 본다.

장대(將臺) : 대장(大將)이 머물면서 전쟁을 지휘하는 누대(樓臺).

장독(杖毒) : 곤장(棍杖)을 맞아 생긴 독기.

장령(掌令) : 조선시대 사헌부(司憲府)에 속한 정4품 벼슬.

장명등(長明燈) : 무덤 앞에 돌로 만들어 세우는 등(燈). 석등(石燈)이라고도 한다. 본래 1품 이상 벼슬을 한 사람의 묘(墓)에 세워지는 것으로 묘주(墓主)의 벼슬이나 공적(功績)을 자손만대까지 널리 비춘다는 의미를 가지고 있음.

장물(臟物) : 훔친 물건.

장비(醬婢) : 관가에서 장 담그는 종.

장사랑(將仕郎) : 조선시대 종9품 문관(文官)의 품계.

장살(杖殺) : 형벌(刑罰)로 매를 쳐서 죽임.

장생전(長生殿) : 조선 초기 동원비기(東園秘器), 즉 왕실용(王室用) 또는 대신(大臣)에게 내리던 관곽(棺槨)을 갖추어 두던 곳.

장승업(張承業) : 조선 말기의 화가(畵家, 1843~1897)로 화원(畵員)을 지내고 벼슬은 감찰(監察)에 이르렀음. 장승업은 산수(山水), 인물(人物), 영모(翎毛), 화훼(花卉), 기명절지(器皿折枝) 등 다양한 분야에서 뛰어난 기량을 발휘하여 조선시대 삼대화가(三大畵家)로 알려지고 있다.

장시(場市) : 조선시대 보통 5일마다 열리던 사설 시장. 보부상(褓負商)이라는 행상(行商)이 있어서 농산물(農産物), 수공업(手工業) 제품, 수산물(水産物), 약재(藥材) 등을 유통시켰다.

장악원(掌樂院) : 음악기관의 하나. 조선 초기의 아악서(雅樂署), 전악서(典樂署), 악학(樂學), 관습도감(慣習都監)을 합쳐 장악서(掌樂署)로 하였다가 예종(睿宗) 원년에 다시 장악원으로 바꾸었다.

장예원(掌隸院) : 조선시대 노비(奴婢) 관련 문서(文書)와 소송(訴訟)을 담당하던 정3품의 관아.

장오패상인록안(贓汚敗常人錄案) : 뇌물(賂物)을 받은 관리의 성명(姓名)을 기록한 책. 이 책에 기록된 자(者)의 자녀는 의정부(議政府), 육조(六曹), 한성부(漢城府), 사헌부(司憲府), 개성부(開城府), 승정원(承政院), 장예원(掌隸院), 사간부(司諫府), 경연(經筵), 세자시강원(世子侍講院), 춘추관(春秋館), 지제교(知製敎), 종부시(宗簿寺), 관찰사(觀察使), 도사(都事), 수령(守令) 관직에 등용하지 않는다.

장옷 : 예전에, 여자들이 나들이할 때 얼굴을 가리느라고 머리에서부터 길게 내려 쓰던 옷. 초록색 바탕에 흰 끝동을 달았고, 맞깃으로 두루마기와 비슷하며, 젊으면 청(靑), 녹(綠), 황색(黃色)을, 늙으면 흰색을 썼다. 본래는 여성들의 겉옷으로 입던 옷이었다. 그 후 양반집 부녀자들도 나들이옷으로 사용하였으며 일부 지방에서는 신부(新婦)의 혼례식(婚禮式) 예복(禮服)으로 사용하기도 하였다.

장원급제(壯元及第) : 과거(科擧) 시험에서 대과(大科)의 문과(文科), 전시(殿試)에서 갑과(甲科)에 수석으로 합격하는 것을 말함. 장원급제(壯元及第)자가 관품(官品)이 없으면 종6품직을 제수받고, 관품(官品)이 있는 사람은 4품계(品階)를 높여서 관직을 제수받을 수 있었으나 당하관(堂下官)까지만 오를 수 있다. 조선시대 문과(文科)에서 장원(壯元)급제한다는 것은 이후 관직(官職)의 승진(昇進)이 열려 있는 것이다.

장원랑(壯元郎) : 과거(科擧)의 갑과(甲科)에 장원(壯元)으로 급제한 사람. 괴갑(魁甲), 괴과(魁科), 괴방(魁榜)이라고도 한다.

장원서(掌苑署) : 조선시대 대궐(大闕) 안에 있는 정원(庭園)의 꽃과 실과나무 등의 관리를 맡아보던 관아(官衙).

장유유서(長幼有序) : 오륜(五倫)의 하나. 어른과 어린이 사이의 도리는 엄격한 순서가 있고 복종(服從)해야 할 질서(秩序)가 있음을 이른다.

장의(掌議) : 조선시대 성균관(成均館)이나 향교(鄕校)에서 공부하던 유생(儒

生)의 대표를 말함.

장인바치(匠人바치) : 장인을 낮잡아 이르는 말.

장정(壯丁) : 나이가 젊고 기운이 좋은 남자.

장충단(獎忠壇) : 장충단 공원 안에 있던 초혼단(招魂壇). 광무(光武) 4년 (1900)에 건립하여 을미사변(乙未事變)에 희생된 연대장 홍계훈(洪啓薰), 궁내대장대신 이경식(李耕植) 등과 임오군란(壬午軍亂)에 희생된 영의정(領議政) 이최응(李崔凝) 등의 영령(英靈)을 봉안하고 춘추(春秋)로 제사 지내던 곳이었다. 1910년 일제(日帝)가 제단을 철거하고, 1920년 이등박문(伊藤博文)을 위한 박문사(博文寺)를 만들고 공원(公園)으로 만들었다. 지금은 고종(高宗) 황제의 친필 글씨가 새겨진 장충단비(獎忠壇碑)만 남아 있다.

장탕(腸湯) : 내장탕을 말함.

장표(章標) : 조선시대 오위(五衛)의 장졸(將卒)들이 소속 부대(部隊)를 나타내기 위하여 달았던 표(標).

장형(杖刑) : 죄인(罪人)의 볼기를 큰 형장(刑杖)으로 치던 형벌(刑罰). 60대부터 100대까지 다섯 등급(等級)이 있었다.

장흥고(長興庫) : 조선시대 돗자리, 종이, 유지(油紙) 등의 관리를 맡아보던 관아(官衙).

재궁(齋宮) : 재실(齋室)과 같은 말.

재담꾼(才談꾼) : 익살과 재치를 부리며 재미있게 이야기하는 사람(입담꾼).

재부(宰夫) : ①가축 도살(屠殺) 전문인. ②조선시대 사옹원(司饔院) 소속 잡직(雜職). 품계는 종6품이며, 대전(大殿)이나 왕비전(王妃殿) 주방 담당.

재실(齋室) : 무덤이나 사당(祠堂) 옆에 제사(祭祀)를 지내기 위하여 지은 집.

재인(才人) : 재주를 부리거나 악기(樂器)로 풍악(風樂)을 울리던 광대(廣大)를 이르던 말. 고려와 조선시대 천민계급(賤民階級). 재백정(才白丁)이라고도 함.

쟁고 : 자전거(自轉車)가 처음 보급 될 때 이름.

저(箸) : 젓가락.

저(楮) : 닥나무.

저냐 : 얇게 저민 고기나 생선 따위에 밀가루를 묻히고 달걀 푼 것을 씌워 기름에 지진 음식(동그랑땡).

저리(邸吏) : 경저리(京邸吏)와 영저리(營邸吏)를 통틀어 이르는 말.

저작(著作) : 조선시대 교서관(校書館), 승문원(承文院), 홍문관(弘文館)에 딸린 정8품 벼슬.

저합(苧蛤) : 모시조개.

저화(楮貨) : 닥나무 껍질로 만든 지폐. 원래 고려(高麗) 말 공양왕(恭讓王) 3년(1391년)에 제조되었으나 이성계 일파의 저지로 소각되었다가, 조선(朝鮮) 태종(太宗) 때 좌의정 하륜(河崙)의 제의로 다시 발행되는 우여곡절을 겪었다. 태종 2년(1402년)에 발행되어 성종(成宗) 때에 이르기까지 약 90년간 유통되었던 것으로 전해진다.

적(炙) : 생선이나 고기를 양념하여 대꼬챙이에 꿰어 불에 굽거나 지진 음식. 적(炙)에는 육적(肉炙), 어적(魚炙), 소적(素炙) 등 삼적(三炙)이 있고, 여기에 봉적(鳳炙), 채소적(菜蔬炙)을 더하여 오적(五炙)이 된다.

적간(摘奸) : 부정한 일이 있나 살펴 캐냄.

적개공신(敵愾功臣) : 조선 세조(世祖) 13년(1467년)에 이시애(李施愛)의 난(亂)을 평정한 공신에게 준 훈호(勳號). 귀성군(龜城君), 조석문(曺錫文) 등 45명을 세 등급으로 나누어 포상(褒賞)하였다.

적계(赤鷄) : 꿩, 산계(山鷄)(궁중용어).

적순부위(迪順副尉) : 조선시대 정7품 무관(武官)의 품계.

적전(籍田) : 임금이 몸소 농민(農民)을 두고 농사(農事)를 짓던 논밭(창덕궁 후원에 있다).

적전지례(籍田之禮) : 임금이 몸소 농사(農事)를 짓고 그 곡식(穀食)으로 선농단(先農壇)에서 신(神)에게 제사(祭祀)를 지내는 의례(儀禮).

적한(賊漢) : 적당(賊黨) 또는 도적놈.

전(煎) : 생선, 고기, 채소 등을 얇게 썰거나 다져서 양념을 한 뒤, 밀가루를 묻혀 기름에 지진 음식을 통틀어 이르는 말로 육전(肉煎)과 어전(魚煎), 채전(菜煎)이 있다.

전각(殿閣): '전(殿)'이나 '각(閣)' 자가 붙은 커다란 집을 이르는 말.

전각(篆刻): 나무, 돌, 금 등에 인장(印章)을 새김. 또는 그런 글자. 흔히 도장을 전자체(篆字體)로 글자를 새긴 데서 유래된 말이다.

전각(塡刻): 호패(號牌)에 새긴 글자를 색으로 메우던 일.

전경(典經): 조선시대 경연청(經筵廳)에 속하여 서책(書冊)에 관한 일을 맡아 보던 정9품 벼슬.

전교(典校): 향교(鄕校)의 책임자.

전기불: 1887년 3월 6일 저녁 경복궁(景福宮) 건청궁(乾淸宮)에서 우리나라 최초로 백열등(白熱燈)이 점화되었음. 발전기는 향원정 연못가에 설치. 고종황제(高宗皇帝)는 물론 모든 문무백관(文武百官)들과 궁인(宮人)들이 놀라워했다고 한다. 사람들은 물로 불을 밝힌다고 해서 전등을 '물불'이라 했고, 연못 수온이 상승하여 물고기가 떼죽음하자 물고기를 끓인다는 뜻으로 '증어(蒸魚)'라고도 했다. 또 불이 자주 꺼지고 비용이 많이 들어가는 게 건달 같다고 해서 '건달불'이라 부르기도 했다.

전기수(傳奇叟): 예전에, 이야기책을 전문적으로 읽어 주던 사람.

전기인(傳奇人): 소식을 전하는 사람. 기별(奇別)하는 사람.

전내(奠內)집: 무당집.

전당(殿堂): ①'전(殿)'이나 '당(堂)' 자가 붙은 커다란 집. ②높고 크고 화려한 집. ③왕(王)이나 신불(神佛)을 모신 집.

전대(戰帶): 군복(軍服)에 띠던 남색 띠.

전랑법(銓郞法): 조선시대 이조(吏曹), 병조(兵曹)의 현임 낭관(郞官)이 후임 낭관을 추천하던 법. 이 법이 당쟁(黨爭)을 격화시키는 것을 보고 숙종(肅宗) 때 폐지했다.

전력부위(展力副尉): 조선시대 종9품 무관(武官)의 품계.

전립(戰笠): 조선시대 무관(武官)이 쓰던 모자의 하나. 붉은 털로 둘레에 끈을 꼬아 두르고 상모(象毛), 옥로(玉鷺) 등을 달아 장식하였으며, 안쪽은 남색의 운문(雲紋)으로 대단을 꾸몄다.

전모(氈帽) : 조선시대 기생들이 흔히 쓰던 모자.

전문(箋文) : 조선시대 우리나라에서 중국에 사절단을 보낼 때 황태후, 황후, 황태자에게 올리는 글.

전배(展拜) : 궁궐(宮闕), 종묘(宗廟), 문묘(文廟), 능침(陵寢) 등에 참배함.

전복초(全鰒炒) : 마른 전복을 불려서 얇게 저민 뒤에 쇠고기, 간장, 꿀, 후춧가루를 넣고 조리다가 녹말 물을 넣고 참기름을 친다.

전부(典簿) : 조선시대 종친부에 속한 정5품 벼슬.

전생서(典牲署) : 조선시대 나라의 제향(祭享)에 쓸 양과 돼지 등을 기르는 일을 맡아보던 관아(官衙).

전설사(典設司) : 조선시대 병조(兵曹)에 속하여 장막(帳幕)을 치는 일을 맡아보던 관아(官衙).

전시(殿試) : 조선시대 복시(覆試)에서 선발된 사람들을 임금이 참석한 가운데 치르던 과거. 문과 33명, 무과 28명의 합격자를 재시험하여 등급을 결정하였는데, 특별한 사유가 없는 한 떨어뜨리지는 않았다.

전안(奠雁) : 혼례(婚禮) 때, 신랑(新郎)이 기러기를 가지고 신부집에 가서 상위에 놓고 절하는 예(禮). 산 기러기를 쓰기도 하지만 대개 나무로 만든 기러기를 쓴다.

전안례(奠雁禮) : 신랑(新郎)이 전안상(奠雁床)에 목기러기를 올려놓고 북향재배(北向再拜)하여 혼례를 조상(祖上)에게 알리고 백년해로(百年偕老)와 자손(子孫) 번영을 기원하는 것이다.(전안지례(奠雁之禮))

전안상(奠雁床) : 전안(奠雁)을 할 때에 기러기를 올려놓는 상.

전안청(奠雁廳) : 혼례(婚禮) 때, 전안지례(奠雁之禮)를 치르기 위하여 차려 놓은 곳. 대개 마당에 차일(遮日)을 치고 병풍(屛風)을 둘러놓고, 큰상 위에 솔가지, 대나무 가지를 병에 꽂아 놓고 과일과 음식 따위를 차려 놓는다.

전옥서(典獄署) : 조선시대 감옥(監獄)에 있는 죄인(罪人)을 관리하던 관아(官衙).

전운노비(轉運奴婢) : 조선시대 역(驛)이나 수참(水站)에 소속되어 짐을 나르는 일을 맡아보던 노비(奴婢).

전유화(箭油花) : 고기나 생선을 얇게 저민 후에 밀가루를 묻히고 계란 물로 옷을 입혀 기름에 지진 음식(대구전, 동태전, 육전 등).

전율통보(典律通補) : 조선 정조(正祖) 11년(1787)에 구윤명(具允明)이 『경국대전』『속대전』『대전통편』 및 『대명률』을 참고하기 편하도록 엮은 책. 6권 4책.

전의감(典醫監) : 조선시대 의료(醫療) 행정과 의학(醫學) 교육을 맡아보던 관아(官衙).

전적(典籍) : 조선시대 성균관(成均館)에 속하여 학생(學生)들을 지도하던 정 6품 벼슬.

전제왕권(專制王權) : 왕(王)이 지닌 권력(權力)이나 권리(權利).

전조(銓曹) : ①고려시대, 인사(人事)에 관한 일을 맡아보던 관아(官衙). ②조선시대 이조(吏曹)와 병조(兵曹)를 아울러 이르는 말.

전족(纏足) : 중국(中國)의 옛날 풍습의 하나로 여자(女子)의 모든 발가락을 어릴 때부터 발바닥 방향으로 접어 넣듯 힘껏 헝겊으로 묶어서 자라지 못하게 한 발을 말한다.

전지전청(轉之轉請) : 여러 사람을 통하여 간접적(間接的)으로 청(請)을 하는 것을 말함(본인이 직접(直接) 청하지 않고).

전지전청(傳之傳聽) : 여러 사람을 거쳐 전(傳)해 오는 말을 들음.

전차(電車) : 1898년 12월 25일 서대문과 홍릉(청량리)간 단선 궤도로 운행.

전첨(典籤) : 조선시대 종친부(宗親府)에 속한 정4품 벼슬.

전청(轉請) : 중간(中間)에 사람을 넣어 간접(間接)으로 부탁(付託)함.

전청(荃聽) : 미천한 사람이 올리는 말을 임금이 들음을 이르는 말.

전통(箭筒) : 화살을 담는 통.

전패(殿牌) : 임금을 상징하는 '殿' 자를 새겨서 각 고을의 객사(客舍)에 세운 나무패. 공무(公務)로 간 관리(官吏)나 그 고을 원(員)이 절을 하고 예(禮)

를 표시했다.

전한(典翰) : 조선시대 홍문관(弘文館)에 속한 종3품 벼슬. 유학(儒學)의 경전(經典)을 관리하고 임금의 질문에 답하는 역할을 하였다.

전화기(電話機) : 1898년 1월, 덕수궁 고종 황제 집무실에 전화기가 처음으로 설치되어 통화하였다. 고종이 신하들에게 전화를 하면 신하들은 정복으로 갈아입고 큰절을 한 뒤에 무릎을 꿇고 전화를 받았다. 순종 황제는 고종(高宗)이 묻힌 홍릉에 전화기를 설치해놓고 전화로 아침저녁에 곡을 하였다고 한다.

전회(典會) : 조선시대 내수사(內需司)에 속한 종7품 벼슬.

절도사(節度使) : 조선시대 병마절도사(兵馬節度使)와 수군절도사(水軍節度使)를 통틀어 이르는 말.

절린(切隣) : 살인(殺人) 사건을 저지른 범인(犯人)의 이웃에 사는 사람을 이르는 말. 흔히 겨린이라고 했음.

절부월(節斧鉞) : 관찰사(觀察使), 유수(留守), 병사(兵使), 수사(水使), 대장(大將). 통제사(統制使)가 부임할 때 임금이 주던 물건. 절(節)은 수기(手旗)이고, 부월(斧鉞)은 도끼 모양으로 된 기(旗)이다. 즉, 군령(軍令)을 어긴 자에 대한 생살권(生殺權)을 상징한 것이다.

절세가인(絕世佳人) : 세상에 비길 사람이 없을 정도로 빼어나게 아름다운 여인(절세미인(絕世美人), 경국지색(傾國之色)).

절수(折受) : 조선 후기, 양안(量案)에 없거나 버려진 땅을 관아(官衙)에 신고하도록 하고, 신고자(申告者)에게 그 땅을 경작(耕作)하도록 하는 한편 지세(地稅)를 받던 일.

절제사(節制使) : 조선시대 절도사(節度使)가 관할하던 거진(巨鎭)에 둔 정3품 벼슬. 정식 명칭은 병마절제사(兵馬節制使) 또는 수군절제사(水軍節制使)로 부윤(府尹)이 겸하였다.

절충장군(折衝將軍) : 조선시대 정3품 무관(武官)의 품계.

절항치사(折項致死) : 목이 꺾여 죽게 함을 이르는 말.

절후(節候) : 태양(太陽)의 위치에 따라 한 해를 스물넷으로 나누어 계절(季節)의 표준을 삼은 절기(월일은 양력 표기).

　1월(맹춘월孟春月) 입춘(立春) 2월 4일경, 우수(雨水) 2월 14일경

　2월(중춘월仲春月) 경칩(驚蟄) 3월 6일경, 춘분(春分) 3월 21일경

　3월(계춘월季春月) 청명(晴明) 4월 5일경, 곡우(穀雨) 4월 21일경

　4월(맹하월孟夏月) 입하(立夏) 5월 6일경, 소만(小滿) 5월 21일경

　5월(중하월仲夏月) 망종(亡種) 6월 6일경, 하지(夏至) 6월 21일경

　6월(계하월季夏月) 소서(小暑) 7월 7일경, 대서(大暑) 7월 23일경

　7일(맹추월孟秋月) 입추(立秋) 8월 8일경, 처서(處暑) 8월 23일경

　8월(중추월仲秋月) 백로(白露) 9월 8일경, 추분(秋分) 9월 23일경

　9월(계추월季秋月) 한로(寒露)10월 8일경, 상강(霜降)10월 23일경

　10월(맹동월孟冬月) 입동(立冬)11월 7일경, 소설(小雪)11월 22일경

　11월(중동월仲冬月) 대설(大雪)12월 7일경, 동지(冬至)12월 22일경

　12월(계동월季冬月) 소한(小寒) 1월 6일경, 대한(大寒) 1월 21일경

쩔렁기 : 원님 행차(行次)시에 앞에서 영기(令旗)를 들고 가는데 방울을 달아서 쩔렁쩔렁 소리 난다고 해서 영기를 속 되게 이르던 말.

절후표(節侯表) : 절기를 음력(陰曆)으로 바꾸어 놓은 표.

점(店) : 시골길에서 돈을 받고 밥과 술을 팔고, 나그네를 묵게 하는 집(점막, 주막, 주막집).

점고(點考) : 명부(名簿)에 일일이 점(點)을 찍어 가며 사람의 수(數)를 세는 일.

점년법(占年法) : 농가(農家)에서 정초(正初)에 그해의 농사(農事)를 점치는 법. 윷놀이, 줄다리기, 석전, 편싸움 이런 행사는 오늘날 민속놀이로 변했지만 예전에는 진지하게 그해의 농사를 알아보는 점년법에서 나온 것이다.

점막(店幕) : 음식을 팔고 나그네를 재우는 것을 직업(職業)으로 하는 집.

점방(店房) : 가게로 사용하는 방. 흔히 가게를 점방이라 했음.

접대도감(接待都監) : 임진왜란(壬辰倭亂) 때 원병(援兵)으로 나온 명(明)나라의 장수(將帥)를 접대하기 위하여 두었던 임시 관아.

젓국지: 조기젓국 국물을 부어 담근 김치.

정(正): 조선시대 여러 관아(官衙)에 둔 정3품 당하관(堂下官) 벼슬. 또는 금군(禁軍)에 속한 서반(西班)의 종8품 벼슬.

정감록(鄭鑑錄): 조선시대 민간(民間)에 널리 유포되어 온 예언서(豫言書). 이 책의 저자나 성립 시기에 대해서는 정설이 없다. 『정감록』은 반왕조적(反王朝的)이며 현실 부정적(否定的)인 내용을 담고 있어서 조선시대는 금서(禁書)에 속하였으나 민간(民間)에서는 은밀하게 보급되었다.

정경(正卿): 조선시대 정2품 이상 벼슬. 즉, 의정부(議政府)의 참찬(參贊), 육조(六曹)의 판서(判書), 한성부(漢城府) 판윤(判尹), 홍문관(弘文館) 대제학(大提學) 등의 벼슬을 이른다.

정과(正果): 과실(果實)이나, 생강(生薑), 연근(蓮根), 인삼(人蔘) 등을 꿀이나 조청에 조려서 만든 음식.

정난공신(靖難功臣): 조선 단종(端宗) 1년(1453)에 안평대군(安平大君), 김종서(金宗瑞), 황보인(皇甫仁) 등을 제거한 공로로 수양대군(首陽大君), 정인지(鄭麟趾), 한명회(韓明澮) 등 43인에게 내린 훈호(勳號).

정난공신(定難功臣): 조선 중종(中宗) 2년(1507)에 이과(李顆)의 모반을 고발한 공로로 노영손(盧永孫), 유순(柳洵) 등 21인에게 내린 훈호(勳號).

정당(正堂): 여러 채의 집 가운데 가장 중심이 되는 집을 말한다.

정도전(鄭道傳): 고려 말기, 조선 초기의 문신(文臣), 학자(學者, 1342~1398). 자는 종지(宗之). 호는 삼봉(三峯). 조선(朝鮮) 개국(開國) 후 개국일등공신(開國一等功臣)으로 문하시랑찬성사(門下侍郎贊成事), 겸의흥친군위절제사(兼義興親軍衛節制使) 등 요직을 맡아 정권(政權)과 병권(兵權)을 한몸에 쥐었다. 불교(佛敎)를 배척하고 성리학(性理學)을 국가이념(國家理念)으로 내세웠다. 전략(戰略), 외교(外交), 법제(法制), 행정(行政)에 해박했으며 시문(詩文)에 뛰어났다. 저서에 『조선경국전(朝鮮經國典)』, 『경제문감(經濟文鑑)』과 『삼봉집(三峯集)』이 있다.

정랑(正郎): 조선시대 육조(六曹) 정5품 벼슬.

정략장군(定略將軍) : 조선시대 종4품 상(上)의 무관 품계.

정련배(正輦陪) : 임금이 타는 연(輦)을 메는 사람.

정묘호란(丁卯胡亂) : 1627년(인조 5) 만주에 본거를 둔 후금(後金:淸)이 인조(仁祖)의 향명배금(向明排金)정책에 불만을 품고 침입하여 일어난 조선과 후금 사이의 싸움.

정미칠적(丁未七賊) : 1907년 7월 24일에 체결된 한일신협약(韓日新協約) 조인에 찬성한 내각의 친일파(親日派) 대신 7명을 이르는 말이다. 이 조약은 내각총리대신 이완용(李完用)을 비롯한 6명의 대신과 조선통감부(朝鮮統監府) 통감(統監) 이토 히로부미(이등박문)와 체결된 것으로 순종(純宗)의 재가를 얻도록 협조했다. 칠적(七賊)은 다음과 같다.

 *내각총리대신 이완용(李完用, 1858년~1926년, 49세) 후작(侯爵), 조선총독부 중추원 고문.

 *농상공부대신 송병준(宋秉畯, 1857년~1925년, 50세) 백작(伯爵), 조선총독부 중추원 고문.

 *군부대신 이병무(李秉武, 1864년~1926년, 43세) 자작(子爵).

 *탁지부대신 고영희(高永喜, 1849년~1916년, 58세) 자작(子爵), 조선총독부 중추원 고문.

 *법부대신 조중응(趙重應, 1860년~1919년, 47세) 자작(子爵), 조선총독부 중추원 고문.

 *학부대신 이재곤(李載崑, 1859년~1943년, 48세) 자작(子爵), 조선총독부 중추원 고문.

 *내부대신 임선준(任善準, 1860년~1919년, 47세) 자작(子爵), 조선총독부 중추원 고문.

정범(正犯) : 자기 생각에 따라 범죄(犯罪)를 저지른 사람.

정변구장(政變舊章) : 정권이 바뀌어 옛날 법을 변경하다.

정사(精舍) : 제자들에게 학문(學問)을 가르치기 위하여 지은 집. 또는 승려(僧侶)가 불상(佛像)을 모시고 불도(佛道)를 닦으며 설법(說法)을 펴는 집.

정선(鄭敾) : 조선 후기의 화가(畫家, 1676~1759). 자는 원백(元伯). 호는 겸재(謙齋), 겸초(兼艸), 난곡(蘭谷). 벼슬은 위수(衛率)를 시작으로 첨지중추부사(僉知中樞府事), 가선대부 지중추부사(嘉善大夫 知中樞府事)까지 올랐다. 국내의 명승지를 두루 다니며 독특한 기법으로 사생화(寫生畵)를 그려 한국 산수화(山水畵)의 새로운 경지를 보여주었다. 작품에 〈인왕제색도(仁王霽色圖)〉, 〈통천문암도(通川門巖圖)〉, 〈금강산만폭동도(金剛山萬瀑洞圖)〉 등이 있으며, 저서에 〈도설경해(圖說經解)〉가 있다.

정시(庭試) : 조선시대 나라에 경사(慶事)가 있을 때 대궐(大闕) 안에서 보던 과거(科擧).

정약용(丁若鏞) : 조선 후기, 실학자(實學者, 1762~1836). 자는 미용(美庸). 호는 다산(茶山), 사암(俟菴), 자하도인(紫霞道人), 철마산인(鐵馬山人), 탁옹(籜翁), 태수(苔叟). 문장(文章)과 경학(經學)에 뛰어난 학자로, 유형원(柳馨遠)과 이익(李瀷) 등의 실학(實學)을 계승하고 집대성하였다. 신유사옥(辛酉邪獄) 때 전라도 강진으로 귀양 갔다가 19년 만에 풀려났다. 저서에 『목민심서(牧民心書)』, 『흠흠신서(欽欽新書)』, 『경세유표(經世遺表)』 등이 있다.

정언(正言) : 사간원(司諫院)에 속한 정6품 관직(官職). 정원은 2인.

정월망일(正月望日) : 정월 대보름날 밤에 뒷동산에 올라가 달이 떠오르는 광경을 바라보며 소원을 비는 것.

정인지(鄭麟趾) : 조선 전기의 문신(文臣), 학자(學者, 1396~1478). 자는 백저(伯睢). 호는 학역재(學易齋). 시호는 문성(文成). 대제학(大提學), 영의정(領議政)을 지냈다. 훈민정음(訓民正音) 창제에 기여하였고, 안지(安智), 최항(崔恒) 등과 함께 『용비어천가』를 지었다. 저서에 『자치통감훈의』, 『치평요람』 등이 있다.

정인지(鄭麟趾)비문 : 정인지는 세종(世宗) 때 한글 창제에 기여하고 『고려사절요』를 편찬하였으며 문장이 뛰어난 학자다. 정인지(鄭麟趾) 사후 비문(碑文)을 서거정(徐居正)이 썼다. 비문에 의하면 정인지와 소동파(蘇東坡)의 사주(四柱)가 같으니 문장(文章)과 덕망(德望)이 비슷하다고 기술하였다. 당시 비문(碑文)에 사주(四柱)를 썼다고 해서 말이 많았다(필원잡기).

정1품 : 조선시대의 18품계 가운데 첫번째 등급. 문관(文官)의 대광보국숭록대부(大匡輔國崇祿大夫), 보국숭록대부(輔國崇祿大夫), 종친(宗親)의 현록대부(顯祿大夫), 흥록대부(興祿大夫), 의빈(儀賓)의 성록대부(成祿大夫), 수록대부(綏祿大夫) 등이 있다.

정1품 아문(衙門) : 종친부(宗親府), 의빈부(儀賓府), 충훈부(忠勳府), 의정부(議政府), 돈녕부(敦寧府), 비변사(備邊司).

정2품 : 조선시대의 18품계 중 3번째 등급. 문무관(文武官)의 정헌대부(正憲大夫), 자헌대부(資憲大夫), 종친(宗親)의 승헌대부(承憲大夫), 의빈(儀賓)의 봉헌대부(奉憲大夫) 등이 해당한다.

정2품 아문(衙門) : 육조(六曹). 한성부(漢城府), 수원부(水原府), 광주부(光州府).

정3품 : 조선시대의 18품계 중 5번째 등급. 문관(文官)의 통정대부(通政大夫), 통훈대부(通訓大夫), 무관(武官)의 절충장군(折衝將軍), 종친(宗親)의 명선대부(明善大夫), 창선대부(彰善大夫), 의빈(儀賓)의 봉순대부(奉順大夫) 등이 있다.

정3품 아문(衙門) : 승정원(承政院), 장예원(掌隷院), 사간원(司諫院), 경연(經筵), 홍문관(弘文館), 예문관(藝文館), 세자시강원(世子侍講院), 세손시강원(世孫侍講院), 성균관(成均館), 상서원(尙瑞院), 춘추관(春秋館), 승문원(承文院), 통예원(通禮院), 봉상시(奉常寺), 종부시(宗簿寺), 사옹원(司饔院), 내의원(內醫院), 상의원(尙衣院), 사복시(司僕寺), 군기시(軍器寺), 사섬시(司贍寺), 군자감(軍資監), 장악원(掌樂院), 관상감(觀象監), 전의감(典醫監), 사역원(司譯院).

정4품 : 조선시대의 18품계 중 7번째 등급. 문관(文官)의 봉정대부(奉正大夫), 무관(武官)의 진위장군(振威將軍), 종친(宗親)의 선휘대부(宣徽大夫) 등이 있다.

정4품 아문(衙門) : 종학(宗學). 수성금화사(修城禁火司), 풍저창(豊儲倉), 광

홍창(廣興倉).

정5품 : 조선시대의 18품계 중 9번째 등급. 문관(文官)의 통덕랑(通德郎), 통선랑(通善郎) 등과 무관(武官)의 과의교위(果毅校尉), 충의교위(忠毅校尉) 및 토관(土官)의 통의랑(通議郎), 건충대위(建忠隊尉) 등이 해당한다.

정5품 아문(衙門) : 내수사(內需司).

정6품 : 조선시대의 18품계 중 11번째 등급. 문관(文官)의 승훈랑(承訓郎), 종친(宗親)의 집순랑(執順郎)·종순랑(從順郎) 등과 무관(武官)의 돈용교위(敦勇校尉), 잡직(雜職)의 공직랑(供職郎), 토관(土官)의 선직랑(宣職郎) 등이 있다.

정6품 아문(衙門) : 장원서(掌苑署).

정7품 : 조선시대의 18품계 중 13번째 등급. 문관(文官)의 무공랑(務功郎), 무관(武官)의 적순부위(迪順副尉), 잡직(雜職)의 봉무랑(奉務郎), 등용부위(騰勇副尉) 및 토관(土官)의 희공랑(熙功郎), 돈의도위(敦義徒尉) 등이 있다.

정8품 : 조선시대의 18품계 중 15번째 등급. 문관(文官)의 통사랑(通仕郎), 무관(武官)의 승의부위(承義副尉), 잡직(雜職)의 면공랑(勉功郎)·맹건부위(猛健副尉), 토관직(土官職)의 공무랑(供務郎), 분용도위(奮勇徒尉) 등이 있다.

정9품 : 조선시대의 18품계 중 17번째 등급. 문관의 종사랑(從事郎), 무관의 효력부위(效力副尉), 잡직 동반(東班)의 복근랑(服勤郎), 서반(西班)의 치력부위(致力副尉), 토관(土官) 동반의 계사랑(啓仕郎), 서반의 여력도위(勵力徒尉) 등이 해당한다.

정자(正字) : ①조선시대 홍문관(弘文館), 승문원(承文院), 교서관(校書館)에 속한 정9품 벼슬. ②글씨를 바르게 또박또박 쓴 글자. ③한자(漢字)의 약자(略字)나 속자(俗字), 와자(訛字)가 아닌 본디의 글자.

정자각(丁字閣) : 왕릉(王陵) 앞에 제사(祭祀)를 지내기 위하여 지은 '丁'자 모양의 집.

정자관(程子冠) : 말총으로 짜거나 떠서 만든 관(冠). 선비들이 평상시(平常時)

에 쓰던 것으로, 관(冠) 위는 터지고 세 봉우리가 지도록 뾰족하게 만들어 두 층으로 되었다.

정정(正丁) : 16세 이상 60세 이하의 장인 남자.

정재(呈才) : 대궐 안의 잔치 때 부르던 당악(唐樂).

정재(淨齋) : 절에서 밥 짓는 곳

정조(正朝) : 원단(元旦), 설날 아침.

정조사(正朝使) : 조선시대 해마다 정월 초하룻날 새해를 축하(祝賀)하러 중국 (中國)으로 가던 사신(使臣).

정철(鄭澈) : 조선 중기 문신(文臣)이며 시인(詩人, 1536~1593). 자(字)는 계함(季涵). 호(號)는 송강(松江). 가사문학(歌辭文學)의 대가로 관동별곡 (關東別曲), 사미인곡(思美人曲)등의 가사(歌辭)와 여러 편의 시조(時調)를 남겼다. 저서에 『송강집(松江集)』과 『송강가사(松江歌辭)』가 있다.

정청(正廳) : 정무(政務)를 보는 관청.

정표(情表) : 간절한 정(情)을 드러내 보이기 위하여 주는 물품(物品).

정헌대부(正憲大夫) : 조선시대 정2품 상(上) 문무관(文武官)의 품계(品階).

제거(制擧) : 조선 후기에, 종묘서(宗廟署), 사직서(社稷署), 경모궁(景慕宮)에 둔 칙임(勅任)의 종3품 벼슬.

제검(提檢) : 조선시대 사옹원(司饔院), 예빈시(禮賓寺), 수성금화사(修城禁火司), 전설사(典設司), 전함사(典艦司), 전연사(典涓司) 등에 둔 정4품 또는 종4품의 무록관(無祿官).

제구(祭具) : 제사에 쓰는 여러 가지 기구(제상, 주병, 촛대, 향로, 모사기, 병풍, 위패, 갸자).

제구(祭具)의 종류

*갸자(架子) : 음식을 나르는 데 쓰는 들 것.

*교의(交椅) : 제사 지낼 때 신주(神主)나 혼백상자(魂魄箱子) 등을 올려놓는 긴 의자.

*모사기(茅沙器) : 모사(茅沙)를 담는 그릇으로 보시기 같이 생겼으며 굽이 아

주 높음.

*병풍(屏風) : 색채가 없는 그림이나 글씨로 만든 병풍. 주로 잉어, 연, 파초, 석류, 모란, 포도 같은 그림이나, 조상을 추모하는 글이 적힌 병풍을 사용한다.

*신주(神主) : 나무로 된 위패. 신주가 없으면 지방(紙榜)으로 대신한다.

*와룡촛대(臥龍촛臺) : 놋쇠나 나무로 만들어, 윗부분에 용틀임을 새긴 긴 촛대.

*제상(祭床) : 제물을 차려 놓은 상.

*주주(酒注) : 제사용 술 주전자.

*주항(酒缸) : 술을 담그거나 담는 독.

*퇴주기(退酒器) : 제상에서 물리는 술을 담는 그릇.

*향로(香爐) : 향을 피우는 작은 화로.

*향로상(香爐床) : 향로를 올려놓는 탁자(卓子).

*향합(香盒) : 향을 담는 그릇. 사기나 놋쇠, 나무 등으로 만들었다.

*홀기함(笏記函) : 홀기를 보관하는 상자.

제기(祭器) : 제사에 쓰는 그릇. 놋그릇, 사기그릇, 나무그릇이 있다.

제기(祭器)의 종류(종묘 등 나라에서 지내는 제사의 제기)

*두(豆) : 김치, 젓갈을 담는 제기로 굽이 높고 뚜껑이 있음.

*변(邊) : 실과와 건육을 담는 제기로 원래는 대나무로 굽을 높게 엮어서 만들었다.

*병대(餠臺) : 떡을 담는 제기로 윗 판은 사각형임.

*시접(匙楪) : 수저를 올려놓는 제기로 대접 비슷하게 생겼다. 앞서 젓가락으로 이 시접을 세 번 가볍게 똑, 똑, 똑, 두드려 신령(神靈)에게 고했다.

*용작(龍勺) : 술을 떠서 불 때 사용하는 제기로 손잡이 끝 부분이 용의 머리 장식이 있다.

*작(爵) : 청동으로 만들어졌으며 전체적으로는 정(鼎)의 형태로 세 개의 다리가 있는 술잔이다.

*적대(炙臺) : 적을 올리는 그릇인데 나무로 만들며 발이 달렸음.

*조(俎) : 고기를 담는 그릇으로, 나무로 만들며 발이 달렸음.

*주배(酒杯) : 술잔과 잔대(잔받침).

*준(尊) : 주기(酒器)로서 사기나 구리로 만드는 데 소나 코끼리 모양을 하고 있다. 등에 술을 담는 공간이 있고 밑바닥에는 굽이 있다. 준(尊)에는 소 모양의 희준(犧尊)과 코끼리 모양의 상준(象尊)이 있다.

*탕기(湯器) : 국을 담는 그릇으로 여러 가지 크기의 것이 있음.

제례(祭禮) : 제사를 지내는 의례(儀禮).

제례주(祭禮酒) : 제사를 지낼 때 상(床)에 올리는 술(淸酒). 제례주는 누구도 제사 지내기 전에 마시지 않는다.(제주(祭酒))

제물진설(祭物陳設)에 관한 용어

*건좌습우(乾左濕右) : 마른 것은 왼쪽 젖은 것은 오른쪽(동쪽)에 놓는다.

*두동미서(頭東尾西) : 생선의 머리는 동쪽으로 놓고 꼬리는 서쪽으로 놓는다.

*면서병동(麵西餅東) : 국수는 서쪽에 놓고 떡은 동쪽에 놓는다.

*반서갱동(飯西羹東) : 메는 서쪽(왼쪽) 갱은 동쪽(오른쪽)에 놓는다(산 사람과 반대).

*삼적거중(三炙居中) : 3적(소적, 육적, 어적)은 시접(匙楪) 앞의 제 2행 중앙에 올린다. 초헌(初獻), 아헌(亞獻), 종헌(終獻)이 각각 올린다.

*삽시상저(揷匙上箸) : 헌관이 술을 따른 후에 숟가락을 메에 꽂고 젓가락은 시 접 위에 자루는 집사자의 좌측으로 놓이게 한다.

*생동숙서(生東熟西) : 김치는 동쪽, 나물은 서쪽에 놓는다. 날 것은 양(陽)이라 동쪽, 익은 것은 음(陰)이라 서쪽에 놓는다. 숙서생동(熟西生東)이라고도 한다.

*서면동병(西麵東餅) : 면(국수)은 서쪽, 편(떡)은 동쪽.

*서반동갱(西飯東羹) : 제상을 바라보아 서쪽은 메. 동쪽에 갱을 놓는 것, 신위 의 입장에서 보아 생전에 놓는 위치와 반대. (반서갱동(飯西羹東) 같은 말)

*서포동해(西脯東醢) : 포는 서쪽 끝에 놓고, 식해(생선 젓갈)는 동쪽 맨 끝에 놓는다.

*숙서생동(熟西生東) : 익힌 나물은 서쪽에 놓고, 생김치는 동쪽에 놓는다.

*시접거중(匙楪居中) : 수저를 담은 그릇은 신위 앞 중앙에 놓는다.

*어동육서(魚東肉西) : 생선은 동쪽에 고기는 서쪽에 놓는다.

*잔서초동(盞西醋東) : 술잔은 서쪽에 놓고, 초접(식초)은 동쪽에 놓는다.

*조율시이(棗栗柿梨) : 대추, 밤, 감, 배 순으로 놓는다.

*좌포우혜(左脯右醯) : 상어포, 문어포, 대구포, 명태포 같은 포는 좌편(왼쪽), 식혜는 우편(오른쪽)에 놓는다.

*적접거중(炙楪居中) : 적(구이)은 중앙에 놓는다.

*천산양수 지산음수(天産陽數 地産陰數) : 하늘에서 나는 것은 짝수이고 땅에서 나는 것은 홀수이다.

*홍동백서(紅東白西) : 붉은색 음식은 동쪽에, 흰색 음식은 서쪽에 놓는다.

제복(祭服) : 제향(祭享) 때에 입는 예복(禮服).

제비부리댕기 : 댕기 양쪽 끝이 제비부리처럼 삼각형으로 된 댕기.

제사(題辭) : 백성이 낸 소장(訴狀)이나 원서(願書)에 적는 관부(官府)의 판결이나 지령.

제사음식 : 제사 음식은 정성과 마음을 모아 정갈하게 장만한다. 그리고 화려한 색깔과 비린내가 심한 음식은 금기(禁忌)로 여겨 왔으며, 같은 종류의 음식은 짝을 맞추지 않고 홀수로 만든다. 제사상(祭祀床)에 오르는 음식은 다음과 같다.

*메 : 제상에 올리는 흰쌀밥을 말한다.

*탕(湯) : 국의 높임말. 탕은 대개 소탕(素湯), 육탕(肉湯), 어탕(魚湯) 등 삼탕(三湯)으로 하지만 오탕(五湯)으로 할 때는 삼탕(三湯)에 봉탕(鳳湯), 잡탕(雜湯)을 더한다.

*적(炙) : 생선이나 고기 따위를 양념하여 대꼬챙이에 꿰어 불에 굽거나 지진 음식. 삼적(三炙)으로 소적(素炙), 육적(肉炙), 어적(魚炙)을 쓰거나 여기에 봉적(鳳炙), 채소적(菜蔬炙)을 더해 오적(五炙)을 쓴다.

*나물 : 고사리, 도라지, 콩나물, 버섯 등과 같은 채소를 볶아서 쓴다.

*침채(沈菜) : 동치미처럼 색이 없는 김치를 말한다.

*청장(淸醬) : 양념을 하지 않은 맑은 장을 말한다.

*청밀(淸蜜) : 꿀이나 조청을 말한다.

*편(떡) : 떡의 높임말. 백편, 꿀떡 등을 말한다.

*포(脯) : 북어포, 대구포, 상어포, 문어포, 오징어포, 육포 등을 말한다.

*숙과(熟果) : 유과류, 강정류, 다식류를 쓰되 붉은 것을 피한다.

*당속류(糖屬類) : 옥춘, 오화당, 원당, 빙당, 매화당, 각당 등을 쓴다. 이상은
일제강점기부터 사용했던 일본 과자.

*다식(茶食) : 송화다식, 흑임자다식, 녹말다식 등을 쓴다.

*정과(正果) : 연근, 생강, 유자 등으로 장만한다.

*과일 : 사과, 배, 감, 밤 등의 생실과와 대추, 곶감, 은행, 잣 등의 숙실과를
장만하되 복숭아는 쓰지 않는다.

제사(祭祀)의 절차(節次)와 용어

*영신(迎神) : 제사 때 신을 맞아들임.

*강신(降神) : 제사 지낼 때에 초헌하기 전에 먼저 신이 내리게 하는 뜻으로,
향을 피우고 술을 따라 모사(茅沙) 위에 붓는 일.

*참신(參神) : 신주에 절하여 뵘.

*초헌(初獻) : 제사 때에, 첫 번으로 술을 신위에 드림.

*독축(讀祝) : 축문이나 제문(祭文)을 읽음.

*아헌(亞獻) : 제사 지낼 때 두 번째 잔을 올림.

*종헌(終獻) : 제사 지낼 때에 세 번째로 술잔을 올림.

*유식(侑食) : 더 많이 흠향하도록 종헌 드린 잔에 다시 술을 가득하게 채우는 일.

*삽시정저(揷匙正著) : 헌관이 술을 올린 후에 숟가락을 꽂는 일과 젓가락을 놓
는 일.

*합문(闔門) : 제물을 물리기 전에 문을 닫거나 병풍으로 가리어 막음.

*계문(啓門) : 제사 때에 유식(侑食) 후 합문(闔門)을 여는 일.

*진다(進茶) : 숭늉 올리기. 조선 전기에는 차를 올렸다. 헌다(獻茶)라고도 한다.

*철시복반(撤匙復飯) : 수저를 거두고 메 그릇의 뚜껑을 덮은 절차.

*사신(辭神) : 제사를 지내고 신을 보내는 일. 재배하고 지방(紙榜)과 축문을 불사름.

*철상(撤床) : 제물을 물림.

*음복(飮福) : 제사를 마치고 제관이 제사에 쓴 술이나 제물을 먹음.

제석(除夕) : 섣달 그믐날 밤. 제야(除夜), 세제(歲除), 제일(除日), 세진(歲盡)이라고도 함. 이날이 되면 2품 이상 벼슬아치들과 시종근신(侍從近臣)들은 조정에 들어가 임금에게 구세(舊歲)에 대한 인사를 드리고, 민가(民家)에서는 사당(祠堂)과 어른들에게 묵은 세배를 하며, 방, 부엌, 뒷간, 마구간할 것 없이 촛불을 밝히고 식구들은 잠을 자지 않고 새해를 맞이한다.

제석천(帝釋天) : 불교에서 말하는 팔방천(八方天)의 하나. 동쪽 하늘을 이른다(제석(帝釋), 석제(釋帝), 제석천왕(帝釋天王)).

**팔방천(八方天) : 동방의 제석천(帝釋天), 남방의 염마천, 서방의 수천(水天), 북방의 비사문천, 동남방의 화천(火天), 서남방의 나찰천, 서북방의 풍천(風天), 동북방의 이사나천(伊舍那天) 등을 말한다.

제술관(製述官) : 조선시대 승문원(承文院)에 속한 벼슬로 전례문(典禮文)을 지어 바치던 벼슬.

제어(鮆魚) : 웅어 또는 멸치를 말함.

제영(題詠) : 제목을 붙여 시를 읊음. 또는 그런 시가(詩歌).

제용감(濟用監) : 조선시대 각종 직물(織物)을 진상(進上)하고 하사(下賜)하는 일과 채색(彩色)이나 염색(染色), 직조(織造) 같은 일을 맡아보던 관아(官衙).

제웅 : 짚으로 사람 모양을 만든 물건. 음력 정월 열나흗 날 저녁에 제웅직성(直星)이 든 사람이 제웅에게 옷을 입히고 푼돈도 넣고 이름과 생년을 적어서 길가에 버림으로써 액막이를 한다. 또는 무당(巫堂)이 없는 사람을 위하여 산영장(산永葬)을 지내는 데 쓴다.

제웅직성(제웅直星) : 아홉 직성(直星)의 하나. 흉한 직성으로 아홉 해에 한 번씩 돌아오는데 남자는 열 살에, 여자는 열한 살에 처음으로 든다고 한다.

제1차 세계대전 : 1914년 7월 28일 오스트리아가 세르비아에 대한 선전포고(宣戰布告)를 하면서 시작되었으며, 1918년 11월 11일 독일(獨逸)이 항복(降伏)함으로써 끝난 전쟁이다. 이 전쟁은 영국(英國), 프랑스, 러시아 등의 협상국(연합국)과 독일, 오스트리아의 동맹국(同盟國)이 중심이 되어 싸운 전쟁이다.

제2차 세계대전 : 1939년부터 1945년까지 유럽, 아시아, 북아프리카, 태평양 등지에서 독일, 이탈리아, 일본을 중심으로 한 나라들과 영국, 프랑스, 미국, 소련, 중국 등을 중심으로 한 연합국(聯合國) 사이에 벌어진 전쟁이다. 지금까지의 인류 역사에서 가장 큰 인명(人命)과 재산(財産) 손실을 가져온 전쟁이다.

제조(提調) : 조선시대에 잡무와 기술 계통 기관에 겸직으로 임명되었던 고위 관직. 당상관 이상의 관원이 없는 관아 즉 조달(調達), 영선(營繕), 제작(製作), 창고(倉庫), 접대(接待), 어학(語學), 의학(醫學), 천문(天文), 지리(地理), 음악(音樂) 등에 겸직으로 배속되어 각 관아를 통솔하던 관직이다.

제주(祭酒) : 제례주의 준말. 제주로는 청주를 주로 쓴다.

제하기(祭下記) : 제사에 쓴 식재료와 기물을 기록한 것.

제학(提學) : 조선시대 규장각(奎章閣)에 속한 종1품이나 정2품 벼슬 또는 예문관(藝文館), 홍문관(弘文館)에 속한 종2품 벼슬.

제후국(諸侯國) : 제후(諸侯)가 다스리는 나라.

조각보 : 여러 가지 헝겊을 감치고 호아서 만든 보자기. 가로 세로 석 자(90cm) 정도. 예전에 색동조각보자기는 결혼할 때 새댁의 솜씨와 정성을 보이는 예품(禮品)으로서 필수품(必需品)이었다.

조강지처(糟糠之妻) : 지게미와 쌀겨로 끼니를 이을 때의 아내라는 뜻으로, 몹시 가난하고 어려울 때 고생을 함께 해 온 아내를 이르는 말이다.『후한서(後漢書)』의 송홍전(宋弘傳)에 나오는 말.

조공(朝貢) : 종주국에 종속국(從屬國)이 예물(禮物)을 바치던 일. 또는 그런 예물.

조과지도(調過之道) : 살아가는 길.

조군(漕軍) : 고려, 조선시대 조선(漕船)에 승선하여 조운(漕運) 활동에 종사하던 선원(船員).

조궁장(造弓匠) : 활을 만드는 것으로 업(業)을 삼는 사람.

조끼 : 개화기(開化期) 양복과 함께 들어온 옷. 주머니가 있어서 급속도로 보급. 원어는 포르투갈어 Jaque가 일본을 거치면서 チョッキ로 변하여 한국에 들어왔기 때문에 그대로 사용하였다. 조끼는 일본말이다.

조례(皂隷) : 서울 각 관아에서 부리던 하인. 칠반천역(七般賤役)의 하나로 사령(使令), 마(馬)지기, 가라치, 별배(別陪) 따위가 있다.

조리개 : 조림(궁중용어).

조리개 종류

*우육조리개 : 우둔살을 간장, 파, 마늘, 생강을 넣고 조린다(장조림).

*편육조리개 : 양지머리 편육을 간장, 파, 마늘, 생강을 넣고 조린다.

*장똑똑이 : 쇠고기를 가늘게 채로 썰어 간장과 양념을 넣고 조린다.

조리중 : 미덥지 못한 중(땡땡이중).

조리희(照里戲) : 줄다리기.

조바위 : 겨울에 여자가 머리에 쓰는 쓰개. 모양은 아얌과 비슷하나 볼 끼가 커서 귀와 뺨을 덮게 되어 있다.

조반기(朝飯器) : 뚜껑에 꼭지가 달린 대접.

조방꾼 : 연희(演戲) 전문가 또는 기생집 호객꾼.

조방(助幫)꾸니 : 오입장이에게 남녀(男女) 일을 주선해주거나 잔심부름 따위를 하며 돈 버는 사람.

조보(朝報) : 소식(궁중용어).

조복(朝服) : 관원이 조정에 나아가 하례(賀禮)할 때에 입던 예복(禮服). 붉은 비단으로 만들었는데 소매가 넓고 깃이 곧다.

조봉대부(朝奉大夫) : 조선시대 종4품 하(下) 문관(文官)의 품계.

조산대부(朝散大夫) : 조선시대 종4품 상(上) 문관(文官)의 품계.

조서(詔書) : 임금의 명령을 일반에게 알릴 목적으로 적은 문서(文書).

조선(朝鮮) : 1392년 이성계(李成桂)가 고려(高麗)를 무너뜨리고 세운 나라. 국호를 조선(朝鮮)이라 칭하고 한양(漢陽)을 도읍지로 정하였다. 국가 이념을 성리학(性理學)으로 정하고 불교(佛敎)를 배척하였다. 국가 통치를 위하여 양반(兩班)을 주축으로 관료 체제를 이루고 세습(世襲)하도록 특혜를 주었다. 1897년에 대한제국(大韓帝國)으로 국호를 개칭하고, 일신하였으나 구미(歐美) 열강(列强)과 일본(日本)의 압력을 받다가 1910년 일본의 식민지(植民地)가 되었다.

조선(操船) : 현물(現物)로 받아들인 각 지방의 조세(租稅)를 서울까지 운반하던 배.

조선개국공신(朝鮮開國功臣) : 1392년 8월에 공신도감(功臣都監)을 설치하고, 그해 9월에 이성계(李成桂)를 왕으로 추대한 신하 44인을 1, 2, 3등으로 나누어 개국공신으로 책록하였다.

*일등공신 : 배극렴, 조준(趙浚), 김사형(金士衡), 정도전(鄭道傳), 이제(李濟), 이화(李和), 정희계(鄭熙啓), 이지란(李之蘭), 남은(南誾), 장사길(張思吉), 정총(鄭摠), 조인옥(趙仁沃), 남재(南在), 조박(趙璞), 오몽을(吳蒙乙), 정탁(鄭擢) 이상 16명(이들에게는 최고 220결(結)에서 최하 150결에 이르는 공신전(功臣田)을 내리고, 최고 30명에서 최하 15명에 이르는 노비를 지급하였다.).

*이등공신 : 윤호(尹虎), 이민도(李敏道), 박포(朴苞), 조영규(趙英圭), 조반(趙胖), 조온(趙溫), 조기(趙琦), 홍길민(洪吉旼), 유경(劉敬), 정용수(鄭龍壽), 장담(張湛), 정지(鄭地), 조견(趙狷), 황희석(黃希碩)이상 14명(이들에게는 공신전 100결의 토지와 10명의 노비를 하사하였다.).

*삼등공신 : 안경공(安景恭), 김곤(金稇), 유원정(柳爰廷), 이직(李稷), 이근(李懃), 오사충(吳思忠), 이서(李舒), 조영무(趙英茂), 이백유(李伯由), 이부(李敷), 김로(金輅), 손흥종(孫興宗), 심효생(沈孝生), 고여(高呂), 장지화(張至和), 함부림(咸傅霖), 한상경(韓尙敬), 임언충(任彦忠), 황거정(黃

居正), 장사정(張思靖), 한충(韓忠), 민여익(閔汝翼) 이상 22명(이들에게
는 공신전 70결과 노비 7명씩을 각각 지급하였다.).

조선삼대화가(朝鮮三大畵家) : 안견(安堅), 김홍도(金弘道), 장승업(張承業).

조선시대 명절

*원단(元旦) : 설날 아침. 조상(祖上)에게 차례(茶禮) 지내고 성묘(省墓)를 다
닌 뒤에 어른들에게 세배(歲拜)를 드린다.

*대보름날 : 음력 정월 보름날을 명절(名節)로 이르는 말. 새벽에 귀밝이술을
마시고 부럼을 깨물며 약밥, 오곡밥 같은 별식(別食)을 먹는다.

*2월 초하룻날(영등날) : 영등할머니가 하늘에서 내려와 집집마다 다니면서 농
촌의 실정을 조사하고 2월 20일에 하늘로 올라가서 바람을 다스린다고 한
다. 콩을 볶아 먹는 풍습이 있다.

*3월 삼짇날 : 삼짇날은 음력 3월 초사흗날. 남자(男子)들은 천렵(川獵)을 하
고 여자(女子)들은 화전(花煎)놀이를 한다.

*4월 초파일 : 파일은 음력 4월 초파일로 석가모니(釋迦牟尼)의 탄생일(誕生
日)이다. 예전에 이날에는 파일등을 단다. 8일~9일 이틀 밤에는 집집마다
여러 가지 등에 불을 켜 달고 그 아래서 물장구를 치거나 풍악(風樂)을 즐
기며 느티나무의 잎을 넣어 만든 시루떡과 검정콩을 쪄서 먹는다.

*5월 단오(端午) : 음력 5월 5일로, 단오떡을 해 먹고 여자는 창포물에 머리를
감고 그네를 뛰며 남자들은 씨름을 한다.

*6월 유두(流頭) : 유두는 음력 유월 보름날이다. 신라(新羅) 때부터 유래한 것
으로, 나쁜 일을 떨어 버리기 위하여 동쪽으로 흐르는 물에 머리를 감는 풍
속(風俗)이 있었다. 근래까지 수단(水團), 수교위(만두 비슷함)같은 음식
물을 만들어 먹으며, 농사가 잘되라고 용신제(龍神祭)를 지내기도 하였다.

*7월 칠석(七夕) : 칠석은 음력으로 칠월 칠일 밤. 이때에 은하(銀河)의 서쪽에
있는 직녀(織女)와 동쪽에 있는 견우(牽牛)가 오작교(烏鵲橋)에서 일 년에
한 번 만난다는 전설이 있다.

*8월 추석(秋夕) : 음력 팔월 보름날이다. 신라(新羅)의 가배(嘉俳)에서 유래

하였다고 하며, 햅쌀로 술과 송편을 빚고 햇과일을 거두어 차례를 지낸다.

*9월 구일(중양절) : 음력 9월 9일 이르는 말. 이날 남자들은 시(詩)를 짓고 각 가정에서는 국화전을 만들어 먹고 놀았다. 시제(時祭) 대신 귀일차례라고 해서 묘제를 지내는 문중(門中)도 있다.

*11월 동지(冬至) : 24절기 중 하나. 대설(大雪)과 소한(小寒) 사이에 들며 태양(太陽)이 동지점(冬至點)을 통과하는 시기로 1년 중 낮이 가장 짧고 밤이 가장 길다. 동지에는 음기(陰氣)가 극성한 가운데 양기(陽氣)가 새로 생겨나는 때이므로 일 년의 시작으로 간주한다. 이날 각 가정에서는 팥죽을 쑤어 먹으며 관상감(觀象監)에서는 달력을 만들어 벼슬아치들에게 나누어 주었다.

*12월 제석(除夕 : 섣달 그믐날) : 집안을 샅샅이 청소하고 빚이 있으면 모두 청산하고 어른들께 묵은세배를 드린다. 그리고 조왕할머니가 12월 25일 하늘에 있는 옥황상제(玉皇上帝)에게 가서 그 집안의 일 년 동안에 한 일을 보고하고 섣달 그믐밤에 돌아 오는데 혹시 길을 잃을까 봐 집안 구석구석에 불을 켜놓고 잠을 자지 않고 새해를 맞이한다.

조선시대의 술 : 『증보산림경제』에 소개된 술

백하주(白霞酒), 방문주, 삼해주(三亥酒), 연엽주(蓮葉酒), 소국주(小麴酒), 약산춘주(藥山春酒), 경면녹파주(鏡面綠波酒), 벽향주(碧香酒), 부의주(浮蟻酒), 일일주(一日酒), 삼일주(三日酒), 칠일주(七日酒), 잡곡주(雜穀酒), 하향주(荷香酒), 이화주(梨花酒), 청감주(淸甘酒), 감주(甘酒), 하엽주(荷葉酒), 추모주(秋牟酒), 죽통주(竹筒酒), 두강주(杜康酒), 도화주(桃花酒), 지주(地酒), 백자주, 호도주(胡桃酒), 와송주(臥松酒), 백화주(百花酒), 구기주(枸杞酒), 오가피주, 감국주(甘菊酒), 석창포주(石菖蒲酒)

조선시대 시식(時食) : 동국세시기 참조

*정초 : 떡국, 밤초, 대추초

*대보름날 : 약밥, 부름

*2월 초하룻날 : 송편(노비 송편), 볶은 콩

*3월 삼짇날 : 두견화전, 국수, 쑥떡

*한식 : 조개탕, 애탕(艾湯 쑥국)

*봄철 음식 : 수란(水卵), 산자, 시루떡

*4월 파일 : 느띠떡, 삶은콩, 도미, 국수

*이른 여름 : 증편, 개피떡, 장미화전, 어채(魚菜), 어만두(魚饅頭), 영계찜, 미나리 강회

*5월 단오(端午) : 수리치떡, 주니국

*6월 유두(流頭) : 밀국수, 수단(水團), 건단(乾團), 상화떡(霜花떡), 연병(連餠), 수교위(만두 비슷함)

*삼복(三伏) : 복죽, 개장, 영계백숙

*여름 음식 : 창면, 수제비, 밀쌈

*7월 칠석(七夕) : 밀전병

*8월 추석(秋夕) : 송편, 토란국

*가을 음식 : 무시루떡, 호박시루떡, 동부인절미, 밤경단

*9월 구일 : 국화전, 화채

*10월 : 붉은 팥떡

*겨울 음식 : 전골, 만두, 신선로, 연포국, 쑥경단, 꿀경단, 강정

*11월 동지(冬至) : 팥죽, 약과

*겨울 음식 : 냉면, 국수비빔, 동치미, 수정과(水正果)

*12월 음식 : 생치(꿩), 참새구이

조선시대 외국인

*하멜 Hamel, Hendrik : 네덜란드의 선원(?~1692). 동인도회사 소속 상선을 타고 일본 나가사키로 가다가 폭풍으로 파선하여 조선 효종 4년(1653)에 일행과 함께 우리나라에 들어와 14년 동안 억류 생활을 하고 귀국하였다. 자신의 경험을 담은 『하멜 표류기』를 저술하여 조선의 지리, 풍속, 정치 따위를 유럽에 처음으로 소개하였다.

*주문모(周文謨) : 중국 청나라의 신부(1752~1801). 한국 최초의 외국인 신

부로서 북경(北京) 주교(主敎) 구베아(Gouvea)의 명령을 받고, 1795년 서울로 들어와 선교활동하다가, 1801년 신유박해 때 의금부에 자수하여 새남터에서 순교했다.

*알렌 Allen, Horace Newton : 미국의 선교사·의사(1858~1932). 우리나라 이름은 안연(安連). 중국을 거쳐 우리나라에 들어와 최초의 장로교 선교사가 되었다. 고종 황제의 시의(侍醫) 및 외교 고문으로 있었으며 광혜원, 관립의학교를 창립하였다.

*아펜젤러 1 Appenzeller, Henry Gerhard : 미국의 선교사. 교육자(1858~1902). 1884년에 한국 최초의 감리교 목사로 내한하여 배재학당(培材學堂)을 세우고, 기독교 잡지 및 성경 번역 사업에 참여하였다.

*언더우드 underwoodHorace Grant : 미국의 의학자·선교사(1859~1916). 1884년에 내한한 선교사로서 경신학교를 설립하고, 1915년에는 연희전문학교 교장이 되어 교육사업에 헌신하였다. 저서에 『영한사전』, 『한영사전』이 있다.

*스크랜턴 Scranton, Mary : 미국의 선교사(1832~1909). 조선 고종 22년(1885)에 우리나라에 와서 이듬해 이화학당(梨花學堂)을 세웠다.

*베델 Bethell, Ernest Thomas : 영국의 언론인(1872~1909). 런던 데일리 뉴스의 특파원으로 우리나라에 와서 양기탁과 함께 《대한매일신보》를 발행하고 일본의 침략 정책을 강력히 비판하였다.

조선어말살정책 : 1938년부터 일제는 학교에서 조선어(朝鮮語) 교육을 금지하고 학생들로 하여금 조선어 사용을 금지한 정책.

조선어학회 : 1931년 11월에 조선어연구회(朝鮮語研究會)를 고친 것. 국어(國語)의 연구와 발전을 목적으로 만든 민간 학술단체(學術團體), 일제(日帝)의 탄압 아래 꾸준히 우리말을 연구하고 보급해 왔으며, 뒤에 한글학회로 이름을 고쳤다.

조선어학회사건 : 1942년 10월에 일본어(日本語) 사용과 국어(國語)의 말살을 꾀하던 일제(日帝)가 조선어학회(朝鮮語學會)의 회원을 투옥(投獄)한 사건.

일제(日帝)는 조선어학회가 학술단체를 가장한 독립운동(獨立運動)단체라고 꾸며, 회원들에게 혹독한 고문(拷問)을 자행하였다. 이 사건으로 학회(學會)는 해산되고 편찬(編纂) 중이던 국어사전(國語辭典) 원고는 상당한 부분이 분실됐다.

조선 왕실의 어보(御寶)와 어책(御冊) : 조선 왕실은 왕(王)이나 왕비(王妃)의 책봉, 즉위식 등의 중요한 행사 때마다 어보(御寶)와 어책(御冊)을 만들었다. 어보는 조선 왕실의 의례용 도장이고 어책은 세자(世子)와 세자빈(世子嬪)의 책봉, 비(妃)와 빈(嬪)의 직위 하사 때 내린 교서(敎書)이다. 현재 어보는 331점, 어책은 339점, 종묘에 보관. 2017년 유네스코 세계기록유산으로 등재되었다.

조선왕실의 죽(粥) : 깨죽, 버섯죽, 전복죽, 원미죽, 장국죽, 잣죽, 타락죽(駝駱粥), 흰죽 등이 있다. 죽에 따르는 반찬은 동치미, 젓국조치, 나박김치, 마른 찬, 간장, 소금, 꿀 등으로 간단하게 차린다.

조선왕조실록(朝鮮王朝實錄) : 조선왕조(朝鮮王朝)는 제1대 왕 태조(太祖, 1335~1408)로부터 제25대 왕 철종(哲宗, 1831~1863)에 이르기까지 25대 472년간의 역사를 연월일 순서에 따라 편년체(編年體)로 기록한 역사책. 1,893권 888책, 1973년 국보 지정. 1977년 유네스코 세계기록유산으로 등재되었다.

조선왕조(朝鮮王朝) 역대 국왕(歷代國王)

태조(太祖) : 조선 제1대 왕(1335~1408). 성은 이(李). 이름은 성계(成桂), 단(旦). 자는 중결(仲潔). 호는 송헌(松軒). 고려 말기 무신으로 왜구를 물리치고, 위화도 회군을 계기로 정권을 장악하여 조선 왕조 건국. 재위 기간 1392~1398년이다.

정종(定宗) : 조선 제2대 왕(1357~1419). 초명은 방과(芳果). 이름은 경(曔). 자는 광원(光遠). 관제 개혁하고, 사병(私兵)을 삼군부(三軍府)에 편입하였으며, 저폐(楮幣)를 발행하여 경제 발전을 꾀하였다. 재위 기간 1398~1400년이다.

태종(太宗) : 조선 제3대 왕(1367~1422). 성은 이(李). 이름은 방원(芳遠). 자는 유덕(遺德). 조선을 건국하는 데 크게 공헌하였으며, 많은 치적을 쌓고 왕조의 기틀을 튼튼히 세웠다. 재위 기간 1400~1418년이다.

세종(世宗) : 조선 제4대 왕(1397~1450). 이름은 도(裪). 자는 원정(元正). 집현전 창설. 학문 장려. 훈민정음 창제, 측우기, 해시계 제작. 북방 6진(鎭)을 개척하여 국토를 확장하고, 대마도를 정벌하여 왜구 소탕, 조선왕조의 기틀을 잘 세웠다. 재위 기간 1418~1450년이다.

문종(文宗) : 조선 제5대 왕(1414~1452). 이름은 향(珦). 자는 휘지(輝之). 세종의 아들로 20년간 세종을 도우며 민의를 잘 파악하고 인재를 잘 등용하였으나 병약하여 적극적으로 정치를 못함. 재위 기간 1450~1452년이다.

단종(端宗) : 조선 제6대 왕(1441~1457). 12세에 왕위에 올랐으나 수양대군에게 왕위를 빼앗겨 강원도 영월에 유배 중 죽임을 당함. 숙종 24년(1698)에 왕위를 추복(追復). 묘호는 단종. 재위 기간 1452~1455년이다.

세조(世祖) : 조선 제7대 왕(1417~1468). 휘는 유(瑈). 자는 수지(粹之). 군호는 수양대군. 국방, 외교, 토지 제도, 관제의 개혁, 개편에 큰 업적.『국조보감』,『경국대전』서적 편찬. 저서에『석보상절』이 있다. 재위 기간 1455~1468년이다.

예종(睿宗) : 조선 제8대 왕(1450~1469). 휘는 황(晄). 자는 명조(明照), 평보(平甫). 직전수조법(職田收租法)을 제정. 둔전을 농민이 경작하도록 허락.『경국대전』편찬 완성. 재위 기간 1468~1469년이다.

성종(成宗) : 조선 제9대 왕(1457~1494). 이름은 혈(娎). 숭유억불(崇儒抑佛) 정책을 추진. 사림파 등용. 조선 전기의 문물제도를 거의 완성.『경국대전』을 반포하였다. 재위 기간 1469~1494년이다.

연산군(燕山君) : 조선 제10대 왕(1476~1506). 이름은 융(隆). 무오사화(戊午史禍), 갑자사화(甲子士禍)로 많은 선비들을 죽였다. 폭군으로 지탄받아 중종반정으로 폐위되었다. 재위 기간 1494~1506년이다.

중종(中宗) : 조선 제11대 왕(1488~1544). 이름은 역(懌). 자는 낙천(樂天).

혁신 정치를 꾀하다가 훈구파의 반대로 실패하고 기묘사화(己卯士禍)를 일으켰다. 재위 기간1506~1544년이다.

인종(仁宗) : 조선 제12대 왕(1515~1545). 이름은 호(峼). 자는 천윤(天胤). 기묘사화(己卯士禍)로 없어진 현량과를 부활시켰다. 재위 기간은 1544~1545년이다.

명종(明宗) : 조선 제13대 왕(1534~1567). 이름은 환(峘). 자는 대양(對陽). 중종의 차남으로 12세에 즉위하여 재위 중 을사사화(乙巳士禍), 을묘왜변(乙卯倭變)을 겪었다. 재위 기간은 1545~1567년이다.

선조(宣祖) : 조선 제14대 왕(1552~1608). 이름은 연(昖). 초명(初名)은 균(鈞). 이이(李珥), 이황(李滉) 등 인재를 등용. 유학을 장려했으나 임진왜란을 겪었다. 재위 기간 1567~1608년이다.

광해군(光海君) : 조선 제15대 왕(1575~1641). 이름은 혼(琿). 서적 편찬, 사고 정리 등 내치에 힘썼으나 당쟁에 휩쓸려 임해군과 영창대군을 죽이고 인목대비를 유폐하여, 뒤에 인조반정으로 폐위. 재위 기간 1608~1623년이다.

인조(仁祖) : 조선 제16대 왕(1595~1649). 이름은 종(倧). 자는 화백(和伯). 호는 송창(松窓). 인조반정으로 광해군을 몰아내고 왕위에 올랐으나 병자호란과 정묘호란으로 국력 상실. 재위 기간 1623~1649년이다.

효종(孝宗) : 조선 제17대 왕(1619~1659). 이름은 호(淏). 자는 정연(靜淵). 호는 죽오(竹梧). 병자호란 때 청나라에 끌려가 8년간 볼모생활. 북벌 계획을 세웠으나 뜻을 이루지 못하였다. 재위 기간 1649~1659년이다.

현종(顯宗) : 조선 제18대 왕(1641~1674). 이름은 연(棩). 자는 경직(景直). 즉위 직후 조 대비(趙大妃)의 복상(服喪) 문제로 남인과 서인이 당쟁을 벌여 많은 유신(儒臣)이 희생되었다. 재위 기간 1659~1674년이다.

숙종(肅宗) : 조선 제19대 왕(1661~1720). 이름은 순(焞). 자는 명보(明普). 대동법을 확대 실시하고, 백두산에 정계비를 세워 국경을 확대하였다. 재위 기간은 1674~1720년이다.

경종(景宗) : 조선 제20대 왕(1688~1724). 이름은 윤(昀). 자는 휘서(輝瑞).

재임 기간 동안 노론과 소론이 대립하여 신임사화(辛壬士禍)가 일어나 당쟁이 절정을 이루었다. 재위 기간은 1720~1724년이다.

영조(英祖) : 조선 제21대 왕(1694~1776). 이름은 금(昑). 자는 광숙(光叔). 호는 양성헌(養性軒). 탕평책으로 당쟁 억제, 균역법의 시행, 신문고의 부활, 『동국문헌비고』편찬 재위 기간 1724~1776년이다.

정조(正祖) : 조선 제22대 왕(1752~1800). 이름은 산(祘). 자는 형운(亨運). 호는 홍재(弘齋). 탕평책을 써서 인재를 고루 등용하고, 실학을 발전시켜 조선 후기 문화의 황금시대를 이룩하였다. 재위 기간은 1776~1800년이다.

순조(純祖) : 조선 제23대 왕(1790~1834). 이름은 공(玜). 자는 공보(公寶). 호는 순재(純齋). 천주교를 탄압하였다. 재위 기간은 1800~1834년이다.

헌종(憲宗) : 조선 제24대 왕(1827~1849). 이름은 환(奐). 자는 문응(文應). 호는 원헌(元軒). 8세에 즉위 순원왕후가 수렴청정, 1841년 친정하게 되었으나 정치의 혼란으로 민생고는 가중. 재위 기간은 1834~1849년이다.

철종(哲宗) : 조선 제25대 왕(1831~1863). 이름은 변(昪). 초명은 원범(元範). 자는 도승(道升). 호는 대용재(大勇齋). 안동 김씨의 세도 정치로 삼정(三政)의 문란. 삼남지방에 민란이 빈발. 재위 기간 1849~1863년이다.

고종(高宗) : 조선의 제26대 왕(1852~1919). 이름은 희(熙). 자는 성임(聖臨)·명부(明夫). 호는 성헌(誠軒). 1894년 갑오개혁 단행. 1897년 국호와 연호를 각각 대한(大韓)과 광무(光武)로 고치고 황제에 올랐으나, 1907년 헤이그 밀사 사건으로 퇴위. 재위 기간은 1863~1907년이다.

순종(純宗) : 조선 제27대 왕(1874~1926). 이름은 척(坧). 자는 군방(君邦). 호는 정헌(正軒). 대한제국의 제2대 황제가 되었으나 1910년에 일본에 통치권을 빼앗기고 일본으로부터 이왕(李王)으로 불렸다. 재위 기간 1907~1910년이다.

조선왕조 왕릉

건원릉(健元陵) : 태조 사적193호 구리시 동구릉

제릉(齊陵) : 태조 비, 신의왕후 북한 개풍군 소재

정릉(貞陵) : 태조 계비 신덕왕후 사적208호 서울 정릉동

후릉(厚陵) : 정종, 정안왕후 북한 개풍군 소재

헌릉(獻陵) : 태종, 원경왕후 사적194호 서울 내곡동

영릉(英陵) : 세종, 소현왕후 사적195호 경기 여주

현릉(顯陵) : 문종, 현덕왕후 사적193호 동구릉

장릉(莊陵) : 단종, 홍위왕후 사적196호 강원 영월

사릉(思陵) : 단종 비 정순왕후 사적209호 경기 남양주

광릉(光陵) : 세조, 정희왕후 사적197호 경기 남양주

창릉(昌陵) : 예종 계비 안순왕후 사적198호 고양 서오릉

공릉(恭陵) : 예종 비 정순왕후 사적205호 파주 공순영릉

경릉(敬陵) : 덕종(추존) 소혜왕후 사적198호 서오릉

선릉(宣陵) : 성종, 정현왕후 사적199호 서울 삼성동

순릉(順陵) : 성종 비 공혜왕후 사적205호 파주 공순영릉

연산군묘 : 연산군, 신씨 사적263호 서울 방학동

정릉(靖陵) : 중종 사적199호 서울 삼성동

온릉(溫陵) : 중종 비 단경왕후 사적210호 경기 양주

희릉(禧陵) : 중종 계비 장경왕후 사적200호 고양 서오릉

태릉(泰陵) : 중종 계비 문정왕후 사적201호 서울 공릉동

효릉(孝陵) : 인조 인성왕후 사적200호 서울 공릉동

강릉(康陵) : 명종 인순왕후 사적200호 서울 공릉동

목릉(穆陵) : 선조 비 의인왕후, 계비 인목왕후 사적193호 동구릉

광해군묘 : 문성군 부인, 유씨 사적363호 경기 남양주

장릉(章陵) : 원종(추존) 인헌왕후 사적202호 경기 김포

장릉(長陵) : 인조 인열왕후 사적203호 경기 파주

휘릉(徽陵) : 인조 계비 장열왕후 사적193호 동구릉

영릉(寧陵) : 효종 인선왕후 사적195호 경기 여주

숭릉(崇陵) : 현종 명성왕후 사적193호 동구릉

명릉(明陵) : 숙종 계비 인현왕후, 인원왕후 사적198호 서오릉

익릉(翼陵) : 숙종 인경왕후 사적198호 서오릉

의릉(懿陵) : 경종 계비 신의왕후 사적204호 서울 석관동

혜릉(惠陵) : 경종 비 단의왕후 사적193호 동구릉

원릉(元陵) : 영조 계비 정순왕후 사적193호 동구릉

홍릉(弘陵) : 영조 비 정선왕후 사적198호 서구릉

영릉(永陵) : 진종(추존) 효순왕후 사적205호 파주 순영릉

융릉(隆陵) : 장조(추존) 헌경왕후 사적206호 화성시 융건릉

건릉(健陵) : 정조 효의왕후 사적206호 화성시 융건릉

인릉(仁陵) : 순종 순원왕후 사적194호 서울 내곡동

수릉(綏陵) : 문조(추존) 신정왕후 사적193호 동구릉

경릉(景陵) : 헌종 효현왕후 계비 효정왕후 사적193 동구릉

예릉(睿陵) : 철종 철인왕후 사적200호 서삼릉

홍릉(洪陵) : 고종 명성황후 사적207호 남양주 홍유릉

유릉(裕陵) : 순종 순명황후 계비 순정황후 사적207호 남양주 홍유릉

조선의 삼대폐(三大幣) : ①충청도(忠淸道) 양반(兩班)들은 놀고 먹는 것이고 ②평양(平壤) 기생은 남을 잘 긁어 먹는 것이고 ③전주(全州)지방의 아전(衙前)들은 농민을 긁어 먹는 것이다(매천야록(梅泉野錄)).

조선총독부(朝鮮總督府) : 조선총독부는 1910년 8월 29일부터 1945년 9월 28일까지 우리나라를 지배한 일본 제국주의 최고의 식민통치기구. 조선총독부의 통치 행위를 보면 다음과 같다.

　*제1기(1910~1919) 무단통치(武斷統治).

　*제2기(1920~1936) 문화통치(文化統治).

　*제3기(1937~1945) 민족말살통치(民族抹殺統治).

조선통감부(朝鮮統監府) : 1906년 2월부터 1910년 8월까지 일제가 한국을 완전 합병할 목적으로 설치한 감독기관. 통감은 이등박문(伊藤博文). 공식명칭은 통감부(統監府).

조선통보(朝鮮通寶) : 조선 세종(世宗) 때와 인조(仁祖) 때에 주조(鑄造)하여 유통되었던 화폐(貨幣). 태조(太祖) 3년(1394)에 동전(銅錢)을 주조하여 유통시키자는 의논이 있었으나, 태종(太宗) 원년(1401)에 저화(楮貨)를 동전보다 먼저 법화(法貨)로 결정하여 보급하였고, 태종 15년에는 동전을 주조하여 저화와 병용하기로 하였다가 실현되지 못하였으며, 세종(世宗) 5년(1423)에는 조선통보(朝鮮通寶)를 주조하기 시작하여 4년 만에 4만 냥을 주조하였고, 인조(仁祖) 11년(1633)에는 다시 이를 주조하여 유통시켰다. 그 뒤 1670년대 말부터 상평통보(常平通寶)가 법화로 유통되었다.

조선통신사(朝鮮通信使) : 조선시대(朝鮮時代)에 일본(日本)으로 보낸 외교사절(外交使節). 반대로 일본(日本)이 조선(朝鮮)에 파견(派遣)하는 사절(使節)을 일본국왕사(日本國王使)라고 했음. 태종(太宗) 4년(1404) 일본 막부(幕府)와 외교관계를 맺은 후 태종(太宗) 13년(1413)부터 순조(純祖) 11년(1811)까지 20차례에 걸쳐 통신사를 보냈음.

조선팔경(朝鮮八景) : 옛날부터 구전(口傳)으로 전하여 오는 조선팔경.

 *금강산(金剛山) 일만이천봉 : 강원도의 북부에 있는 명산.

 *백두산(白頭山)과 천지(天池) : 함경도와 만주 사이에 있는 명산.

 *한라산(漢拏山) 고봉(高峯) : 제주도에 있는 명산.

 *압록강(鴨綠江) 뗏목풍경 : 평안북도 만주 사이에 있는 강.

 *부전고원(赴戰高原) : 함경남도 장진군에 있는 고원.

 *해운대(海雲臺) 저녁달 : 부산광역시 해운대구에 있는 바닷가.

 *경주 석굴암(石窟庵) 해돋이 : 경상북도 경주시 토함산에 있는 석굴.

 *모란봉(牡丹峯) 을밀대(乙密臺) : 평안남도 평양 금수산에 있는 정자(亭子).

조선팔도(朝鮮八道) : 조선. 태종(太宗, 1367~1422) 때 확정된 행정구역. 경기도(京畿道), 충청도(忠淸道), 전라도(全羅道), 경상도(慶尙道), 강원도(江原道), 황해도(黃海道), 평안도(平安道), 함경도(咸境道)를 통틀어 이르는 말.

조선팔도(朝鮮八道)의 별명

 *함경도 니전투구泥田鬪狗(뻘밭에서 싸우는 개처럼 끈질김).

*평안도 맹호출림猛虎出林(숲속에서 나타난 무서운 호랑이).

*황해도 석전경우石田耕牛(돌밭을 가는 부지런한 소).

*강원도 암하노불岩下老佛(바위 아래서 도 닦는 늙은 부처).

*충청도 청풍명월淸風明月(맑은 바람과 밝은 달).

*전라도 풍전새류風前細柳(바람에 나부끼는 버들가지).

*경상도 태산교악泰山喬嶽(큰 산과 험한 고개를 넘는 우직함).

*경기도 경중미인鏡中美人(거울 속의 미인).

조선팔도(朝鮮八道)의 이칭

*경기도는 도(道)자를 붙이지 않고 이칭도 없음.

*충청도는 호서(湖西) : 제천 의림지호 서쪽이라는 뜻.

*전라도는 호남(湖南) : 김제 벽골제호 남쪽이라는 뜻.

*경상도는 영남(嶺南) : 조령 죽령 남쪽이라는 뜻.

*강원도는 영동(嶺東), 관동(關東) : 대관령 동쪽이라는 뜻.

*황해도는 해서(海西) : 경기해의 서쪽이라는 뜻.

*함경도는 관북(關北) : 철령관 북쪽이라는 뜻.

*평안도는 관서(關西) : 철령관 서쪽이라는 뜻.

**철령관(鐵嶺關) : 함경남도 안변군 신고산면과 강원도 회양군 하북면 사이에
   있는 685m 되는 고개.

조선호텔 : 1914년 조선철도국이 설립한 근대식 호텔.

조운(漕運) : 배로 물건을 실어 나름. 현물로 받아들인 각 지방의 조세(租稅)를
서울까지 배로 운반하던 일 또는 그런 제도. 내륙의 수로(水路)를 이용하는
수운(水運) 또는 참운(站運)과 바다를 이용하는 해운(海運)이 있다.

조의제문(弔義帝文) : 조선 성종(成宗) 때 김종직(金宗直)이 세조의 왕위 찬탈을
빗대어 지은 글. 항우(項羽)가 초(楚)나라 회왕(懷王)인 의제를 죽인 고사
(古事)를 비유한 것인데, 무오사화(戊午史禍)의 발단이 되었다.

조족등(照足燈) : 예전에, 밤거리를 다닐 때에 들고 다니던 등. 댓가지로 둥근
틀을 만들고 기름종이로 감싸서 비바람에 꺼지지 않도록 만들었다.

조종곡(租種穀) : 씨앗으로 쓸 종자(種子)곡식.

조지서(造紙署) : 조선시대에, 종이를 뜨는 일을 맡아보던 관아.

조참(朝參) : 한 달에 네 번 문무백관(文武百官)이 정전(正殿)에 모여 임금에게 문안을 드리고 정사(政事)를 논하던 일.

조청(造淸) : 인조 꿀이란 뜻이다.

조총(鳥銃) : 새를 잡기 위하여 만든 공기총을 이르는 말. 공기의 압착 작용을 이용하여 만든 것으로 탄착 거리가 짧고 힘이 약하다.

조치 : 찌개(궁중용어).

조혼(早婚) : 어린 나이에 일찍 결혼함. 또는 그렇게 한 혼인. 조선시대 남자 결혼 연령은 16세~30세, 여자 결혼 연령은 14세~20세였으나 당시 풍조는 10세만 되면 결혼을 시키려고 했다.

조회(朝會) : 모든 벼슬아치가 정전(正殿)에 모여 임금에게 문안(問安)드리고 정사(政事)를 아뢰던 일.

조흘(照訖) : 과거(科擧) 응시자에 대하여 시험 전에 성균관(成均館)에서 호적(戶籍)을 대조하던 일.

족가(足枷) : 죄수를 가두어 둘 때 쓰던 형구(刑具). 두 개의 기다란 나무토막을 맞대어 그 사이에 구멍을 파서 죄인(罪人)의 두 발목을 넣고 자물쇠를 채우게 된 물건.

족건(足件) : 버선(궁중용어).

족두리 : 결혼할 때 화관(花冠) 대신 머리에 얹던 관(冠). 부녀자들의 예장(禮裝) 중 하나. 위는 대체로 여섯 모가 지고 아래는 원형이며, 보통 검은 비단으로 만들고 구슬로 장식하였다.

족벌정치(族閥政治) : 한 가문(家門)이 국가의 권력을 모두 쥐고 자기들 마음대로 행하는 정치(政治).

족보(族譜) : 한 가문의 계통(系統)과 혈통(血統)관계를 기록한 책.

족보(族譜)의 이칭

세보(世譜), 족보(族譜), 파보(派譜), 가승(家乘), 세계(世系)), 속보(續譜),

대동보(大同譜), 가보(家譜), 가승보(家乘譜), 계보(系譜), 보(譜), 자손보(子孫譜), 대보(大譜), 세적보(世蹟譜), 종안(宗案), 세덕록(世德錄), 소보(小譜), 지장록(誌狀錄), 선원보(璿源譜), 수보(修譜), 약보(略譜), 문헌록(文獻錄), 실기(實記), 가사(家史), 총보(總譜), 선보(璿譜), 연원보(淵源譜), 화수보(花樹譜), 녹권(錄卷), 분파지도(分派之圖), 통보(通譜), 가첩, 삭원보(朔原譜), 연보(年譜), 완의문(完議文), 전보(全譜), 지보록(支譜錄), 세헌록(世獻錄), 대종보(大宗譜), 파록(派錄), 세기(世紀), 대동종보(大同宗譜), 세승(世乘), 세가(世家), 외보(外譜), 경편보(輕便譜), 세첩(世牒), 구보(舊譜), 삼응보(三應譜), 보계(譜系), 세고(世稿), 종표(宗表), 가장보(家藏譜), 일통보(一統譜), 파첩(派牒), 실록(實錄), 외계(外系), 세감(世鑑), 회중보(懷中譜), 파별록(派別錄), 분가보(分家譜), 세적(世蹟).

족장(足掌) : 임금의 발바닥(궁중용어).

족징(族徵) : 조선시대 군포세(軍布稅)를 내지 못하는 사람이 있는 경우에 그의 일가(一家)들에게 대신 물리던 일. 지방의 벼슬아치들이 공금(公金)이나 관곡(官穀)을 사사(私事)로이 썼거나, 군정(軍丁)이 도망하거나 사망(死亡)하였을 때 대신 군포세를 물렸으므로 폐혜가 많았다.

족채(足債) : 심부름으로 사람을 먼 곳에 보낼 때에 주는 품삯.

쪽마루 : 평주(平柱) 밖으로 덧달아 낸 마루. 마루의 한쪽은 평주(平柱)에 의존하고 바깥쪽은 따로 기단에 짧은 동바리를 받쳐 마루를 놓는다.

존봉(尊奉) : 존경하여 높이 받들고 위함.

존위(尊位) : 한 고장의 어른이 되는 사람을 일컫던 말.

존체금안(尊體錦安) : 편지에서 남을 높여 안부를 묻는 말.

존칭(尊稱) : 남을 공경하는 뜻으로 높여 부르는 말.

*폐하(陛下) : 황제나 황후에 대한 경칭.

*전하(殿下) : 왕을 높여 이르거나 부르는 말.

*저하(邸下) : 왕세자를 높여 이르거나 부르는 말.

*합하(閤下) : 정1품 벼슬아치를 높여 부르는 말.

*당하(堂下) : 당하관 정3품 하(下) 이하의 품계의 벼슬아치들에 대한 존칭.

*각하(閣下) : 특정한 고급 관료에 대한 존칭.

*휘하(麾下) : 장군의 부하들이 대장에 대한 존칭.

*귀하(貴下) : 편지글에서, 상대편을 높여 이름 다음에 쓰는 말.

*좌하(座下) : 편지글에서, 받는 사람을 높여 그의 이름이나 호칭 다음에 쓰는 말.

*안하(案下) : 편지에서 상대편의 이름 다음에 쓰는 말.

*존하(尊下) : 듣는 이를 높여 이르는 이인칭 대명사.

*궤하(机下) : 편지글에서 상대에게 존경하는 뜻을 나타내는 말.

*족하(足下) : 공식 비공식 자리에서 가까운 사이에 상호간 사용하는 존칭.

존호(尊號) : 왕이나 왕비의 덕을 기리기 위하여 신하들이 올리던 칭호(稱號). 글자 제한이 없는 긴 글. 예를 들어 세종대왕(世宗大王)의 존호는 영문예무인성명효대왕(英文睿武仁聖明孝大王)이다.

종 : 예전에, 남의 집에서 천(賤)한 일을 하던 사람. 다른 말로 가노(家奴), 노복(奴僕), 노비(奴婢)가 있다.

종각(鐘閣) : 조선조 태조(太祖) 4년(1395) 건립하였으나 고종(高宗) 6년 (1902)에 화재(火災)로 소실된 것을 다시 건립하였음.

종경도(從卿圖) : 넓은 종이에 벼슬의 이름과 품계(品階)를 종별로 써 놓고 주사위를 굴려서 나온 끗수에 따라 벼슬이 오르고 내림을 겨루는 놀이(종정도(從政圖), 승경도(陞卿圖)).

종곡(種穀) : 씨앗으로 쓸 곡식. 씨곡.

종묘(宗廟) : 조선시대 역대(歷代) 임금과 왕비(王妃)의 위패(位牌)를 봉안한 왕실의 사당(祠堂). 태조(太祖) 3년(1394)에 착공하여 정전(正殿)을 짓고 세종(世宗) 3년(1421)에 영녕전(永寧殿)을 세웠으나 임진왜란(壬辰倭亂) 때 소실되고 광해군(光海君) 즉위년(1608)에 다시 세운 것이 현존하고 있다(궁묘(宮廟), 대묘(大廟), 종조(宗朝), 침묘(寢廟)). 1995년에 유네스코 세계문화유산으로 등재되었다.

종묘서(宗廟署) : 조선시대 종묘(宗廟)의 수위(守衛)를 맡아보던 관아(官衙).

종묘(宗廟)에서 천신(薦新)하는 음식

1월에는 조곽(早藿, 정월에 따서 말린 미역)

2월에는 생합, 낙지, 전복, 송어(氷松魚), 조(미나리), 건치(半乾雉), 당귀
싹, 작설차(雀舌茶)

3월에는 황조기, 조기, 누치, 웅어, 고사리, 승검초나물, 청귤

4월에는 준치, 오징어, 자라, 죽순

5월에는 농어, 보리, 밀, 오이, 앵두, 살구

6월에는 올벼, 수수, 조, 기장, 쌀, 오얏, 능금, 동아, 참외, 은어

7월에는 연어, 배, 청포도, 호두, 잣, 개암, 연실

8월에는 게, 붕어, 송이, 밤, 대추, 홍시, 신도주

9월에는 석류, 머루, 천도복숭아, 기러기

10월에는 감자, 귤, 곶감, 은행, 유자, 마, 은어, 대구, 문어

11월에는 임연수어, 청어, 백어, 백조

12월에는 동정귤, 유감(乳柑), 당유자, 숭어, 토끼

종반(宗班) : 종친(宗親)으로서 관계(官階)가 있는 사람.

종복(從僕) : 종살이를 하는 남자.

종부시(宗簿寺) : 조선시대 왕실(王室)의 계보를 찬록(撰錄)하고 왕족(王族)의
허물을 살피던 관아(官衙).

종사관(從事官) : ①조선시대 임금의 명령을 받고 다른 나라에 파견되는 사신
일행에 소속된 문관 5품~6품 벼슬아치. ②조선시대 각 군영(軍營)과 포도
청(捕盜廳)에 1인씩 소속된 종6품 벼슬.

종사랑(從仕郞) : 조선시대 정9품 문관(文官)의 품계.

종성(宗姓) : 왕과 동성(同姓). 즉 전주이씨(全州李氏).

종순랑(從順郞) : 조선시대 종친(宗親)의 정6품의 품계.

종심소욕(從心所慾) : 마음대로 행함.

종1품 : 조선시대 18품계 가운데 2번째 등급. 종친(宗親)의 소덕대부(昭德大
夫), 유덕대부(綏德大夫), 가덕대부(嘉德大夫), 의빈(儀賓)의 광덕대부(光

德大夫), 정덕대부(靖德大夫), 숭덕대부(崇德大夫), 명덕대부(明德大夫),
문무(文武)의 숭록대부(崇祿大夫), 숭정대부(崇政大夫) 등이 해당한다.

종1품 아문(衙門) : 의금부(義禁府).

종2품 : 조선시대 18품계 가운데 4번째 등급. 종친(宗親)의 중의대부(中義大
夫), 정의대부(正義大夫), 소의대부(昭義大夫), 의빈(儀賓)의 자의대부(資
義大夫), 순의대부(順義大夫), 문무(文武)의 가정대부(嘉靖大夫), 가의대부
(嘉義大夫), 가선대부(嘉善大夫) 등이 해당한다.

종2품 아문(衙門) : 규장각(奎章閣), 사헌부(司憲府), 개성부(開城府), 강화부
(江華府), 충익부(忠翊府).

종3품 : 조선시대 18품계 가운데 6번째 등급. 종친(宗親)의 보신대부(保信大
夫), 자신대부(資信大夫), 문관(文官)의 중직대부(中直大夫), 중훈대부(中
訓大夫), 무관(武官)의 어모장군(禦侮將軍), 보의장군(保義將軍), 건공장군
(建功將軍), 보공장군(保功將軍), 의빈의 명신대부(明信大夫), 돈신대부(敦
信大夫) 등이 해당한다.

종3품 아문(衙門) : 선공감(繕工監), 분선공감(分繕工監).

종4품 : 조선시대 18품계 가운데 8번째 등급. 종친(宗親)의 봉성대부(奉成大
夫), 광성대부(光成大夫), 문관의 조산대부(朝散大夫), 조봉대부(朝奉大
夫), 무관의 선절장군(宣節將軍), 정략장군(定略將軍), 선략장군(宣略將軍)
등이 해당한다.

종4품 아문(衙門) : 사도시(司䆃寺), 사재감(司宰監), 전함사(典艦司), 전연사
(典涓司).

종5품 : 조선시대 18품계 가운데 10번째 등급. 종친(宗親)의 근절랑(謹節
郎), 신절랑(愼節郎), 문관의 봉직랑(奉直郎), 봉훈랑(奉訓郎), 무관의 현신
교위(顯信校尉), 창신교위(彰信校尉), 토관(土官)의 봉의랑(奉議郎), 여충
대위(勵忠隊尉) 등이 해당한다.

종5품 아문(衙門) : 소격서(昭格署), 종묘서(宗廟署), 사직서(社稷署), 경모궁
(景慕宮), 제용감(濟用監), 평시서(平市署), 사온서(司醞署), 전생서(典牲

署), 오부(五部).

종6품 : 조선시대 18품계 가운데 12번째 등급. 문관(文官)의 선교랑(宣教郎), 선무랑(宣務郎), 무관의 승의교위(承義校尉), 여절교위(勵節校尉), 수의교위(修義校尉), 병절교위(秉節校尉), 토관의 봉직랑(奉直郎), 여신대위(勵信隊尉), 잡직(雜職)의 근임랑(謹任郎), 효임랑(效任郎), 현공교위(顯功校尉), 적공교위(迪功校尉) 등이 해당한다.

종6품 아문(衙門) : 내자시(內資寺), 내섬시(內贍寺), 예빈시(禮賓寺), 전설사(典設司), 의영고(義盈庫), 장흥고(長興庫), 빙고(氷庫), 장원서(掌苑署), 사포서(司圃署), 양현고(養賢庫), 사축서(司畜署), 조지서(造紙署), 혜민서(惠民署), 도화서(圖畫署), 전옥서(典獄署), 활인서(活人署), 와서(瓦署), 귀후서(歸厚署), 사학(四學), 각전(各殿), 각능(各陵).

종8품 : 조선시대 18품계 가운데 16번째 등급. 문관(文官)의 승사랑(承事郎), 무관(武官)의 수의부위(修義副尉), 토관(土官)의 직무랑(直務郎), 효용도위(效勇徒尉), 잡직(雜職)의 부공랑(赴功郎), 장건부위(壯健副尉) 등이 이에 해당한다.

종9품 : 조선시대 18품계 가운데 18번째 등급. 문관의 장사랑(將仕郎), 무관의 전력부위(展力副尉), 토관(土官)의 시사랑(試仕郎), 탄력도위(彈力徒尉), 잡직의 전근랑(展勤郎) 따위가 있다.

종자(從者) : 남에게 종속되어 따라다니는 사람(종인(從人)).

종재(宗宰) : 종친(宗親) 중의 으뜸인 대군(大君) 및 왕자군(王子君).

종정경(宗正卿) : 종친으로서 봉군(奉君)된 모든 사람 및 종성(宗姓)인 관원으로서 2품 이상인 사람으로 정원이 없이 상주한다.

종정부(宗正府) : 조선 말기, 고종(高宗) 31년(1894)에 왕실(王室)의 보첩(譜牒)의 봉장(奉藏), 의대(衣襨)의 봉진(奉進), 선원제파(璿源諸派)의 통령(統領)을 맡아 보던 관아.

종친(宗親) : 왕의 부계친(父系親)으로서 촌수(寸數)가 가까운 사람. 대군(大君)의 자손은 그의 4대손까지를, 왕자군(王子君)의 자손은 그의 3대손까지를 봉군(奉君)하여 종친으로 예우한다.

종친(宗親) : 민가에서 유복친(有服親) 안에는 들지 아니하는 일가붙이를 말한다.

종친부(宗親府) : 역대 국왕(國王)의 계보와 초상화(肖像畵)를 보관하고 국왕과 왕비의 의복(衣服)을 관리하며 선원제파(璿源諸派)를 감독한다.

종친회(宗親會) : 성(姓)과 본(本)이 같은 일가붙이들이 모인 조직체.

종학(宗學) : 조선시대 왕족(王族)의 교육(敎育)을 담당하던 관아.

종헌(終獻) : 제사를 지내는 절차(節次)의 하나. 아헌(亞獻)한 다음에 하는 것으로 셋째 잔을 신위(神位) 앞에 올린다.

종헌관(終獻官) : 제사 때 세 번째 술잔을 올리는 일을 맡아 보던 제관(祭官).

종헌례(終獻禮) : 제사 때 세 번째 잔을 올리던 의식(儀式).

좌경(坐更) : 궁중(宮中)의 보루각(報漏閣)에서 밤에 징과 북을 쳐서 시각(時刻) 즉 경과 점을 알리던 일. 경(更)에는 북을 치고 점(點)에는 징을 쳐서 시각을 알렸다. 보루각에서 시각을 알리면 서울 각 처의 경점(更點)을 치는 군사(軍士)는 보루각의 징과 북소리를 받아 다시 징과 북을 쳐서 시각을 알렸다.

좌기(坐起) : 관아(官衙)의 으뜸 벼슬아치가 출근하여 일을 시작함.

좌랑(佐郎) : 조선시대 육조(六曹)의 정6품 벼슬.

좌부승지(左副承旨) : 조선시대 중추원(中樞院)이나 승정원(承政院)에 속한 정3품 벼슬.

좌상(座上) : 여러 사람이 모인 가운데서 가장 어른이 되는 사람.

좌수(座首) : 조선시대 지방의 자치 기구인 향청(鄕廳)의 우두머리. 수령권(守令權)을 견제하는 기능을 담당하였다가 향원(鄕員)의 인사권과 행정 실무의 일부를 맡아 보았는데, 고종 32년(1895)에 향장(鄕長)으로 고치면서 유명무실한 존재가 되었다.

좌승지(左承旨) : 조선시대 중추원(中樞院)이나 승정원(承政院)에 속하여 왕명(王命)의 출납을 맡아보던 정3품 벼슬.

좌우명(座右銘) : 늘 명심하고 삶의 지표로 삼는 말.

좌윤(左尹) : 조선시대 한성부(漢城府)에 속한 종2품 벼슬.

좌의정(左議政) : 조선시대 의정부(議政府)에 속하여 백관(百官)을 통솔하고 정치 및 외교를 담당하던 정1품 벼슬.

좌익공신(佐翼功臣) : 조선 세조(世祖) 1년(1455)에 세조(世祖) 즉위에 공(功)을 세운 44명에게 준 훈호(勳號).

좌족(左族) : 서자(庶子) 자손의 혈족(血族).

좌찬성(左贊成) : 조선시대 의정부(議政府)에 속하여 백관(百官)을 통솔하고 일반 정사(政事)를 처리하며, 국토 계획, 외교 따위를 맡아 보던 종1품 벼슬.

좌통례(左通禮) : 조선시대 통례원(通禮院)에서 국가의 의식에 관한 일을 맡아 보던 으뜸 벼슬. 품계는 정3품이다.

좨주(祭酒) : 조선시대 성균관(成均館)에 속한 정3품 벼슬. 태종(太宗) 원년(1401)에 사성(司成)으로 고쳤다.

주(酒) : 술.

주교(舟橋) : 예전에 강에서 배를 엮어 만든 다리(배다리).

주기론(主氣論) : 조선시대 기대승(奇大升), 이이(李珥)가 주장한 성리학(性理學)의 2대 흐름의 하나. 우주(宇宙)의 근원적 존재를 추상적인 이(理)보다는 물질적인 기(氣)에서 구해야 한다고 주장하는 학설.

주덕(酒德) : 술을 많이 마시되 조금도 실수하지 않는 사람을 이르는 말.

주리(廚吏) : 관주(官廚)에 소용되는 물품(식품)을 맡아보던 구실아치.

주리 : 죄인의 두 다리를 한데 묶고 다리 사이에 두 개의 주릿대를 끼워 비트는 형벌(刑罰).

주릿대 : 주리를 트는 막대기.

주막(酒幕) : 시골 길가에서 밥과 술을 팔고 나그네가 쉬어 갈 수 있는 집.

주방(廚房) : 조선시대 궁중(宮中)에서 음식을 만드는 곳.

주병(酒瓶) : 술병.

주병석(酒瓶石) : 묘 앞에 술병을 올려놓도록 만들어 놓은 돌.

주부(主簿) : 조선시대 각 아문(衙門)의 문서(文書)와 부적(符籍)을 주관하던 종6품 벼슬.

주불쌍배(酒不雙盃) : 술잔은 짝을 맞추지 않는다. 마지막 잔이 홀수로 끝나야 한다는 뜻.

주사(主事) : 말단 관리를 일컫는 말. 조선시대 함경도와 평안도의 큰 고을 향리직(鄕吏職).

주사(酒邪) : 술주정. 술버릇.

주상(主上) : 임금.

주색잡기(酒色雜技) : 술과 여자와 노름을 아울러 이르는 말.

주서(注書) : 조선시대 승정원(承政院)에 속한 정7품 벼슬. 『승정원일기(承政院日記)』를 기록하였다.

주악 : 웃기떡의 하나(궁중요리).

주안상(酒案床) : 술상(주안(酒案), 약주상(藥酒床)).

주의(周衣) : 예전에 두루마기를 이르는 말.

주자학(朱子學) : 성리학(性理學)을 달리 이르는 말. 주자(朱子, 1130~1200)가 집대성(集大成)하였다고 해서 이르는 말.

주주(酒注) : 주전자를 말함.

주차의(周遮衣) : 주의(周衣)와 같은 말.

주탕(酒湯) : 관가(官家)의 여종 가운데 얼굴이 고운 여자를 이르던 말.

주호(主戶) : 본적지 거주자.

주효(酒肴) : 술과 안주.

죽부인(竹夫人) : 대오리로 길고 둥글게 엮어 놓은 기구. 여름철 시원한 기분을 느끼기 위하여 사람들이 안고 잔다.

죽음의 계급성

*흥(薨) : 황제 죽음.

*붕(崩) : 제왕 죽음.

*몰(歿) : 관리 죽음.

*사(死) : 백성의 죽음.

*죽었다 : 천민의 죽음.

준뢰(樽罍) : 제사를 지낼 때에 술을 담은 그릇.

준석(樽石) : 준뢰(樽罍)를 올려놓도록 무덤 앞에 놓는 돌.

준호구(准戶口) : 조선시대 호적대장(戶籍大帳)에 따라 작성하여 각 개인에게 발급한 일종의 호적등본(戶籍謄本)을 이르던 말(별급호적).

줄행랑(줄行廊) : 대문의 좌우로 죽 벌려 있는 종들의 방.

*〈속담〉줄행랑쳤다 : 본래는 종이 제 집으로 달아났다는 뜻.

중국인 호칭 : 개화기 중국인들이 대거 이주해옴에 따라 여러 가지 호칭이 생겨났다. 청인(淸人), 호인(胡人)은 정상적인 호칭이었으나 쿨리, 되놈, 뙤놈, 때국놈, 짱꼬르, 짱꼴라, 짱꽤 등은 비하해서 부르던 호칭이다.

중국(中國) 역대 국가 연간

주(周) : BC1134~BC250, 867년간 존치, 시조 무왕(武王), 37왕 재위.

진(秦) : BC249~BC207, 40년간 존치, 시조 장양왕(莊襄王). 4왕 재위.

한(漢) : BC206~AD24, 211년간 존치, 시조 고조(高祖). 13왕 재위.

후한(後漢) : 25~219, 196년간 존치, 시조 광무제(光武帝). 13왕 재위.

삼국(三國)

촉(蜀) : 221~263, 43년간 존치, 시조 조열제(昭烈帝). 2왕 재위.

위(魏) : 220~265, 46년간 존치, 시조 문제(文帝). 5왕 재위.

오(吳) : 222~280, 52년간 존치, 시조 대제(大帝). 4왕 재위.

진(晉) : 265~316, 52년간 존치, 시조 무제(武帝). 4왕 재위.

동진(東晉) : 317~418, 52년간 존치, 시조 원제(元帝). 11왕 재위.

오호십육국(五胡十六國)

성(成·漢) : 302~347, 46년간 존치, 시조 이특(李特). 6왕 재위.

전조(前趙·匈奴) : 304~329, 26년간 존치, 시조 광문제(光文帝劉淵). 5왕 재위.

후조(後趙) : 319~352, 34년간 존치, 시조 명제석륵(明帝石勒). 5왕 재위.

전연(前燕) : 349~370, 22년간 존치, 시조 경소제준(景昭帝儁). 2왕 재위.

후연(後燕) : 384~408, 25년간 존치, 시조 성무제수(成武帝垂). 5왕 재위.

남연(南燕) : 398~410, 13년간 존치, 시조 헌무제덕(獻武帝德). 2왕 재위.

북연(北燕) : 409~436, 28년간 존치, 시조 문성제빙발(文成帝憑跋). 2왕 재위.

전진(前秦) : 334~394, 61년간 존치, 시조 경명제건(景明帝健). 6왕 재위.

후진(後秦) : 334~417, 34년간 존치, 시조 무조제장(武昭帝長). 3왕 재위.

서진(西秦) : 385~431, 47년간 존치, 시조 선열왕걸복국인(宣烈王乞伏國仁). 4왕 재위.

하(夏:匈奴) : (407~432, 26년간 존치, 시조 무열제혁연발발(武烈帝赫連勃勃). 3왕 재위.

전량(前凉:漢) : 313~376, 64년간 존치, 시조 서평공장궤(西平公張軌). 9왕 재위.

후량(後凉) : 396~403, 7년간 존치, 시조 의무제여광(懿武帝呂光). 4왕 재위.

남량(南凉) : 397~414, 18년간 존치, 시조 무왕독발오과(武王禿髮烏孤). 3왕 재위.

북량(北凉:흉노) : 397~439, 43년간 존치, 시조 단업(段業). 3왕 재위.

서량(西凉:漢) : 400~421, 22년간 존치, 시조 양공이고(凉公李暠). 3왕 재위.

남북조(南北朝)

남조(南朝)

송(宋) : 420~479, 60년간 존치, 시조 무제(武帝) 유유(劉裕). 8왕 재위.

제(薺) : 479~502, 24년간 존치, 시조 고제(高帝) 전담(田擔). 7왕 재위.

양(梁) : 502~557, 56년간 존치, 시조 무제(武帝) 소연(蕭衍). 6왕 재위.

진(陳) : 557~589, 33년간 존치, 시조 무제(武帝) 사마염(司馬炎). 5왕 재위.

북조(北朝)

북위(北魏) : 386~534, 49년간 존치, 시조 도무제(道武帝). 14왕 재위.

서위(西魏) : 535~556, 22년간 존치, 시조 문제(文帝). 3왕 재위.

동위(動魏) : 534~550, 17년간 존치, 시조 효정제(孝靜帝). 3왕 재위.

북주(北周) : 556~581, 26년간 존치, 시조 문제(文帝). 6왕 재위.

북재(北齋) : 550~577, 28년간 존치, 시조 문선제(文宣帝). 6왕 재위.

수(隨) : 581~618, 38년간 존치, 시조 문제(文帝). 3왕 재위.

당(唐) : 618~907, 290년간 존치, 시조 고조(高祖). 20왕 재위.

오대(五代)

후량(後梁) : 907~922, 16년간 존치, 시조 태조(太祖) 주온. 20왕 재위.

후당(後唐) : 923~936, 12년간 존치, 시조 장종(莊宗) 이존욱. 4왕 재위.

후진(後陳) : 936~946, 11년간 존치, 시조 고조(高祖) 요장. 2왕 재위.

후한(後漢) : 947~950, 4년간 존치, 시조 고조(高祖) 유지원. 2왕 재위.

후주(後周) : 951~959, 8년간 존치, 시조 태조(太祖) 곽위. 3왕 재위.

십국(十國)

오(吳) : 902~936, 15년간 존치, 시조 양행밀(楊行密). 4왕 재위.

남당(南唐) : 937~975, 39년간 존치, 시조 이변(李昇). 3왕 재위.

전촉(前蜀) : 901~925, 25년간 존치, 시조 왕건(王建). 2왕 재위.

후촉(後蜀) : 934~965, 32년간 존치, 시조 맹지상(孟知祥). 2왕 재위.

남한(前蜀) : 916~971, 56년간 존치, 시조 유엄(劉龑). 4왕 재위.

초(楚) : 926~951, 26년간 존치, 시조 마은(馬殷). 6왕 재위.

오월(吳越) : 908~978, 71년간 존치, 시조 전류(錢鏐). 6왕 재위.

민(閩) : 909~944, 36년간 존치, 시조 왕심지(王審知). 6왕 재위.

형남(荊南) : 925~963, 12년간 존치, 시조 고계흥(高季興). 5왕 재위.

북한(北漢) : 951~979, 29년간 존치, 시조 유숭(劉崇). 4왕 재위.

***

북송(北宋) : 960~1126, 320년간 존치, 시조 태조(太祖) 광윤. 18왕 재위.

남송(南宋) : 1127~1279, 152년간 존치, 시조 고종(高宗) 조구. 9왕 재위.

요(遼) : 907~1125, 210년간 존치, 시조 태조(太祖) 야율아보기. 9왕 재위.

금(金) : 1115~1234, 120년간 존치, 시조 태조(太祖) 아구타. 9왕 재위.

원(元) : 1206~1368, 163년간 존치, 시조 태조(太祖) 징기즈칸. 15왕 재위.

서하(西夏) : 1032~1227, 190년간 존치, 시조 경종(景宗) 탁발씨. 10왕 재위.

명(明) : 1368~1662, 294년간 존치, 시조 태조(太祖) 주원장. 20왕 재위.

청(淸) : 1616~1911, 297년간 존치, 시조 태조(太祖) 누르하치. 20왕 재위.

중군(中軍) : 조선시대 종2품 무관직으로 각 군영(軍營)의 대장 또는 사(使)에 버금가는 장관(將官). 중군은 각 영(營)에서 대장(大將) 또는 사(使)를 보좌하면서 모든 실무를 총괄하였다. 훈련대장(訓鍊大將), 금위대장(禁衛大將), 어영대장(御營大將), 총융사(摠戎使) 등의 중군은 종2품이고, 총리사(摠理使), 수어사(守禦使), 관리사(管理使), 진무사(鎭撫使) 등의 중군은 정3품이다. 수군(水軍) 절도사(節度使)의 중군은 종2품, 통어사(統禦使), 각 도(道) 순영사(巡營使)의 중군은 정3품이다.

중궁전(中宮殿) : 중전(中殿)이 거처하는 집.

중수기(중수記) : 건축물의 낡고 헌 것을 손질하고 그 경위를 적은 기록.

중양절(重陽節) : 음력 9월 9일을 이르는 말. 이날 남자들은 모여서 시를 짓고 각 가정에서는 국화전, 밤단자를 만들어 먹고 놀았다. 더러 이날을 귀일차례라고 해서 시제(時祭)를 지내는 가문(家門)도 있다.

중인(中人) : 중인은 양반(兩班) 다음 가는 신분이다. 그 명칭은 중인이 서울의 중앙에 거주한 데서 비롯되었다. 양반이 천인(賤人)계급의 대두를 막기 위하여 특별한 시험(試驗)으로 등용되었는데, 이들의 학문(學文)이나 교양(敎養)은 양반(兩班)계급 못지않았다. 관직(官職)은 의(醫), 역(譯), 주(籌, 算學), 관상(觀象), 율(律), 혜민(惠民), 사자(寫字), 도화(圖畵) 등 기술직(技術職)에 한정되었다. 벼슬은 규정에 따라 대개 하급관리에 임명되었다. 중인(中人)은 자기들이 가진 지식의 특성을 고수, 타 계급(階級)의 모방을 허락하지 않고 결혼도 반드시 자기들끼리 했으며, 기술(技術)도 세습되고 관직(官職)도 그대로 계승하였다.

중전(中殿) : 임금의 정실(正室) 부인(正宮)을 이르는 말. 중전은 중궁전(中宮殿)의 준말로서 국모(國母), 내전(內殿), 곤전(坤殿), 곤위(壼位), 곤극(壼極), 성녀(聖女)라고도 한다.

중직대부(中直大夫) : 조선시대 종3품 문관(文官)의 품계. 고종(高宗) 2년(1865)부터 종친(宗親)과 의빈(儀賓)의 품계에도 썼다.

중추부(中樞府) : 조선시대 현직(現職)에 없는 당상관(堂上官)들을 속하게 하여 대우하던 관아.

중추원(中樞院) : ①고려시대, 왕명의 출납(出納), 군기(軍機), 숙위(宿衛) 등을 담당한 관아. ②조선 전기, 왕명의 출납, 군정(軍政) 등을 맡아보던 관아. 세조(世祖)12년(1466) 중추부(中樞府)를 개정. ③대한제국 때, 의정부(議政府)에 속한 내각 자문기관(諮問機關). 한때는 추밀원(樞密院), 밀직사(密直使), 광정원(光政院)으로 개칭. ④일제강점기에는 조선총독부(朝鮮總督府) 자문기관.

중치막(中赤莫) : 벼슬하지 못한 선비가 입는 옷 가운데 한 가지.

중화주의자(中華主義者) : 중국 사람들이 자기 민족을 세계 문명의 중심이라고 여기고 중화민족의 우월성을 주장하는 사람.

중훈대부(中訓大夫) : 조선시대 종3품 문관의 품계. 고종(高宗) 2년(1865)부터 종친(宗親), 의빈(儀賓) 등의 품계에도 같이 썼다.

중형(重刑) : 살인(殺人) 강간(强姦) 등의 범죄자에게 주는 무거운 형벌.

증광시(增廣試) : 조선시대 나라에 큰 경사(慶事)가 있을 때 실시하던 임시 과거시험. 태종(太宗) 1년(1401)에 처음 실시하였으며 생진과(生進科)의 초시(初始)와 복시(覆試), 문과(文科)의 초시(初始), 복시(覆試), 전시(殿試) 5단계로 되어 있다.

증시(拯屍) : (물에 빠진)시신을 건져 올림.

증시인(拯屍人) : (물에 빠진)시신을 건져 올린 사람.

지 : 소변(小便) 또는 요강(궁중용어).

지군(持軍) : 나례(儺禮)에 등장하는 나자(儺者)의 하나. 붉은 옷을 입고 탈과 벙거지를 쓴다.

지대(支待) : 공적인 일로 지방에 나간 고관(高官)의 먹을 것과 쓸 물품을 그 지방 관아에서 보급하던 일.

지방(紙榜) : 종이에 지방문(紙榜文)을 써서 만든 신주(神主).

지사(知事) : 조선시대 중추원(中樞院), 사간원(司諫院), 의금부(義禁府), 성균관(成均館), 춘추관(春秋館) 등에 속한 벼슬. 종2품인 지중추원사(知中樞院事), 종3품인 지합문사(知閤門事), 지사간원사(知司諫院事), 정2품인 지중추원사(知中樞院事), 지돈령부사(知敦寧副使), 지경연사(知經筵事), 지의금부사(知義禁府事), 지성균관사(知成均館事), 지춘추관사(知春秋館事), 지중추부사(知中樞府事), 지훈련원사(知訓鍊院事) 등이 있다.

지사(志士) : 나라와 민족을 위하여 몸 바칠 각오를 가진 사람.

지사(地師) : 풍수설(風水說)에 따라 집터나 묏자리 등을 가려잡는 사람(지관(地官)).

지상(紙商) : 종이를 파는 상인.

지손(支孫) : 지파(支派)의 자손.

지승문(知承文) : 승문원(承文院) 관리.

지신밟기(地神밟기) : 음력 정월 대보름날에 행해지는 민속놀이의 하나. 마을 사람들이 농악대(農樂隊)를 앞세우고 집집마다 돌아다니며 지신(地神)을 달래고 연중 무사안일(無事安逸)을 기원한다. 집주인은 형편에 따라 음식을 대접하고 곡식이나 돈으로 고마움을 표시한다.

지장(誌狀) : 조선시대 조지서(造紙署)에 속하여 종이 만드는 일을 맡아 하던 사람.

지평(持平) : 고려 말부터 조선 전기까지 사헌부(司憲府)에 속한 종5품 벼슬.

직각(直閣) : 조선시대 규장각(奎章閣)에 속한 정3품에서 종6품까지의 벼슬.

직강(直講) : 조선시대 성균관(成均館)에 속한 정5품 벼슬.

직성(直星) : 사람의 나이에 따라 그 운명(運命)을 맡고 있다는 아홉 별. 즉 제웅직성(제웅直星), 토직성(土直星), 수직성(水直星), 금직성(金直星), 일직성(日直星), 화직성(火直星), 계도직성(計都直星), 월직성(月直星), 목직성(木直星)을 말한다. 열 살 남자는 제웅직성이 들기 시작하고 여자는 목직성이 들기 시작하여 차례로 직성이 돌아간다고 한다.

직월(直月) : 조선시대 향약(鄕約)이나 서원(書院)의 일을 맡아보던 직책. 오늘날의 간사(幹事)와 같다.

직장(直長) : 조선시대 종7품 하급 벼슬.

직제학(直提學) : 조선시대 예문관(藝文館)과 홍문관(弘文館)의 정3품 벼슬.

직지심경(直指心經) : 고려 우왕(禑王, 1365~1389) 3년(1377)에 백운(白雲)

이라는 승려가 만든 불서(佛書). 독일 구텐베르크보다 80년 앞선 현존 세계 최고(最古)의 금속활자본(金屬活字本)이다. 본래 이름은 『불조직지심체요절(佛祖直指心體要節)』이다. 1972년 파리 국립도서관(國立圖書館)에서 유네스코 주최로 개최한 '책의 역사' 전시회에서 발견되었으며, 2001년 유네스코 세계기록유산으로 등재되었다.

직첩(職牒) : 조정에서 내리는 벼슬아치 임명장.

직첩환수(職牒還授) : 죄를 지은 벼슬아치에게서 빼앗았던 직첩(職牒)을 도로 돌려주는 일.

직포(織布) : 베틀로 베를 짜는 일.

진고(進告) : 달려가 고함.

진부(津夫) : 사공.

진부전(津夫田) : 나루장이에게 주는 토지.

진사(進士) : 조선시대 소과(小科)와 진사과(進士科)에 급제한 사람을 일컫던 말.

진산사건(珍山事件) : 조선, 정조 15년(1791) 신해(辛亥)년에 일어난 천주교(天主敎) 최초의 박해사건(迫害事件). 당시 전라도 진산(珍山)에서 윤지충(尹持忠, 1759~1791)이 그의 모상(母喪)을 천주교 의식으로 행한 것에서 발단되어 나라에서 천주교를 사학(邪學)으로 단정하여 천주교 서적의 수입을 금하고, 천주교 교도인 윤지충(尹持忠), 권상연(權尙然)을 처형하였다. 우리나라 최초의 순교자가 발생한 것이다.

진상(進上) : 진귀한 물품이나 지방의 토산물 따위를 임금이나 고관에게 바침.

진상품(進上品) : 지방 관청에서 연례적으로 조정에 바치는 토산품(土産品). 진상품 목록은 각 지역 읍지(邑志)에 수록되어 있음.

진연(進宴) : 나라에 경사(慶事)가 있을 때 궁중에서 베푼 잔치.

진연도감(進宴都監) : 궁중 잔치를 준비하는 책임자.

진연의궤(進宴儀軌) : 조선시대 궁중에서 베풀던 잔치의 절차와 의식을 기록한 책. 현재 16종 현존.

진연청(進宴廳) : 궁중 잔치가 있을 때 임시로 만든 관청.

진영(鎭營) : 조선 초기부터 수영(水營)이나 병영(兵營) 밑에 두었던 군대의 직소(職所). 토포영(討捕營). 진(鎭:진영의 준말).

진용교위(進勇校尉) : 조선시대 정6품 무관의 품계.

진위(鎭衛) : 갑오개혁(甲午改革)의 일환으로, 1895년(고종 32) 9월 지방의 질서유지와 변경(邊境) 수비를 목적으로 설치된 근대적 지방군대, 진위대(鎭衛隊).

진위장군(振威將軍) : 조선시대 정4품 무관(武官)의 품계.

진작(進爵) : 진연(進宴)절차 가운데 축하하는 술잔을 올리는 절차를 말한다.

진작의궤(進爵儀軌) : 조선시대 왕(王), 왕비(王妃), 왕대비(王大妃) 등에 대하여 작위(爵位)를 줄 때 행한 의식을 기록한 책.

진임(眞荏) : 참깨.

진주대첩(晉州大捷) : 1592년, 임진왜란(壬辰倭亂) 때에 진주성(晉州城)에서 우리 군사가 왜군(倭軍)과 싸워서 크게 이긴 전투. 임진왜란 삼대첩(三大捷)의 하나로, 선조(宣祖) 25년(1592) 10월 5일부터 10일에 걸쳐 김시민(金時敏)이 지휘하는 진주성 수성군(守城軍) 3,800명이 왜장(倭將) 나가오카 다다오키(長岡忠興)가 거느린 2만 명의 왜군(倭軍)을 물리치고 승리한 전투.

진주선(眞珠扇) : 진주(眞珠)로 장식한 둥근 부채. 혼례식 때 신부(新婦)가 얼굴을 가리도록 만든 부채.

진지(進止) : 본래 궁중에서 왕자(王子)나 왕녀(王女)들에게 나가는 밥상을 이르는 말(궁중용어).

진찬(進饌) : 왕족에게 경사(慶事)가 있을 때에 베풀던 잔치(궁중용어).

진한(辰韓) : 삼한(三韓) 가운데 경상북도(慶尙北道)를 중심으로 한 동북부 지역에 있던 나라. 일본(日本)문화 발전에 큰 영향을 주었으나 4세기 중엽 사로(斯盧)에게 망하여 신라에 병합되었다.

질자(姪子) : 조카.

질지값 : 수수료.

질청 : 길청을 달리 이르는 말.

집강(執綱) : 면(面), 리(里)의 행정 사무를 맡아 보던 사람.

집사(執事) : 주인의 지시에 따라 집안 일을 맡아보던 사람.

집사관(執事官) : 나라의 모든 의식(儀式) 때에 정하여진 절차에 따라 식을 진행하던 임시 벼슬아치.

집사악사(執事樂師) : 나라의 제사(祭祀)나 큰 잔치 때 의식을 진행하는 집사(執事) 곁에서 홀(笏)을 들고 음악(音樂)의 시작과 끝냄을 지휘하던 악관(樂官).

집옥재(集玉齋) : 향원정(香遠亭) 뒤편 건청궁(乾淸宮) 터 옆에 있는 중국풍의 건물. 고종(高宗) 10년(1873) 무렵 건청궁(乾淸宮)과 함께 건축. 고종 29년 전후 현재의 위치로 옮겨와 을미사변(乙未事變) 이후 아관파천(俄館播遷) 이전까지 고종(高宗)의 서재(書齋)로 사용하며 외국 사신(使臣)의 접견 장소로 사용했다고 한다.

집의(執義) : 고려 말부터 조선 전기까지 사헌부(司憲府)에 속한 정3품 벼슬.

집장(執杖) : 곤장을 잡는 사람.

집장사령(執杖使令) : 장형(杖刑)을 집행하는 일을 맡은 사람.

집주(執籌) : 제비 뽑음.

집주름 : 집을 사고 파는 사람들 사이에서 흥정 붙이는 것을 직업으로 하는 사람(가쾌(家儈), 복덕방(福德房)).

짓고땡 : 투전(鬪箋) 용어에서 따온 말.

징 : 민속음악에 쓰는 타악기(打樂器)의 하나. 음색이 부드럽고 장중하며 소리가 멀리 간다. 징의 종류는 절징, 무당징, 농악징이 있다.

징잽이 : 농악에서 징 치는 사람(징수).

차

차례(茶禮) : 음력 매달 초하룻날과 보름날, 명절날, 조상 생일을 맞이하여 낮에 지내는 제사. 본래 고려시대부터 조상에게 차를 올리던 제사였으나 조선 후기에 이르러 차(茶) 대신 술을 올리는 풍습이 생겼다.

차률(次律) : 귀양에 해당하는 죄.

차부(車夫) : 마차(馬車)나 우차(牛車) 등을 부리는 사람.

차붓소 : 달구지를 끄는 큰 소.

차사(差使) : 중요한 임무(任務)를 맡겨 파견하던 임시 벼슬과 원(員)이 죄인을 잡으려고 보내던 관원(官員).

차인(差人) : 관아(官衙)에서 임무(任務)를 주어 파견하던 심부름꾼(사인(使人), 심부름꾼, 차인꾼).

차정(差定) : 임명(任命)하는 일.

착납(捉納) : 잡아들이는 것.

착호갑사(捉虎甲士) : 조선시대 호랑이를 잡기 위하여 선발하여 배치한 군사(軍士). 세종(世宗) 3년(1421)에는 당번(當番), 하번(下番)의 착호갑사를 각각 20명으로 정원을 제도화하였음.

찬록(撰錄) : 시문(詩文)이나 문장(文章)을 짓거나 골라 모아서 기록하고 편찬함.

찬록(纂錄) : 문서나 자료를 모아서 기록함.

찬의(贊儀) : 조선시대 통례원(通禮院)에 속한 정5품 벼슬.

찬품단자(饌品單子) : 식단(食單). 메뉴판.

찰방(察訪) : 조선시대 각 도의 역참(驛站) 일을 맡아보던 종6품 외직(外職) 문관(文官)의 벼슬. 중종(中宗) 30년(1535)에 역승(驛丞)을 고친 것으로 공문서(公文書)를 전달하거나 공무(公務)로 여행(旅行)하는 사람의 편리를 도모하였다.

참(站) : 중앙 관아의 공문(公文)을 지방 관아에 전달하며, 외국 사신(使臣)의 왕래, 벼슬아치의 여행(旅行)과 부임할 때 마필(馬匹)을 공급하던 곳. 주요 도로에 대개 25리마다 하나씩 두었다.

참교(參校) : 조선시대 승문원(承文院)에 속한 종3품 벼슬. 정원은 2명이다.

참군(參軍) : 조선시대 한성부(漢城府)에 둔 훈련원의 종7품 벼슬.

참판(參判) : 조선시대 육조(六曹)에 둔 종2품 벼슬. 아당(亞堂)이라는 별칭이 있다.

참봉(參奉) : 조선시대 능(陵)이나 원(園) 또는 종친부(宗親府)와 돈령부(敦寧府) 등에 딸렸던 종9품의 벼슬. 각 전(殿)과 능(陵)에 많이 둔다. 대개 고등 관으로 갈 때 이 직(職)을 거친다. 조선 말기 벼슬을 팔 때 대개 참봉(參奉)을 주었다.

참살(斬殺) : 칼로 목을 베어 죽임.

참상관(參上官) : 조선시대 6품 이상 종3품 이하의 벼슬. 조회(朝)에 참석할 수 있으며, 목민관(牧民官)으로서 지방민(地方民)을 다스릴 수 있었다.

참알(參謁) : 조선시대 새로 임명된 벼슬아치가 감독(監督) 관아(官衙)를 돌아다니며 인사를 하던 일. 벼슬에 임명받고 10일 이내에 의정부(議政府)와 전조(銓曹)에 인사를 다닌다.

참위(參尉) : 대한제국(大韓帝國) 때, 위관(尉官)급 무관(武官)의 맨 아래 계급(지금의 소위에 해당함).

참제록(參祭錄) : 제사에 참여한 유사(有事)의 명단을 기록한 책이다. 먼저 제일(祭日)과 제위(祭位) 제명(祭名)을 크게 쓰고, 기록자는 몇 대손 아무개 무슨 파(派)라는 신분을 쓰고 그 위쪽에 초헌(初獻), 아헌(亞獻), 종헌(終獻), 대축(大祝), 집례(執禮), 집사자(執事者) 등 역할을 기록한다.

참찬관(參贊官) : 조선시대 경연청(經筵廳)에 속한 정3품 벼슬. 승정원(承政院) 승지(承旨), 홍문관(弘文館)의 부제학(副提學)이 겸했는데, 동지경연사(同知經筵事)의 다음 서열이다.

참판(參判) : 조선시대 육조(六曹)에 둔 종2품 벼슬. 판서의 다음 서열이다.

참하관(參下官) : 조선시대 7품 이하의 벼슬. 조회(朝會)에 참여할 수 없는 하급 관리를 이른다.

참형(斬刑) : 목을 베어 죽임. 또는 그런 형벌(참수형(斬首刑), 처참(處斬)).

창(槍) : 예전에, 긴 나무 자루 끝에 날이 선 뾰족한 쇠로 된 촉을 박아서 던지고 찌르는 데에 쓰던 무기.

창경궁(昌慶宮) : 조선 성종 14년(1483)에 수강궁을 중건하여 이 이름으로 고쳤으며, 지금의 건물은 임진왜란 때에 불에 탄 것을 광해군 8년(1616)에 중건(重建)한 것으로, 일제강점기 이후에는 창경원으로 불리다가 1983년에 다시 이 이름으로 고쳤다. 우리나라 국보인 명정전(明政殿), 우리나라 보물인 홍화문(弘化門)과 옥천교 따위가 있다.

창경궁자격루(昌慶宮自擊漏) : 보루각자격루(報漏閣自擊漏)의 본 이름.

창귀(倀鬼) : 호랑이에게 물려 죽은 사람의 혼(魂). 호랑이에게 물린 사람은 늘 호랑이에게 예속하여 호랑이가 먹을 것을 구하러 다닐 때 앞장서서 먹잇감을 알려 준다고 한다. 즉, 못된 짓을 하는 데 앞장 서는 사람을 말할 때 비유로 하는 말이다.

창극(唱劇) : 우리나라의 전통적인 가극(歌劇). 여러 사람들이 배역(配役)을 맡아 창(唱)을 부르면서 극(劇)을 전개하는 것으로, 1902년 협률사(協律社)에서 판소리를 무대화(舞臺化)하고 판소리에 등장하는 각 인물(人物)에 전담 배역(配役)을 붙여 노래와 연기를 하게 한 것을 계기로 발달하였다.

창기(娼妓) : 몸을 파는 천한 기생.

창덕궁(昌德宮) : 조선 태종 5년(1405)에 건립한 대궐로 역대 왕이 정치를 하고 상주하던 곳이다. 1997년에 유네스코 세계문화유산으로 등재되었다. 우리나라 사적 제122호이다(동궐).

창씨개명(創氏改名) : 1939년 11월 조선총독부에서 제령 제19호로 '조선민사령(朝鮮民事令)'을 개정하여 한민족 고유의 성명제도를 폐지하고 일본식 씨명제(氏名制)를 설정하여 1940년 2월부터 동년 8월 10일까지 '씨(氏)'를 결정해서 제출할 것을 명령하였다.

창신교위(彰信校尉) : 조선시대 종5품 하(下) 무관의 품계.

창의문(倡義文) : 의병으로 일어날 것을 널리 호소하는 글.

창(槍)의 종류

***기창(騎槍)** : 말을 탄 병사가 쓰던 창.

***장창(長槍)** : 긴 자루에 날을 붙여 군사들이 무기로 쓰던 창. 전체 길이는 4미터 안팎이며 창날 길이는 약 40cm이다.

***당파창(鏜鈀槍)** : 삼지창을 말한다. 길이가 일곱 자 여섯 치, 무게가 다섯 근정도이다.

채(菜) : 나물.

채단(綵緞) : 결혼(結婚)할 때에, 신랑(新郞)집에서 신부의 치마나 저고릿감으로 신부(新婦)집에 미리 보내는 푸른색과 붉은색의 비단.

채두(菜豆) : 강낭콩.

채미 : 참외.

채하기(採下記) : 세금(稅金)을 징수하는 데 동네 사람들에게 분배한 내역을 기록한 장부.

채화안식(彩花案息) : 벽에 세워 놓고 앉을 때 몸을 기대는 꽃무늬 방석(方席).

책력(册曆) : 일년 동안의 월일(月日), 해와 달의 운행, 월식(月蝕)과 일식(日蝕), 절기(節氣)와 기상(氣象) 변동 등을 날짜 순서로 적은 책.

책례(册禮) : 서당(書堂)이나 향교(鄕校)에서 학생이 책(册) 한 권을 다 읽고 떼거나 다 베껴 쓰고 난 뒤에 선생과 동료들에게 한턱내는 일(책거리. 세책례, 책씻이).

책문(柵門) : 말뚝으로 만든 우리나 울타리 문.

책봉(册封) : 왕세자(王世子), 왕세손(王世孫), 왕후(王后), 비(妃), 빈(嬪), 부마(駙馬) 등에게 봉작(封爵)을 하던 일.

책씻이 : 책거리, 책례(冊禮)와 같은 말.

책쾌(册儈) : 책의 매매를 중개하는 상인.

처사(處士) : 세상에 나서지 않고 조용히 초야(草野)에 묻혀 사는 선비.

처용(處容) : 신라 제49대 헌강왕(憲康王, ?~886)이 879년에 개운포(開雲浦)에 갔는데 기이한 모습을 한 처용이 가무(歌舞)를 하며 궁궐로 따라와서 급간(級干)이란 벼슬까지 하였다. 어느 날 아내가 역신(疫神)과 동침(同寢)하는 것을 보고 처용이 『처용가(處容歌)』를 지어 부르자 역신이 물러갔다고 한다.

처용가(處容歌) : 삼국유사에 수록된 원문. "東京明期月良夜入伊遊行如可入良沙寢矣見昆脚烏伊四是良羅二肹隱吾下於叱古二肹隱誰支下焉古本矣吾下是如馬於隱奪叱良乙何如爲理古."(서울 밝은 달에/ 밤들이 노니다가/들어와 잠자리를 보니/가랑이가 넷이도다./둘은 나의 것이었고/둘은 누구의 것인가?/본디 내 것이지마는/빼앗긴 것을 어찌하리오?) (양주동 교수 풀이).

처용무(處容舞) : 신라(新羅) 헌강왕(憲康王, ?~886) 때 처용설화(處容說話)에서 비롯된 가면무(假面舞). 조선시대 궁중(宮中)의 연희(演戲) 때나 섣달 그믐날 나례(儺禮)에서 추던 춤이다. 오방색(五方色) 옷을 입은 무동(舞童) 다섯 명이 처용(處容)의 탈을 쓰고 춤을 추는데, 그 사이에 처용가(處容歌)와 봉황음(鳳凰吟)을 부른다. 국가무형문화재 제39호. 2009년에 유네스코 세계무형문화유산으로 등재되었다.

척신(戚臣) : 임금과 성(姓)이 다르나 일가(一家)인 신하.

척화비(斥和碑) : 조선 고종(高宗) 8년(1871)에 흥선대원군(興宣大院君)이 척양(斥洋)을 결의하며 서울과 지방 각처에 세운 비석. '침범하는 양이(洋夷)와 화친(和親)할 수 없다.'라는 뜻을 새겨 넣었다.

천구(賤口) : 천인(賤人). 즉, 백정, 광대, 창우, 무격, 노비, 장인바치를 말함.

천기(賤妓) : 천한 기생.

천길(天吉) : 소주(燒酒)(목은시고).

천민(賤民) : 천민은 천역(賤役)에 종사하는 가장 낮은 신분으로 노비(奴婢), 백정(白丁), 창우(倡優, 배우), 승려(僧侶), 무격(巫覡), 광대(光大), 재인(才人), 현수재인(絃首才人), 수척(水尺) 등이 있었다. 그중 노비는 관청에 소속된 공천(公賤)과 매매(買賣)나 양도(讓渡)로 개인에게 소속된 사천(私賤)이 있었다. 이들은 사회적으로 가장 많은 제약을 받았으며, 주인을 세습적으로 섬기어야 했다. 백정은 천민 중에서도 가장 멸시받는 신분이었다. 승려는 조선조(朝鮮朝)에 들어 불교(佛敎)의 쇠퇴와 함께 천민층으로 하락했으며, 무격(巫覡)은 남자를 박수, 여자를 무당(巫堂)이라 했는데, 창우와 무당은 결혼하는 일이 많았다. 이런 신분계급(身分階級)은 매우 엄격하여 사회적으로 많은 폐단을 일으켰다. 1895년(고종 32) 갑오개혁(甲午改革)으로 양반(兩班)과 평민(平民)의 계급을 타파하고, 백정, 광대 등의 천민신분(賤民身分)과 공사노비(公私奴婢)의 제도도 폐지하고 인신매매도 금지하였다. 창우(倡優), 승(僧), 백정(白丁), 희자(戱子).

천살(擅殺) : 사람을 제 마음대로 죽임.

천신(薦新) : 식품이 그 해 처음 나왔을 때 조상(祖上) 신위(神位) 앞에 바치는 음식.

천역(賤役) : 천한 일. 또는 그 일을 하는 사람.

천자문(千字文) : 중국 양나라 주흥사(朱興嗣)가 한문(漢文)을 처음 배우는 사람을 위하여 편찬한 책. 1구 4자 250구, 모두 1,000자로 된 고시(古詩)이다. 하룻밤 사이에 이 글을 만들고 머리가 하얗게 세었다고 하여 '백수문(白首文)'이라고도 한다(주흥사:중국 양나라 무제).

천주교박해(天主敎迫害) : 조선은 유교(儒敎)를 국가 이념으로 중시했기 때문에 천주교(天主敎)에서 가르치는 평등사상(平等思想)이나 생활(生活)윤리(倫理)가 우리나라에 잘 맞지 않다고 판단하였다. 이 때문에 조선의 지배층은 사회 질서가 어지러워질 것을 염려하여 천주교(天主教)를 배척하고 말살하려고 한 것이다.

*신해(辛亥)박해(1791) : 진산의 양반 윤지충과 권상연 처형.

*신유(辛酉)박해(1801) : 선교사 주문모와 신자 100여 명 처형, 400여 명 유배.

*기해(己亥)박해(1839) : 프랑스 선교사를 포함한 천주교도 100여 명 처형.

*병인(丙寅)박해(1866) : 프랑스 선교사 9명을 포함하여 8,000여 명 처형.

천중가절(天中佳節) : 좋은 명절(名節)이라는 뜻으로, 단오(端午)를 달리 이르는 말.

천판(天板) : 관 뚜껑.

철궁(鐵弓) : 전쟁에 사용하던, 쇠로 만든 활.

철도(鐵道) 개통

*경인선 : 1899년 9월 18일 개통. 길이 27km. 우리나라 최초의 철도.

*경부선 : 1905년 개통, 1939년 복선으로 바뀌었다. 길이 441.7km.

*경의선 : 1906년 4월 개통. 현재 도라산역까지 55.7km. 운행.

*군산선 : 1912년 개통. 길이는 23.1km.

*호남선 : 1914년 개통. 길이 252.5km.

*경원선 : 1914년 개통. 현재 백마고지역까지 운행. 길이 88.8km.

*장항선 : 1931년 개통. 길이154.4km.

*전라선 : 1936년 개통. 길이 185.2km.

철도군(鐵道軍) : 철도 공사를 하는 역부(役夫).

철릭 : 무관(武官)이 입던 공복(公服). 당상관(堂上官)은 남색이고 당하관(堂下官)은 분홍색이다.

철부지(哲不知) : 철없는 아이. 그런 사람.

철악(撤樂) : 조선시대 큰 가뭄, 흉작(凶作), 기근(飢饉)이 있을 경우 임금의 행차(行次)할 때 음악(音樂)을 연주하지 않던 일.

첨사(僉使) : 조선시대 각 진영(鎭營)에 둔 종4품 무관(武官) 벼슬.

첨시인(簷屍人) : 시신(屍身)을 짊어지고 온 사람.

첨위(僉尉) : 조선시대 의빈부(儀賓府)에 속한 정, 종3품 당하(堂下)의 품계.

왕세자(王世子)의 서녀(庶女)에게 장가든 사람에게 주었다.

첨절제사(僉節制使) : 조선시대 각 진영(鎭營)에 둔 종3품 무관(武官) 벼슬. 절도사(節度使) 아래로 병마첨절제사(兵馬僉節制使), 수군첨절제사(水軍僉節制使)가 있으며 목(牧), 부(府) 소재지에는 목사(牧使)나 부사(府使)가 겸임하였다.

첨정(僉正) : 조선시대 각 관아의 낭청(郎廳)에 속한 종4품 벼슬. 돈령부(敦寧府), 봉상시(奉常寺), 종부시(宗簿寺), 사옹원(司饔院), 내의원(內醫院), 상의원(尙衣院), 사복시(司僕寺) 등에 두었다.

첨지(僉知) : 조선시대 중추원(中樞院)에 속한 정3품 무관(武官)의 벼슬.

첨지사(僉知事) : 조선시대 중추원(中樞院)에 속한 정3품 무관(武官)의 벼슬.

첩보(牒報) : 서면(書面)으로 상관에게 보고함. 또는 그런 보고.

첩(妾)의 이칭 : 소실(小室), 부실(副室), 별실(別室), 별가(別家), 별방(別房), 별관(別館), 첩실(妾室), 측실(側室), 추실(簉室), 가직(家直), 여부인(如夫人), 작은집, 작은마누라, 작은계집.

첩정(牒呈) : 서면(書面)으로 상관에게 보고함. 또는 그런 보고.

청관(淸官) : 홍문관(弘文館)의 관리를 말한다.

청구야담(靑邱野談) : 조선 후기의 한문본(漢文本) 야담(野談) 소설집(小說集). 민담(民譚), 야담(野談) 등을 소설체(小說體)로 기록한 것으로, 18~19세기의 현실을 사실적으로 반영하고 있다. 20책.

청국장(淸麴醬) : 예전에 충청도에서 많이 담가 먹었다는 장. 충남에서는 담북장으로 불렀다. 서산, 당진은 퉁퉁장이라 한다.

청금록(靑衿錄) : 조선시대 성균관(成均館), 사학(四學), 향교(鄕校), 서원(書院) 등에 비치되어 있는 유생들의 인적사항을 기록한 명부(名簿).

청도관(淸道官) : 관리가 길을 갈 때 벽제(闢除)하여 앞길을 가로막는 사람이나 불필요한 물건을 없애는 일을 담당하는 관원(官員).

청면(창면) : 녹두 녹말을 이용하여 얇게 만든 면(麵)을 익혀 오미자(五味子)즙에 띄워 마시는 음료.

청백리(淸白吏) : 재물(財物)에 대한 욕심이 없이 곧고 깨끗한 관리.

청사초롱(靑莎초籠) : ① 푸른 천과 붉은 천으로 상, 하단을 두른 초롱. ②조선 후기, 궁중에서는 왕세손(王世孫)이 사용하였다. ③일반에서는 혼례식(婚禮式)에 사용하였다. ④정3품부터 정2품의 벼슬아치가 밤에 다닐 때 쓰던 품등(品燈)이다.

청산리전투(靑山里戰鬪) : 1920년에 김좌진(金佐鎭)을 총사령으로 한 독립군이 만주(滿洲) 청산리에서 일본군(日本軍)을 크게 이긴 전투.

청삼(靑衫) : ①나라의 제향(祭享) 때에 입던 남색 도포(道袍). ②조복(朝服) 안에 받쳐 입던 옷. ③전악(典樂)이 입던 진한 녹색의 공복(公服).

청일전쟁(淸日戰爭) : 1894년에 조선의 동학농민운동(東學農民運動)에 출병(出兵)하는 문제로 일어난 청나라와 일본 사이의 전쟁. 일본군(日本軍)은 평양(平壤), 황해(黃海), 웨이하이웨이(威海衛) 등지에서 승리하고 1895년에 시모노세키 조약을 맺었다.

청장(淸醬) : 맑은 간장.

청주(淸酒) : 용수를 박아 떠낸 맑은 술. 제사상에 올리던 술로 한국 전통주를 대표하는 술이다.

청지기 : 양반집에서 잡일을 맡아보거나 시중을 들던 사람. 수청방(守廳房)에서 대기하고 있었다(겸인(傔人), 수청(守廳), 하인(下人)).

청참(聽讖) : 설날 새벽거리로 나가 첫 번째 들려오는 소리로 1년간의 운수를 점치는 풍속.

체면(體面) : 남을 대하는데 떳떳한 얼굴(유학에서 강조하는 단어).

체수(替囚) : 죄인이 어떤 사정으로 복역(僕役)할 수 없거나 범인(犯人)이 잡히지 않았을 때 그와 관계가 있는 사람이나 근친자(近親者)를 대신 가두어 두던 일.

체아직(遞兒職) : 현직을 떠난 문무관(文武官)에게 계속하여서 녹봉(祿俸)을 주려고 만든 벼슬.

체자(帖子) : 돈을 받은 표. 곧 영수증(領收證).

체찰사(體察使) : 조선시대 지방(地方)에 군란(軍亂)이 있을 때 임금을 대신하여 그곳에 가서 일반 군무(軍務)를 맡아보던 임시 벼슬. 보통 재상이 겸임하였다.

체휼(體恤) : 상대방의 입장에서 불쌍히 보살핌.

초(哨) : 약 백 명을 단위로 하던 군대의 편제.

초가삼간(草家三間) : 세 칸밖에 안 되는 초가(草家), 아주 작은 집을 말한다.

초강(醋薑) : 초절이 한 생강.

초관(哨官) : 조선시대 종9품의 무관직(武官職)으로 초(哨)를 통솔하던 벼슬.

초군(樵軍) : 나무꾼.

초라니 : 나례(儺禮)에 등장하는 나자(儺者)의 하나. 기괴한 계집 형상의 탈을 쓰고 붉은 저고리에 푸른 치마를 입고 긴 대의 깃발을 흔든다.

초롱(초籠) : 촛불이 바람에 꺼지지 않도록 겉에 천으로 씌운 등.

초료(草料) : 조선시대에, 공무로 여행하는 사람이 관에서 제공하는 소정의 공급(供給)을 말함.

초료장(草料狀) : 조선시대 공무(公務)로 여행하는 사람에게 하인, 말, 숙식 등을 제공하라고 역참(驛站)에 지시하던 명령서(命令書). 병조에서 본인에게 교부하였다.

초배(樵輩) : 정해진 품계를 뛰어넘어 벼슬을 시킴.

초사(招辭) : 범인이 지난날 범죄(犯罪) 사실을 진술했던 말(공사(供辭)).

초상화(肖像畵) : 사람의 얼굴을 중심으로 그린 그림(영정(影幀) 진영(眞影)).

초수(椒水) : 천연 탄산수(炭酸水)를 이르는 말. 광주(廣州), 청안(淸安) 등 여러 곳에서 나는데, 충청북도 청원군(淸原郡) 북일면(北一面) 초정리(椒井里)에서 나는 것이 가장 오래된 것으로, 약 6백 년 전에 발견되었다. 조선시대 세종대왕(世宗大王)이 고생하던 안질(眼疾)을 이곳에서 치료하였고, 세조(世祖)도 이곳을 다녀간 일이 있다.

초시(初試) : 과거의 첫 시험 또는 그 시험에 급제한 사람. 서울과 지방에서 식년(式年)의 전 해 가을에 보았다.

초장(醋醬) : 간장에 초를 치고 깨소금이나 잣가루를 뿌린 장(醬).

초헌(初獻) : 제사를 지내는 절차의 하나로 참신(參神)한 다음에 첫 술잔을 신위(神位) 앞에 올린다.

초헌관(初獻官) : 제사 지낼 때 첫 번째 잔을 올리는 일을 맡아 보던 제관(祭官). 초헌관은 장자(長子)가 아니면 못한다. 적장자(嫡長子)를 제외한 아들은 제사에서는 모두 서자(庶子)다. 초헌관은 제사(祭祀)와 집례(執禮)와 절차(節次)의 책임자가 된다.

초헌례(終獻禮) : 제사 때에 첫 번째 잔을 올리던 의식.

총순(總巡) : 구한말에, 경무청(警務廳)에 속한 판임관(判任官). 고종 32년(1895)에 두었는데 경무관(警務官) 다음 서열로서 30명 이하를 거느렸다.

총유사(摠有司) : 어떤 단체의 모든 사무를 맡아보는 사람.

총융청(摠戎廳) : 조선 후기에 설치된 중앙 군영(軍營).

총정(摠正) : 일종의 지방직(地方職).

총총(恖恖) : 편지글에서 끝맺음을 뜻하는 말.

최장방(最長房) : 4대 이내의 자손 가운데 항렬(行列)이 가장 높은 사람.

추고(推考) : 지난날 죄인(罪人)의 허물을 추문(推問)하여 고찰하던 일.

추관(秋官) : 궁가(宮家)의 가을걷이와 탈곡을 맡아보던 벼슬아치.

추석(秋夕) : 음력 8월 15일로 가배(嘉俳), 가위, 한가위, 중추절(仲秋節) 혹은 중추가절(仲秋佳節)이라 불리는 우리나라의 대명절이다. 신라의 가배(嘉俳)에서 유래하였다고 하며, 햅쌀로 송편과 술을 빚고 햇과일을 상에 올려 차례(茶禮)를 지낸다. 추석에는 줄다리기, 농악놀이, 씨름, 가마싸움, 강강술래, 소놀이, 거북놀이, 소싸움, 닭싸움 같은 놀이를 한다.

추쇄(推刷) : 도망한 노비(奴婢)나 부역(負役), 병역(兵役) 등을 기피한 노비를 붙잡아 본래의 주인이나 거주지로 돌려보내던 일.

추쇄도감(推刷都監) : 추쇄(推刷)의 일을 맡아보던 임시 관아.

추증(追贈) : ①종2품 이상 벼슬아치의 죽은 아버지, 할아버지, 증조할아버지에게 벼슬을 주던 일. ②나라에 공로가 있는 벼슬아치를 죽은 뒤에 품계를 높여 주던 일(이증(貤贈), 증위(贈位), 추영(追榮)).

추천(秋韆)대회 : 그네뛰기 대회.

축문(祝文) : 제사 때에 신명(神明)께 아뢰는 글. 또는 비는 글.

축문용어(祝文用語)

*유(維) : 이제,라는 예비음이다.

*세차(歲次) : 해의 차례가 이어 온다는 뜻이다. 유세차는 축문의 첫머리에 쓰는 문투이다.

*효자(孝子) : 부모 기제에 맏아들이란 뜻. 이 효(孝)는 맏아들(子)로 제사를 지낼 권리와 의무가 있다는 뜻이다. 이에 따라 효손(孝孫), 효증손(孝曾孫) 등으로 한다. 그러므로 맏아들은 효자(孝子) 그 외의 아들은 자(子)로 쓴다.

*감소고우(敢昭告于) : 감히 밝혀 아룁니다. 뜻으로 아내의 제사에서는 감(敢)자를 빼고 소고우(昭告于), 동생 이하 아들의 제사에서는 감소(敢昭)를 빼고 고우(告于)만 쓴다.

**신주(神主)의 벼슬이 높으면 昭(비출조)를 조로 읽는다.

*현고(顯考) : 부친일 때 현고(顯考), 모친의 경우는 현비(顯妣).

**조부는 현조고(顯祖考), 조모는 현조비(顯祖妣), 남편은 현벽(顯闢), 아내는 현(顯)자 없이 망실(亡室) 고실(故室), 형은 현형(顯兄), 형수는 현형수(顯兄嫂), 동생은 망제(亡弟) 고제(故弟), 아들은 망자(亡子) 고자(故子)로 쓴다.

*학생(學生) : 생전에 벼슬을 하지 못하고 죽은 사람의 명정(銘旌), 신주(神主), 축문(祝文), 지방(紙榜) 등에 쓰는 존칭.

*부군(府君) : 죽은 아버지나 남자 조상을 높여 이르는 말.

*모관(某官) : 관직을 쓰고 없으면 처사(處士)나 학생(學生)을 쓰고, 증직은 쓰지 않는다.

*모공(某公) : 남자의 경우 본관(本貫) 성(姓) 공(公)을 쓰고, 자손이 직접 제사를 지낼 때는 부군(府君)이라 쓰며 연소자의 경우는 쓰지 않는다.

*모씨(某氏) : 부인의 경우 본관과 성씨를 쓴다.

*상(尙) : 흠향(歆饗)하소서의 뜻이다.

*향(饗) : 흠향하십시오의 뜻이다. 현(顯)자와 함께 높이 쓴다.

*현(顯) : 손위의 제사 때만 쓴다.

*손아래 제사 때는 망(亡)자를 쓰고, 부인 제사 때는 망실(亡室) 또는 고실
(故室)이라 쓴다.

*근이(勤以) : 삼가라는 뜻. 아랫사람에게는 자이(慈以)라 쓴다.

*감모근용(感慕謹用) : 감동하여 사모하는 마음 더하여.

*공신전헌(恭愼奠獻) : 삼가 제사를 올립니다.

*공수세사(恭修歲事) : 삼가 공손한 마음으로 세사를 올리옵니다.

*금이초목(今以草木) : 풀과 나무를 뜻하는 말이다.

*기서유역(氣序流易) : 절기가 바뀌었습니다.

*몰영감망(沒寧敢忘) : 돌아가셨지만 편안하신지 잊을 수 없다는 뜻.

*백로기강(白露旣降) : 찬이슬이 벌써 내렸다는 뜻.

*불승감모(不勝感慕) : 사모하는 마음 이길 수 없다.

*불승영모(不勝永慕) : 영원하신 조상님의 은혜가 커서 사모하는 마음을 이기지
못한다는 뜻(조부(祖父) 이상 사용).

*상로기강(霜露旣降) : 찬서리가 이미 내렸다.

*생시유경(生時有慶) : 살아계실 때와 같이 경사를 베푼다.

*서수경신(庶羞敬伸) : 여러 가지 음식을 공경하는 마음으로 차리다.

*성상재회(星霜載回) : 묵은해가 넘어 갔다는 뜻이다.

*세천일제(歲遷一祭) : 해가 되어 한 번의 제를 드린다.

*세천일제(歲薦一祭) : 일 년에 한 차례 지내는 제사.

*세서천역(歲序遷易) : 해가 바뀌었다는 뜻이다.

*시유맹동(時維孟冬) : 날씨가 몹시 추운 때를 말한다.

*예유중제(禮有中制) : 예에 맞는 제도.

*우로기유(雨露旣濡) : 봄이 되어 비와 이슬이 내린다는 뜻(한식).

*유시보우(維時保佑) : 신께서 보호하여 주신다는 뜻.

*이자우로(履玆雨露) : 비와 이슬을 밟고.

*자진사당(玆陳祠堂) : 사당에서 시제를 지내겠나이다.

*자진재실(玆陳齋室) : 재실에서 시제를 지내겠나이다.

*존기유경(存旣有慶) : 살아계셨다면 경사스러운 날이다.

*증상기체(蒸嘗己替) : 일찍이 무더운 절기가 바뀌었다는 뜻이다.

*지봉상사(祗奉常事) : 공경하는 마음으로 세사를 올리다.

*지천세사(祗薦歲事) : 공경하는(삼가) 마음으로 세사를 올리다.

*첨소봉영(瞻掃封塋) : 산소를 깨끗이 단장하고 묘역(墓域)을 쓸고 봉분(封墳)을 우러러 봅니다.

*청작서수(淸酌庶羞) : 술과 음식을 이르는 말.

*청작시수(淸酌時羞) : 맑은 술과 철에 나는 여러 가지 음식을 드립니다.

*초목기강(草木旣降) : 풀과 나무에 잎이 무성하다는 뜻.

*추원감시(追遠感時) : 세월이 흐를수록 더욱 생각난다는 뜻.

*현고부군(顯考府君) : 벼슬하지 않고 돌아가신 아버지.

*현비유인(顯妣孺人) : 벼슬하지 않고 돌아가신 아버지의 처(어머니).

*호천망극(昊天罔極) : 하늘이 넓고 끝이 없다는 뜻으로, 부모의 은혜가 매우 크고 끝이 없음을 이르는 말 부모에 한하여 씀.

*휘일부임(諱日復臨) : 돌아가신 날이 다시 오니.

축첩(蓄妾) : 첩을 둠.

축판(祝板) : 제사 때에 축문을 올려 놓는 널판(축문판).

춘각(春刻) : 춘화(春花)를 돌이나 나무에 새긴 것.

　****춘각은 중국 황실에서 성행. 중국 황제가 숙종에게 선물로 보내왔는데 숙종은 이를 보고 놀라서 당장 땅에 묻으라고 했다는 일화가 전해진다.

춘당대시(春塘臺試) : 조선시대 임금이 몸소 나와 창경궁(昌慶宮) 춘당대(春塘臺)에서 실시한 문무과(文武科)의 시험. 선조(宣祖) 5년(1572)부터 왕실(王室)에 경사(慶事)가 있을 때나 유생(儒生)을 시험하기 위하여 임시로 행한 과거. 이 시험에 합격하면 대과(大科)의 전시(殿試)를 보는 것과 같은 특혜를 주었다.

춘추관(春秋館) : 조선시대 시정(市井)의 기록을 맡아보던 관아(官衙).

춘향전(春香傳) : 작자, 연대 미상의 고전소설(古典小說). 판소리로 불리다가 소설(小說)로 정착하였다고 보는 판소리계 소설로 이본(異本)이 120종이나 된다. 내용은 성춘향과 이몽룡의 사랑이야기를 중심으로, 당시 사회의 모순성을 고발하고 춘향의 정절(情節)을 높이 평가한 소설이다.

출사표(出師表) : 출병(出兵)할 때에 그 뜻을 적어서 임금에게 올리던 글.

출산의례(出産儀禮) : 산모가 아이를 출산한 후에 치르는 의례.

 *출산 당일 : 삼줄을 대문 앞에 치고 황토를 좌우에 세 무더기씩 만들기도 한다.

 *삼일(三日) : 이른 아침 산모는 쑥물로 씻고, 아기는 따뜻한 물로 씻기고, 삼신상을 차려놓고 산모의 무병(無病)과 아기의 장수(長壽)를 빈다.

 *첫이레 : 아기의 쌀깃을 벗기고 깃 없는 옷을 입히며 그동안 동여 매었던 팔 하나를 풀어준다.

 *두이레 : 깃 있는 옷에 두렁이를 입히고 한쪽 팔마저 풀어준다.

 *세이레 : 삼줄을 거두고 아기에게 저고리와 바지를 입히고 산모는 일반인과 구별 없이 음식을 먹고 생활을 같이 한다.

 *백일(百日) : 이날은 일가친척들이 모여 대규모 잔치(祝筵)를 한다. 백(百)은 성수(成數)로 모든 것을 완성했음을 뜻하므로 어려운 고비를 모두 넘겼음을 축하하는 것이다.

 *돌 : 아기의 첫 생일을 돌이라 이르며 돌잔치를 성대하게 베풀고 아이의 미래를 점치는 돌잡이도 한다. 돌상에는 백설기 송편 인절미 수수경단 같은 떡을 올리고, 돌잔치 후에는 이웃에게 돌떡을 나누어 주는데 떡을 받는 사람은 떡 그릇을 반드시 쌀이나 돈, 실 같은 것으로 축하하는 마음을 담아 보내주었다.

충의교위(忠毅校尉) : 조선시대 정5품 무관(武官)의 품계.

충익부(忠翊府) : 조선시대 원종공신(原從功臣)을 위하여 둔 관아.

충훈부(忠勳府) : 조선시대 공신(功臣)의 훈공을 기록하는 일을 맡아 하던 관아.

취백(就白) : 나아가 엎드려 여쭌다는 뜻으로, 웃어른에게 보내는 편지에서 안부(安否)를 물은 후에 본문으로 들어가기 전에 쓰는 말.

취성좌(聚星座) : 1917년 김소랑(金小浪:金顯)이 창립한 유랑극단(流浪劇團).

취조(取調) : 범죄 사실을 알아내기 위하여 치밀하게 조사함 또는 그 일.

취타(吹打) : 불(吹)고 치(打)는 음악.

취타대(吹打隊) : 국가의 큰 행사시 선두에서 행악(行樂)을 연주하는 악대(樂隊).

측간(厠間) : 화장실(뒷간).

치 : 상투(궁중용어).

치 : 신발(궁중용어).

치 : 군마(軍馬)의 꼬리를 고정시키는 끈.

치(雉) : 성벽 밖으로 군데군데 내밀어 쌓은 돌출부. 성벽을 앞이나 옆에서 보호하는 구조물이다.

치군요결(治郡要訣) : 목민심서(牧民心書)에 나오는 글로 수령(守令)이 군현(郡縣)을 다스릴 때 필요한 실무지식을 망라한 글.

치민방략(治民方略) : 백성을 다스리는 방법과 계략.

치사(致詞) : 왕에게 드리는 축하문(궁중용어).

치소(治所) : 어떤 지역에 행정기관이 있는 장소.

치죄(治罪) : 허물을 가려내어 벌을 줌.

칙령(勅令) : 임금이 관부(官府)에 내리는 명령.

칙서(勅書) : 임금이 특정인에게 알리는 글.

친서(親書) : 몸소 쓴 글이나 편지.

친애(親愛) : 친밀하게 사랑함.

친열(親閱) : 임금이 직접 군대(軍隊)를 사열(査閱)하는 일.

친우(親友) : 친한 친구.

친위(親衛) : 임금의 신변을 안전하게 지킴.

친일파(親日派) : 일제강점기에 일제와 야합하여 일본의 침략과 약탈 정책을 지지하고 옹호하여 추종한 무리.

친정(親政) : 임금이 직접 나라의 정사를 돌봄.

친정(親庭) : 시집 간 여자의 부모 형제가 살고 있는 집.

친족(親族) : 촌수(寸數)가 가까운 일가.

친지(親知) : 서로 잘 알고 가깝게 지내는 사람.

친척(親戚) : 친족과 외척, 즉 고종(姑從), 내종(內從), 외종(外從), 이종(姨從)을 모두 이르는 말.

칠반천역(七般賤役) : 조선시대에, 천한 계급이 종사하던 일곱 가지 천한 구실. 조례(皂隷), 나장(羅將), 일수(日守), 조군(漕軍), 수군(水軍), 봉군(烽軍), 역졸(驛卒)의 구실을 하는 사람을 이른다.

 **구실 : 관아의 임무.

 **구실아치 : 벼슬아치 밑에서 일을 보던 사람.

칠부(七部) : 갑오경장(甲午更張) 개혁 때 의정부(議政府)를 폐지하고 내각제(內閣制)를 하면서 8아문(衙門)을 고쳐 7부를 두었다. 즉 내부(內部), 외부(外部), 탁지부(度支部), 법부(法部), 학부(學部), 농상공부(農商工部) 군부(軍部)를 말한다.

칠사(七事) : 고려, 조선시대 지방 수령(守令)의 통치 규범의 준거로 삼은 일곱 가지 실적. 농상(農桑)번성, 호구(戶口)증가, 향교(鄕校)흥성, 군정(軍政)엄수, 부역(負役)균등, 사송(詞訟)간결, 도둑근절 등이다.

칠석(七夕) : 음력으로 칠월 초이렛날 밤을 말함.

칠석날 설화 : 옛날에 견우(牽牛)와 직녀(織女)라는 두 별이 사랑을 속삭이다가 옥황상제(玉皇上帝)의 노여움을 사서 1년에 한 번씩 칠석(七夕) 전날 밤에 은하수(銀河水)를 건너 만나게 하였는데, 이때 까치와 까마귀가 날개를 펴서 다리를 놓아 견우와 직녀가 만나게 했다고 한다. 이 다리를 오작교(烏鵲橋)라고 한다. 칠석날 아침에 까치와 까마귀를 보면 머리가 벗겨져 있다고 한다.

칠석우(七夕雨) : 칠석날 저녁에 비가 내리면 견우와 직녀가 상봉한 기쁨의 눈물이라 하고, 이튿날 새벽에 비가 오면 이별의 눈물이라 한다. 그리고 칠석날 비가 오면 풍년이 들고 그렇지 않으면 흉년이 든다고 점을 치기도 한다.

칠적(七賊) : 1907년에 한일신협약(韓日新協約)을 맺고 국권(國權)을 일본(日本)에게 넘겨준 일곱 사람. 즉 이완용(李完用), 임선준(任善準), 조중응(趙重應), 송병준(宋秉畯), 이재곤(李載崑), 이병무(李秉武), 고영희(高永喜)를 이른다.

칠정(七情) : 사람의 일곱 가지 감정. 기쁨(喜), 노여움(怒), 슬픔(哀), 즐거움(樂), 사랑(愛), 미움(惡), 욕심(欲). 또는 기쁨(喜), 노여움(怒), 근심(憂), 생각(思), 슬픔(悲), 놀람(驚), 두려움(恐)을 이르기도 한다.

침모(針母) : 남의 집에 매여서 바느질을 해주고 돈을 받는 여자.

침방(寢房) : 잠을 자는 방.

침석어(沈石魚) : 조기.

침수(寢睡) : 주무시다(궁중용어).

침주(斟酒) : 술을 따르다.

침장(針匠) : 관가에서 바느질하는 사람.

침채(沈菜) : 물김치.

칭념(稱念) : 어떤 일을 잊지 말고 잘 생각하여 달라고 부탁하다.

카

칼 도 검(칼刀劍)

*칼 : 민간용을 뜻함.

*도(刀) : 관, 군용으로 한쪽만 날이 있는 칼.

*검(劍) : 관, 군용으로 양쪽에 날이 있는 칼.

칼의 종류(민간용)

*부엌칼 : 부엌에서 쓰는 칼.

*식칼 : 부엌칼과 같음.

*삼칼 : 삼 삼을 때 쓰는 칼(삼베).

*푸주칼 : 푸줏간에서 쓰는 칼.

*면도칼 : 수염 깎는 칼.

*무당칼 : 굿할 때 쓰는 칼.

*난도 : 나라에서 제물로 짐승을 잡을 때 쓰는 칼(칼끝과 자루에 방울이 달렸음).

*금장도(金粧刀) : 금 장식 칼집을 가진 작은 칼(부녀용).

*은장도(銀粧刀) : 은 장식 칼집을 가진 작은 칼(부녀용).

*낙죽장도(烙竹長刀) : 칼집과 칼에 대나무를 새긴 장도. 장식용 호신용(선비용).

*작도(斫刀) : 짐승 먹이를 자르는 칼.

칼자(刀子) : 지방 관아에서 음식 만드는 하인(도척, 칼자이).

타

타관내기(他官내기) : 다른 고장에서 온 사람.

타관바치(他官바치) : 다른 고장에서 온 사람.

타향살이(他鄕살이) : 고향을 떠나 객지에서 사는 일. 가수 고복수(高福壽)의 『타향』이란 노래가 유명하다.

탄막(炭幕) : 주막(酒幕) 또는 주막집.

탈 : 나무나 바가지, 종이, 흙 등으로 가면(假免)을 만들어 얼굴에 쓰는 물건.

탈춤 : 탈을 쓰고 추는 춤.

탈춤놀이 : 탈춤 추면서 노는 놀이.

탈춤의 종류

*사자탈춤 : 정월 대보름 무렵에 사자를 꾸며 집집마다 다니며 춤을 추고 잡귀를 쫓는 민속놀이(북청, 봉산, 강령, 은률).

*산대탈춤 : 탈을 쓰고 큰길가나 빈터에 만든 무대에서 하는 탈놀음. 바가지, 종이, 나무 등으로 만든 탈을 쓰고 소매가 긴 옷을 입은 광대들이 음악에 맞추어 춤을 추며 노래하고 이야기를 한다. 고려 때 발생하여 조선시대까지 궁중에서 성행하였으나 차츰 민간으로 퍼졌다(강령탈춤, 광대놀이, 봉산탈춤, 오산대놀이, 양주별산대놀이).

*야류놀음 : 부산 동래구에서 음력 정월 보름날 야외에서 행하는 탈놀이. 문

둥이과장, 양반과장, 영노과장, 할미과장의 4과장으로 구성되며 연중무사
(年中無事)와 풍년을 기원한다(동래, 수영).

*오광대탈춤 : 경상남도 일대에서 음력 정월 보름에 하는 가면극의 하나. 과장
(科場)의 수는 지방에 따라 5~7개로 차이가 있다(가산, 고성, 진주, 통영).

*해서탈춤 : 황해도에 전해지는 산대놀음 계통의 탈춤. 7과장으로 구성되며
사자춤이 있는 것이 특색이다(봉산, 강령, 은율).

탐관오리(貪官汚吏) : 백성의 재물(財物)을 탐내어 빼앗는 관리.

탐화랑(探花郎) : 조선시대 과거시험에서 갑과(甲科)에 셋째로 급제한 사람을
이르는 말. 정7품의 품계를 주었다.

탕평채(蕩平菜) : 청포묵(궁중요리). 조선, 영조(英祖, 1694~1776) 때에, 탕
평책(蕩平策)을 논하는 자리에 이 음식이 처음으로 올라와서 탕평책으로 부
르다가 탕평채로 불려오고 있다.

태(笞) : 곤장.

태권도(跆拳道) : 우리나라 고유의 전통 무예(武藝)를 바탕으로 한 운동. 태권
도는 삼국시대(三國時代)부터 전승되어 왔던 수박희(手博戲)가 광복 후 민
족적(民族的) 투지(鬪志)와 기백(氣魄)을 구현하는 태권도란 이름으로 계승
하게 되었다. 태권도는 주로 손과 발을 이용하여 여러 가지 재치 있고 날랜
동작으로 공격과 방어를 하는 것을 기본으로 하는 우리나라 고유의 격술이
다. 안자산(安自山, 1868~1948)은 임진왜란(壬辰倭亂) 때 왜군(倭軍)이
태견으로 당했다가 그 기법을 일본으로 가져가 오늘날 공수도(空手道)로 발
전시켰다고 말했다.

태상왕(太上王) : 상왕(上王)에 있었으나 그 위 상왕이 다시 출현할 때의 왕(王)
을 말한다.

태양력(太陽曆) : 1895년 고종(高宗)은 태양력(그레고리력)을 공식적인 달력
으로 도입하여 선포하였다. 민간에서는 음력을 계속 고수하였다.

태실(胎室) : 왕실에서 자손(子孫)이 출산하면 명당(明堂)자리를 골라 그의 태
(胎)를 봉안(奉安)하던 곳. 이런 풍습은 사람이 태어나서 그 사람이 잘되려

면 명당자리에 봉안해야 한다는 신앙에서 비롯된 것이다. 태실은 대개 대석(臺石), 석실(石室), 개첨석(蓋檐石) 등으로 만들었다. 왕세자(王世子)의 태실은 석실(石室)을 만들고 비석(碑石)과 금표(禁標)를 세웠다.

태조대왕 태실 : 태조 이성계(李成桂) 태(胎)는 원래 함흥(咸興)에 있었으나 왕위(王位)에 등극한 후 당시 전라도 진산현(珍山縣) 만인산에 봉안하고 태봉재라 칭하는 한편, 진산현을 진산군(珍山郡)으로 승격시켰다. 현재 충남 금산군 추부면 태봉재에 위치하고 있다.

태종우(太宗雨) : 음력 오월 초열흘날에 오는 비. 조선 태종(太宗, 1367~1422) 때에 날이 몹시 가물었는데, 태종이 병으로 누워 있다가 "내가 죽으면 하늘에 올라가 비를 내리게 하겠다."라고 한 후 5월 10일에 죽자 정말 비가 내려 해갈(解渴)되었다는 데서 유래한다. 이 비가 내리면 그해 풍년(豊年)이 든다고 한다.

태주(胎主) : 마마를 앓다가 죽은 어린 계집아이의 귀신. 다른 여자에게 신(神)이 내려서 길흉화복(吉凶禍福)을 말하고, 온갖 것을 잘 알아맞힌다고 한다.

태평관(太平館) : 조선시대 중국 사신(使臣)이 와서 머무르던 숙소(宿所).

태평소(太平簫) : 나팔 모양으로 된 우리나라 고유의 관악기(管樂器). 나무로 만든 관에 8개의 구멍을 뚫고, 아래 끝에는 깔때기 모양의 놋쇠를 달며 부리에는 갈대로 만든 서를 끼워서 분다. 농악(農樂)판에서 나발과 함께 따로 서서 분다(새납, 날라리, 호적).

태항아리 : 태를 담아 보관하는 항아리. 왕실에서 출산하면 태는 깨끗이 씻은 후 항아리에 봉안하고 기름종이와 파란 명주로 봉했다. 붉은색 끈으로 밀봉한 뒤 태항아리를 큰항아리에 담아서 석실에 봉안했다.

태형(笞刑) : 오형(五刑) 가운데 죄인(罪人)의 볼기를 형장(兄丈)으로 치던 형벌.

택리지(擇里志) : 조선 영조(英祖) 27년(1751)에 이중환(李重煥, 1690~1752)이 쓴 우리나라 지리서(地理書). 전국 8도의 지형(地形), 풍토(風土), 풍속(風俗), 교통(交通)에서부터 고사(古事) 또는 인물(人物)에 이르기까지 상세히 기록하였다. 1책.

택호(宅號) : 집 이름을 이르는 말. 택호는 벼슬 이름, 시집 장가 간 곳의 땅 이름, 관직명(官職名), 유명한 선조(先祖)의 시호(諡號)를 택호로 사용하기도 함(당호).

터줏대감 : 장독간에 좌정(坐停)한 신(神).

텡쇠 : 겉으로는 튼튼해 보이지만 속으로는 허약한 사람.

토관(土官) : 고려, 조선시대 평안도(平安道)와 함경도(咸境道) 지방 사람들에게 특별히 베푼 벼슬. 지방 토호(土豪)들을 회유하기 위하여 관찰사(觀察使)나 절도사(節度使)가 그 지방에서 유력한 사람을 선발하여 임명하였다.

토관직(土官職) : 함경도(咸境道)와 평안도(平安道)에 특별히 설치하여 그 지방 토착민(土着民)에게 주는 벼슬. 모두 이속(吏屬)이다. 토관직은 5품까지로 한정되어 있으며 그 품계와 명칭은 경관직(京官職)과는 다르게 하였다. 문관직은 최고직인 도무(都務)로부터 장부(掌簿), 교부(校簿), 감부(勘簿), 도할(都轄), 전사(典事), 장사(掌事), 관사(管事), 급사(給事), 참사(參事), 섭사(攝事)의 순서이고, 관청은 도무사(都務司), 도할사(都轄司)를 비롯하여 전례서(典禮署), 제학서(諸學署), 융기서(戎器署), 사창서(司倉署), 영작서(營作署), 수지국(收支局), 전주국(典酒局), 사옥국(司獄局) 등을 두었는데 지방에 따라 수와 규모 등이 달랐다. 무관직은 여직(勵直), 부여직(副勵直), 여과(勵果), 부여과(副勵果), 여정(勵正), 부여정(副勵正), 여맹(勵猛), 부여맹(副勵猛), 여용(勵勇), 부여용(副勵勇) 등이 있었다.

토렴 : 밥이나 국수에 뜨거운 국물을 부었다 따랐다 하여 뜨겁게 하는 것.

토색질(討索질) : 돈이나 물건 등을 억지로 요구하는 짓.

토정비결(土亭秘訣) : 『토정비결』은 조선 중기의 학자 토정(土亭) 이지함(李之菡, 1517~1578)이 지은 도참서(圖讖書)로 개인의 사주(四柱) 중 태어난 연(年), 월(月), 일(日) 세 가지로 육십갑자(六十甲子)를 이용하여 일 년 동안의 신수(身手)를 열두 달별로 알아보는 방식으로 되어 있다.

토포사(討捕使) : 각 진영(鎭營)에서 도둑 잡는 일을 맡아보던 벼슬. 처음에는 수령(守令), 이후에는 진영장(鎭營將)이 겸직하였다.

토포장(討捕將) : 토벌대장(討伐隊長).

토호(土豪) : 어느 한 지방에서 오랫동안 살면서 텃세를 할 만큼 세력이 있는 사람.

통감부(統監府) : 조선통감부 참조.

통기 : 방귀(궁중용어).

통덕랑(通德郞) : 조선시대 정5품 상(上) 문관(文官)의 품계.

통도사(通度寺) : 경상남도 양산시 영취산(靈鷲山)에 있는 사찰. 신라 선덕여왕(善德女王) 15년(646)에 자장율사(慈藏律師)가 세웠다. 자장율사가 643년에 당나라에서 돌아올 때 가지고 온 불사리(佛舍利)와 가사(袈裟), 그리고 대장경(大藏經) 400여 함(函)을 봉안하고 창건함으로써 창건 당시부터 매우 중요한 사찰로 부각되었다. 오늘날 삼보사찰(三寶寺刹) 가운데 하나인 불보(佛寶)사찰이다. 2015년 유네스코 세계문화유산으로 등재되었다.

통령(統領) : ①어떤 일의 일체를 통할하여 거느림. 또는 그런 사람. ②조선시대에 조운선(漕運船) 10척을 거느리던 무관 벼슬.

통례원(通禮院) : 조선시대 조회(朝會)와 제사(祭祀)에 관한 의식을 맡아보던 관아(官衙).

통사랑(通仕郞) : 조선시대 정8품 문관의 품계.

통수(統首) : 조선시대 민호(民戶) 편제(編制)에서 통(統)의 우두머리.

통신사(通信使) : 조선시대 일본으로 보내던 사신(使臣). 고종(高宗) 13년(1876)에 수신사(修信使)로 고쳤다.

통인(通引) : 조선시대 경기(京畿), 영동(嶺東) 지역에서 수령(守令)의 잔심부름을 하던 구실아치. 이서(吏胥)나 공천(公賤) 출신이었다.

통장(統長) : 통(統)에 관한 사무를 맡아보는 책임자(責任者).

통정대부(通政大夫) : 조선시대 정3품 문관(文官)의 품계. 고종(高宗) 2년(1865)부터 종친(宗親)과 의빈(儀賓)의 품계로도 썼다.

통제사(統制使) : 삼도통제사(三道統制使)와 같음.

통천관(通天冠) : 황제(皇帝)가 조칙(詔勅)을 내리거나 정무(政務)를 볼 때에 쓰던 관(冠). 오사(烏蛇)로 만드는데 높이 9치, 앞쪽이 뒤쪽보다 솟아오르고, 양(梁)이 24량(梁)이며, 관 꼭대기에 12수(首)의 매미를 붙이고, 앞쪽에 박산술(博山述)이라는 산(山) 모양(模樣)의 장식(裝飾)을 닮. 옥잠(玉簪)과 홍영(紅纓)을 갖추고, 관영(冠纓) 끝에 백주(白珠)를 닮. 대한제국(大韓帝國)의 고종(高宗)이 이 관(冠)을 썼음(권운관(卷雲冠), 통천(通天)).

통혼권(通婚圈) : 결혼할 때 배우자를 선택하는 지리적(地理的) 범위(약 30리).

통훈대부(通訓大夫) : 조선시대 정3품 문관(文官)의 품계.

퇴기(退妓) : 기생(妓生)을 하다가 물러난 사람.

퇴리(退吏) : 관직에서 물러난 서리(胥吏).

퇴뫼식산성(山城) : 산 정상부를 빙 둘러 가며 쌓아 올린 산성.

퇴자(退字) : 상납한 포목의 품질이 낮은 경우에 물리치는 뜻으로 그 귀퉁이에 '退' 자를 찍던 일.

퇴주잔(退酒盞) : 제사 때에 퇴주한 술잔.

퇴청(退廳) : 관청에서 근무를 마치고 퇴근(退勤)함.

툇간(退間) : 안둘렛간 밖에다 딴 기둥을 세워 만든 칸살.

툇마루 : 툇간에 놓은 마루.

투자(骰子) : 주사위.

투장(偸葬) : 남의 산이나 묏자리에 몰래 묘를 쓰는 일(밀장).

투전(鬪錢, 鬪牋, 投牋) : 투전은 기름 먹인 두꺼운 종이에 한 면은 동물 문양 및 문자를 적어서 끗수를 표시한 놀음도구. 길이는 10～20㎝ 사이이며 너비는 손가락만 하다.

틀박이 : ①생전 고향을 떠나지 않는 사람. ②아무리 먹어도 몸무게가 늘거나 줄지 않는 몸.

파

파루(罷漏) : 조선시대 서울에서 통행금지를 해제하기 위하여 종각(鐘閣)의 종을 33번 치던 일(밤 10시경에 종(鍾)을 28번 쳐서 인정(人定:통행금지)을 알리고, 새벽 4시경인 오경삼점(五更三點)에 종을 33번 쳐서 파루를 알렸다).

**종을 33번치는 이유 : 제석천(帝釋天)이 이끄는 하늘의 33천(天)에 고하여 그날의 국태민안(國泰民安)을 기원하는 의미를 가지고 있다.

파발(擺撥) : 조선 후기 공문을 가지고 역참(驛站) 사이를 오가는 일.

파발꾼(擺撥꾼) : 조선 후기에, 공문을 가지고 역참(驛站) 사이를 오가던 사람. 각 역참에 파발꾼이 5명씩 있었다.

파방(罷榜) : 과거에 합격자를 취소하던 일.

파방(派房) : 조선시대 해마다 한 번씩 지방 관아에서 육방(六房)의 구실아치를 교체하던 일.

파귀(罷歸) : 파직(罷職) 당하고 귀가함.

파락호(破落戶) : 재산이나 세력이 있는 집안의 자손으로서 집안의 재산을 몽땅 털어먹는 난봉꾼을 이르는 말(난봉꾼 팔난봉).

파보(派譜) : 같은 종파(宗派) 안의 한 파의 족보(族譜).

파시조(派始祖) : 한 파계(派系)의 첫 번째 조상.

파직(罷職) : 관직(官職)에서 물러나게 함(면직(免職), 파면(罷免)).

판결사(判決事) : 조선시대 장례원(掌隸院)의 으뜸 벼슬. 정3품 당상관(堂上官)으로 노비(奴婢) 송사(訟事)에 대한 판결을 맡아보았다.

판관(判官) : 조선시대 여러 관서에 속한 종5품 관직(官職). 조선 초기에 판관이 설치된 관아로 중앙에는 상서원(尙瑞院), 사옹원(司饔院), 내자시(內資寺), 내섬시(內贍寺), 군자감(軍資監), 제용감(濟用監), 봉상시(奉常寺), 내의원(內醫院), 예빈시(禮賓寺), 관상감(觀象監), 전의감(典醫監), 사복시(司僕寺), 군기시(軍器寺), 상의원(尙衣院), 선공감(繕工監), 전함사(典艦司) 등이 있고, 지방에는 도(道), 유수부(留守府), 대도호부(大都護府), 목(牧), 도호부(都護府) 등이 있으며, 그 뒤에 한성부(漢城府), 사역원(司譯院), 훈련원(訓鍊院), 돈녕부(敦寧府) 등 중앙관아에 증치되었다.

판교(判校) : 조선시대 승문원(承文院)과 교서관(校書館)에 속한 정3품 벼슬.

판사(判事) : 조선시대 동녕부(東寧府), 의금부(義禁府) 등에 속한 종1품 벼슬. 돈령부(敦寧府), 중추부(中樞府), 의금부(義禁府)에서 버금 가는 벼슬.

판서(判書) : 조선시대 육조(六曹)의 으뜸 벼슬. 判자는 결정권(決定權)을 가졌다는 의미가 있다. 판서는 판당(判堂)이라는 별칭이다.

판소리 : 광대(廣大) 한 사람이 고수(鼓手)의 북장단에 맞추어 서사적(敍事的)인 이야기를 소리와 아니리로 엮어 발림을 곁들이며 구연(口演)하는 우리나라 고유의 민속음악(民俗音樂). 조선 숙종(肅宗, 1661~1720) 말기에서 영조(英祖, 1694~1776) 초기에 걸쳐 충청도, 전라도를 중심으로 발달하여 왔다. 지역에 따라 동편제(東便制), 서편제(西便制), 중고제(中高制)로 나뉜다. 우리나라 국가 무형문화재. 2003년, 유네스코 세계무형유산으로 등재되었다.

판소리 다섯 마당 : 판소리 열두 마당 가운데 현재까지 전하여 내려오는 5개의 작품. 즉 〈춘향가〉, 〈심청가〉, 〈흥부가〉, 〈적벽가〉, 〈수궁가〉 등이다.

판소리 장르

*__동편제__ : 조선 영조 때의 명창 송흥록의 창법을 이어받은 판소리의 한 유파.

호남의 동쪽인 운봉, 구례, 순창, 흥덕 등지에서 전승되어 왔다. 동편제는 웅건하고 그윽한 우조(羽調)를 바탕으로 한다.

*중고제 : 조선 헌종 때 명창 염계달(廉季達), 전성옥(全成玉), 모홍갑(车興甲)의 창법을 이어받은 판소리의 한 유파. 주로 경기도, 충청도 지방에서 전승되어 왔다. 중고제는 동편제와 서편제의 중간적 성격을 띤다.

*서편제 : 조선 후기의 명창 박유전(朴裕全)의 창법을 이어받은 판소리의 한 유파. 섬진강 서쪽, 곧 보성, 광주, 나주 등지에서 전승되어 왔다. 서편제는 음색이 곱고 애절하다.

판소리 팔 명창 : 영조(英祖)와 정조(正租), 순조(純祖) 연간의 판소리 팔 명창은 권삼득, 송흥록, 모홍갑, 고수관, 신만엽, 김제철, 주덕기, 황해천 등이고, 철종(哲宗)과 고종(高宗) 연간의 팔 명창은 박만순, 이날치, 송우룡, 김세종, 장자백, 정창업, 정춘풍, 김찬업 등이다.

판수 : 점치는 소경.

판윤(判尹) : 조선시대 한성부(漢城府)의 으뜸 벼슬. 정2품 벼슬로 부윤(府尹)을 고친 것이다.

판임관(判任官) : 조선 후기 각 부(部)의 대신(大臣)이 임명하던 하위 관직. 이전 관리 등급의 참하관(參下官) 7품에서 9품직에 해당.

팔관회(八關會) : 통일신라부터 고려시대까지 서경(西京:평양)에서 매년 음력 10월 15일 제사 지내고, 11월 15일은 개경(開京)에서 토속신(土俗神)에게 왕실(王室)의 안녕(安寧)을 기원하는 제사를 지내던 의식(儀式).

팔도강산(八道江山) : 조선시대 우리나라가 여덟 개의 도(道)로 되었기 때문에 우리나라를 이르는 말.

팔만대장경(八萬大藏經) : 고려 고종(高宗) 23년(1236)부터 38년(1251)까지 15년 간 공정(工程) 끝에 대장경(大藏經)을 만들었다. 고려가 잦은 외적 침입을 부처의 힘으로 물리치기 위하여 만든 것이다. 대장경(大藏經)의 경판(經板)은 그 수가 무려 8만 1258판에 이른다. 현재 해인사(海印寺)에 보관되고 있으며 2007년 유네스코 세계문화유산으로 등록되어 있다.

팔아문(八衙門) : 조선 고종 31년(1894)에 갑오경장을 단행하면서 육조(六曹)를 팔아문(八衙門)으로 변경한 것을 말함. 즉 내부아문(內部衙門), 외부아문(外部衙門), 탁지아문(度支衙門), 군부아문(軍部衙門), 법부아문(法部衙門), 학부아문(學部衙門), 공부아문(工部衙門), 농상아문(農商衙門) 등을 말한다. 각 아문(衙門)에는 대신(大臣), 협판(協辦), 참의(參議), 주사(主事)직을 두었다.

팔자(八字) : 사람의 한평생의 운수(運數). 사주팔자(四柱八字)에서 유래한 말로, 사람이 태어난 해와 달과 날과 시간을 간지(干支)로 나타내면 여덟 글자가 되는데, 이 속에 사람의 일생 운명(運命)이 정해져 있다고 본다. 즉 생년(生年), 생월(生月), 생일(生日), 생시(生時) 여덟 자를 말한다.

팔자소관(八字所關) : 모든 일이 타고난 운수로 인하여 어쩔 수 없이 당하는 일이라는 것.

팔작지붕(八作지붕) : 지붕의 윗부분 절반은 박공지붕으로 되어 있고 아래 절반은 네모꼴로 된 지붕.

　**박공 膊栱/欂栱 : 지붕의 옆면 지붕 끝머리에 팔(八)자 모양으로 붙여 놓은 두꺼운 널빤지를 말함.

팔조목(八條目) : 『대학(大學)』의 수기치인(修己治人)의 여덟 조목. 격물(格物), 치지(致知), 성의(誠意), 정심(正心), 수신(修身), 제가(齊家), 치국(治國), 평천하(平天下)이다.

팔찌 : 군인들이 활을 쏠 때 왼팔 소매를 걷어 매는 띠.

패가망신(敗家亡身) : 집안의 재산을 다 탕진하고 몸도 망친 것을 이르는 말.

패두(牌頭) : 형조에 속하여 죄인의 볼기 치는 일을 맡아 보는 사령.

패랭이 : 댓개비로 엮어 만든 갓. 조선시대에 상제(喪制)나 역졸(驛卒), 보부상(褓負商) 같은 신분이 낮은 사람이 썼다.

패옥(佩玉) : 조선시대 왕(王)과 왕비(王妃)를 비롯하여 문무백관(文武百官)의 조복(朝服)과 제복(制服)의 좌우에 차던 옥(玉)을 말한다.

패지(牌旨) : 조선시대 상급자가 하급자에게 권한(權限)을 위임하던 공식 문서. 특히, 양반(兩班)이 노비(奴婢)에게 금전 거래를 할 때 위임한 위임장을 말한다.

팽형(烹刑) : 예전에, 나라의 재물이나 백성의 재물을 탐하는 자를 물이 끓는 솥에 삶아 죽이는 공개처형(公開處刑)을 이르던 말.

편발(編髮) : 예전에 관례(冠禮)를 치르기 전까지 머리를 길게 땋아 늘어뜨리던 일.

편사 : 사기꾼.

편수관(編修官) : 춘추관의 정3품에서 종4품까지의 당하관(堂下官) 벼슬아치.

편전(便殿) : 임금이 평상시에 거처하며 정사(政事) 보는 궁전.

평시서(平市署) : 조선시대 시전(市廛)에서 사용하는 자, 말, 저울 등과 물건값을 검사하는 일을 맡아보던 관아(官衙).

평전(平田) : 평지에 있는 밭.

폐서인(廢庶人) : 양반(兩班)이나 왕비(王妃), 세자(世子), 대군(大君) 등이 죄를 지어 서인(庶人)으로 강등되는 것.

폐석풍정(肺石風情) : 재판(裁判)의 공정(公正)함을 이르는 말.

폐출(廢黜) : 관직(官職)을 떼고 내침.

폐탕(肺湯) : 소의 허파로 만든 탕.

포곡식산성(包谷式山城) : 포곡식산성은 성내(城內)에 계곡(溪谷)을 포함하여 쌓는 성곽(城郭)을 말한다. 성내 수원(水源)이 풍부하고 활동 공간이 넓을 뿐만 아니라 외부에 잘 노출되지 않는다는 장점이 있다.

포교(捕校) : 조선시대 포도청(捕盜廳)에 속하여 범죄자(犯罪者)를 잡아들이거나 다스리는 일을 맡아보던 벼슬아치. 포도종사관(捕盜從事官)의 하급자다.

포군(砲軍) : 대포를 장비한 군사.

포도대장(捕盜大將) : 조선시대 포도청(捕盜廳)의 으뜸 벼슬. 품계는 종2품으로, 좌우 포도청에 각 한 명씩 있었다.

포도청(捕盜廳) : 조선 중엽 이후에 있던 치안 경찰기관. 밤마다 순찰(巡察)을 돌며 방범에 힘쓰고 범죄자(犯罪者)를 잡거나 다스리는 일에 힘썼다. 한성

(漢城)에는 좌우포도청(左右捕盜廳)을 두었다. 관원(官員)은 대장(大將:종2품), 종사관(從事官:종6품), 포교(捕校), 포졸(捕卒) 등이 있었다.

포루(砲樓) : 대포(大砲)를 설치한 시설물(포대(砲臺)).

포쇄(暴曬) : 습기가 차서 축축한 것을 바람에 쐬고 햇볕을 쪼이는 일. 조선왕조실록(朝鮮王朝實錄)은 3년마다 포쇄하였음.

포은(包銀) : 조선시대 외국에 가는 사신들이 가지고 가는 여비(旅費). 여비는 은(銀)을 말함.

포정문(布政門) : 조선시대 관찰사(觀察使)가 집무한 포정사(布政司)의 정문(正門).

포정사(布政司) : 조선시대 관찰사(觀察使)가 직무를 맡아보던 관아(官衙).

포졸(捕卒) : 조선시대 포도청(捕盜廳)에 속한 군졸로 등 뒤에 계급을 나타내는 목패(木牌)를 걸고 다녔다.

폭군(暴君) : 사납고 포악한 임금.

표낭도 : 소매치기.

표문(表文) : 조선시대 우리나라에서 중국 황제(皇帝)에게 보내던 외교 문서 또는 신료(臣僚)나 백성이 임금에게 올리던 문서의 일종. 표(表)란 아래에서 위로 올리는 글을 말한다.

표전(表箋) : 표문(表文)과 전문(箋文)을 아울러 이르는 말.

표피방석(豹皮方席) : 표범 가죽 방석.

푸주 : 예전에, 쇠고기나 돼지고기를 잘라서 팔던 가게.

푸지 : 요(궁중용어).

품계(品階) : 벼슬자리에 대하여 매기던 등급. 정1품에서 종9품까지 18단계로 나뉘어 있다.

풍각쟁이(風角쟁이) : 장터나 마을을 돌아다니면서 노래를 부르거나 악기를 연주하고 돈을 받는 사람.

풍류(風流) : 세상을 잊고 멋들어지게 노는 것.

풍류객(風流客) : 풍류를 즐기는 사람.

풍물(風物) : 농악에서 사용하는 나발, 태평소, 소고, 꽹과리, 북, 장구, 징 등을 이르는 말.

풍물놀이 : 농촌에서 농부들이 연주하는 우리나라 고유의 음악. 나발(喇叭), 태평소(太平簫), 소고(小鼓), 꽹과리, 북, 장고(杖鼓), 징 따위를 불거나 치면서 노래하고 춤추며 때로는 곡예(曲藝)까지 곁들이기도 한다(농악놀이).

풍수지리(風水地理) : 지형이나 방위가 인간의 길흉화복(吉凶禍福)을 결정한다는 이론.

풍악(風樂) : 예로부터 전해 내려오는 우리나라 고유의 음악(音樂). 주로 기악(器樂)을 이른다.

풍쟁(豊錚) : 징.

풍저창(豊儲倉) : 조선시대 도성 중앙의 모든 경비에 관한 일을 맡아보던 관아.

풍헌(風憲) : 조선시대 유향소(留鄕所)에서 면(面)이나 이(里)의 일을 맡아보던 사람. 특히 마을 풍속을 단속하는 일을 하였다.

피륵치사(被勒致死) : 목을 졸려 죽임.

피색장(皮色匠) : 짐승의 가죽으로 물건을 만드는 사람(피장).

피색장(皮色匠)의 종류

***사피장(斜皮匠)** : 공조(工曹)와 상의원(尙衣院)에 속하여 모피(毛皮)를 다루는 일을 맡아 하던 사람.

***생피장(生皮匠)** : 상의원(尙衣院)과 군기시(軍器寺)에 속하여 생가죽을 다루는 일을 맡아 하던 사람.

***숙피장(熟皮匠)** : 제용감(濟用監)에 속하여 털과 기름을 뽑아 생피(生皮)를 숙피(熟皮)로 만드는 일을 맡아 하던 사람.

***주피장(周皮匠)** : 예전에, 가죽신을 만드는 일을 직업으로 하던 사람(갓바치).

피수죄인(被囚罪人) : 수감 중인 죄인.

피장이 : 피색장(皮色匠)을 낮잡아 이르는 말.

피전(避殿) : 임금이 나라에 재이(災異)가 있을 때 근신하는 뜻으로 궁전(宮殿)을 떠나 행궁(行宮)이나 별서(別墅)에 머물던 일.

피전(皮廛) : 조선 후기, 짐승의 가죽을 팔던 가게.

피접(避接) : 역병(疫病) 돌았을 때 병(病)을 치료하기 위하여 산수(山水)가 좋은 곳으로 거처를 옮기던 일.

피촉치사(被觸致死) : 찔리거나 부딪혀 죽음.

피타치사(被打致死) : 구타당하여 죽게 됨.

필공(筆工) : 붓을 만드는 일을 직업으로 하는 사람.

필사본(筆寫本) : 손으로 써서 만든 책.

하

하교(下敎) : 임금이 명령을 내림. 또는 그 명령.

하례(下隷) : 예전에, 남의 집에 딸려 천한 일을 하던 사람. 종.

하리(下吏) : 아전(衙前), 조선시대 지방 관아에 딸렸던 하급 관원. 서리(胥吏), 소리(小吏), 이서(吏胥), 하전(下典)이라고도 함.

하마비(下馬碑) : 조선시대 궁가(宮家), 종묘(宗廟), 문묘(文廟) 앞에 세웠던 비석. 누구든지 그 앞을 지날 때는 말에서 내리라는 뜻을 새기어 있다.

하사(下賜) : 임금이 신하에게 물건을 주는 것.

하사(賀詞) : 축하의 말이나 글.

하사(下士) : 대한제국 때, 특무정교(特務正校), 정교(正校), 부교(副校), 참교(參校)를 두루 이르던 말.

하사품(下賜品) : 임금이 준 물품.

하선장(下膳狀) : 왕이 신하에게 반찬이나 고기를 내려주면서 함께 보낸 글.

하여가(何如歌)와 단심가(丹心歌) : 고려(高麗) 사직(社稷)을 무너뜨리고 정권을 잡으려는 야욕에 찬 이성계(李成桂)가 아들 이방원(李芳遠)을 시켜 정몽주(鄭夢周)를 자기 집으로 초대하여 술상을 차려 놓고 대접하며 정몽주 마음을 떠 보게 하였다. 이에 따라 이방원은 정몽주와 술잔을 기울이며 하여가

(何如歌)를 지어 읊었다.

　　이런들 어떠하며 저런들 어떠하리
　　만수산 드렁칡에 얽혀진들 그 어떠하리
　　우리도 이같이 얽혀 한평생을 누리니

이를 듣고 무슨 뜻인가 알아차린 정몽주는 즉시 단심가(丹心歌)를 지어 화
답하였다.

　　이 몸이 죽고 죽어 일백 번 고쳐 죽어
　　백골이 진토 되어 넋이라도 있고 없고
　　님 향한 일편단심이야 가실 줄이 있으랴

정몽주가 자기의 충성심(忠誠心)을 보이고 집으로 돌아가는 도중에 선죽교
(善竹橋)에서 이성계의 부하들이 살해하였다. 정몽주는 조선왕조(朝鮮王
朝) 창건을 반대하여 죽었지만 유교(儒敎)의 불사이군(不事二君) 정신을 높
이 사서 문묘(文廟)에 배향되고 숭상 받는 인물이 되었다.

하인(下人) : 남의 집에 매여 일을 하는 사람. 다른 말로 가정(家丁) 배복(陪
僕) 수종(隨從)이라고도 한다.

하인청(下人廳) : 양반집에서 남자 종들이 거처하던 행랑방(行廊房).

하정배(下庭拜) : 예전에 신분이 낮은 사람이 양반을 뵐 때 뜰 아래에서 하던
절.

하정사(賀正使) : 조선시대 해마다 정월 초하룻날 새해를 축하하러 중국으로 가
던 사신.

하해(蝦醢) : 새우젓(백하해(白蝦醢), 백하젓(白蝦젓), 세하젓(細蝦젓)).

학노(學奴) : 향교에 딸린 노비(奴婢)를 말한다. 군(郡) 향교는 7명, 현(縣) 향
교는 5명이 정원이었다.

학록(學錄) : 조선시대 성균관(成均館)에 속한 정9품 벼슬.

학생(學生) : 예전에 벼슬을 하지 못하고 죽은 사람의 명정(銘旌), 신주(神主), 지방(紙榜) 등에 쓰는 존칭.

학우조비선(鶴羽造飛船) : 대원군(大院君)의 명령으로 김기두(金箕斗)란 별군관(別軍官)이 우리나라 최초로 시도했던 비행선(飛行船).

학유(學諭) : 조선시대 성균관에 속한 종9품 벼슬.

학전(學田) : 고려, 조선시대 향교(鄕校)의 경비를 충당하도록 지급한 토지(土地). 군(郡) 향교는 양전 15결, 제전 4결. 현(縣) 향교는 양전 10결 제전 4결이었다.

학정(學正) : 조선시대 성균관(成均館)에 속한 정8품 벼슬.

한국의 역대 왕국

*신라(新羅 BC57~935) 시조 박혁거세(朴赫居世), 마지막 왕 경순왕(敬順王).

*고구려(高句麗 BC37~668) 시조 동명왕(東明王), 마지막 왕 보장왕(寶藏王).

*백제(百濟 BC18~660) 시조 온조왕(溫祚王), 마지막 왕 의자왕(義慈王).

*가락(駕洛 42~532 시조 수로왕(首露王), 마지막 왕 구형왕(仇衡王).

*발해(渤海 698~926) 시조 고왕(高王), 마지막 왕 애왕(哀王).

*후백제(後百濟 900~936) 시조 견훤(甄萱), 마지막 왕 신검(神劍).

*태봉(泰封 901~918) 시조 궁예(弓裔).

*고려(高麗 918~1392) 시조 왕건(王建), 마지막 왕 공양왕(恭讓王).

*조선(朝鮮 1392~1910) 시조 이성계(李成桂), 마지막 왕 순종(純宗).

한글 : 우리나라 고유의 글자. 음소문자(音素文字)인데 그보다 더 발전된 자질문자로 분류되기도 한다. 세종대왕(世宗大王, 1397~1450)이 우리말을 표기하기 위하여 창제(創製)한 훈민정음(訓民正音)을 20세기 이후 달리 이르는 명칭이다. 1446년 반포될 당시에는 28자모(字母)였지만, 현행 한글 맞춤법에서는 24자모만 쓴다.

한글맞춤법통일안 : 한글의 맞춤법 체계를 통일하여 작성한 안(案). 1933년 조선어학회(朝鮮語學會)가 제정한 것이다.

한글학회 : 우리말과 우리글을 연구하고 발전하게 하기 위하여 조직된 학회(學會). 1931년 조선어연구회(朝鮮語研究會)를 조선어학회(朝鮮語學會)로 고치고, 다시 1949년 지금의 이름으로 고친 것이다. 『큰사전』을 편찬하고, 한글맞춤법통일안과 외래어 표기법을 제정하였으며, 기관지로 《한글》을 발간했다.

한량(閑良) : 아직 무과(武科)에 오르지 못한 호반(虎班)의 사람.

한림학사(翰林學士) : 고려시대, 학사원(學士院), 한림원(翰林院)에 속한 정4품 벼슬. 임금의 조서(詔書)를 짓는 일을 맡아보았다.

한사군(漢四郡) : 기원전 108년에 중국 전한(前漢)의 무제(武帝)가 위만조선(衛滿朝鮮)을 멸망시키고 그 땅에 설치한 네 개의 행정구역. 낙랑군(樂浪郡), 임둔군(臨屯郡), 현도군(玄菟郡), 진번군(眞蕃郡)을 말한다. 뒤에 고구려에 합병되었다.

한산도대첩(閑山島大捷) : 조선, 선조(宣祖) 25년(1592)에 임진왜란을 맞이하여 경상도 한산도(閑山島) 앞바다에서 이순신(李舜臣) 장군이 왜군(倭軍)과 싸워 크게 이긴 전투. 임진왜란(壬辰倭亂) 삼대첩(三大捷)의 하나로, 일본(日本)의 함선(艦船) 47척을 격침하고, 12척을 나포했다.

한성부(漢城府) : 조선시대 서울의 행정(行政), 사법(司法)을 맡아보던 관아(官衙).

한성순보(漢城旬報) : 조선 고종(高宗) 20년(1883)에 발행한 우리나라 최초(最初)의 신문(新聞). 통리아문(統理衙門) 박문국(博文局)에서 순 한문(漢文) 관보(官報) 형식으로 발행한 순보였다. 고종 23년(1886)에 국한문(國漢文) 혼용(混用) 《한성보》로 발행하다가 고종 25년(1888)에 폐간되었다.

한성판윤(漢城判尹) : 조선시대 한성부(漢城府)의 으뜸 벼슬. 품계는 정2품.

한식(旰食) : 임금이 국사(國事)에 골몰하여 날이 저문 뒤에야 식사를 하는 일.

한식(寒食) : 우리나라 사대명절(四大名節)의 하나. 동지(冬至)에서 105일째 되는 날로서 청명(晴明) 이튿날이나 같은 날이 되며, 조상(祖上)의 산소(山所)를 찾아 제사(祭祀)를 지내고 사초(莎草)를 하는 등 묘(墓)를 돌본다. 한식은 신라(新羅) 때부터 지켜 왔으며, 고구려(高句麗)에서는 관리들에게 휴가를 주고 죄수들에게 금형(禁刑)하였으며, 조선시대는 궁중에서 연회를 베풀기도 하였다.

한식의 유래 : 기원전 600년경 중국 춘추전국시대(春秋戰國時代) 당시 진(晉)나라의 문공(文公)에게는 개자추(介子推)라는 신하가 있었다. 문공이 왕위(王位)를 다투다가 화를 당하여 타국에서 망명생활을 할 때 개자추는 문공을 도운 최측근이었다. 그런데 훗날 문공은 왕(王)이 되었으나 개자추를 쓰지 않았다. 이에 배신당했다고 생각한 개자추는 산으로 들어가 몸을 숨겼다. 그 뒤 문공이 자신의 잘못을 깨닫고 개자추가 있는 산으로 가서 그를 불렀으나 개자추는 나오지 않았다. 문공은 산에 불을 지르면 화마(火魔)를 피하여 개자추가 나오리라고 생각하여 산에 불을 질렀다. 그래도 개자추는 나가지 않고 불에 타 죽었다. 문공은 자신의 경솔한 행동을 후회하며 개자추의 원혼을 달래기 위하여 이날만큼은 온 나라에서 불을 쓰지 못하게 하였다. 백성들은 불을 피우지 못하여 찬 음식을 먹으며 이날을 한식(寒食)이라 부르게 된 것이 오늘날의 명절이 된 것이다.

한일합병조약(韓日合倂條約) : 대한제국 융희(隆熙) 4년(1910)에 우리나라가 일본과 맺은 조약. 전문 8조(八條)로 대한제국(大韓帝國)의 통치권(統治權)을 일본에 넘겨주고 합병(合倂)을 수락한다는 내용이다.

한호(韓濩) : 조선, 선조(宣祖) 때의 명필가(名筆家, 1543~1605). 자는 경홍(景洪). 호는 석봉(石峯), 청사(淸沙). 중국 왕희지(王羲之)와 안진경(顔眞卿)의 필법을 익혀서 해서(楷書), 행서(行書), 초서(草書)에 뛰어났다. 추사 김정희(金正喜)와 함께 우리나라 서예(書藝)를 대표하는 명필가다. 저서로 『석봉천자문(石峯千字文)』『석봉서법(石峯書法)』 등이 있다.

함(函) : 혼인 때 신랑집에서 채단(采緞)과 혼서지(婚書紙)를 넣어서 신부될 사람의 집에 보내는 나무 상자.

함진아비 : 혼인 때에, 신랑(新郎)집에서 신부(新婦)집에 보내는 함을 지고 가는 사람. 함진아비는 오복(五福)을 갖춘 하인(下人)을 택한다. 홀아비나 미혼자, 행실이 나쁜 사람은 함을 지우지 않는다.

합하(閤下) : 정1품 벼슬아치를 높여 부르는 말.

핫아비 : 아내가 있는 남자.

핫어미 : 남편이 있는 여자.

항열(行列) : 동족(同族) 간의 손위나 손아래 또는 대수(代數)를 나타내기 위하여 이름에 돌림자(字)를 사용하는데, 이런 돌림자를 항렬이라 한다.

항오(行伍) : 군대(軍隊)를 편성한 대오(隊伍). 한 줄에 다섯 명을 세우는데 이를 오(伍)라 하고, 그 다섯 줄의 스물다섯 명을 항(行)이라 한다.

해(醢) : 젓갈류를 말함.

해동(海東) : 발해(渤海)의 동쪽이라는 뜻으로 우리나라를 이르던 말.

해삼위(海蔘威) : 러시아 시베리아 동남부 동해 연안에 있는 항구 도시 블라디보스토크를 말함.

해삼증(海蔘蒸) : 해삼찜.

해어화(解語花) : 기생을 달리 이르는 말. 해어화란 말을 알아듣는 꽃이라는 뜻으로 미인을 말한다. 당(唐)나라 현종(玄宗)이 양귀비를 가리켜 말한 데서 유래하였다.

해유(解由) : 벼슬아치가 물러날 때 후임자에게 사무인계를 하고 호조(戶曹)에 보고하여 책임을 벗어나던 일.

해인사(海印寺) : 경상남도 합천군 가야산에 있는 사찰. 신라 애장왕(哀莊王) 3년(802)에 당나라에서 돌아온 순응(順應)과 이정(利貞) 두 대사가 초당을 지은 데서 비롯되었다. 918년 고려를 건국한 태조(太祖)는 당시의 주지(住持) 희랑(希郞)이 후백제(後百濟)의 견훤(甄萱)을 뿌리치고 자기를 도와준 데 대한 보답으로 이 절을 고려의 국찰(國刹)로 삼아 해동(海東) 제일의 도량(道場)이 되게 하였다. 수다라전(修多羅殿), 법보전(法寶殿)에 8만 1258매의 대장경(大藏經) 경판을 소장하고 있다. 2007년 유네스코 세계기록유산으로 등재되었다.

해자(垓子) : ①능(陵), 원(園), 묘(墓) 따위의 경계. ②성(城) 주위에 둘러 판 못을 이르는 말.

해전(蟹煎) : 게로 만든 전(煎)을 말함.

해정(解酲) : 식전에 술 속을 풀기 위(爲)하여 술을 조금 마심.

해정국(解酲국) : 해장국의 본딧말.

해정주(解酲酒) : 해장술.

행(行) : 조선시대 품계(品階)가 높고 관직(官職)이 낮은 경우에 벼슬 이름 앞에 붙여 이르던 말.

행각(行閣) : 궁궐, 절 따위의 정당(正堂) 앞이나 좌우에 지은 줄행랑.

행궁(行宮) : 임금이 나들이 때에 머물던 별궁(別宮). 화성행궁(華城行宮).

행랑채 : 하인들이 거주하는 공간.

행상(行商) : 고정된 점포가 없이 각지를 돌아다니며 상거래를 하는 상인. 도붓장수, 행고(行賈), 여상(旅商), 장꾼, 보부상(褓負商)이라고도 한다.

행수(行首) : 한 무리의 우두머리.

행주대첩(幸州大捷) : 조선 선조(宣祖) 26년(1593)에 전라도 순찰사(巡察使) 권율(權慄)장군이 행주산성(幸州山城)에서 왜적(倭敵)을 크게 물리친 싸움. 임진왜란(壬辰倭亂) 삼대첩(三大捷)의 하나이다.

행형(行刑) : 형을 집행하는 일.

행흉기도(行兇器圖) : 범행에 사용된 도구의 그림.

행흉기구저도화(行兇器臼杵圖畵) : 범행에 사용한 절구 방망이를 그린 그림.

행흉기장(行兇器仗) : 범행에 사용한 몽둥이.

행흉기장도(行兇器仗圖) : 범행의 흉기로 사용된 몽둥이를 그린 그림.

향(鄕) : 신라 때부터 조선 전기까지 있었던 특별 행정구역으로 천민(賤民)이 집단으로 거주하는 곳.

향교(鄕校) : 고려, 조선시대에 유교(儒敎)를 교육하기 위해 국가가 지방에 설립한 중등교육(中等敎育) 기관으로 공자(孔子, B.C.551~B.C.479)를 비롯한 중국과 우리나라 유현(儒賢)들의 위패(位牌)를 봉안하고 제향(祭享)을 받들며 유학(儒學)을 가르쳐 인재를 양성하고 지방의 민풍(民風)과 예속(禮俗)을 순화하는 것을 목적으로 한다. 곧 제향(祭享)과 교육(敎育)의 두 가지

기능을 담당하는 교육기관이다.

향교의 교수관 : 향교에서 교생(校生)들을 가르치는 교수관(敎授官)으로는 교수(敎授, 종6품)와 훈도(訓導, 종9품)가 있었다.

향리(鄕吏) : 조선시대 지방 관청의 행정실무를 처리하던 하급 관인(官人)계층. 향리(鄕吏)는 토착적이고 세습적인 성격을 가지며 인리(人吏)라고도 한다. 또는 지방 수령(守令)의 관아 밖에 위치한 작청(作廳)이라는 건물에서 근무했기 때문에 외아전(外衙前) 등으로도 불리었다.

향망궐배(向望闕拜) : 달을 바라보면서 임금이 계신 대궐(大闕)을 향해 절을 올림.

향명배금(向明排金) : 금나라를 배척하고 명나라를 섬긴다.

향사(享祀) : 제사를 달리 이르던 말.

향사당(鄕射堂) : 고려, 조선시대 지방의 수령(守令)을 보좌하던 자문기관(諮問機關). 풍속을 바로잡고 향리(鄕吏)를 감찰하며 민의(民意)를 대변하였다.

향사례(鄕射禮) : 삼짇날과 단오절에 시골 한량(閑良)들이 편을 갈라 활쏘기를 겨루는 일. 보통 술판을 함께 하였다.

향소(鄕所) : 조선시대 군현(郡縣)의 수령(守令)을 보좌하던 자문기관(향청(鄕廳), 유향소(留鄕所)).

향악(鄕樂) : 우리나라의 음악(音樂). 우리나라 전통 궁중음악(宮中音樂)을 중국계(中國系) 정악(正樂)인 아악(雅樂)과 그 속악인 당악(唐樂)에 구별하여 이르던 말.

향안(鄕案) : 향족(鄕族)의 명부(名簿).

향안석(香案石) : 무덤 앞에 향로(香爐)를 올려놓는 네모반듯한 돌. 탁자 모양을 새긴다.

향약(鄕約) : 조선시대 향촌사회의 자치규약. 향약은 시행주체와 규모, 지역에 따라 향규(鄕規), 일향약속(一鄕約束), 향립약조(鄕立約條), 향헌(鄕憲), 면약(面約), 동약(洞約), 동계(洞契), 동규(洞規), 촌약(村約), 촌계(村契), 이약(里約), 이사계(里社契) 등 다양한 명칭으로 불렸다.

향약정(鄕約正) : 향약의 면(面) 책임자.

향원(鄕員): 향소(鄕所)의 직원. 좌수(座首)나 별감(別監) 등을 말함.

향원익청(香遠益淸): 향기는 멀리 갈수록 맑음이 더함.

향원정(香遠亭): 경복궁 근정전(勤政殿) 북쪽의 연못 안에 있는 누각(樓閣). 1867년부터 1873년 사이에 지어진 것으로 추정되며, 향원지(香遠池) 안의 작은 동산 위에 있다. 이층 규모의 익공식(翼工式) 기와지붕으로 평면은 정육각형이다.

향음례(鄕飮禮): 향음주례와 같은 말.

향음주례(鄕飮酒禮): 예전에 온 고을의 유생(儒生)이 모여 향약(鄕約)을 읽고 술을 마시며 잔치하던 일(향음례(鄕飮禮)).

향임(鄕任): 향소(鄕所)의 일을 맡아보던 사람. 향소에는 좌수(座首), 별감(別監) 등이 있다.

향전(鄕戰): 지방의 관례적 행사의 하나. 일정한 날을 정하여 두 지역의 주민 사이에 행하여지던 희전(戲戰), 석전(石戰), 삭전(索戰), 차전(車戰) 따위를 이르는데 진편에는 흉년(凶年)이 든다고 하여 싸움이 치열하였다.

향찰(鄕札): 신라 때 한자의 음(音)과 뜻을 빌려 국어 문장 전체를 적은 표기법. 특히 향가(鄕歌)의 표기가 대표적이다.

향청(鄕廳): 조선시대 군현(郡縣)의 수령(守令)을 보좌하던 자문기관(향소(鄕所). 유향소(留鄕所)).

향품(鄕品): 각 지역의 중정관(中正官)이 관할 지역 내의 여론(輿論)을 살펴 덕망(德望) 있고 재주가 뛰어난 인물을 상상(上上)부터 하하(下下)까지의 9품(品)으로 분류한 것.

헌관(獻官): 제사(祭祀)에 임시로 임명하던 제관(祭官).

헌납(獻納): 조선시대 사간원(司諫院)에 속한 정5품 벼슬.

헌다(獻茶): 제사에서 숭늉을 올리는 절차. 조선 중기부터 차(茶) 대신 숭늉을 올렸다.

헐소(歇所): 휴게소의 옛말.

헐소청(歇所廳): 예전에, 높은 벼슬아치의 집에 찾아온 손님이 잠깐 들러서 쉬거나 기다릴 수 있게 마련한 방(허수(廳) 헐숙청(歇宿廳)).

헐장(歇杖) : 장형(杖刑)을 행할 때 아프지 않도록 가볍게 때리던 일.

혁신단(革新團) : 1911년 서울에 창단되었던 한국 최초의 신파(新派)극단. 일본(日本)에서 연극을 배우고 돌아온 임성구(任聖九)가 13명의 회원을 규합하여, 1911년 10월 남대문(南大門) 밖 어성좌(御成座)에서 〈불효천벌(不孝天罰)〉이란 작품을 공연함으로써 창단되었다.

현감(縣監) : 조선시대 작은 현(縣)의 수령(守令). 품계는 종6품으로 고려시대의 감무(監務)를 태종(太宗) 13년(1413)에 고친 것인데 감무보다는 권한이 강하였다.

현령(縣令) : 신라 때부터 조선시대까지 둔, 현(縣)의 으뜸 벼슬. 품계는 종5품이며 신라 때에는 대소의 구별이 없이 각 현(縣)에 두었다가, 고려, 조선시대에는 큰 현(縣)만 두고 작은 현에는 감무(監務) 또는 현감(縣監)을 두었다.

현부인(縣夫人) : 2품에 해당하는 종친(宗親)의 부인.

현신교위(顯信校尉) : 조선시대 종5품 무관(武官)의 품계.

현주(縣主) : 왕세자의 서녀(庶女)(정3품).

현판(懸板) : 글자나 그림을 새겨 문(門) 위나 벽에 다는 널조각. 흔히 절이나 누각(樓閣), 사당(祠堂), 정자(亭子) 등의 들어가는 문 위, 처마 아래에 걸어놓는다(문묘, 사당 등 현판에는 글씨 쓴이나 낙관을 찍지 않는다).

협률사(協律社) : 1902년 고종(高宗) 재위 40주년 경축의식(慶祝儀式)을 거행하기 위하여 서울에 세워졌던 우리나라 최초의 옥내 극장 2층 250석 규모.

*김창환협률사 : 강용환, 유성준(劉聖俊), 신용주(申用柱) 등 50여 명이 단원이었다.

*송만갑협률사 : 이동백, 유공렬(劉公烈), 한성준(韓成俊), 허금파, 강소향 등이 단원이었다.

협수(挾袖) : 동달이와 같은 말.

형구(刑具) : 형벌(刑罰)을 가하거나 고문(拷問)을 하는 데에 쓰는 여러 가지 기구(형틀, 옥구, 형기).

형리(刑吏) : 지방 관아의 형방(刑房)에 속한 구실아치.

형방(刑房) : 조선시대 지방관서에서 형전(刑典)관계의 실무를 담당하던 부서 또는 그 일을 맡은 책임 향리(鄕吏)를 이른다. 법률(法律), 형옥(刑獄), 소송(訴訟), 행형(行刑) 노비(奴婢)에 관계된 사무의 출납을 담당했다.

형벌(刑罰) : 범죄자(犯罪者)에게 벌을 가함(벌, 죄벌, 처벌).

형조(刑曹) : 조선시대 육조(六曹) 가운데 법률(法律), 소송(訴訟), 형옥(刑獄), 노예(奴隸) 등에 대한 일을 맡아보던 관아. 고종(高宗) 31년에 법무아문(法務衙門)으로 고쳤다.

형조좌랑(刑曹佐郎) : 조선시대 호조(戶曹)에 속한 정6품 벼슬. 정원은 3명이며, 그중 1명은 무관(武官)에서 임명하였다.

형틀 : 범죄자를 고문하기 위한 기구(형구).

혜(醯) : 식혜.

혜민서(惠民署) : 조선시대 삼의원(三醫院)의 하나. 가난한 백성을 무료로 치료하고 여자들에게 침술을 가르치는 일을 맡아보던 관아. 세조(世祖) 12년(1466)에 혜민국(惠民局)을 고친 것으로, 고종(高宗) 19년(1882)에 없앴다.

호(號) : 사람의 본이름이나 자(字) 외에 허물없이 부를 수 있도록 지은 호칭(별호(別號)).

호(號)의 종류 : 별호(別號), 당호(堂號), 시호(諡號), 존호(尊號), 묘호(廟號).

호군(護軍) : 조선시대 오위(五衛)에 속한 정4품 벼슬. 현직(現職)이 아닌 정4품의 무관(武官)이나 음관(蔭官) 가운데에서 임명하였다.

호당(湖堂) : 조선시대 젊은 문관(文官) 가운데 우수한 인재(人材)를 뽑아 휴가를 주어 오로지 학업만을 전념하게 하던 서재(書齋). 성종(成宗) 22년(1491)에 시행하였다.

호련대(扈輦隊) : 조선시대 용호영(龍虎營)에 속한 군대. 정련배(正輦陪), 부련배(副輦陪) 및 의장(儀仗)을 드는 군사로 조직하였다.

호로자식(胡虜자식) : 되놈자식, 아비 없이 자라서 버릇없는 놈이라는 뜻. 지난날 많이 쓰던 욕설.

호방(戶房) : 조선시대 지방 관아의 호전(戶典) 담당부서 또는 향리(鄕吏)를 말한다. 호구(戶口)관리, 전결(田結)조사, 부세(負稅)의 부과와 징수 등에 관한 일을 담당하였다.

호사(犒師) : 군인이 전쟁이나 반란을 진압한 후 장수(將帥)가 군졸들을 위로 하기 위하여 술과 음식을 주면서 위로하는 일. (호군(犒軍), 호궤(犒饋)).

호상(護喪) : 상가(喪家)에서 처음부터 끝까지 모든 절차를 제대로 갖추어 잘 치를 수 있도록 상가 안팎의 일을 지휘하고 감독하는 총책임자.

호서지방(湖西地方) : 예전 충청도 지역을 통칭하는 별칭. 충청북도 제천시에 있 는 의림지(義林池)의 서쪽 지방이라는 의미로 호서지방(湖西地方)이라 불 린다.

호수(虎鬚) : 무관(武官)이 융복(戎服)을 입을 때 쓰는 붉은 갓 네 귀에 꾸밈새 로 꽂던 흰 새털.

호위군관(扈衛軍官) : 조선시대 호위청(扈衛廳)에 속한 군관.

호장(戶長) : 고을 구실아치의 우두머리.

호장(胡將) : 오랑캐의 장수(청나라 장수를 뜻함).

호장저고리 : 여자 저고리의 끝동, 곁막이, 고름을 색 헝겊을 대어 멋을 부린 옷.

호적(胡狄) : 두만강 일대의 만주지방에 살던 여진족(女眞族)을 멸시하여 이르 던 말(되놈).

호적(胡笛) : 태평소(새납, 날나리).

호적단자(戶籍單子) : 조선시대 호주(戶主)가 3년마다 호구식(戶口式)에 따라 작성하여 호적색(戶籍色)에게 제출하던 서류(書類). 각 호(戶)의 세계(世 系), 가족(家族), 노비(奴婢)의 명단(名單) 등을 호적대장(戶籍大帳)에 기록 한 자료.

호적색(戶籍色) : 각 고을의 군아(郡衙)에서 호적(戶籍)에 관한 일을 맡아 보던 부서.

호조(戶曹) : 조선시대 육조(六曹) 가운데 호구(戶口), 공부(貢賦), 전량(田 糧), 식화(食貨)에 관한 일을 담당한 관아(官衙).

호조좌랑(戶曹佐郎) : 조선시대 호조(戶曹)에 속한 정6품 벼슬. 정원은 3명이며, 그중 1명은 무관(武官)에서 임명하였다.

호콩 : 껍질 깐 땅콩.

호패(戶牌) : 조선시대 신분을 증명하기 위하여 16세 이상의 남자가 가지고 다녔던 패. 직사각형 앞면에는 성명(姓名), 나이, 출생연도 간지(干支)를 새기고, 뒷면에는 해당 관아(官衙)의 낙인(烙印)을 찍었다. 2품 이상과 삼사(三司)의 벼슬아치는 자기가 소속된 관아에서 지급받았다. 그 외는 성명(姓名), 출생신분(出生身分), 직역(職役), 거주지(居住地) 등을 단자(單子)로 만들어 거주지 관아(官衙)에 제출하면 관아 단자와 대조한 뒤 낙인(烙印)을 찍어 발급하였다.

호패의 종류 : 호패는 16세부터 차는데 신분에 따라 호패의 재질이 달랐다. 그 종류는 다음과 같다.

*아패(牙牌) : 2품 이상의 벼슬아치 패용.

*각패(角牌) : 3품 이하의 벼슬아치 패용.

*화양목패(華楊木牌) : 생원(生員) 진사(進士) 패용.

*소목방패(小木方牌) : 평민(平民) 패용.

*대목방패(大木方牌) : 공사천(公私賤), 가리(假吏), 패용.

호포(戶布) : 고려, 조선시대, 집집마다 봄과 가을에 무명이나 모시 따위로 내던 세금(稅金). 고려 충렬왕(忠烈王, 1236~1308) 때부터 저포(苧布)를 거두었으며, 조선 후기에 대원군(大院君)은 군포(軍布)를 호포(戶布)로 고쳐서 양반과 평민이 동등하게 부담하도록 하였다.

호포제(戶布制) : 호포(戶布)로 받던 세금 제도. 고종 31년에 탁지아문(度支衙門)으로 고쳤다.

혼례(婚禮) : 예전에 혼례식(婚禮式)은 신랑과 신부가 혼례복(婚禮服)을 입고 혼례상(婚禮床) 앞에서 서로 마주 보고 서서 일정한 절차에 따라 혼례를 치렀는데 그 의식을 말한다.

혼백(魂魄) : 사람의 몸에 있으면서 몸을 거느리고 정신을 다스리는 비물질적

(非物質的)인 것. 몸이 죽어도 영원히 남아있다고 생각하는 초자연적(超自然的)인 존재이다.

혼서지(婚書紙) : 혼례할 때에 신랑집에서 예단(禮緞)과 함께 신부집에 보내는 편지.

혼수(婚需) : 혼인에 드는 물품(物品). 예전에는 물품 목록을 적어서 보내고 혼인 후 서서히 마련하여 보냈다(왕가의 풍속).

혼유석(魂遊石) : 혼(魂)이 무덤에서 나와 놀도록 한 돌이라는 뜻으로, 상석(床石)과 무덤 사이에 놓은 직사각형의 돌.

혼정신성(昏定晨省) : 저녁에는 부모의 잠자리를 보아 드리고 아침에는 부모의 밤새 안부(安否)를 묻는다는 뜻으로 효도(孝道)를 다하는 것을 말함.

홀(笏) : 조선시대 벼슬아치가 임금을 만날 때에 손에 쥐던 물건. 조복(朝服), 제복(祭服), 공복(公服) 따위에 사용하였으며, 1품부터 4품까지는 상아홀(象牙笏), 5품 이하는 목홀(木笏)을 썼다.

홀기(笏記) : 제례(祭禮) 등 여러 의식(儀式)에서 그 진행 순서를 적어 낭독하게 하는 의례 문서.

홍길동전(洪吉童傳) : 조선, 광해군(光海君, 1575~1641) 때에 허균(許筠)이 지은 한글 소설. 홍길동이 재능이 탁월하지만 서얼(庶孼)로 태어난 탓에 천대받다가 활빈당(活貧黨)을 만들어 관아(官衙)와 해인사(海印寺) 등을 습격하고 율도국을 건설한다는 내용이다. 당시 적서차별(嫡庶差別)을 비판하고 부패한 나라를 개혁하려는 목적으로 지은 소설이다.

홍동지(洪同知) : 꼭두각시놀음에 나오는 인형(人形). 박첨지의 조카로, 온몸이 붉고 근육이 울퉁불퉁하고 벌거벗은 채 등장한다.

홍동지놀음 : 우리나라의 민속 인형극. 홍동지(洪同知), 박첨지(朴僉知) 등의 여러 가지 인형을 무대(舞臺) 위에 번갈아 내세우며 무대 뒤에서 조종하고 그 인형의 동작에 맞추어 조종자가 대사를 한다.

홍등가(紅燈街) : 붉은 등이 켜져 있는 거리란 뜻으로, 유곽(遊廓)이나 사창가(私娼街) 등이 있는 거리를 말함.

홍문(紅門) : 홍살문(紅箭門)과 같은 이름.

홍문관(弘文館) : 조선시대 삼사(三司) 가운데 궁중의 경서(京西), 문서(文書) 등을 관리하고 임금의 자문(諮問)에 응하는 일을 맡아보던 관아.

홍살문(紅箭門) : 궁전(宮殿), 관아(官衙), 능(陵), 묘(墓), 원(院)의 앞에 세우던 붉은색을 칠한 나무문. 둥근 기둥 두 개를 세우고 지붕 없이 붉은 살을 세워서 죽 박았다. 벽사(關邪)의 위엄을 나타내고 있다(홍문, 홍전문).

홍익인간(弘益人間) : 널리 인간을 이롭게 한다는 뜻. 단군(檀君) 이래 사천 년 동안 이어온 우리나라 건국이념(建國理念)이다.

홍전문(紅箭門) : 홍살문과 같은 이름.

홍패(紅牌) : 문, 무과의 과거(科擧)에 급제한 사람에게 주던 증서(證書). 붉은색 종이에 성적(成績), 등급(等級), 성명(姓名)을 먹으로 적었다.

홍패고사(紅牌告祀) : 과거에 급제한 사람의 홍패(紅牌)를 놓고 부귀를 누리라는 덕담으로 지내던 고사(告祀).

홍합초(紅蛤炒) : 마른 홍합을 불려 푹 삶아 내어 양념해서 만든 반찬.

화곡(禾穀) : 벼 보리 조 등을 통틀어 이르는 말.

화관(花冠) : 칠보(七寶)로 꾸민 여자의 관(冠). 궁중에서는 예장(禮裝)할 때에 쓰고, 민간에서는 혼례할 때 신부가 쓴다.

화랑창극단(花郎唱劇團) : 1939년 박석기, 박동실, 김소희, 김여란이 중심이 되어 만든 창극 단체이다. 공연작품으로는 〈팔담춘몽(八潭春夢)〉, 〈봉덕사(奉德寺)의 종소리〉 등이 있다.

화류계(花柳界) : 기생(妓生) 작부(酌婦) 등을 이르는 말.

화면(花麵) : 삼짇날에 먹는 화채. 녹말가루를 반죽하여 익힌 후 채를 썰어 오미자(五味子) 국물에 꿀을 타서 넣은 음료.

화문석(花紋席) : 물들인 왕골을 덧 겹쳐서 엮은 꽃돗자리.

화방(花房) : 기생방.

화방작첩(花房作妾) : 기생을 첩(妾)으로 삼음.

화상(畵像) : 사람의 얼굴을 그린 그림.

화수회(花樹會) : 같은 성을 가진 사람들이 친목을 위하여 이룬 모임이나 잔치.

화승총(火繩銃) : 화승의 불로 터지게 만든 구식 총.

화양동서원(華陽洞書院) : 충청북도 괴산군 청천면에 있었던 조선 후기 송시열 (宋時烈)을 추모하기 위해 창건한 서원(書院). 1695년(숙종 21)에 노론(老論)의 영수 송시열을 제향(祭享)하기 위하여 그의 문인인 권상하(權尙夏), 정호(鄭澔) 등 노론계(老論界) 관료와 유생들이 힘을 합쳐 세웠다.

화양적(華陽炙) : 쇠고기, 도라지, 버섯을 나무꼬챙이에 꿰어 만든 적(炙).

화엄사(華嚴寺) : 전라남도 구례군 지리산(智異山)에 있는 사찰. 백제(百濟) 성왕(聖王) 22년(544) 인도(印度)의 승려인 연기대사(緣起祖師)가 창건하였다. 이 절에는 각황전(覺皇殿)을 비롯하여 사사자삼층석탑(四獅子 三層石塔), 노주(露柱), 동서오층석탑(東西五層石塔) 등의 중요한 유물이 전해 오고 있다.

화적(火賊) : 떼를 지어 다니는 강도(명화적(明火賊), 불한당(不汗黨)).

화전(花煎) : 찹쌀가루를 반죽하여 일정한 모양을 만들어 꽃잎을 올리고 지진 부꾸미.

화채(花釵) : 새색시 머리를 치장하는 비녀.

화채(花菜) : 오미자(五味子) 우린 물에 꿀을 타고 꽃이나 잣을 띄운 음료.

화척(禾尺) : 가면극, 인형극, 줄타기, 땅재주, 판소리 따위를 하던 직업적 예능인을 통틀어 이르던 말.

환경(環經) : 여성의 월경(궁중용어).

환곡(還穀) : 조선시대 곡식을 사창(社倉)에 저장하였다가 백성들에게 봄에 꾸어 주고 가을에 이자(利資)를 붙여 거두던 일. 또는 그 곡식. 고종(高宗) 32년(1895)에 사환(社還)으로 고쳤다.

환곡제도(還穀制度) : 나라에서 봄에 곡식을 백성들에게 나누어 주어 구황(救荒)을 하고 가을에 약간의 길미를 보태어 거두던 제도(制度). 뒤에 구실아치의 농간으로 폐해가 많아 민란이 잦게 되자 철종(1831~1863) 때 폐지하였다.

환구단(圜丘壇) : 고려시대부터 하늘과 땅에 제사를 드리던 곳. 또는 제사를 드리던 단(壇). 현재 남아 있는 것은 광무(光武) 원년(1897)에 고종(高宗, 1852~1919)이 황제(皇帝)로 즉위하면서 다시 제사를 드리기 시작한 곳으로, 현재 서울 조선호텔 안에 일부가 남아 있다(원구단(圜丘壇), 황단(皇壇)).

환국(換局) : 시국 또는 판국이 바뀜(갑술환국(甲戌換局), 정미환국(丁未換局), 기사환국(己巳換局)).

환도(環刀) : 군인이 군복에 갖추어 옆구리에 차던 군도(軍刀).

환술사(幻術士) : 요술을 부리는 사람.

환형(換刑) : 일정한 형의 집행 대신에 다른 형을 집행함. 또는 그런 일. 벌금, 과태료를 물지 못하는 사람을 노역장(勞役場)에 유치하는 일 따위이다.

활동사진(活動寫眞) : 영화.

활옷 : ①본래 공주(公主), 옹주(翁主)가 입던 대례복(大禮服). ②전통 혼례 때에 신부가 입는 예복(禮服).

활인서(活人署) : 조선시대 서울에서 의료(醫療)에 관한 일을 맡아보던 관아. 세조(世祖) 12년(1466)에 활인원(活人院)을 고친 것으로, 고종(高宗) 19년(1882)에 폐지했다.

황공하옵나이다 : 위엄에 눌리어 두려워서 몸 둘 데가 없습니다.

황국신민화정책(皇國臣民化政策) : 일제(日帝)가 1931년 만주사변(滿洲事變)부터 일제 패망기까지 적용한 식민지(植民地) 통치정책. 주로 전쟁 물자와 인력을 확보하기 위한 수탈정책으로 한민족(韓民族)을 말살(抹殺)하여 일본족(日本族)에 통합하고자 한 것이다.

황명(皇命) : 황제(皇帝)의 명령.

황송무지(惶悚無地)하옵나이다 : 위엄에 눌리어 두려워서 몸 둘 데가 없습니다.

황육(黃肉) : 쇠고기(궁중용어).

황진이(黃眞伊) : 조선시대의 명기(名妓). 자는 명월(明月). 서경덕, 박연 폭포와 더불어 송도삼절(松都三絶)이라 불리었다. 한시(漢詩)와 시조(時調)에 뛰어났으며 작품에 한시(漢詩) 4수와, 시조(時調) 6수가 『청구영언(靑丘永

言)』에 전한다.

황진이(黃眞伊) 일화

*황진이는 황진사(黃進士)의 서녀(庶女)로 출생, 맹인의 딸이었다고 한다.

*황진이가 기생이 된 동기는 이웃에 사는 총각이 황진이를 짝사랑하다가 병
으로 죽자 서둘러서 기녀(妓女)가 되었다고 한다.

*왕족(王族)인 벽계수(碧溪水)가 스스로 절조(節操)가 굳다고 말하면서, 자
신은 황진이가 유혹하면, 그를 쫓아버리겠다고 호언장담했다. 이 얘기를
들은 황진이가 그를 유혹하여 스스로 부끄럽게 만들었다.

*황진이는 당시 10년 동안 수도(修道)에 정진하여 생불(生佛)이라 불리던
천마산 지족암(知足庵)의 지족선사(知足禪師)를 유혹하여 파계(破戒)시켰
다고 한다.

*황진이는 화담(花潭) 서경덕(徐敬德)을 유혹하려고 하였으나 실패한 뒤에
사제(師弟) 관계를 맺었다는 이야기가 유명하다.

*황진이는 거문고와 술과 안주를 가지고 서경덕(徐敬德)의 정사(精舍)를
자주 찾아가서 당시(唐詩)를 익혔다고 한다.

*당시 개성에 있는 박연폭포(朴淵瀑布), 서경덕(徐敬德), 황진이(黃眞伊)를
송도삼절(松都三絶)이라 불렀다고 한다.

황토뿌리기 : 귀한 손님을 맞이할 때 길을 깨끗이 청소하고 그 위에 황토를 뿌
렸다(벽사풍습(闢邪風習)).

회문(回文) : 여러 사람이 차례로 돌려 보도록 쓴 글(회장(回章) 첩장(牒狀)).

회사(會士) : 조선시대 호조(戶曹)에 속하여 회계(會計)를 맡아보던 종9품 벼슬.

회술레(回술레) : 예전에, 목을 벨 죄인을 처형하기 전에 얼굴에 회칠을 한 후
북을 치며 동네를 한 바퀴 돌게 하는 것.

회자수(劊子手) : 군영(軍營)에서 사형(死刑)을 집행하던 사람.

효력부위(効力副尉) : 조선시대에 정9품 무관(武官)의 품계.

효수(梟首) : 죄인을 참형(斬刑)에 처한 후 그 머리를 장대에 매달아 번화한 거
리에 전시하는 형벌(刑罰). 효수 후 3일이 경과하면 가족이 머리를 거두어

갈 수 있었음. 효수의 방법은 장대를 세우거나 장대를 삼각으로 세워서 머리 칼을 묶어 매달기도 함. 우리나라에서는 고려시대부터 효수가 시작되었으며, 이 형벌은 조선시대까지도 계속 통용되다가 고종(高宗) 31년(1894) 12월 칙령(勅令) 제30호에 의하여 참형(斬刑)을 폐지하면서 함께 없어짐(효시(梟示)).

효수경중(梟首警衆) : 죄인의 목을 베어 높은 곳에 매달아 놓고 모든 사람을 경계하던 일.

후궁(後宮) : 후비(後妃)나 여관(女官) 등이 거처하는 궁전.

후례자식(後禮자식) : 배운 것이 없어서 예의를 모르는 자식이란 뜻. 욕설.

후수(後綬) : 벼슬아치들이 입는 예복(禮服)이나 제복(制服) 뒤에 드리우는 띠.

후수(後水) : 뒷물(궁중용어).

후안무치(厚顔無恥) : 뻔뻔하고 부끄러움이 없음(파렴치(破廉恥)).

후직씨(后稷氏) : 중국, 주(周)나라의 시조(始祖)로 여기는 인물. 성은 희(嬉), 이름은 기(棄). 어머니가 거인(巨人)의 발자국을 밟고 잉태하였다고 하며, 세 번이나 내다 버렸으나 그때마다 구조되었다고 한다. 순(舜)임금 때 사람들에게 농사(農事)를 가르쳐 그 공으로 후직(后稷)에 올랐다.

__*후직(后稷)__ : 중국 순임금 때 농사를 맡아보던 벼슬.

후한서(後漢書) : 송(宋)나라 범엽(范曄)이 지은 후한의 역사서. 이 책의 동이전(東夷傳)에는 부여(夫餘), 읍루(挹婁), 고구려(高句麗), 동옥저(東沃沮), 예(濊), 한(韓), 왜(倭)의 전(傳)이 실려 있다.

__**읍루(挹婁)__ : 고조선 때에, 연해주 방면에서 흑룡강(黑龍江) 하류나 송화강(松花江) 유역 거주하던 종족.

훈구(勳舊) : 국가나 군주(君主)를 위하여 대대로 공로(功勞)가 있는 집안이나 신하.

훈구파(勳舊派) : 조선 건국(建國)이나 초기의 각종 정변(政變)에서 공(功)을 세워 높은 벼슬을 해 오던 관료층.

훈도(訓導) : 조선시대 한양의 사학(四學)과 지방의 향교(鄕校)에서 교육을 맡아보던 직책. 사학의 훈도는 성균관(成均館)의 관원(官員)들이 겸임하였다.

훈독(訓讀) : 한자의 뜻을 새겨서 읽음.

훈련도감(訓鍊都監) : 조선 후기 설치되었던 중앙군영(中央軍營). 이 군대는 포수(砲手), 사수(射手), 살수(殺手), 이렇게 삼수병(三手兵)으로 전문기술을 가진 특수부대였다.

훈련대장(訓鍊大將) : 조선시대 훈련도감(訓鍊都監)의 으뜸 벼슬. 품계는 종2품.

훈련원(訓鍊院) : 조선시대 군사의 시재(試才), 무예(武藝) 연습, 병서(兵書) 강습 등을 맡아보던 관아. 융희(隆熙) 원년(1907)에 한일신협약(韓日新協約) 체결에 따라 해산되었다.

훈민정음(訓民正音) : 백성을 가르치는 바른 소리라는 뜻으로, 1443년에 세종대왕(世宗大王, 1397~1450)이 창제(創製)한 우리나라 글자를 이르는 말. 국보, 1977년 유네스코 세계기록유산으로 등재되었다.

훈봉공신(勳封功臣) : 나라에 큰 공을 세워 훈공(勳功)을 나타내는 명호(名號)를 받고 1등에서 4등 안에 들어 포상(褒賞)을 받은 공신(功臣).

훈신(勳臣) : 국가(國家)나 군주(君主)를 위하여 드러나게 공로(功勞)를 세운 신하(臣下).

훈정(訓正) : 조선시대 훈련원(訓鍊院)에 속한 정3품 벼슬.

훈호(勳號) : 나라에 공을 세운 사람에게 주던 칭호(稱號).

훈호공신(勳號功臣) : 나라를 위하여 특별한 공을 세워 훈호(勳號)를 받은 공신.

*정난공신(靖難功臣) : 조선, 단종(端宗) 1년(1453), 안평대군(安平大君), 김종서(金宗瑞), 황보인(皇甫仁) 등을 제거한 공로로 수양대군(首陽大君), 정인지(鄭麟趾), 한명회(韓明澮) 등 43인에게 내린 훈호(勳號).

*좌익공신(佐翼功臣) : 조선, 세조(世祖) 1년(1455), 세조(世祖) 즉위에 공을 세운 44명에게 내린 훈호(勳號).

*정국공신(靖國功臣) : 조선, 중종(中宗) 1년(1506), 연산군을 내쫓고 중종(中宗)을 추대한 성희안, 박원종, 유순정 등 117명에게 내린 훈호(勳號).

*정난공신(定難功臣) : 조선, 중종(中宗) 2년(1507), 이과(李顆)의 모반을 고발

한 공로로 노영손(盧永孫), 유순 등 21인에게 내린 훈호(勳號).

*정사공신(靖社功臣) : 조선, 광해군 15년(1623), 일어난 인조반정의 공신에게 내린 훈호(勳號). 인조 1년(1623)에 김유, 이괄 등 53명에게 내렸다.

*진무공신(振武功臣) : 조선, 인조 2년(1624), 이괄의 난을 평정한 공로자 장만, 정충신 등 32명에게 내린 훈호(勳號).

*소무공신(昭武功臣) : 조선, 인조(仁祖) 5년(1627), 이인거(李仁居)의 난을 평정한 공으로 홍보(洪靌)를 비롯한 여섯 사람에게 내린 훈호(勳號).

휘(諱) : 죽은 사람의 생전(生前)의 이름을 쓸 때 이르는 말.

흉배(胸背) : 조선시대 문무관(文武官)이 입는 관복(官服)의 가슴과 등에 학이나 범을 수놓아 붙이던 사각형의 표장(表章). 문관(文官)은 학을 수놓았는데 당상관(堂上官)은 쌍학흉배(雙鶴胸背), 당하관(堂下官)은 단학흉배(單鶴胸背)이고, 무관(武官)은 범을 수놓았는데 당상관(堂上官)은 쌍호흉배(雙虎胸背), 당하관(堂下官)은 단호흉배(單虎胸背)를 달았다. 왕(王)은 흉배 대신 보(補)를 달았다.

회방(回榜) : 과거에 급제한 지 60회가 된 해. 조선시대에 회방(回榜)을 맞이하는 벼슬아치에게 품계(品階)를 올려 주고, 음식이나 의복 따위를 내려주었다.

회혼(回婚) : 부부가 결혼하여 함께 맞는 예순 돌 되는 날 또는 그해.

회혼경축가(回婚慶祝歌) : 조선시대의 규방가사(閨房歌詞). 부모님의 회혼(回婚)을 맞이하여 기쁨을 노래하고 만수무강(萬壽無疆)을 기원하는 내용이다. 작자와 연대는 미상.

흑립(黑笠) : 옻칠을 한 갓. 어두운 흑갈색이다. 보부상 상인들이 많이 쓰는 모자.

흑룡(黑龍) : 검은 용. 임금을 상징함.

흥선대원군(興宣大院君) : 조선, 고종 때의 정치가(1820~1898). 이름은 이하응(李昰應). 호는 석파(石坡). 고종(高宗)의 아버지로, 아들이 12세에 왕위(王位)에 오르자 섭정(攝政)하여, 서원(書院)을 철폐하고 외척인 안동김씨(安東金氏)의 세력을 눌러 인재를 고르게 등용하는 등 내정 개혁을 단행하였다. 한편으로는 경복궁(景福宮) 중건, 당백전(當百錢) 발행, 천주교(天主敎) 탄압, 통상수교(通商修交) 거부 정책을 고수하여 사회를 비롯하여 경제적인 혼란을 야기하기도 하였다.

전통문화의 이해와 계승

우리 주변에는 우리 조상들이 남긴 문화유산이 수없이 많다. 서울에는 조선시대 궁궐부터에서 시작하여 온갖 유적이 다 있다. 경주나 부여에 가도 역사적인 문화재가 수두룩하다. 그 외에 산속에 가면 사찰이 있고 읍소재지를 가면 향교나 서원이 있다. 동네 모퉁이에 사당이나 비석 같은 유물도 수없이 많이 존재한다. 그런가 하면 조상 묘에 성묘를 가면 비석이 있고 집안에는 족보가 있다. 우리는 어디서나 문화유적을 만나지만 우리들은 조상들이 남긴 말을 몰라서 당황하는 때가 한두 번이 아니다.

어떻게 보면 조상들과 단절된 삶을 살아가고 있는 것이다. 불과 백 년 전에 사용하던 조상들의 언어와 문화를 외면하는 것은 선조에 대한 예의가 아니다. 우리의 삶이 그들에게서 우러나왔고 우리의 사고방식이 그들의 언어로 이어지고 있기 때문이다. 고려시대는 차치하고 조선시대에 선조들이 남긴 읍지, 향안, 검안, 교지, 족보, 고문서 그리고 고서에서 살아 숨 쉬는 조상들의 목소리를 외면하고 살아온 것이다. 선조를 알지 못하면 나를 알 수 없고 미래가 없는 것이다.

필자의 경험으로 춘향전이나 흥부전을 읽으면서 수학문제를 풀어나가 듯이 공부하는 것은 지루한 재미랄까 그런 것이 있었지만 앞에 이야기한 고문서를 읽는다는 것은 고문이나 다름없었다. 그러나 하나둘씩 메모하면서 우리 앞에 살다 간 선조들의 삶과 그들의 마음과 생각을 알게 되었다. 어려운 여건 가운데서도 전통을 이어가며 새로운 문화를 창조한 선조들을 생각할 때 스스로 존경심이 우러나오고 선조들의 마음과 하나가 되는 기쁨을 누릴 수 있었다.

읍지(邑誌)는 부(府), 목(牧), 군(郡), 현(縣) 단위로 작성된 지리지(地理志)라고 할 수 있다. 읍지(邑志) 편찬의 출발은 경상도, 전라도가 중심이 되어 17세기까지 이어오다가, 그 뒤를 이어 전라도, 충청도, 경상도가 중심이 되고, 19세기 중엽부터는 경기도, 평안도, 강원도에서도 다수의 읍지가 발간되었다. 각 지방의 읍지에 수록된 내용도 지역적인 특성이 반영되기 시작하였다. 경기도는 상업적(商業的) 현상이 나타나고, 평안도 함경도는 군사적(軍事的) 특징이 두드러졌다. 그리고 경상도는 임수(林藪)와 같은 항목이 등장하였다.

이처럼 군사와 재정이 기재된 것은 외세의 침입과 정치가 문란하여 재정이 파탄에 이른 것을 타개하기 위한 방책이었을 지도 모른다. 지난날 읍지를 통하여 그 시대의 언어(言語)와 사회(社會), 재정(財政), 민속(民俗), 유적(遺蹟) 등을 파악할 수 있다.

검안(檢案)은 조선시대 살인사건이 발생한 경우, 시체의 검험(檢驗)에서부터 그 사건에 관련된 피의자, 증인 등의 심리내용(審理內容)을 기록한 문서이다. 살인사건이 발생하면 한성부에서는 부관(部官), 지방에서는 수령이 시체가 놓여 있는 장소를 보전하고 검관(檢官)이 법률과 정해진 규칙과 절차에 따라 피살자의 근친이나 피의자, 목격자 및 그 고장의 향임(鄕任) 또는 이웃사람들을 불러서 사건의 발단, 동기, 진행상황, 결과, 원한의 유무, 피살자 생존시의 상처, 범행에 사용한 도구의 대소, 도구의 습득여부에 관하여 자세히 심문을 하였다. 이것을 초초(初招)라고 한다.

초초가 끝나면 검시(檢屍)를 하여 시장(屍狀)을 작성하는데 76개소 부분을 살펴서 시형도(屍型圖)를 만든다. 검시가 끝나면 다시 초초(初招)와 같은 순서와 요령으로 심문을 하는데, 그것을 갱초(更招)라고 한다. 초초와 갱초가 일치되지 않으면 일치될 때까지 삼초(三招), 사초(四招)를 하는데 모두 문서로 작성한다. 그것이 끝나면 검관은 원인, 범죄, 범인에 대한 심증을 밝히고 상급관서의 처분을 요청하는 결사(結辭) 또는 발사(跋辭)를 작성한다.

이상의 모든 절차를 정해진 문서형식으로 작성한 것이 검안이며, 검안을 통하여 조선시대의 법률용어를 알 수 있다.

향안(鄕案)은 조선시대 지방자치기구인 유향소(留鄕所)를 운영하던 향촌(鄕村) 사류(士類)들의 향약서(鄕約書) 또는 향신록(鄕紳錄)이다. 향안은 향좌목(鄕座目), 향적(鄕籍), 향록유안(鄕錄儒案), 향목(鄕目), 청금록(靑衿錄) 또는 사적(士籍)이라고도 한다.

향안에는 현지에 사는 사족(士族)들만 입록(入錄)되었다. 아무리 양반(兩班)이라 해도 향안에 입록되지 않으면 양반 대우는 물론 양반으로서 행세할 수도 없다.

향안의 체재는 대체로 관직(官職), 성명(姓名), 본관(本貫), 자(字), 호(號), 생년(生年)간지(干支)와 부모형제의 인적사항을 기록하였다. 입록 자격은 연령이 25~30세 이상인 자로 친족(親族), 처족(妻族), 외족(外族)까지 족계가 분명하고 반드시 문벌(文閥)세족(世族)이어야 한다.

입록 절차는 대체로 향원(鄕員)들이 추천을 한 뒤 충분한 토의를 거친 다음 권점(圈點)을 통해 가부를 결정하였다. 지역에 따라서는 만장일치제나 삼세번 가부를 묻는 방법도 있었다. 그 외에 향촌사회에서 존경하는 사족(士族)은 바로 입록되기도 하였다. 이때 입록되는 사람은 대체로 입록례(入錄禮)를 치른 후 비로소 좌목(座目)에 기록되었다.

조선 전기의 향안은 임진왜란 중에 소실되어 향촌사회에 큰 혼란이 생겼다. 이로 말미암아 추록(追錄)을 발간하게 되었는데 이 과정에서 문제점이 많이 야기되었다. 즉 한번 향안에 오르면 대대로 양반 행세를 할 수 있기 때문에 입록을 둘러싸고 향인 간에 쟁투가 벌어지기도 하였다. 이런 가운데 향안은 향촌사회의 일상을 잘 보여주고 있다.

족보(族譜)는 부계(父系)를 중심으로 혈연관계(血緣關係)를 도표식으로 나타낸한 종족의 계보(系譜)이다. 일명 보첩(譜牒), 세보(世譜), 세계(世系), 가승(家乘), 가첩(家牒), 가보(家譜), 성보(姓譜)라고도 한다.

족보는 존비(尊卑), 항렬(行列), 적서(嫡庶)의 구별을 명백히 하고 있다. 이것은 씨족사회의 관계를 뚜렷하게 함으로써 씨족 간에 융화를 위한 것으로 본다. 족보 제작은 조상을 존경하고 종족의 단결을 강화하며, 후손들로 하여금 촌수와 관계없이 화목한 씨족사회를 이루는 데 그 목적이 있다.

한국 족보 간행은 지금까지 알려진 바로는 1476년(성종 7)에 간행된 안동권씨(安東權氏) 족보『성화보(成化譜)』가 최초라고 할 수 있다.

족보(族譜)의 기록 내용은 권두에서 족보 발간의 의의(意義)와 그 일족(一族)의 근원과 내력 등을 기록한 서문(序文)이 있고, 그다음 시조(始祖)나 중시조(中始祖)의 약전(略傳)을 기록한 글이 있다. 이어서 시조의 분묘도(墳墓圖)와 함께 시조 발상지인 향리(鄕里)의 지도를 수록한다. 끝으로 족보의 중심이 되는 계보표(系譜表)가 기재된다. 이것은 우선 시조(始祖)에서 시작하여 세대(世代) 순으로 종계(縱系)를 이루며, 같은 항렬(行列)은 횡으로 배열하여 동일 세대임을 표시한다. 그리고 인물에 대해서는 명(名), 호(號), 시호(諡號), 생몰(生沒) 연월일, 관직(官職), 봉호(封號), 훈업(勳業), 덕행(德行), 충효(忠孝), 문장(文章), 저술(著述) 등을 기록한다. 그리고 자녀에 대해서는 입양(入養)관계, 적서(嫡庶)의 구별과 남녀의 성별 등을 명백하게 한다. 이러한 족보 제작은 대체로 30년마다 하였는데 씨족사회의 역사와 함께 등재 인물에 대해서 소상하게 알 수 있도록 하였다.

고문서(古文書)란 옛날부터 전해 내려오는 문헌 자료를 말한다. 시간적으로 대한제국이 망한 1910년을 하한선으로 보고 그 이전에 만들어진 모든 문서류는 고문서라고 한다. 문서를 크게 분류하면 관아에서 발행한 공문서가 있고, 사족들이나 일반 백성이 발행한 사문서가 있다. 공문서는 조선시대 정부, 지역

관아, 향교, 향청 등지에서 교지(敎旨), 교서(敎書), 교첩(敎牒), 관문(關文), 첩보 (牒報), 서목(書目), 준호구(準戶口), 입안(立案), 초사(招辭) 등의 형태로 작성되었 다. 반면 지역 내 사족들이나 백성들이 활동해 온 서원(書院), 사우(祠宇), 서당 (書堂), 단소(壇所), 문중(門中) 조직과 향약(鄕約)을 비롯한 각종 계(契) 조직 등 에서 발행한 상소(上疏), 상서(上書), 소지(所志), 단자(單子), 등장(等狀), 통문(通 文), 회문(回文), 분재기(分財記), 명문(明文), 간찰(簡札), 참제록(參祭錄) 등의 사문 서가 있다. 문중문서는 공문서에서 볼 수 없는 단어를 많이 볼 수 있다. 특히 참제록은 사대부가에서 주로 작성해온 것으로 제례의식의 발전과정과 제물의 변화를 통해서 시대의 흐름을 짐작할 수 있다.

고문서는 비록 사사로운 사문서에 지나지 않지만 백성들의 목소리와 그 시 대의 사회상을 알 수 있는 귀중한 자료가 되고 있다.

선조들이 사용했던 언어는 궁궐이나 어떤 벼슬보다도 귀중하다고 하겠다. 언어 속에 오천 년 동안 이어온 민족적인 혼이 들어 있기 때문이다.

전기한 서책이나 문서를 통해서 볼 수 있는 단어들은 불과 1백 년 전까지 유 구한 세월에 걸쳐 우리 선조들이 사용해온 언어라고 할 수 있다. 이러한 말 속 에는 선조들의 생각과 마음과 피가 들어 있다. 더 없이 귀중한 유산이며 자산 이라고 할 수 있다.

그러나 일제강점기 35년 동안 선조들이 사용하던 언어는 철저히 무시당하 고 외면당하여 왔다. 아니 말살당하여 왔다고 하는 것이 정상일 것이다. 그 결 과는 일제강점기가 끝난 오늘날에도 계속 이어지고 있다. 그리하여 선조들이 애용했던 언어들이 후손들에게는 생경한 언어가 되고 말았다. 오늘날 경복궁 을 비롯하여 눈에 볼 수 있는 유적들은 많이 복원하고 있다. 귀한 작업이라고 생각한다. 그럼에도 불구하고 정신적인 유산은 지난날보다 더 외면당하여 지 금은 누구도 기억하려 하지 않는다. 문화유적은 복원되는데 국민들이 그 문화 를 읽을 수 없다면 그 가치는 반감할 수밖에 없는 것이다. 다시 말하면 우리나 라 국민들 누구나 조상들이 남긴 유적을 읽고 해석할 때 선조들이 남긴 문화유산을 더욱 사랑할 것이다. 그 결과 민족적인 자긍심이 앙양되고 새로운 문화를 창조하는데 원동력이 될 것이다.

전통문화의 이해와 계승

잊혀져 가는 한국인의 관습어

1쇄 발행일 | 2024년 12월 20일

지은이 | 한상수
펴낸이 | 정화숙
펴낸곳 | 개미

출판등록 | 제313 - 2001 - 61호 1992. 2. 18
주소 | (04175) 서울시 마포구 마포대로 12, B-103호(마포동, 한신빌딩)
전화 | (02)704 - 2546
팩스 | (02)714 - 2365
E-mail | lily12140@hanmail.net

ISBN 979 - 11 - 90168 - 93 - 9 03800

값 25,000원

발행기관 | 장애인인식개선오늘 **(042)826-6042**
주최 | 장애인인식개선오늘(고유번호 305-80-25363. 대표 박재홍)
주관 | 대한민국 장애인 창작집필실
심사 | 발간지원 사업 심사위원회
후원 | 대전광역시, 대전문화재단, 갤러리예향좋은친구들, 문학마당, 한국장애인
문화네트워크, 드림장애인인권센터, 대전광역시버스사업운송조합, (주)맥
키스컴퍼니, (주)삼진정밀

문의 | **(042)826-6042**